Sternenfahrt

Die wahre Geschichte eines Jungen
zwischen Leben und Tod
voller Höhen, Tiefen und Wunder

Für meine tapferen Kämpfer Raphael und
seine beiden Brüder David und Jon

Was auch immer passiert, diesen Sieg, diese schreckliche Zeit
durchzustehen, kann Dir niemand mehr nehmen. Lieber Raphael,
Deine Familie liebt Dich so, wie Du bist!

Anja Lehmann

Sternenfahrt

Die wahre Geschichte eines Jungen
zwischen Leben und Tod
voller Höhen, Tiefen und Wunder

Bibliografische Information der Deutschen Nationalbibliothek:
Die Deutsche Nationalbibliothek verzeichnet diese Publikation in der Deutschen Nationalbibliografie; detaillierte bibliografische Daten sind im Internet über http://dnb.dnb.de abrufbar.

Impressum

Original in Deutsch, erschienen am © 2014

© 2014 Anja Lehmann-Grüner
Illustration: Patricia Allingham Carlson
Herstellung und Verlag: BoD - Books on Demand, Norderstedt

ISBN: 978-3-73-474195-1

Inhalt

Vorwort

Früher dachte ich, Narben erzählen Geschichten, wer keine hat, hat wohl nichts erlebt. Dass man mit einer Narbe ein Buch füllen könnte, kam mir allerdings nicht in den Sinn ...

Der Grund, warum ich dieses Buch schreibe, ist, die Dankbarkeit für das Leben spürbar zu machen:

„Dankbar zu sein für all das, was man jemals gegeben hat,
  und für alles, was man bekommen hat.

Für die Schönheit des Lebens
  Und auch für die Schwierigkeiten.

Für alle Herausforderungen, die man gemeistert hat,
  Und dafür, dass man so weit gekommen ist.

Dankbar zu sein für den eigenen Mut und das Talent
  Und für die Weisheiten, die man auf der Reise lernt.

Für den Weg selbst und für die Erfahrung
  Und für ein nettes Wort hier und dort.

Dankbar zu sein für die eigenen Träume und Wünsche
  Und dafür, gelernt zu haben zu vertrauen.

Für die Freude und Inspiration
  Und für das eigene Lebensglück.

Für die Wunder, die man erleben durfte,
  Und dafür, was die Zukunft bringt.

Dankbar zu sein für all die Liebe, die man jemals empfangen hat,
Und für die Liebe, die man noch zu geben hat.

Für die Freunde, das Zuhause, die Familie
Und für die Zeit sich selber zu finden.

Für Reichtum und Einfachheit
Und für Anmut und zweite Chancen.

Für die Gelegenheiten, einen Unterschied zu machen,
Und für die Zuversicht, dass man es schaffen kann."

(D.D. Watkins, aus dem Englischen übersetzt von Anja Lehmann-Grüner)

Vorspann

Ich komme von den zeitlosen Weiten. Alles hier ist unendlich – unendliche Liebe, unendliche Weisheit, unendliches Licht. Göttliche Musik und wunderschöne Stille. Keine Kälte, keine Hitze, nur Wohlbefinden. Ich bin. Ich bin ohne Ballast, selber aus hellem Licht, voller Energie. Ich bin einer von unvorstellbar vielen, alles ist an seinem Platz in einer perfekten Ordnung. Ich schwebe, die Weiten sind grenzenlos.
Und dann gehe ich auf die Reise und nehme nichts mit, außer meinem Licht. Es geht in absolute Dunkelheit.

Berlin, ein Hotel in Zentrumsnähe. Im Hotelzimmer reiße ich die Verpackung eines eben erworbenen Schwangerschaftstests auf und gehe damit auf die Toilette. Sekunden verstreichen, dann erscheint blass ein zweiter Strich – positiv – schon wieder schwanger. Ein paar stille Minuten habe ich für mich. Instinktiv geht meine Hand zu meinem Bauch. Ein zweites Baby, absolut geplant, aber nicht so schnell erwartet. Ob es wieder ein Junge wird so wie mein erster Sohn David, der gerade zehn Monate alt geworden ist? Meine Schwester wartet im Zimmer und ich kann nichts verheimlichen. Ich wedle mit dem Test hin und her und rufe: „Stell dir vor, ich bin wieder schwanger!" Sie ist auch ziemlich überrascht, aber freut sich mit mir. „Vielleicht wird es ein Mädchen, dann nenne ich sie Sophia", sage ich, bevor wir aufbrechen, um die Stadt zu erkunden.

Ich bin happy. Meine zwei Kinder werden zusammen aufwachsen, und wenn der zeitliche Abstand nicht so groß ist, so stelle ich mir vor, können sie besser miteinander spielen. In den zehn Monaten, in denen David jetzt auf der Welt ist, habe ich mich einigermaßen daran gewöhnt, Mama zu sein. Nach unserem Umzug aufs Land habe ich erste Kontakte mit anderen Müttern geknüpft. Das Leben läuft wieder halbwegs geordnet und normal. Wir sind mitten im Hausbau und ich kann mir Zeit für meine Kinder nehmen, was ich als absoluten Luxus empfinde. Für mich war immer klar, dass David Geschwister haben soll, zumindest ein oder zwei. Außerdem kann ich mir den Wunsch erfüllen, meine Kinder die ersten Lebensjahre direkt zu begleiten, auch wenn das bedeutet, auf eine schnelle Karriere zu verzichten. Ich stelle mir vor, wieder arbeiten zu gehen, wenn das jüngste Kind im Kindergarten ist, und so kommt es mir gelegen, so schnell wieder schwanger zu sein.

Am Abend telefoniere ich mit meinem Mann Uwe. Eigentlich kann ich es kaum erwarten ihm mitzuteilen, dass er wieder Papa wird, aber irgendwie will ich es ihm persönlich sagen, und so behalte ich die Neuigkeiten für mich.

Post Kaulquappe

„Leben ist die Lust zu schaffen"
(Spitzweg)

Ich fange an zu hören und zu sehen, aber es ist nur Dunkelheit. Ich kenne keine Angst, denn ich bin noch immer himmlische Weisheit. Hier ist es angenehm warm und ich schwimme, schwimme im Wasserbad. Ich fange an, meine Beine zu strecken und mit meinen Händen zu drücken, immer wieder, leicht gegen eine Wand. Ob sie mich fühlt? Ich jedenfalls kann sie spüren und hören, ich merke ein Schuckeln und manchmal absolute Ruhe. Oh, was ist das? Oh nein, nicht schon wieder dieses laute Geräusch, das finde ich nicht so gut. Und meine Wand wird auch gedrückt...

19.12.2008

Mein Frauenarzt fährt mit dem Ultraschallkopf über meinen Bauch. Es ist das zweite vorgesehene Screening. Wir, mein Mann und ich, haben heute unseren Einjährigen dabei. „So, jetzt wissen wir auch, was es wird. Soll ich's Ihnen sagen?" Der Arzt, ein gütig aussehender Mann mittleren Alters, der mich schon bei der Geburt meines ersten Sohnes begleitet hat, lächelt uns erwartungsvoll an. Mein Mann und ich nicken, wir wollen beide wissen, was da auf uns zukommt. Der Arzt teilt uns mit, dass wir wieder einen Buben bekommen. Ich bin etwas verdutzt, denn ich habe insgeheim mit einem Mädchen gerechnet. Uwe freut sich über einen zweiten Stammhalter. Ich zwinkere ihm zu und sage grinsend: „Freu dich nicht zu früh, dann müssen wir es noch mal versuchen ..." Wir albern noch ein bisschen weiter, und eigentlich freue ich mich auch über einen zweiten Jungen. Vielleicht nenne ich ihn Patrick, denn ich wollte immer einen Sohn mit diesem Namen. Nach der wichtigsten Mitteilung des Tages wird alles andere nebenbei aufgenommen. Der Arzt erklärt uns, dass das Baby jetzt schon über 1000 Gramm wiegt, was gut für die Überlebensrate ist. Sein Herzschlag ist normal, er liegt noch in der sogenannten Steißlage, also mit den Füßen nach unten, das kann sich aber jederzeit noch ändern. Ich selber habe auch keine Bedenken, dass sich das Baby noch dreht.

Draußen an der Luft reden wir über das unvermeidliche, nahe liegende Thema, natürlich den Vornamen. Ich denke laut nach und sage, dass ich immer einen Patrick wollte, doch irgendwas in mir ist nicht überzeugt von diesem Rufnamen. Wir haben ja noch ein bisschen Zeit.

Ich berichte meinen Lieben, dass wir wieder einen Jungen bekommen. Die praktisch Denkenden weisen darauf hin, dass ich dann problemlos noch einmal die Sachen von David benutzen kann. Am Abend liege ich wach im Bett und streichle über meinen Kugelbauch, der allerdings nicht ganz so ausgeprägt ist wie bei meiner ersten Schwangerschaft. Ich denke über einen Namen nach und plötzlich fällt mir unser Stammbuch der Familie ein, das wir damals bei der Hochzeit bekommen haben. Darin sind auch verschiedene Vornamen, meist klassische, manche ein bisschen altbacken, ich werde sie mir noch vor dem Schlafengehen durchlesen und mir ein paar Anregungen holen. Ich gehe die Namen von A bis Z durch, die Anzahl hält sich in Grenzen, aber ich erinnere mich, dass ich, während ich das Buch zuklappe, denke: „Raphael wäre auch schön." Bevor mir die Augen zufallen, lege ich das Buch schnell unter mein Kopfkissen und wünsche mir, ein Zeichen zu bekommen, so dass ich einen passenden Namen finde. Am nächsten Morgen klingelt das Telefon. Meine Schwester ist dran und sie sagt: „Weißt du, was ich mir gedacht habe? Raphael wäre auch schön"! Wow! Zufall oder Schicksal? Ich jedenfalls interpretiere es als klares Zeichen und für mich steht der Name sofort fest. Mein Sohn wird Raphael Patrick heißen. Glücklicherweise ist Uwe auch einverstanden und so steht der Namensgebung nichts mehr im Weg. Ich lese dann in unserem Stammbuch nach, was der

Name eigentlich bedeutet und finde heraus, dass Raphael aus dem Hebräischen stammt und so viel wie „Gott heilt" heißt. Die Bedeutung reißt mich nicht vom Hocker, aber trotzdem werde ich ihn so nennen!

Es ist laut, dann wieder leiser, ansonsten ist es immer gleich, ich schlafe viel, bewege mich möglichst wenig, ich drifte vor mich hin. Manchmal hätte ich gerne etwas mehr durch meine Nabelschnur, so muss ich mich mit dem begnügen, was es gibt. Trotzdem fühle ich mich recht wohl, wenn nur die Müdigkeit nicht wäre ...

Die Menschen um mich herum meinen, ich hätte einen kleinen Bauch. Das nervt mich ziemlich. „Ja, ja", sag ich meist nur, „bei David war's mehr". Mein Baby bewegt sich auch nicht viel, ich kann im siebten Monat immer noch auf dem Bauch schlafen! Bei David war mir das schon nach der vierten Woche zu unangenehm, geschweige denn im hochschwangeren Zustand. Ich konzentriere mich auf die Vorteile, nämlich, dass ich noch sehr beweglich bin und mit meinem ersten Sohn die Welt erkunden kann. Er ist jetzt fast eineinhalb Jahre alt, fängt langsam an zu klettern und zu reden. Wir gehen jetzt einmal die Woche ins Kinderturnen und ich kann mit ihm noch die Seilbahn auf unserem Spielplatz fahren. Ich schaffe es sogar noch, ihn ein Stückchen zu tragen, wenn er nicht mehr laufen will. Ich genieße es, dass er immer selbstständiger wird. Man versteht jetzt deutlich, was er ausdrücken will, er kann gut alleine laufen, mit dem Essen ist er recht wählerisch, dafür ist er ganz heiß darauf, Bilderbücher anzuschauen. Manchmal kann man da ein bisschen tricksen, wenn er wieder gar nichts Festes zu sich nehmen will und nur nach seiner Milchflasche verlangt. Ich freue mich über meinen Sohn und ich freue mich auch auf das Baby. Ich überlege, wie es wohl aussehen wird. Ob er seinem Bruder ähnlich sieht? Vielleicht bekommt er meine Augen, die sind das Schönste an mir, ja, vielleicht wird er sie erben.
Mittlerweile ist es kalter Winter. Ich mache regelmäßig Aqua-Gymnastik für Schwangere bei der Hebamme. Einmal habe ich eine grippeähnliche Erkäl-

tung. Es sind noch knapp zwei Monate bis zum errechneten Geburtstermin und ich bekomme kaum Luft. Ich fühle mich fiebrig und habe starken Husten. Mein Immunsystem ist durch die Schwangerschaft im Keller und ich komme mir tagelang sterbenselend vor. Mein Frauenarzt meint, ein viraler Infekt zu diesem Zeitpunkt sei nicht schlecht, da bekäme das Ungeborene einen Nestschutz mit. Das Baby würde ja die Krankheit indirekt mit durchmachen und so würden sich dann auch seine Abwehrkräfte gut entwickeln. Ich finde die Erklärung sehr einleuchtend und so kann ich meinen Zustand besser ertragen.

Im letzten Schwangerschaftsmonat ist die Erkältung wieder überwunden. Es sind jetzt noch sechs Wochen bis zum errechneten Geburtstermin am 24.03.2009. Auf dem Terminkalender steht ein letztes großes Screening. Die Praxis meines Frauenarztes liegt mitten in der Nürnberger Innenstadt. Wieder EKG, wieder warten. Aber die Arztbesuche stören mich nicht, denn in der City kann man sich immer schön in ein Café setzten oder noch gemütlich durch die Geschäfte bummeln. Dass ich in den letzten Wochen vor der Geburt jeden zweiten Tag in die Praxis kommen soll, finde ich allerdings sehr ungemütlich, vor allem wegen der Fahrt und weil ich einen Babysitter für David brauche oder ihn mitnehmen muss. Der Arzt macht einen Ultraschall, bestätigt noch einmal, dass wir uns auf einen Buben freuen dürfen, sagt mir, dass mit den Herztönen alles in Ordnung ist und teilt mir mit, was ich schon vermutet habe, nämlich dass sich mein Kind immer noch in der Steißlage befindet. Er rät mir, in zwei Wochen wieder zu kommen und mich, falls sich das Baby noch nicht gedreht hat, über eine Geburt in Beckenendlage zu informieren. Trotzdem fahre ich guten Mutes wieder nach Hause, immerhin ist sonst alles in Ordnung und vielleicht entscheidet sich Raphael, sich doch noch zu drehen.

Wieder dieses Drücken. Langsam wird es mir ein bisschen ungemütlich. Das Wasser wird immer weniger, oder werde ich mehr? Soll ich mich bewegen? Aber nein, das ist mir zu anstrengend. Ich warte einfach ab, was als Nächstes passiert.

Eine Freundin, die bald ihr drittes Kind entbinden wird, empfiehlt mir „die steinerne Brücke", eine einfache Brückenturnübung, bei der man den Po vom Boden hebt und eine Weile in dieser Stellung verharrt. Das Baby soll sich dabei so unwohl fühlen, dass es sich freiwillig dreht. Ich mache die Übung ein paar Tage, aber dann höre ich damit wieder auf. Der Frauen-arzt rät von solchen Experimenten ab und auch von der Möglichkeit, das Baby drehen zu lassen. Bei meinem nächsten Termin fragt er mich, ob ich glaube, der Kleine hätte sich gedreht. Ich sage nein, ich hätte keine große Veränderung bemerkt. Er macht noch einen kurzen Ultraschall und nickt: „Die Mutter hat mal wieder recht." Er empfiehlt eine Überweisung an das städtische Klinikum, dort kann man die Kinder auch bei Beckenendlage auf natürlichem Wege zur Welt bringen. Nur wenn die Wehen losgehen und ich einen Blasensprung haben sollte, möge ich bitte einen Krankenwagen anru-fen und man sollte mich dann liegend transportieren, sonst wäre es für das Baby wegen der Nabelschnur gefährlich, die könnte sich bei einer Sturzge-burt um den Hals legen und es strangulieren. Die Notrufnummer schreibt die Arzthelferin in meinen Mutterpass, damit ich sie im Fall der Fälle habe und nicht in Panik danach suchen muss. Gut. Der Vorstellungstermin im Kli-nikum Nürnberg-Langwasser ist in der 38. Schwangerschaftswoche. Es gibt noch Hoffnung, dass sich Raphael dreht und ich im heimischen Kranken-haus ohne Kaiserschnitt entbinden kann. Jetzt wird es langsam ernst. Bald wird unsere Familie zu viert sein.

Ende mit Schrecken

„Du und ich: Wir sind eins. Ich kann dir nicht wehtun, ohne mich selbst zu verletzen"
(Mahatma Gandhi)

Klinikum Langwasser: Wir haben einen Termin am Vormittag um neun Uhr. Eine angenehme Uhrzeit. Uwe ist mit dabei, er hat mich gefahren und ist elegant auf den riesigen Klinikparkplatz eingezirkelt. So viele Autos, es ist schon fast alles besetzt, nur ganz hinten, von der Klinik am weitesten entfernt, ist noch ein Parkplatz frei. Was wollen die ganzen Leute im Krankenhaus? In aller Frühe?, denke ich mir. Wie es scheint, ist hier mehr Verkehr als auf einem IKEA-Parkplatz. Mein Mann flucht. Im Gegensatz zu unserem Dorfkrankenhaus muss man noch eine Weile laufen, bis man am Haupteingang ist. Im großen Rondell der Eingangshalle erblicke ich einen Früchte-Verkaufsstand, einen Krankenhausfrisör und weiter hinten eine Cafeteria. Es riecht nach Krankenhaus. Ein Gemisch aus Desinfektionsmittel, zu lange getragenen Socken und einer undefinierbaren Verzweiflung. Die Farben sind krankenhaustypisch, ein abgeschabtes Weiß gepaart mit grau-metallic. Immerhin plätschert in der Mitte ein kleiner Brunnen. Der Informationsstand ist an die Seite gequetscht, darunter ein abgelaufener Boden. Überall hängen verwirrende Schilder mit Bezeichnungen, von denen ich keine Ahnung habe. Erinnerungen an andere Krankenhäuser kommen hoch, wann immer ich dort jemanden besucht habe oder etwas gesucht habe, stand ich ratlos vor diversen Wegweisern. Das Schild zur Geburten- und Gynäkologie-Station finden wir schließlich doch ohne größere Probleme und wir folgen den Pfeilen, bis wir vor der Eingangstür stehen. Das ist kein schöner Ort, schießt es mir durch den Kopf und: Hoffentlich muss ich nicht an diesem furchtbaren Ort entbinden! Am liebsten würde ich auf der Schwelle kehrt machen, aber weglaufen steht nicht zur Option. Also treten wir ein und landen in einer Art offenem Wartezimmer mit ein paar Stühlen, einem roten Teppich und einer Kiste mit abgegriffenem Kinderspielzeug. Ich gebe meinen Mutterpass ab, erkläre der Empfangsdame, weshalb wir hier sind, woraufhin mir diese ein Formular aushändigt, das ich während der Wartezeit ausfüllen soll. Darauf sind die üblichen Fragen nach genetischen Erkrankungen in der Familiengeschichte, bekannten Allergien und eventuellen Vorerkrankungen bei Mutter und Vater. Der Bogen ist schnell ausgefüllt, es sind keine gravierenden Erbkrankheiten bekannt, nur gewöhnliche Sachen wie der Brustkrebs bei meiner Oma, eine Schilddrüsenerkrankung bei meiner Schwiegermutter und ein nebensächlicher Gendefekt, genannt Morbus Osler, den schon mein Großvater, meine Mutter und drei ihrer Geschwister mit sich herumtragen, von dem mir aber der Frauenarzt versichert hat, dass wir davon nichts Schlimmes zu erwarten hätten.

Als wir aufgerufen werden, bittet uns die Dame in ihren kleinen Raum, wo eine alte, gesichtslose Stoffpuppe bereit liegt. Sie nimmt die Puppe in ihre Hand und erklärt: „Stellen Sie sich vor, das ist Ihr Kind. Das liegt jetzt so in Ihrem Bauch". Während sie erklärt, hält sie die Puppe mit beiden Beinen nach unten. „Bei einer solchen Steißgeburt ist es möglich, dass Komplikationen wegen der Nabelschnur, die sich um den Hals des Kindes legen könnte, auftreten. Manchmal müssen die Ärzte dann schnell eingreifen, das muss Ihnen bewusst sein. Es könnte auch sein, dass man dann mit beiden Händen reingehen muss, um das Kind zu holen". Du liebe Güte! Das Angebot klingt nicht gerade verlockend, trotzdem ist für mich ein Kaiserschnitt die schlimmere Alternative. Ich bin entschlossen, meinen Sohn auf natürliche Weise auf die Welt zu bringen, und so geht es weiter zum Ultraschall. Wir nehmen auf den nächsten freien Holzstühlen Platz und warten, während sich noch eine andere Schwangere niedersetzt. Meine Nachbarin hat einen runden Bauch, einen richtigen schönen Schwangerschaftskugelbauch, nicht so ein kleines Mini-Bäuchlein wie ich. Bevor ich zu deprimiert werde, werden wir herein gebeten. Ein großer, schwarzhaariger Arzt mit markanten Augenringen begrüßt uns. Es ist ein Oberbayer, genau wie ich. Der Mann ist mir sympathisch, das macht die Untersuchung leichter. Er redet im heimatlichem Dialekt, während er den Ultraschall macht. Die Atmosphäre ist ganz entspannt, bis der Arzt auf einmal nichts mehr sagt, eine Kollegin zu Rate zieht und beide angestrengt auf das Bild schauen. Die zwei Ärzte suchen nach einem besseren Bild. „Was ist denn los?", will ich schließlich wissen. Der Mann deutet auf den Bildschirm, es ist irgendetwas mit der Nabelschnur. Dann spricht er von einem „schlechten Doppler". Drei Fragezeichen in meinem Kopf, ich habe mit Medizin nichts am Hut, obwohl es in meiner Familie viele Ärzte und Ärztinnen gibt, für mich sind das alles böhmische Dörfer. Bis ich dann doch verstehe, dauert es eine Weile. Durch die Nabelschnur wird das Baby versorgt. Über diese Verbindung fließt mein Blut zum Embryo und das sauerstoffarme Blut vom Embryo zurück. Diesen Blutfluss kann man durch einen Ultraschall mit einer sogenannten Doppleruntersuchung messen, und bei meinem Sohn kommt anscheinend zu wenig Blut an. Wobei der Doktor einräumt, dass erstens die Untersuchung schwierig ist, da man genau die Nabelschnur treffen muss, und sie zweitens recht ungenau ist und man auf alle Fälle zu einem späteren Zeitpunkt noch einmal nachkontrollieren sollte. Ich werde also gebeten, erst ein CTG für die Herztöne machen zu lassen und dann wieder zurückzukommen.

Im kargen CTG-Raum liege ich mit einem braunen, abgewetzten Stretch-Gurt um den Bauch. Bum bum, bum bum, bum bum macht es. Das Geräusch beruhigt mich. Scheinbar geht es meinem Sohn gut, die Herztöne sind klar zu hören, auch wenn es eher ruhig als aktiv klingt. Ich mache mir noch keine großen Gedanken, denn nach meiner Erfahrung bringt es nicht viel, den Teufel schon vorher an die Wand zu malen. Erst mal abwarten, vielleicht hat sich der Doktor geirrt, denke ich. Mein Mann ist still, in sich gekehrt, trotzdem nervös, er läuft rastlos auf und ab. Ich döse ein bisschen. Endlich kommt eine Schwester, schaut auf die Herzfrequenzen, nimmt der Messmaschine den Zettel und mir den Gurt ab. „Dann dürfen Sie noch mal kurz Platz nehmen", sagt sie freundlich. Wir setzen uns hin. Als wir wieder bei dem schwarzhaarigem Arzt sind, meint er: „Na, das CTG schaug't ja net a mal so schlecht aus, jetzt schau mer noch mal." Ich bin zuversichtlich, doch als er wieder die richtige Stelle der Nabelschnur gefunden hat, schüttelt er den Kopf. "Ihr Kind ist unterversorgt. Schaun's, der Bua is doch viel zu klein für die 38. Woche. Des sehn's ja scho an ihrem Bauch. Da hat erna Frauenarzt geschlampert." Ich denke an meinen Gynäkologen und kann es nicht begreifen. Ich war mir ganz sicher, bei ihm in guten Händen zu sein. „Und jetzt?", frage ich schließlich schon etwas unsicherer. Der Arzt schlägt vor, Sonntag erneut zu kommen, da habe er selber Dienst und dann müsse man den Kleinen notfalls holen. Mein Kopf kann keinen klaren Gedanken fassen und so mache ich sofort dicht. Eine kleine Stimme sagt mir, dass sich der Arzt vielleicht doch getäuscht hat. „Ich wollte Sonntag gerne nach München fahren, denn meine Schwester hat Geburtstag", sage ich leise. Der Arzt schaut mich verständnislos an. „Reicht es nicht vielleicht am Montag? Dann kommen wir wieder", höre ich mich sagen. Ein Seufzer vom Herrn Doktor: „Na guad. Dann san's am Montag wieder da. Aber ganz in der Früh um achte! Da bin i dann auch noch da vom Nachtdienst." Dann bittet er mich noch meine Krankenhaustasche mitzubringen, denn wenn sich der Doppler nicht bessert, muss die Geburt eingeleitet werden. In der Akte wird später noch vermerkt, dass sich die Patientin trotz ärztlichen Rates geweigert hätte, am Wochenende wieder zu erscheinen.

Auf der Heimfahrt kann ich mich doch nicht mehr beherrschen und mir kullern die Tränen herunter. Was habe ich nur falsch gemacht, frage ich mich. Außerdem mache ich mir Gedanken um den Kleinen im meinem Bauch. Ich streichle immer wieder über den kleinen Kugelbauch, als ob es meinem Kind helfen würde.

Das Wochenende geht viel zu schnell vorbei. Wir sind am Ende doch nicht nach München gefahren, Uwe fand das zu risikoreich, und im Grunde genommen habe ich gut darauf verzichten können, denn so habe ich noch Zeit für einen schönen, gemütlichen Sonntag mit meinem Sohn David. Es klingt vielleicht komisch, aber mir fiel es damals schon schwer, nur für die Entbindung meinen großen Sohn „zurückzulassen", wenn man das überhaupt so nennen kann. Meine Schwiegermutter war wie selbstverständlich bereit, auf ihn aufzupassen und mein Mann war ja auch daheim, aber dennoch: Der Abschied hatte mich traurig gemacht. Die Zeit mit David am Sonntag nehme ich noch einmal ganz bewusst wahr und genieße sie. Wir sind zusammen bei dem Rehgehege in unserem Dorf und füttern die Tiere mit hartem Brot. Am Abend beobachte ich mit ihm besonders lange den Mond von unserem Badezimmerfenster aus und lese ihm noch eine Geschichte mehr als sonst vor. Ich freue mich darüber, wie gut er schon zuhören kann. In seinem Zimmer über dem Gitterbett hängen Leuchtsterne, die ich jeden Abend mit der Taschenlampe anleuchte, damit sie funkelnd hell strahlen, dann singe ich ihm noch ein kleines Lied vor, und dann schläft er zufrieden ein.

Als ich für mich alleine bin, merke ich, wie angespannt ich bin. Meine Planung ist völlig durcheinander gekommen, das kann ich überhaupt nicht vertragen. Von mir aus hätte das Kind gut und gerne noch zwei, drei Wochen im Bauch bleiben können. Trotzdem hat natürlich die Gesundheit meines Kindes oberste Priorität und ich bin zu allem bereit, wenn ich dadurch ein gesundes Baby zur Welt bringen kann.

So geht es am Montagmorgen mit gemischten Gefühlen zurück ins Klinikum Langwasser. Von David haben wir uns verabschiedet und die Tasche haben wir mitgebracht. Leider ist der Doppler noch unverändert schlecht und so werde ich auf die Entbindungsstation geschickt. Der Arzt wünscht uns alles Gute und verabschiedet mich mit einem: „Des werd scho!"
Auf der Station angekommen, zeigt mir die zuständige Schwester meine Zimmerhälfte, darin natürlich ein Bett, ein kleiner Kleiderschrank und ein eigenes WC mit Dusche. Ich bin froh, dass ich Letzteres nicht mit jemand anderem teilen muss. Das gegenüberliegende Bett ist noch leer, ich hoffe,

es bleibt so. Herein kommt ein sympathischer Krankenpflegeschüler mit dunklen Haaren und Brille. Er fragt etwas nervös, was ich zum Mittagessen möchte. An Essen kann ich jetzt nicht denken, so schlägt der junge Mann Vollkost vor und Vollkost wird genommen, mir ist das in dem Moment völlig egal, wer weiß, ob ich überhaupt Mittag esse? Dann geht es weiter zur Aufklärung und zur ersten Tablette, die meine Wehen einleiten soll. Immer noch wehre ich mich gegen einen Kaiserschnitt. Nachdem die Aufklärung beendet ist und ich einem „Notkaiserschnitt für alle Fälle" noch nicht zugestimmt habe, reden mindestens zwei Ärzte auf mich ein. Am Ende haben sie ihre Unterschrift und ich meine Ruhe, und mit zwiespältigen Gefühlen schlucke ich die erste Tablette. Danach geht es zum CTG auf die Entbindungsstation, wo gerade eine andere Mutter ihr Kind zur Welt bringt. Ich liege noch ruhig auf der Liege, während im Nachbarraum laute Schreie durch die Wand dringen. Mit leichtem Grauen denke ich daran, was mir noch bevorsteht.

Man sagt mir im Voraus, dass sich eine künstliche Einleitung hinziehen kann. Manchmal kann es sogar bis zu drei Tage dauern, bis das Baby kommt. Deshalb gehen wir nach dem unauffälligen CTG erst mal in die Cafeteria und bestellen noch ein kleines Frühstück. Ich merke gar nichts, kein Ziehen, kein bisschen Bauchweh, nichts. Ich mache noch kleine Witze über das Treppensteigen, da es in der Klinik unzählig viele Treppen zum Rauf- und Runterlaufen gibt – das soll ja förderlich sein, wenn man den Geburtsvorgang beschleunigen will. Nach eineinhalb Stunden ist es Zeit für das nächste CTG und gegebenenfalls eine weitere Tablette. Wieder sind keine Wehen zu spüren und so gehen alle davon aus, dass es noch dauern kann, bis sich etwas tut. Wir beschließen deshalb, dass mein Mann zu David heimfährt und ich ihn anrufe, wenn etwas vorwärts geht. Ich nehme die nächste Tablette und spüle sie mit einem großen Schluck Wasser hinunter.

Wer stört meinen Schlaf? Hilfe, irgendetwas ist anders als sonst. Meine Wand drückt gegen mich, fast als wolle sie mich rausdrängen. Immer deutlicher, immer fester, ich glaube, ich muss hier raus ...

Ich sitze noch im CTG-Zimmer, als es zu ziehen beginnt. Kein leichtes Ziehen, sondern ein starkes, wie bei einer Wehe. „Ich glaube, die Tablette wirkt jetzt", sage ich zu der Hebamme, die den Raum noch nicht verlassen hat. „Sehr gut", lächelt sie mir zu, „wir machen gleich noch ein CTG." Zuerst aber ist Schichtwechsel, die erste Hebamme, der bemutternde Typ, geht nach Hause und es kommt eine andere junge Frau. Die hängt mich dann wieder an das Messgerät für die Herztöne, um zu schauen, ob es sich um echte oder nur gefühlte Wehen handelt. Die Geburt meines ersten Sohnes ist noch nicht lange her, damals hatte ich mit Unterbrechung 36 Stunden Wehen, war am Ende zwar kraftlos, aber wunschlos glücklich. Heute soll es, wenn es nach mir geht, schneller gehen. Der Wehenschreiber schwingt auf und nieder, es sind echte Wehen. Die Hebamme schaut genau hin, ihr gefallen die Herztöne des Kindes nicht, darum konsultiert sie den zuständigen Arzt. Ein kurzes Gespräch, beidseitiges Kopfnicken und dann die Nachricht, dass sie sofort einen Kaiserschnitt machen müssen, die Herztöne des Kleinen fallen ab. *Wie bitte?!* Für mich bricht eine Welt zusammen. Als ich merke, dass ich nicht um den gefürchteten Kaiserschnitt herumkomme, frage ich stammelnd nach, ob ich meinen Mann anrufen kann, damit er zurückkommt und bei der Geburt dabei sein kann. Die Hebamme meint, solange könne man noch warten. Nach dem Gespräch laufen mir die Tränen herunter, ich habe wirklich Bammel. Die Hebamme gibt mir die Thrombosestrümpfe, sieht meine Tränen und fragt, wie das Baby denn heißen soll: «Raphael Patrick», sage ich. «Wunderschön», antwortet die Hebamme und verspricht mir, dass sie gleich das Namensbändchen anfertigt.

Jetzt wird es ernst, das Baby wird auf die Welt kommen, und so streichle ich meinen Bauch auf der Toilette ein letztes Mal, danach wasche ich mir die Tränen ab und richte die verschmierte Schminke. Ich gebe mir das Versprechen, ab jetzt tapfer zu sein, komme, was wolle. Mein Mann ist rechtzeitig da. Er war gerade daheim angekommen, als sein Telefon klingelte, und drehte sofort wieder um. Jetzt begleitet er mich in den Anästhesieraum, in dem über meinem Bauch ein grünes Tuch gespannt wird.

Zum Glück habe ich erst viel später durch eine Freundin erfahren, dass die Ärzte beim Kaiserschnitt nur einen kleinen Schnitt machen und den Rest, der benötigt wird, um das Baby herauszuholen, aufreißen. Meine Freundin ist selber Krankenschwester und war während ihrer Ausbildung ein Mal bei einem Kaiserschnitt dabei. Sie fand das Zuschauen so schlimm, dass sie ohnmächtig geworden ist, das einzige Mal während ihrer Ausbildung. Ich kann das gut nachvollziehen. Mein Mann steht noch neben mir, er ist aber anscheinend ziemlich blass, denn die Ärzte raten ihm dazu, draußen Platz zu nehmen und zu warten. Ich bitte ihn noch, das Baby dann zu nehmen, dann verabschiedet er sich. Ich glaube, er ist wirklich ganz froh, das Zimmer verlassen zu können. Eine Menge Ärzte und Schwestern sind jetzt meine alleinige Gesellschaft. Sie wollen eine gewöhnliche PDA legen, eine Periduralanästhesie, die mir ab dem Unterbauch die Schmerzen nehmen soll. Die Spritze wird in den Rücken gegeben, ich sitze dabei. Die Nadel ist wirklich lang, das finde ich gruselig, aber ich beiße die Zähne zusammen. Im Nachhinein kann ich mich gar nicht mehr erinnern, ob die Spritze überhaupt schmerzhaft war. Auf jeden Fall hat sie zu langsam gewirkt, denn als mich ein Arzt ein paar Minuten später mit einer schwarzen Klammer in den Bauch zwickt, spüre ich das sehr wohl. Ich sage, dass ich auch beim Zahnarzt immer warten müsse, bis die Narkose endlich wirkt. Das Gleiche sollen die Ärzte meiner Meinung nach auch jetzt tun, allerdings ruft der Chefarzt nur: „Wir haben keine Zeit mehr, wir machen eine Vollnarkose." Nein!!!, schreit es in meinem Kopf. Bitte keine Vollnarkose, ich will doch meinen Jungen in die Arme nehmen können, wenn er da ist. Es hilft nichts, eine Spritze und ich bin weg. Das Letzte, was ich sehe, ist der Tubus, mit dem die Ärzte vor meinem Gesicht hin und her wedeln, um mich während der OP zu beatmen.

Ein Licht, so grell, es blendet mir in den Augen, ich kann nichts sehen. Hilfe: Ich werde herausgenommen, ich will noch nicht gehen, ich will noch nicht gehen! Jemand Fremdes nimmt mich hoch, ich schreie das erste Mal, die Luft brennt in meinen Lungen. Wo ist meine Mama nur? Ich werde gewaschen, warmes schönes Wasser auf meiner Haut. Eine Schwester wickelt mich in ein

Handtuch und drückt mich einem Mann in die Arme. Papa. Endlich bekomme ich etwas zu trinken, ich bin so durstig, das kleine Fläschchen trinke ich in ein paar Zügen aus. Gut, jetzt fallen mir die Augen wieder zu, ich bin sicher auf Papas Arm.

Im Aufwachraum

Irgendwann komme ich wieder zu mir, links und rechts Betten, in denen mir unbekannte Leute liegen, die entweder noch schlafen oder aufsitzen. Was mache ich hier? Ah ja, mein Kind! Ein Pfleger kommt zu mir, ich kann kaum sprechen, lalle nur: „Wie geht es meinem Sohn?" Der Pfleger lächelt und sagt: „Glückwunsch, Sie haben einen gesunden Jungen, dem geht es gut, er ist bei seinem Vater". Gott sei Dank, alles gut! Jetzt freue ich mich. Der Mann gegenüber winkt mir zu, und so winke ich noch leicht benommen zurück. Ich frage nach, wie lange ich geschlafen habe. Wie lange ist mein Sohn schon auf der Welt, ohne seine Mama gesehen zu haben? Der Pfleger meint, etwa zwei Stunden, aber er würde mich gleich auf die Station schieben, da warte ja mein Kind schon. Wie bei der ersten Geburt kann ich mich nicht mehr an die Wege zwischen Kreißsaal und Zimmer beziehungsweise zwischen Aufwachraum und Zimmer erinnern. Das Erste, das ich wieder klar vor Augen habe, ist, dass mir jemand meinen kleinen Raphael auf den Arm legt. Ich schaue ihn an, halte ihn. Das Gefühl ist ganz ungewohnt. Mir fehlt die Begrüßung der normalen Geburt, der Moment, in dem man sein Kind das erste Mal erblickt und sich sofort und unwiderruflich verliebt. Bei Raphael war da diese merkwürdige Lücke. Ich halte meinen Blick auf das kleine Bündel gerichtet und denke: Das ist er jetzt also, ein kleines mickriges Kerlchen mit zwei großen runden Glupschaugen, ein bisschen wie Gollum aus Herr der Ringe. Mein Mann findet ihn total schnuckelig, aber ich fühle noch nicht viel. Die Schwester fragt, ob ich stillen will, und ich nicke ganz entschlossen. Die Schwester holt mein Baby und legt es mir an die Brust. Kaum ist Raphael angedockt, zieht er aus Leibeskräften. Die Schwester ist genauso verdutzt wie ich. Kein Vergleich zu David, der immer ein fauler Trinker war und am Ende die Flasche viel lieber wollte, weil das so bequemer war. „Dafür, dass er so klein ist, hat der aber einen ganz guten Zug drauf", meint die Schwester. Je länger ich Raphael im Arm halte, umso mehr kommt auch das Muttergefühl. Ich bin ganz zufrieden und bin überzeugt, dass Raphael ganz schnell groß wird.

Raphael liegt neben meinem Krankenbett in seinem Säuglingsbett. An einer Seite ist eine Hasenspieluhr befestigt, die ziehe ich ihm auf und dann schläft er irgendwann ein. Ich gebe ihn absolut nicht ab. Das Krankenhaus bietet ein Rooming-in an mit der Möglichkeit, die Neugeborenen in der Nacht ins Säuglingszimmer zu geben, doch das möchte ich nicht. Der Kleine hat mich nach der Geburt sowieso entbehren müssen und ich bin froh, dass er jetzt neben mir liegt.

Raphael ist in der 38. Schwangerschaftswoche 45 Zentimeter groß und 2230 Gramm schwer auf die Welt gekommen. Trotz des geringen Gewichts muss er nicht in den Brutkasten. Ich muss darauf achten, dass er immer schön zugedeckt ist, er friert leicht. Mir selber geht es nicht so gut. Als die Narkose langsam nachlässt, merke ich die Schmerzen im Unterbauch. Ich kann mich kaum drehen, geschweige denn aus dem Bett aufstehen. Vom Intubationsschlauch habe ich Husten, und bei jedem leichten Räuspern zerreißt es mich fast. Die Schmerzen sind zweitrangig, Hauptsache, Raphael geht es gut. Dennoch bin ich noch nicht in der Stimmung, dem weiteren Bekanntenkreis die frohe Kunde mitzuteilen. So telefoniere ich nur das Nötigste mit den engsten Angehörigen und Freunden. Meine Mutter sagt, sie werde von München aus sofort kommen, darüber freue ich mich. David möchte ich in meinem Zustand noch nicht sehen, auch am nächsten Tag nicht. Er würde nicht verstehen, dass sich seine Mama kaum bewegen kann. Die erste Nacht ist furchtbar, im Nachhinein hätte ich mir lieber Schmerzmittel geben lassen sollen, aber ich bin von Natur aus skeptisch, was Medikamente anbelangt.

Der zweite Tag

Raphael trinkt weiter gut, er ist ganz ruhig und brav. Ich schließe ihn richtig ins Herz. Wir haben jetzt auch einen Zugang ins Zimmer bekommen – eine junge Türkin mit ihrer Tochter und einer Verwandten. Ich liege immer noch im Bett und beobachte, wie meine neue Zimmernachbarin aufstehen und zur Toilette gehen kann. Verdammte Operation! Das wäre anders wirklich leichter gewesen, aber sei's drum. Eine Schwester kommt zu mir und meint, ich müsse jetzt bitte auch langsam aufstehen. Die ersten Schritte fühlen sich an, als ob meine Gedärme auf den Boden klatschen. Wieder Zähne zusammenbeißen, aber der Weg zur Toilette ist fast nicht zu ertragen. Ich will lieber sofort ins Bett zurück, doch die Schwester treibt mich an, weiter zu laufen. „Los, Frau Lehmann, das geht schon. Man muss sich sofort wieder mobilisieren." Wie von Messerstichen geplagt gelange ich endlich ins Bad und darf dann wieder zurück ins Bett. Mir graut es schon vor dem nächsten Mal Aufstehen.

Da ich jetzt wieder alleine zur Toilette gehen kann, entfernt die Schwester den Blasenkatheter. Eine Erleichterung. Meine Zimmernachbarin hat ein normal großes Baby, das immerzu schreit. Die Kleine hat Hunger und saugt ihrer Mutter die Brustwarzen wund. Gegen Nachmittag trifft der erste Besuch ein, eine damals gute Freundin. Bei der Türkin kommt die ganze Familie, das Zimmer ist voll. Die Südländer bringen Essen mit, das ganze Zimmer riecht danach, aber sie bieten mir auch etwas an. Pünktlich zum Gebet wird ein mitgebrachter Gebetsteppich ausgerollt und ungläubig beobachte ich, wie die Mutter der jungen Türkin auf die Knie geht und in Richtung Mekka betet.

Ich liege tagsüber noch die meiste Zeit im Bett. Raphael hat am Säuglingsbett eine Wickelablage, worauf ich ihn im Sitzen schon wickeln kann. Wenn er trinken will, rufe ich eine Schwester, die ihn mir an die Brust hebt. Ab morgen mache ich wieder alles alleine.

Der dritte Tag

Raphael ist ein bisschen zu kalt, er muss in ein Heizbett. Die Temperatur wird jetzt ständig mit Hilfe eines überdimensionalen Fieberthermometers überwacht. Auch der Blutzuckerwert stimmt nicht ganz, weshalb Raphael immer wieder in einen der winzig kleinen, fast gläsern wirkenden blauen Füße gepikst werden muss. Der Arme, denke ich mir.

Heute kommt endlich mein großer Sohn. Ich freue mich wirklich, als er durch die Tür stolziert. Mit seinen eineinhalb Jahren kann er sich schon ganz gut verständigen und erfasst die Szene sofort. Das ist jetzt also das erwartete Baby, sein kleiner Bruder. Er macht schön ei ei, ihm gefällt der Kleine. Wir gehen aus dem Krankenzimmer, das sich langsam wieder mit der türkischen Großfamilie füllt. David guckt sich auf dem Gang alles an, meine Schwiegereltern sind als Verstärkung zum Hinterherlaufen dabei.

Ich bin auch wieder auf den Beinen, wenn auch noch ein bisschen klapprig. Als ich mit Raphael zum Stillen muss, kommen mein Mann und David mit. Wir ziehen uns ins Stillzimmer zurück, da ist es ruhiger als im Krankenzimmer. Den Abschied verkraftet mein Großer auch ganz gut, er darf mich ja morgen wieder besuchen.
In der Nacht macht die Nachtschwester mit Raphael noch den obligatorischen Hörtest, er ist völlig in Ordnung. Am letzten Tag im Krankenhaus geht es uns schon richtig gut. Nur der Blutzuckerwert macht noch ein paar Probleme, das kleine Babyfüßchen ist jetzt schon ganz blau gepunktet. Ich will langsam wirklich nach Hause, das Fiebermessen und Piksen nerven mich.

Raphael hat sein Geburtsgewicht bereits wieder erreicht, die Babys nehmen ja nach der Geburt erst einmal ab. Das ist sehr beruhigend, ich bin froh, dass er so gut trinkt. Sein Entlassungs-Strampler ist ihm immer noch viel zu groß. Ich habe ihm einen schönen Body von der Rock-Star-Baby-Kollektion mit dem Aufdruck „Wanted" gekauft und einen süßen Strampelanzug in Größe 56. Darin versinkt er allerdings, deshalb hat mir meine Schwiegermutter jetzt Frühchenstrampler in Größe 44 besorgt, die liegen schon enger an.

Entlassungstag

Heute ist der große Tag. Raphael soll nach Hause, vorausgesetzt die Abschlussuntersuchung ergibt keine Auffälligkeiten. Mir ist ein bisschen bange, ich will sehr gerne heim, aber ich habe Sorge, dass der Arzt vielleicht doch irgendetwas findet. Vor Raphaels Untersuchung ist meine Abschlussuntersuchung, eine reine Routine, es gibt nichts Auffälliges. Ich solle nur wegen des Kaiserschnitts ein Jahr lang nicht schwanger werden. „Hab ich eh nicht vor", antworte ich der Ärztin lächelnd.

Nun ist Raphael dran und ich bin doch nervös. Ich hatte wohl damals schon das Gefühl, dass irgendetwas nicht stimmt. Ich warte darauf, dass die Kinderärztin mit ihren blonden Locken mir die Entlassung verweigert, aber sie sagt: „Alles in Ordnung, Sie dürfen mit dem Kleinen nach Hause." „Wirklich?! Da bin ich aber froh!", antworte ich. Alle Reaktionen seien normal, die Herztöne, alles, was es zu tasten galt, unauffällig. Ich solle versuchen, ihn noch ein bisschen warm zu halten. Uwe holt mich ab. Ich habe schon alles zusammengepackt. Der Maxi-Cosi ist viel zu groß für Raphael, man sieht ihn gar nicht darin. Trotzdem fahren wir stolz wie Oskar heim.

Wir haben das Glück, in einem eigenen Haus im Grünen zu wohnen. Meine Schwiegereltern wohnen direkt nebenan, und wir teilen uns einen riesigen Garten. Mehr kann man sich für ein kleines Kind fast nicht erträumen, außer vielleicht noch ein paar Tiere. Immerhin, ein Hund ist schon geplant.
Wir kommen nachmittags gemütlich daheim an, David ist bei seiner Oma und wartet schon. Raphael schläft in seinem Maxi-Cosi und lässt sich durch nichts stören. Ich freue mich schon, ihm die Umgebung zu zeigen, wo er groß werden wird. Es ist ein schönes Gefühl, zwei Jungs zu haben!

Eine neue Welt

„Auch das ist Kunst und Gottes Gabe
aus ein paar sonnenhellen Tagen
sich soviel Licht ins Herz zu tragen
dass, wenn der Sommer längst vergeht
das Leuchten immer noch besteht"
(Johann Wolfgang von Goethe)

Die ersten Tage und Wochen mit Raphael daheim sind richtig schön. Irgendwie habe ich das Gefühl, es ist alles so, wie es sein soll, und alles ist gut; unsere Familie scheint komplett zu sein. David ist wahnsinnig lieb mit seinem Bruder, er ist noch bei mir daheim, weil ich das große Glück habe, mich die ersten drei Jahre voll und ganz auf meine Kinder konzentrieren zu können. Wenn ich den kleinen Raphael also stille, bekommt David eine kleine Tüte Gummibärchen oder etwas anderes Besonderes. Raphael trinkt und schläft und wächst ganz nebenbei auch Stückchen für Stückchen. Unser Alltag als Familie läuft genauso weiter wie bisher, ein zweites Kind in dem geringen Abstand bedeutet ja auch keine gravierende Veränderung mehr – solange das Kind gesund ist, und allen Anschein nach ist alles in Ordnung. Freunde und Bekannte lächeln und witzeln zwar manchmal, weil er so klein ist, aber ich höre auch, dass er wächst. Er ist ein braves Kind, schreit nicht viel, schläft gut, macht absolut kein Problem beim Stillen, und er ist fröhlich und aktiv, wenn er wach ist. Er schaut sich mit seinem zu diesem Zeitpunkt noch blauen Augen die Welt und sein Umfeld genau an, ab und zu meint man, er lächelt schon ein bisschen.

So vergeht die Zeit und bald schon zieht es mich raus, meine Wander- und Reiselust dringt wieder durch, der Hang zum Aktionismus. Deshalb wird als erster Schritt ein Urlaub bei meiner Schwester in der Schweiz geplant. Nati ist selber Ärztin und macht ihre Facharztausbildung bei den Eidgenossen.

Ihr Freund, ebenfalls Arzt, hat sich auch frei genommen und so freuen wir uns auf die Woche miteinander. Meine Schwiegereltern haben Bedenken, was die Reise mit zwei so kleinen Kindern betrifft; letztendlich sind sie aber beruhigt, als Uwe sich bereit erklärt, mich hinzufahren und wieder abzuholen. So steht der erste Urlaub vor der Tür, in ein paar Tagen ist es soweit, Raphael wird zu diesem Zeitpunkt drei Monate alt sein.

Was für ein Leben. Endlich fange ich an mich richtig wohlzufühlen. Besonders freue ich mich über den lustigen großen Jungen, der anscheinend auch zu meiner Familienherde gehört. Deshalb verzieht sich auch mein Mund so komisch und Glucks-Laute kommen heraus, wenn er auf und ab hüpft auf dem Schlafplatz. Und Mama strahlt mich an und sagt: „Du lachst ja!" Ich spüre Kraft in mir, ich kann mich strecken und mit den Beinchen strampeln, und wenn ich genug geschlafen habe, ist diese Welt wunderschön!

Bevor wir in die Schweiz aufbrechen, haben wir noch einen Termin für die Vorsorgeuntersuchung. Ich habe mir auf Empfehlung einen Arzt in Nürnberg gesucht, bei dem ich mich gut aufgehoben fühle, und so nehme ich den längeren Anfahrtsweg gerne in Kauf.

In der Praxis angekommen fragt mich die Sprechstundenhilfe, ob ich Raphael noch stillen will, sie hätten ein abgetrenntes Eck für Säuglingsmamas. Das nehme ich gerne in Anspruch, auch wenn wir noch während des Stillens aufgerufen werden. Ich hoffe, der Doktor ist mit Raphaels Gewicht zufrieden und macht kein großes Drama aus den Perzentilen. Der Arzt nimmt sich Zeit für die Untersuchung, er macht noch einen Ultraschall von den Hüften, die bei Raphael nach der Geburt etwas auffällig waren, aber er sagt, es bestehe kein Anlass, eine Spreizhose zu tragen oder ihn breit zu wickeln. Der Doktor hat selber drei Kinder und ist absolut gelassen, was das Gewicht von Raphael angeht. Als ich ihn darauf anspreche, ob ich ihn mit einem Fläschchen zufüttern muss, meint er, dass der Kleine im Verhältnis zum Geburtsgewicht ganz normal zunehme, ich solle ihn also weiter stillen, das reiche aus.

Zufrieden und glücklich fahre ich wieder nach Hause. Raphael wächst und nimmt zu und so denkt niemand an eine schwere Krankheit. Ich habe noch einmal einen Albtraum vom Klinikum Langwasser. Darin will ich nach der Geburt aus dem Krankenhaus fliehen, mit einer riesigen Narbe am Unterbauch und nur in einem weißen Krankenhaus-Nachthemd bekleidet. Ich renne unter Schmerzen einen U-Bahn-Abgang hinunter und irgendwer vom Krankenhauspersonal ist mir dicht auf den Fersen. Dann wache ich auf und denke: nur ein Traum. Das Krankenhaus soll für mich ein für alle Mal abgehakt sein.

Der Zeitpunkt der Abreise ist gekommen, natürlich bin ich ein bisschen aufgeregt, ob mit den zwei kleinen Kindern auch alles gut gehen wird auf der Fahrt, die immerhin vier Stunden dauern wird. Wir sind gut vorbereitet, haben Bücher, Brotzeit und eine Spielzeugtüte für David dabei, aus der er sich jede Stunde eine Kleinigkeit nehmen darf. Wir fahren nach dem Frühstück los, es gibt kein Geschrei, ich setze mich zwischen meine beiden Söhne und rassle für den Kleinen, während sich der Größere einen Bagger aus der Tüte zieht. Wir gucken uns die Landschaft an und freuen uns über jeden Traktor, den wir sehen. David weiß mit seinen eindreiviertel Jahren jetzt schon, welcher Traktor ein John Deere, ein Fendt oder ein Deutz ist – so kann man selbst von den Kleinsten noch etwas lernen. Die Baustellen auf der Autobahn kommen uns auch gelegen. Bagger beim Schaufeln zu beobachten oder der Walze beim Rollen zuzuschauen, bietet eine herrliche Abwechslung für David. Raphael ist eingeschlafen. Er ist glücklich und zufrieden mit seinem Schnuller.

Die erste längere Pause machen wir in Bregenz, kurz hinter der Grenze. Wir setzen uns in ein McDonalds-Restaurant, da kann David ausnahmsweise Pommes frites essen und ich kann Raphael stillen und wickeln. Jetzt haben wir den größten Teil der Anreise schon hinter uns, und als alle satt sind, setzen wir zum Endspurt an. Kurz vor dem Ort, in dem Nati wohnt, ruft David: „Kran! Grüner Kran!", und wir staunen Bauklötze, als wir einen grünen Kran erblicken. Nati und ihr Freund Basti freuen sich, als wir endlich da sind. Mein erster Besuch bei ihr in der Schweiz. Uwe hilft noch das Gepäck hochzutragen, trinkt schnell einen Kaffee und dann macht er sich auf den Heimweg. Eine Woche Luftveränderung wartet auf uns und wir sind überglücklich.

Die Tage vergehen wie im Flug. Nati hat mir ihr Schlafzimmer überlassen und die Buben schlafen erstaunlich gut. Die Ausflüge sind nach dem Geschmack der Kinder organisiert, aber wir haben auch viel Spaß auf kleinen Wanderungen oder im St. Gallener Zoo, wo man die Tiger aus nächster Nähe bestaunen kann. Manchmal gehen wir einfach nur zum Eisessen und auf den Spielplatz. Einen Tag besuchen wir meine Mutter, deren Lebensgefährte am Bodensee wohnt, ganz in der Nähe von Lindau. Es ist ein schöner Tag im Juni und meine Mutter wird mich nach Raphaels etwas herausstehenden Bauchnabel fragen und Nati wird sagen, es sei ein einfacher Nabelbruch, so etwas komme oft vor und sei absolut nichts Bedenkliches. Ich werde mit Raphael sowieso bald zur U4 gehen, in dem Alter jagt eine Vorsorgeuntersuchung die nächste. Dann werde ich den Kinderarzt nach dem Nabelbruch fragen.

David und Raphael sind total brav im Urlaub und Raphael lacht jetzt das erste Mal richtig. Eines Morgens freut er sich so sehr über die Anwesenheit seines großen Bruders, dass der kleine Bauch auf und nieder gluckst. Er trinkt nach wie vor alle drei bis vier Stunden und in der Nacht einmal, es gibt keinen Grund besorgt zu sein. Mein künftiger Schwager sagt zu mir eines Morgens: „Ein Jahr und dann hast du es geschafft, das ist doch cool". Hätte er nur recht gehabt, aber das Schicksal wollte es anders. Als es Abschied nehmen heißt, sind wir alle ein bisschen traurig, aber bald ist die Taufe der zwei Brüder geplant, und so gehen wir davon aus, dass wir uns in vier Wochen wiedersehen.

Der Alltag holt uns daheim schnell ein, ich gehe mit den Kindern wieder in die Krabbelgruppe, zum Kinderturnen und treffe mich mit anderen Müttern und deren Kindern. Dazwischen sind wir viel an der Luft, gehen spazieren, ich erledige die Einkäufe und den alltäglichen Haushalt. Ich will mit drei Frauen aus der Krabbelgruppe, die auch alle Babys im Alter von Raphael haben, einen Babymassagetreff organisieren. Für eine der Frauen ist es das dritte Kind und sie ist bereit, mir die Handgriffe zu zeigen. Schnell wird ein Termin gefunden, davor müssen wir allerdings noch zur Vorsorgeuntersuchung. Da die Untersuchung reine Routine ist und sich Raphael meiner Meinung nach gut entwickelt hat, entschließe ich mich nun doch, zu unserm „Landarzt" zu gehen. Der ist zwar kurz vorm Ruhestand und mir nur mäßig sympathisch, aber dennoch denke ich mir, dass er in der Lage sein wird, Raphael zu impfen und seinen Gesundheitszustand zu begutachten. Immerhin spare ich mir dadurch die lange Autofahrt nach Nürnberg. Ich kenne den Arzt bereits von einem Termin mit David, ich will einfach nur schnell den Vorsorgestempel und dann wieder verschwinden. Die Sprechstundenhilfe kommt zum Wiegen und Messen. Raphael wiegt jetzt 4660 Gramm und hat somit sein Geburtsgewicht verdoppelt. Der Doktor ist nicht ganz so euphorisch wie ich, er meint, es sei noch zu wenig und er wolle Raphael in vier Wochen noch einmal anschauen. Mein Sohn bekommt seine erste Sechsfach-Impfung und der Arzt diagnostiziert, wie meine Schwester, einen kleineren Bauchnabelbruch, der aber im Moment noch nicht behandlungsbedürftig sei, denn so etwas könne sich noch verwachsen. Etwas anderes Auffälliges findet der Arzt nicht.

Das Monster in der Dunkelheit

„Was wäre ein Ozean ohne Monster, das im Dunkeln lauert? Es wäre wie Schlaf ohne Träume"
(Werner Herzog)

Unser erster Babymassagetermin ist am Donnerstag. Wir treffen uns bei einer Teilnehmerin daheim, David habe ich bei seiner Oma gelassen, denn das soll ein Termin nur für unseren Kleinen sein. Raphael ist richtig entspannt, ihm scheint die Massage zu gefallen, und als er danach noch gestillt und gewickelt ist, schläft er hundemüde ein. Die Frauen aus der Krabbelgruppe sagen, wie süß Raphael doch geworden ist und wie schön er zugenommen hat. Sie beneiden mich, weil er aussieht wie ein Püppchen, ganz feine Gesichtszüge mit großen Augen und Stupsnase. Aber es ist kein böser Neid, es ist eher so, dass sie sich mit mir an meinem süßen Baby freuen. Sie sind sich einig, dass ich mir keine Gedanken über die Aussagen vom Kinderarzt machen soll. Eine der Freundinnen gibt mit eine Beschreibung mit den Massagegriffen mit nach Hause, wir wollen aber noch einmal einen Termin ausmachen. Ich habe vor, Raphael jetzt jeden Tag, wenn David seinen Mittagsschlaf macht, zu massieren.

Gleich am nächsten Tag fange ich voller Begeisterung damit an und am darauffolgenden Tag wieder. Es ist ein Samstag, der letzte für lange Zeit unbeschwerte Tag daheim. Ich nehme mir in der Mittagspause Zeit für meinen Kleinen, wecke ihn auf, massiere, stille und wickle ihn und sage noch zu ihm, dass er jetzt nicht schon wieder schlafen soll: „Du bist doch gerade erst aufgewacht, mein Kleiner." Raphael will trotzdem wieder seine Augen schließen, so nehme ich ihn hoch, damit er ein Bäuerchen machen kann, als ich sehe, dass er ein bisschen Blut spuckt. Es sind nur zwei oder drei Tröpfchen, die an dem Spucktuch kleben bleiben, dennoch bin ich sofort alarmiert. Im ersten Schrecken rufe ich eine Freundin an, die Krankenschwester ist, sie ist nicht zuhause. Ich versuche, mich zu sammeln und Ruhe zu bewahren. Ich will nicht überstürzt handeln und nicht sinnlos drauflos rennen und so frage ich noch meine Schwiegermutter, die sich aber über die Ursache auch nicht sicher ist. Ich beschließe Raphael vorerst zu beobachten, und als der Rest des Tages „normal" verläuft, denke ich nicht weiter darüber nach. Mein Schwiegervater sagt, es könne von der Muttermilch kommen, und meint wahrscheinlich, dass die Brustwarzen entzündet sein können. Sind sie aber nicht. Die Nacht ist ruhig, Raphael schläft bis zum Morgen. Als er wach wird, nehme ich ihn in mein Bett, stille ihn und streichle ihn ein bisschen. Auf einmal läuft wieder Blut aus seinem Mund. Die Alarmglocken schrillen. Als er dann noch in seine Windel macht und der Stuhl fast schwarz ist, reagiere ich sofort. Mein Mann hält mich für verrückt, als ich ihm sage, dass ich ins Krankenhaus fahre. Er schimpft über den Aufwand nur wegen einer Windel und verzieht sich in sein Bett zurück. Ich rufe noch schnell meine Schwester an, die auch schon auf den Beinen ist, weil sie Wochenenddienst hat. Es ist etwa halb acht, sie klingt besorgt und sagt, ich solle so schnell wie möglich fahren. Ohne zu duschen. Einen Kaffee muss ich aber noch trinken, sonst bin ich wie ein Geist. David ist jetzt auch aufgewacht, ich sage ihm, dass er zu seiner Oma darf, weil ich kurz weg muss. Das Wort „Krankenhaus" sagt ihm noch nichts. Ich packe die Windel ein und Raphael, der schon wieder einschlafen will, und fahre. Sonntag früh ist kaum Verkehr und auch der Krankenhausparkplatz ist leer. Ich bin wieder in der Klinik, in der ich Raphael entbunden habe. Die Ambulanz in der Kinderklinik ist verwaist, nur an der Pforte sitzt einsam eine Krankenschwester. Ich melde mich an, schildere schnell den Sachverhalt und die Schwester sagt, ich solle noch kurz Platz nehmen. Sie scheint nicht besorgt. Es ist jetzt fast –neun Uhr, Zeit für eine Mahlzeit. Raphael wacht auf und ich füttere ihn, während wir warten. Er ist jetzt wieder ein bisschen munterer. Wir werden ins Behandlungszimmer gerufen. Ich lege Raphael auf die Liege. An der Decke hängen lustige Mobiles, über die sich Raphael sehr freut. Er strampelt jetzt feste und lacht sein schönes Lachen. Ich sehe uns schon am Nachmittag im Garten spielen und spazieren gehen. Dann geht die Türe auf und herein tritt ein sehr junger Arzt. Der Mann hat zerzauste, dunkle Haare, ist schlank und höchstens Mitte 20, aber er ist ganz sympathisch, wie er uns etwas nervös gegenüber sitzt. Raphael spielt mit seinen Händen und lacht, während ich dem jungen Arzt das Vorgefallene erzähle. Er nickt und schaut das Kind an, dann blickt er in die mitgebrachte Windel. Wieder ein Nicken. Ja, das sei Teerstuhl. Er erklärt mir, dass das viele Ursachen haben kann, am besten wäre es Raphael eine Nacht zu überwachen, denn so wie der Kleine sich benehme, glaube er nicht, dass es etwas Ernstes sei. Eine Nacht im Krankenhaus, schießt es mir durch den Kopf – das ist ein Albtraum für mich. Vielleicht muss es ja auch nicht sein, der Arzt wird erst mal Blut abnehmen, nur zur Sicherheit, und einen Zugang legen. Er sucht sich dazu eine Vene am Kopf aus. Das finde ich furchtbar. „Dann kann ich ihm ja gar keine Mütze aufsetzen, wenn wir später mal raus wollen." „Das kriegen wir schon", beruhigt er mich. Raphael tut mir wirklich leid, als er gepikst wird. Es wird ein Schnelltest gemacht und ich bekomme zunächst gar nicht mit, dass der junge Arzt einen Zettel in der Hand hat und einen Kollegen anruft. (Später weiß ich, dass er seine Oberärztin verständigen musste, da der HB-Wert, also die Menge der roten Blutkörperchen, lebensbedrohlich war). In der Zwischenzeit ruft Nati mich auf dem Handy an. Ich sage ihr, ich wüsste noch nichts, der Arzt hätte jetzt gerade eine Nadel gelegt. Sie fragt, ob sie mit dem Arzt sprechen könne, und der junge Mann nimmt das Gespräch bereitwillig an. Er erklärt meiner Schwester irgendetwas von einem HB-Wert, der sei nur noch bei 4,6, aber er glaube an einen Messfehler, weil das Kind so munter sei. Nati ist geschockt. Als ich sie wieder am Telefon habe, sagt sie, sie mache sich auf den Weg zu mir. Sie nimmt sich frei und kommt. In dem Moment fange ich an, an etwas Ernsteres zu glauben, und mir wird ganz anders. Auf einmal stehen viele Ärzte um meinen Sohn, er bekommt sofort einen Ultraschall. Während wir im abgedunkelten Untersuchungszimmer sind, erscheint Uwe. „Was ist los", fragt er. Er ist ganz aufgebracht, dass ich einfach gefahren bin. Ich sage ihm, dass ich auch noch nichts weiß, dass Raphael gerade einen Ultraschall bekommt und dass wir warten müssen. Ich vermute einen Darmverschluss, allerdings beruht diese Vermutung natürlich nicht auf medizinischem Wissen, sondern rührt nur daher, dass ich in einem Homöopathie-Buch, das mir mein Vater geschenkt hat, die Symptome nachgeschlagen habe.

Ich möchte an dieser Stelle noch einmal erwähnen will, dass ich zu keiner Zeit das Bedürfnis hatte, mich mit dem Studium der Medizin zu beschäftigen, obwohl der Beruf des Arztes in meiner Familie weit verbreitet ist und uns diese Wissenschaft quasi in die Wiege gelegt wurde.

Eine neue Ärztin mit kurzen, braunen Locken und Brille tritt uns ahnungslosen Eltern gegenüber und teilt uns mit, dass unser Sohn jetzt sofort auf die Intensivstation verlegt werden muss. Sie wüsste noch nichts Konkretes, aber er hätte viel Blut verloren und solle deshalb erst mal eine Bluttransfusion erhalten. Wir dürfen Raphael auf die Elefantenstation, wie die Intensivstation des Klinikums genannt wird, begleiten und werden dann gebeten im Elternzimmer Platz zu nehmen, denn man müsse Raphael noch „Kreuzblut" für die Transfusion abnehmen und wohl noch einen Zugang legen. Ich lasse meinen Sohn nur sehr ungern mit den Ärzten allein. Es fühlt sich an, als ob mir jemand die Luft abschnürt, als ich ihm den Rücken kehren muss und er hinter der Tür eines Patientenzimmers verschwindet. Es ist jetzt zwölf Uhr mittags und ich warte angespannt, warte die längste Zeit meines Lebens, schleiche das zehn Quadratmeter große Elternzimmer auf und ab, gebe vor die Artikel an der Wand zu lesen und habe diese seltsame Leere im Kopf. Die Minuten vergehen. Dann höre ich ein erbärmliches Schreien. Das ist MEIN Kind! Ich bin 1000 Prozent sicher und renne auf den Gang. Mein Raphael hat Hunger, er braucht etwas zum Essen, ich muss ihn stillen, schreit mein Mutterinstinkt! Warum lassen die Ärzte mein Baby so schreien? Ich gehe vor zu den Schwestern, sage, dass mein Sohn Hunger habe, dass er jetzt gefüttert werden müsse. Die Schwestern schauen nur verständnislos und sagen, ich solle mich wieder beruhigen und im Elternzimmer warten. Ich will aber nicht warten, ich will sofort zu meinem Sohn oder wenigstens wissen, was los ist. Eine Schwester verspricht, den Arzt zu mir zu schicken, aber erst soll ich bitteschön wieder ins Elternzimmer zurück. Ich bin so wütend und währenddessen brüllt Raphael weiter. Die andere Schwester fragt dann, ob ich abpumpen muss. Daran habe ich noch gar nicht gedacht, aber ich merke, wie meine Brust spannt und die Stilleinlagen nass werden. Erst muss Raphael ruhig sein, vielleicht kann man ihm eine Betäubung geben, dass er nicht so weinen muss? Die Schwester nickt und anscheinend hat man ihm dann wirklich etwas zum Schlafen gegeben, denn auf einmal ist es still auf dem Gang. Ich gehe mit den zwei Milchflaschen ins Elternzimmer zurück, wo mir die Schwester die elektrische Milchpumpe erklärt. Das Gerät sieht ziemlich brutal aus, wie es so vor sich hin pumpt, aber der Druck in der Brust ist fast unerträglich geworden. Also probiere ich das Ding aus und stelle fest, dass die Pumpe hervorragend funktioniert. Viel besser, als wenn man mit einem Handgerät abpumpt. Am Ende sind es fast 200 Milliliter Milch, die ich zu den Schwestern nach vorne bringe, und sie scheinen überrascht zu sein, dass es so viel ist. Anscheinend hielten sie Raphael aufgrund seiner Größe und seines Gewichtes auch für mangelernährt. Jetzt bin ich wieder ruhiger und es wird versichert, dass bald ein Arzt zu uns kommt.

Ich kann mich nicht mehr genau an das Aufklärungsgespräch oder den Arzt, der es geführt hat, erinnern, aber am Ende müssen wir die Einwilligung zu einer Magenspiegelung in Vollnarkose unterschrieben haben, denn das ist es, was die Ärzte bei Raphael in einem ersten Schritt zur Abklärung der Blutungsursache gemacht haben. Im Nachhinein verstehe ich, wieso man Raphael nichts mehr zu trinken gegeben hat, denn ein Patient muss bei einer Vollnarkose absolut nüchtern sein; das heißt, es dürfen sich keine Essensreste oder Flüssigkeit im Magen befinden, da sonst Aspirationsgefahr, also Erstickungsgefahr durch Erbrechen droht. Deshalb hat man auch so lange mit dem Eingriff gewartet. Ich erkenne den Ernst der Lage immer noch nicht voll und überlege, wann der Kleine wohl wieder heim kann.

Alles um mich herum ist unwirklich. Ich schwebe über dem Erdboden. Jemand zerrt an mir herum, hält mich fest. Man dreht mich auf den Rücken, mein Mund wird geöffnet. Ich fühle mich, als ob ich spucken muss. Eine lange Schlange gleitet in meinen Rachen, ihre Augen glühen im Dunkeln und suchen. Ihr Kopf fährt an getrocknetem Blut vorbei – mein Blut. Sie leckt mit ihrer Zunge die letzten Reste auf und mit einem Ruck wird sie herausgerissen. Ich will schreien, ich habe solche Angst, doch ich bin wie gelähmt. Mein Hals brennt wie Feuer.

Eine gertenschlanke Ärztin mit zusammengebundem krausen braunen Haar, Brille und resolutem Gang ist das Erste, an das ich mich wieder erinnern kann. Ich weiß nicht mehr, wie viel Zeit zwischen dem Aufklärungsgespräch und der Begegnung mit der Ärztin vergangen ist. Jedenfalls stellt sie sich uns freundlich vor, sagt, ihr Name sei Frau Dr. Bischoff und dass sie gerade eben die Untersuchung bei unserem Sohn durchgeführt habe. Damals habe ich die Frau bestimmt sehr skeptisch angeschaut, als sie mir formal die Hand gab und mir durch den Kopf ging, dass es typisch ist, dass die Klinik für den Sonntagsdienst eine Frau hier abstellt, die wahrscheinlich am Ende der falsche Ansprechpartner für Raphaels Problem ist. Ich hätte wohl ganz klischeehaft mehr Vertrauen in eine männliche Person, am ehesten in einen Arzt gehobenen Alters mit viel Erfahrung gesetzt. Aus heutiger Sicht, kann ich nur sagen, wie einfältig es ist, die Menschen nach ihrem Äußeren zu bewerten, denn Frau Dr. Bischoff war genau die richtige Ansprechpartnerin, eine Expertin auf ihrem Feld, und wir haben wohl großes Glück gehabt, in dieser Klinik bei dieser Frau gelandet zu sein.

Doch damals habe ich nur ein weiteres fremdes Gesicht vor mir gesehen, das uns zunächst erklärte, wie viel Glück wir gehabt hätten, genau dieses Klinikum angesteuert zu haben, denn anscheinend verfügt kein anderes Krankenhaus der Region über Endoskopiegeräte für Säuglinge. Die Bilder, anhand derer sie uns die Problematik erklärt, sind monströs. Die Speiseröhre von Raphael ist von sogenannten Fundusvarizen, also Krampfadern, durchzogen, die dick und blau geschwollen oder schlimmer, gleich offen und blutig sind. Das Blut läuft aus den Adern, durch die Speiseröhre und dann in den Darm hinein, dadurch erklärt sich auch das Blut im Stuhl. Frau Dr. Bischoff konnte die Blutungen mit Hilfe eines speziellen Klebstoffes stoppen. Sie betont erneut wie viel Glück wir gehabt hätten, dass Raphael nicht verblutet ist. Sie erklärt uns, dass er jetzt noch beatmet in Narkose liegt und man ihn zunächst im künstlichen Koma lassen will, da er so viel Blut verloren hat und weitere Interventionen folgen werden. Als ich wissen will, wann er wieder nach Hause kann oder wie lange alles dauern wird, lächelt Frau Dr. Bischoff nur müde und sagt, sie könne dazu keine Aussage machen, erst mal müsse er auf der Intensivstation bleiben.

In so einem Moment wünscht man sich wirklich mit jemand anderem zu tauschen, egal mit wem, Hauptsache man kann den ganzen Schrecken abschieben und vergessen. Wenn das Leben außer Kontrolle gerät, ist es schwer die Fassung zu wahren und das Schicksal zu akzeptieren.

Schließlich frage ich, ob ich zu ihm ins Zimmer darf, und dann endlich sehe ich ihn wieder. Er liegt in einem Säuglingsbett mit einem riesigen Intubationsschlauch im Mund, einem Schlauch aus der Nase und weiteren Zugängen an Hand und Fuß. Neben seinem Bett ist ein großer Infusionsständer mit überdimensionalen Spritzen aufgebaut, durch die Raphael Blut, Medikamente und Schlafmittel zugeführt werden. Der Schlauch aus der Nase ist eine Nasensonde, durch den beatmete Patienten Nahrung bekommen. So hilflos liegt er da in einem Krankenhaushemdchen, das seinen angeschwollenen Bauch verhüllt. Dort liegt mein Kind, und doch ist es mir völlig fremd. Von einem Augenblick auf den anderen.

Raphael liegt im künstlichem Koma und ich schaue auf den roten Schlauch – das Blut eines anderen, das meinem Sohn das Leben rettet. Gäbe es keine Spender, wäre mein Sohn gestorben. Mein lieber Raphael. Ich nehme seine kleine Hand und es tut gut ihn zu berühren. Ich will nie wieder loslassen. Mir kommen die Tränen, auch heute noch, fast drei Jahre später, als ich diese Zeilen schreibe. Ich frage die Schwester, ob es ein Bett gibt, so dass ich bei Raphael bleiben kann, aber auf der Intensivstation gibt es keine Übernachtungsmöglichkeit, nur einen Stuhl hätten sie hier, aber davon rät sie mir ab. Raphael wird in Narkose bleiben und ich solle lieber heimfahren und mich ausruhen, aber wir könnten unser Kind selbstverständlich jederzeit besuchen und auf der Station anrufen, um zu fragen wie es Raphael geht.

Ein Vorteil der Kinderintensivstation ist, dass man als Eltern und nahe Verwandte das Kind rund um die Uhr zu jeder Zeit besuchen darf.

Nachdem die wichtigsten Fragen, auf die es in diesem Moment eine Antwort gibt, geklärt sind und ich die ersten Schreckensminuten beim Anblicks meines Sohnes überstanden habe, ohne ohnmächtig zu werden, rückt langsam auch die Umgebung des Zimmers in meine Wahrnehmung. Anscheinend teilt Raphael sich den Raum mit zwei weiteren Kindern, eines davon ein winziges Frühchen, das in einem Inkubator liegt (also ein Bett für zu früh geborene Kinder, bei dem die Schwester oder der Arzt nur mit den Händen durch zwei Löcher an der Seite behandeln können, ansonsten ist es ein verschlossener Plastikkasten mit einem winzigem, gläsern schimmernden Miniaturbaby darin). Das andere Kind ist ein Junge in Raphaels Alter, mit einem Urinbeutel voller Blut und ebenfalls einer Atemmaske. Die Minuten verstreichen und werden zu Stunden, es fällt so schwer sich zu trennen, von der Seite des kleinen Bettchens zu weichen, aber irgendwann siegt auch bei mir die Vernunft. Ich denke an David daheim und weiß, er braucht mich auch. Die Schwestern sind freundlich. Die beiden, die heute Dienst haben, kommen sogar aus unserer Region. Raphael wird alle vier Stunden gewickelt und über die Nasensonde mit der abgepumpten Milch ernährt. Schweren Herzens verlassen wir das Zimmer, ich streichle meinem Sohn über den Kopf und verabschiede mich mit dem Versprechen, morgen wieder zu kommen.

Ich treibe wieder in den mir bekannten Weiten. Irgendwie bin ich an meinen Ursprung zurückgekehrt. Ich habe die Unsicherheit weit hinter mir gelassen und schwebe frei von Hunger, Zweifeln oder Müdigkeit. Nur manchmal, ganz am Rande, fühle ich noch eine Verbindung, die mich nicht gehen lässt. Sie hält meine Hand und ist bei mir. Sie flüstert mir zu: „Alles wird gut."

Auf der Heimfahrt bin ich ziemlich kaputt, ich will nicht sprechen, schon gar nicht über Banalitäten wie den Haushaltseinkauf, mit denen sich mein Mann gedanklich befasst. Für mich ist im Moment gar nicht Alltag. Als mir David daheim im Garten entgegenrennt, gibt es für die Tränen kein Halten mehr. Er fragt sofort nach seinem Bruder, die Großeltern sitzen auf der Bank. Ich sage, dass Raphael noch ein bisschen im Krankenhaus bleiben muss. Genaueres wissen die Ärzte noch nicht.

Als wir mit David unser Haus betreten, fühlt es sich mit einem Schlag leer und verlassen an. Raphael fehlt. Diese Nacht bete ich aus tiefstem Herzen, dass mein Sohn wieder gesund wird, wenn es dafür irgendeine Möglichkeit gibt, und falls nicht, dass Gott ihn zu sich nimmt ohne viel Schmerz und Qual. Es ist komisch, zu was uns die Verzweiflung treibt. Ich hätte mir früher nie träumen lassen, dass ich diesen Glauben in mir trage, denn in diesem einen Moment hatte ich keinen Zweifel mehr, dass es eine höhere Sphäre gibt und Raphael, selbst wenn er sterben sollte, in irgendeiner Form weiter existiert. Ich glaube, dieses Gefühl der Geborgenheit hat mich durch die schlimmste Zeit meines Lebens gebracht, und wenn es nicht da gewesen wäre, wäre ich verrückt geworden vor Verzweiflung.

Die erste Nacht, in der mein kleiner Säugling nicht bei uns zuhause schläft, ist schlimm. Am Abend singe ich David sein Schlaflied vor: „Alle Leut, alle Leut gehen jetzt nach Hause". Ich singe jeden Namen einzeln: Mama, Papa, David gehen jetzt nach Hause, Raphael ist im Krankenhaus, alle Leut, alle Leut gehen jetzt nach Hause." Ich zwinge mich zu schlafen, doch immer wieder wache ich auf, um der Stille zu lauschen und mich zu fragen, ob das Ganze nicht doch ein böser Traum ist. Leider holt mich die Wahrheit immer wieder ein. Meine Brüste schmerzen wie verrückt, ich muss sie mit einem Plastiksauger abpumpen, die Milch wird eingefroren. Ich habe den Schwestern am Vorabend gesagt, dass sie anrufen sollen, wenn sich die Lage von Raphael verschlechtert, und so tröstet es mich immerhin, dass das Telefon stumm bleibt.

Gleich am Morgen rufe ich auf der Station an und erkundige mich nach dem Befinden meines Sohnes. Im Schwesternjargon sagt man mir: „Ihr Sohn ist stabil", das heißt so viel wie: „Es gibt keine großartige Veränderung". Er ist noch beatmet und es stehen heute keine großen invasiven Eingriffe an, was bedeutet, dass nichts gemacht wird, wozu wir als Eltern eine Einwilligung unterschreiben müssen. Ich teile mit, dass wir erst heute Nachmittag kommen werden, denn ich will für David den Alltag so gewohnt wie möglich halten. Deshalb reiße ich mich auch zusammen und zwinge mich in die Krabbelgruppe, die heute bei einer Mutter daheim stattfindet, da ihre Tochter Geburtstag hat. Die Schritte ohne den Maxi-Cosi sind heute schwerer als mit. Ein paar Meter noch bis zur Tür und dann werden sie alle fragen. Dann werde ich erzählen müssen und die ganze Tragik wird noch realer. Johanna macht mir die Tür auf und nach einigen Sekunden fragt sie natürlich, wo Raphael ist. Ich will stark sein, aber es gelingt mir nur halbwegs, also bringe ich etwas stockend hervor, dass er im Krankenhaus auf der Intensivstation ist. Johanna steht der Schock ins Gesicht geschrieben. Sie hat selber drei kleine Kinder. „Oh mein Gott, komm erst mal rein." Auch die anderen Frauen merken schnell, dass etwas nicht stimmt. Wir sitzen auf dem Boden im Kreis und ich erzähle die Ereignisse vom Sonntag und erkläre, dass die Ärzte erst noch weitere Untersuchungen machen müssen, bevor sie eine genaue Diagnose stellen können.

Die Betroffenheit liegt schwer im Raum und da viele der anwesenden Frauen der Kirche nahe stehen, wird sofort für Raphael gebetet. Es ist nur ein kleiner Trost, aber immerhin. Ich schaue in die Runde und bin umgeben von Müttern mit gesunden Kindern. Ich denke an meinen kleinen Jungen, der sterbenskrank im Klinikum liegt, und ich kann nicht verstehen, womit ich so etwas verdient habe. Ich frage mich, was ich falsch gemacht habe, dass es so weit kommen musste. Hätte ich anders handeln sollen? Warum??? Natürlich kommen solche Gedanken auf, bei jedem, immer. Zu dem einen oder anderen Zeitpunkt suchen wir immer das große WARUM. Meiner Erfahrung nach ist es gerechtfertigt, solche Gedanken zuzulassen, und dennoch darf man sich von ihnen nicht unterkriegen lassen. Ich selber habe vehement dagegen gekämpft, dass sie mich komplett vereinnahmen. Irgendwann musste ich die Kraft finden und den Blick nach vorne richten, mich aufrappeln und mir selber einreden, dass es weitergeht mit einem glücklichen Ausgang oder auch mit einem unglücklichen, dass es auf dieser Erde immer etwas gibt, für das es sich zu kämpfen und zu leben lohnt. Die Frage der Schuld und der Ursache spielen dann keine Rolle mehr. Wäre ich im Selbstmitleid versunken, wäre ich auf dem Grund des Ozeans gestrandet und von dort aus nicht mehr hochgekommen.

Nachdem alles Nötige gesagt ist, wird es ein schweigsamer Vormittag. Ich bleibe stumm und lasse mich von Nebensächlichkeiten berieseln. Irgendwann gehen die Kinder raus zum Spielen, und während sich die anderen Frauen um David kümmern, pumpe ich im Gästezimmer Milch ab. Dieses Mal mit einer nervigen Handpumpe. Als ich damit fertig bin, ist auch die Krabbelgruppe vorbei. Man wünscht mir alles Gute und viel Kraft. Die Frauen bieten mir an, mich zu melden, wenn ich Hilfe brauche. Niedergeschlagen fahre ich mit David nach Hause. Noch immer drückt die Leere. Für David geht der Alltag weiter: Erst gibt es Mittagessen und dann geht es ins Bett für gute drei Stunden. Danach wollen wir los ins Krankenhaus. Ich warte ungeduldig. Meine Schwiegermutter kommt auch mit und dort, im abgesperrten Bereich der Intensivstation, holt uns der Schrecken wieder ein. Raphael liegt immer noch wie am Tag zuvor und doch sieht er anders aus. Er ist rundherum verkabelt, von der Nasensonde, die an sein kleines Nasenloch drückt, bis zum Zugang im Fuß. Ständig piepst der Infusionsständer, eine Spritze läuft leer und es gibt Voralarm oder den Endalarm, manchmal ist auch nur ein Kabel geknickt. Das Piepsen wird für die nächsten Jahre unser ständiger Begleiter sein.

Ich nehme wieder seine Hand. Sie ist warm – lebendig. In diesem Moment würde ich alles, wirklich alles tun, um ihn von der Krankheit zu befreien. Doch ich bin machtlos und kann meinem Sohn diese Bürde nicht abnehmen. Raphael liegt hochgelagert, zuckt ab und zu und ist ansonsten weggetreten. Ich glaube nicht, dass er von seinem Umfeld viel mitbekommt, vielleicht manches unterbewusst. Wenn er droht, wach zu werden, geben ihm die Schwestern schnell einen Bolus, also eine kleine, aber effektive Einheit Schlafmittel, denn das Kind soll im künstlichen Koma gehalten werden.

David springt in der Zwischenzeit im Elternzimmer herum, ich will ihm zeigen, wo sein Bruder liegt, weil ich ihn nicht ausschließen will aus unserer Realität. Er soll wissen, dass es Raphael schlecht geht und er die Hilfe der Ärzte braucht, vielleicht fällt es ihm dann leichter, Mama und Papa gehen zu lassen, wenn wir bei Raphael im Moment mehr gebraucht werden.

Diese Jonglage war das Allerschlimmste für mich. Ich wollte einerseits David nicht zu sehr belasten, denn ein Eindreivierteljähriger versteht die Zusammenhänge natürlich noch nicht. Andererseits wollte ich ihn auch auf keinen Fall ausgrenzen, das hätte vielleicht zu noch größeren Zorn auf den kleinen Babybruder geführt, wenn die Eltern einfach weggehen und sich ständig ohne erkennbaren Grund bei dem Kleinen aufhalten. Ich bekam jede Menge gut gemeinter Ratschläge, aber am Ende verließ ich mich fast immer auf mein Bauchgefühl, wenn es darum ging, wie weit ich David einbeziehen darf. Das heißt, ich hatte ihm niemals direkt verboten ins Krankenhaus mitzukommen. Ich war ehrlich zu ihm und hatte versucht, ihm die Umstände so zu erklären, dass er sie begreift. Ich zeigte ihm das Krankenzimmer und die Ärzte. Später, zu Zeiten, wo Raphael auf der normalen Station lag, ließ ich ihn seinen Bruder so oft wie möglich besuchen, und gleichzeitig ließ ich seinen Vormittag daheim so unberührt wie möglich. Wir gingen weiter in die Krabbelgruppe, ins Kinderturnen und zum Babyschwimmen, zur Mittagszeit brachte ich ihn dann zu seinen Großeltern, die ihn fütterten, schlafen legten und bis abends beschäftigten. So hatte ich dann den Kopf frei für

Raphael. Ich fuhr dann immer sofort los und verbrachte den Nachmittag am Krankenbett. Trotzdem ist es so schwer, jedem gerecht zu werden, wenn die eigenen zwei kleinen Kinder an einem unterschiedlichen Ort sind, denn es hat mich ja immerzu zu Raphael gezogen. Ich wollte bei ihm sein, am liebsten jede Minute in so schwerer Stunde.

Eine Woche. Es war eigentlich nur eine einzige Woche, in der Raphael auf der Intensivstation in Nürnberg lag, und trotzdem fühlte es sich so an wie mehrere Monate. Die Tage waren zähe Kaugummimasse und genauso eklig. In dieser Zeit arbeiteten die Ärzte fieberhaft an einer Diagnose, die sich immer wieder änderte. Zuallererst sagte man uns, Raphael hätte eine Pfortaderthrombose. Weil ich mich nie mit der inneren Anatomie des Menschen beschäftigt hatte – das Höchste der Gefühle waren in der Kindheit gesammelte Tierknochen – brachte ich immer wieder die Wörter durcheinander, etwa bei dem Versuch anderen zu erklären, woran mein Baby leidet: „Raphael hat so eine Frontaderdings, ähm, eine Verstopfung von einer Ader in seiner Leber, das erklärt die Varizellen". Ich sagte zur behandelnden Ärztin: „Ja, dann machen Sie die Ader halt einfach wieder auf!" und fragte sie, ob man da nicht ein Loch durchstechen könnte, so dass das Blut wieder fließt? Zum Glück war Frau Dr. Bischoff geduldig und versuchte zu erklären, warum das nicht so leicht möglich ist.

Am Ende sitzen wir, Uwe und ich, bei Frau Dr. Bischoff im Sprechzimmer der Gastroambulanz. Sie erklärt, dass eine Pfortaderthrombose bedeutet, dass das hauptversorgende Blutgefäß, welches das Blut in die Leber pumpt und so das Organ durchblutet, verstopft ist. So etwas passiert häufig bei Alkoholikern, die dann als Folgeerscheinung eine Leberzirrhose bekommen. Bei Raphael hat sich der Körper neue Wege für die Durchblutung gesucht und so haben sich kleinere Zuflüsse zur Leber gebildet. Dadurch also, dass die Hauptversorgungsader bei Raphael dicht ist, hat sich ein Rückstrom gebildet, der einen Bluthochdruck erzeugt hat, der dazu geführt hat, dass sich Krampfadern in der Speiseröhre gebildet haben, die dann durch den großen Druck geplatzt sind.

Gut, denke ich mir, jetzt, wo man das Problem erkannt hat, kann man es lösen. Aber ein Loch durch Piksen ist anscheinend keine Option. Also suche ich gedanklich weiter nach einer Lösung. Was denn mit einem Austausch der Leber wäre, will ich wissen. Die Ärztin schüttelt den Kopf. Das sei auch nicht so einfach, denn bei einer Pfortaderthrombose könne man nicht transplantieren, weil man eben die Ader zum Annähen an das neue Organ brauche. Bei einer kaputten Pfortader könne man eben nicht viel machen. Sie hätte einen Patienten, auch einen kleinen Jungen, der mittlerweile schon vier Jahre alt sei, der käme alle drei bis vier Monate mit seinem gepackten Rucksack zum Veröden der Krampfadern vorbei. Ich solle mich bitteschön auf ein Leben mit einem chronisch schwerkranken Kind einstellen. Ich gebe keine Antwort. Mich einstellen auf eine Krankheit, ist das Allerletzte, was ich will, noch bin ich dazu nicht bereit und denke, dass es eine andere Lösung geben muss. Frau Dr. Bischoff macht uns keine Hoffnung und erklärt, dass inzwischen andere Probleme in den Vordergrund getreten sind. Raphael hat sich durch die lange Intubation eine schwere Lungenentzündung eingefangen, die jetzt antibiotisch behandelt werden muss. Dazu kommt, dass sich bei ihm jetzt, wie bei einem Alkoholiker mit Leberversagen, Bauchwasser eingelagert hat, ein ganzes Kilo! Als ihn die Schwestern mit Beatmungsschlauch und sämtlichen anderen Kabeln auf die Waage hieven, wiegt er statt fünf Kilo auf einmal sechs, der Bauch ist dick gespannt, das Gesicht ist aufgedunsen und er hat Fieber wegen der Lungenentzündung. Die Zeichen stehen denkbar schlecht und doch glaube ich an Raphael.

Für uns folgen Tage mit immer mehr oder weniger gleichem Ablauf. In unterschiedlichen Kombinationen besuche ich Raphael. Mal fahre ich mit meiner Schwester und ihrem Freund, mal mit der Schwiegermutter, mal mit Ehemann, mal mit, mal ohne David und manchmal fahre ich auch ganz alleine. Ich will immer so viel Zeit wie möglich an seinem Bettchen verbringen, ihn selber wickeln, obwohl das wirklich ungewohnt ist, wenn die Glieder still liegen und die Beinchen schlaff und schwer nach unten hängen.

Wenn nichts zu tun ist, halte ich seine Hand oder streichle sein feines braunes Haar und rede leise mit ihm. Die Nasensonde sieht fies aus. Irgendwie haben die Schwestern sie so weit nach oben an den Nasenrand geklebt, dass er bis heute eine kleine Narbe davon hat. Damals hat es geblutet und war verkrustet, aber ich wusste noch nicht, dass man eine Sonde auch anders fixieren kann.

Manchmal werden alle Eltern aus dem Zimmer geschickt, zum Beispiel wenn Schichtwechsel bei den Schwestern ist und sie eine sogenannte Übergabe der Patienten machen oder wenn an einem Kind ein Eingriff erfolgt. Dann werden alle Besucher ins Elternzimmer gelotst und müssen dort warten. Bei einer solchen Gelegenheit lernen wir die Eltern des anderen Jungen in Raphaels Alter kennen. Sie haben Zwillinge bekommen, der eine kerngesund und proper und der andere im Nachbarbett auf der Intensivstation mit einem für die Ärzte bislang unerklärlichem Problem. Die Mutter erzählt, dass man weder die Ursache für das Blut im Urin noch für die Atemproblematik gefunden hat. Die Eltern stecken genauso in der Zwickmühle zwischen einem gesunden und einem kranken Kind.

Die Tage vergehen und es ist immer noch unklar, wie man Raphael behandeln soll. Neben Frau Dr. Bischoff gibt es auch noch einen Professor, der sich gut mit Kindern mit krankem Magen-Darm-Trakt oder Leberschäden auskennt; der ist zwar im Urlaub, wird aber telefonisch zu Rate gezogen. Die Hoffnung ist, dass er einen Lösungsvorschlag parat hat.

Draußen ist das Wetter herrlich, es ist Sommer und vor der Intensivstation hat sich das Personal Plastikstühle in die Sonne gestellt. Drinnen ist es drückend heiß. Im Krankenhaus gibt es keine Klimaanlage, da die Gefahr der Keimverbreitung zu groß wäre, und so sitze ich an Raphaels Bett, die Jalousie ist heruntergezogen, nur durch Schlitze kann man das Geschehen in der Außenwelt erahnen. Der Tag verstreicht langsam, ich warte, wie so oft, auf Neuigkeiten, auf eine Idee oder einen kleinen Fortschritt in Richtung Besserung, aber das Einzige, was sich vorwärts bewegt, ist der Zeiger der Uhr an der Zimmerwand und viel zu früh ist es wieder Zeit zu gehen.

Es ist ein Donnerstag, daheim wartet mein großer Sohn und es ist unglaublich tröstend, ihn in die Arme zu nehmen, gesund und munter zu sehen und mit ihm zu spielen. Während David in der Badewanne sitzt, muss das Telefon geklingelt haben, der Anruf in Abwesenheit weist klar auf die Nummer vom Südklinikum hin. Mir schwimmt der Kopf, während ich hektisch versuche zurückzurufen. Unter der angezeigten Nummer meldet sich niemand mehr, also rufe ich sofort auf der Intensivstation an und bin sehr erleichtert, als mir die Schwester ihr übliches „alles stabil" mitteilt. Von einem Anruf bei uns weiß sie nichts und während ich fieberhaft überlege, was der Anrufer gewollt haben könnte, klingelt es erneut. Es ist meine Schwester, die mir erzählt, dass sie eben mit Professor Schiffmann, dem Leiter der Kinderklinik, gesprochen hätte und es gäbe Neuigkeiten. Meine Schwester hat als Ärztin ihre Nummer im Klinikum hinterlassen und eine Auskunftserlaubnis erhalten. Da Professor Schiffmann mich nicht persönlich erreicht hat, hat er sich an die nächste Nummer gewendet. Ich brenne vor Neugierde. „Was gibt's?" „Eine gute und eine schlechte Nachricht", sagt meine Schwester. „Die gute ist, dass die Pfortader bei Raphael doch nicht ganz zugewachsen ist und man Raphael behandeln kann. Leider muss er dafür nach Tübingen verlegt werden, denn nur da hat man entsprechende Geräte und den Professor, der sich das zutraut. Im Nürnberger Klinikum hat man bereits einen Hubschrauber für Sonntag organisiert, mit dem Raphael verlegt werden soll." Wow, ich bin ziemlich platt, aber das Wichtigste ist, dass man ihm helfen kann, und dafür werde ich alles andere in Kauf nehmen.

Tübingen

*„Das einzig Wichtige sind die Spuren von Liebe, die wir hinterlassen, wenn
wir gehen"*
(Albert Schweitzer)

Tübingen kenne ich nur aus Erzählungen. Ein Exfreund hatte mal eine
Freundin, die dort studiert hat, und die Stadt musste ihm wohl recht
imponiert haben, denn zu unseren Zeiten erzählte er immer wieder
davon. Er beschrieb Tübingen als nettes Studentenstädtchen mit regem
Kneipenleben und einer guten Universität für Mediziner. Wir sehen im
Wohnzimmer auf der Karte nach und ich bin überrascht, dass Tübingen in
Baden-Württemberg liegt, ganz in der Nähe von Stuttgart, also doch nicht
so extrem weit weg. Etwas verlegen gebe ich zu, dass ich ein Städtchen in
Mitteldeutschland vermutet habe. Wir googeln die Kinderklinik und auch
den Professor, in den die Nürnberger Ärzte so viel Vertrauen setzen. Ich
blicke auf das kleine Foto, unter dem sein Name steht. Professor Dr. Michael
Herzbeck. Ein Mann mittleren Alters lächelt mir entgegen, doch Bilder
reichen nur begrenzt, um Vertrauen zu entwickeln, und so bin ich auf einen
persönlichen Eindruck gespannt. Auch von der Klinik stehen ein paar Fotos
im Netz. Es gibt anscheinend einige Kinderecken, auf den Bildern sieht
man ein Aquarium, einen Holzbus zum Reinklettern, eine Ritterburg, zwei
Schiffe und eine riesige Holzeisenbahn. Das gefällt mir, und da meine liebe
Schwester sich eine Woche freinehmen konnte, um uns nach Tübingen
zu begleiten, ist es für mich keine Frage, dass ich David auch mitnehme –
ich hätte es auch gar nicht übers Herz gebracht, ihn zurückzulassen. Mein
Gedanke ist, dass wir das als Familie zusammen am besten durchstehen.
Meine Schwiegereltern sind nicht begeistert davon, dass ich einen
Eindreivierteljährigen unter diesen Umständen mit in eine fremde Stadt
nehmen möchte, aber trotz allen Widerstands steht mein Entschluss fest.
Ich werde alles so organisieren, dass sich David auch wohl fühlt.

Veränderung liegt in der Luft, es ist Zeit aufzubrechen. Die Lungenentzündung ist am Abklingen, ein erstes positives Zeichen.

Am Sonntag Vormittag ist es soweit: Raphael wird für den Hubschraubertransport vorbereitet. Er ist immer noch beatmet und hängt am Infusionsständer, deshalb ist im Hubschrauber kein Platz für einen Elternteil. Raphael wird per Intensivtransport geflogen und bei einem solchen muss in der Regel ein Intensivarzt mitfliegen, um das Kind zu überwachen und notfalls Hilfe zu leisten. In unserem Fall wird eine große, braun gebrannte Assistenzärztin mit hölzerner Perlenkette mitfliegen, die in meinen Augen eher mit einem Surfbrett unterm Arm an den Strand gepasst hätte, aber ich nehme mein Unwohlsein zurück und versuche, der Frau so gut wie möglich zu vertrauen.

Daheim ist alles gepackt, ich fahre aber noch einmal ins Krankenhaus, um Raphael persönlich zu verabschieden, dann werden wir mit David in unserem Auto hinterherfahren. So stehe ich an seinem Bett, während um uns herum alles immer hektischer wird. Ich höre den Hubschrauber in der Ferne landen, kurze Zeit später erscheinen zwei Sanitäter mit einer Liege. Raphael wird vorsichtig umgebettet und festgeschnallt, ein winzig kleines Kind auf einem Gestell für Erwachsene. Heute ist meine Lieblingskrankenschwester da. Eine junge, zierliche, aber doch tough wirkende Frau mit braunen Haare und Augen, die von einer dicken schwarzen Hornbrille umrandet sind. Sie sagt, Raphael bekomme jetzt die Mickey-Mouse-Ohren aufgesetzt, damit der Flug für ihn nicht so laut sei, und tatsächlich setzt man ihm riesige, schwarze Kopfhörer auf. Mein Kind ist bereit zum Fliegen, ich gebe ihm einen Kuss und sage: „Bis gleich, Mama und Papa kommen nach", und dann wird er hinausgeschoben.

Ich werde getragen von sanften Wellen. Endlich öffnet sich der Himmel über mir. Ich spüre Wärme auf meinem Gesicht und frische Luft streichelt meine Nasenspitze. Ich würde so gerne die Augen aufmachen, aber sie sind verklebt.

Ich schaffe es nicht. Jemand hält mir die Ohren zu und ich gleite weg von mei-
ner Mama. Die Wellen werden größer und sie schwemmen mich unsanft an
Land. Ich bin gefangen und auf einmal ist es furchtbar laut. Aus dem sanften
Ozean wird ein wilder dunkler Sturm und ich werde vom Wasser getrieben.
Immer weiter und weiter gleite ich von meiner Familie weg, nur eine fremde
Hand bewahrt mich vor dem Untergang.

Ich verlasse die Elefantenstation und hoffe, sie nie wieder betreten zu müssen. Ich gehe mit einem guten Gefühl aus dem Krankenhaus hinaus, hier
hätte man meinem Sohn nicht weiterhelfen können, darum setzte ich jetzt
alle Hoffnung auf Tübingen. Neues Glück, wir kommen.

Die Fahrt nach Tübingen zieht sich. Wir zuckeln über die A6 Richtung Heil-
bronn, die Autobahn ist durchwegs zweispurig. Dann und wann ein Laster
mit Sondergenehmigung zu unserer Rechten. Immer wieder kommt mir
der Gedanke, dass Raphael jetzt schon da ist, ohne eine vertraute Person.
Dann wieder der Trost, dass er nur wenig bis gar nichts von all der Aufregung mitbekommt. David ist brav, er schläft tief, während wir uns dem
Stuttgarter Raum nähern. Ich denke immer, dass wir doch jetzt bald da sein
müssten, aber selbst als wir Stuttgart hinter uns gelassen haben, dauert es
noch eine ganze Weile, bis Tübingen überhaupt ausgeschildert ist. Links
und rechts erstreckt sich eine schöne Landschaft, geprägt von Apfelbäumen, kleinen Hügeln, Wiesen und Feldern. Dazwischen ein Dörfchen nach
dem anderen.

Endlich sind wir im Kreisgebiet Tübingen angekommen und ein paar Ki-
lometer später passieren wir das Ortsschild. Ohne Navigationsgerät erreichen wir nach anfänglicher Orientierungslosigkeit auch die Klinik am Berg
und betreten schnurstracks die Kinderklinik mit Holzschiff und Aquarium
am Eingangsbereich. Das nimmt ein bisschen von dem bedrückenden Gefühl, dass ich mittlerweile zu gut kenne. Am liebsten hätte ich mich dort

niedergelassen. Direkt am Eingangsbereich steht das erste Holzschiff, doch nach kurzem Nachfragen erfahren wir, dass sich die Kinderintensivstation im Nachbargebäude bei den Erwachsenenstationen befindet. Die Dame an der Information erklärt uns den Weg in den obersten Stock. Die ganze Krankenhausanlage ist riesig, über unseren Köpfen ziehen sich eiserne Bahnen für die Postboxen, die David ab Montag faszinieren werden. Der Gang ist gefüllt mit wartenden Patienten, hastig vorbeilaufenden Kitteln, und hier und da wird ein Krankenbett an uns vorbeigeschoben. Und es ist Sonntag! Trotz des Trubels sind die Gedanken bei Raphael, jetzt werden wir ihn gleich wiedersehen. Im obersten Stockwerk erwartet uns ein schummeriger Gang, fahles Licht, abgeblätterte Farbe an den Türen. Du meine Güte, da spiegelt sich das Krankenhaus meiner Fantasie! Der einzige Lichtblick ist eine mit Dschungelbuchmotiven bemalte Tür, die aber anscheinend defekt ist. Die Freunde der Kinder, Mogli, Baghira und Balu, machen alles ein bisschen erträglicher. Wir müssen in die entgegengesetzte Richtung der Mogli-Tür, den Gang entlang, an einer Orthopädie-Station für Erwachsene vorbei und dann sind wir am Ziel und stehen vor einer riesigen, verschlossenen Hochsicherheits-Stahltür mit einem deutlichen Warnschild, auf dem zu lesen ist: „Geschwisterkinder unter 12 Jahren müssen wegen erhöhter Ansteckungsgefahr draußen bleiben, wir bitten um Ihr Verständnis." Darunter der gleiche Satz auf Türkisch. Einen kurzen Moment denke ich darüber nach, ob es nicht doch besser gewesen wäre David daheim zu lassen, vor allem, weil mein Mann sofort anfängt zu motzen. Bevor er sich in seinen Zorn hineinsteigern kann, klingle ich an der Tür und schiebe ihn mit den Worten, dass er jetzt erst mal nach Raphael schauen solle, hindurch. Ich würde mit David draußen warten. Sobald Uwe durch den Türschlitz verschwunden ist, schließt sich die Tür wieder und auf dem Gang herrscht absolute Ruhe. Ich suche nach einer Beschäftigung für David, aber nachdem Sonntag ist, ist das Spielzimmer mit all seinen verlockenden Dingen abgesperrt. So laufen wir den Gang auf und ab und die elektrischen Türen sind die Alleinunterhalter für David. Als er müde wird, nehme ich ihn hoch und gebe ihm etwas zu trinken. Die Minuten verstreichen und Uwe kommt nicht zurück. Schließlich siegt meine Ungeduld und ich gehe zur Tür zurück und klingle erneut. Eine krächzende Stimme will Namen und Grund für den Einlass wissen. Dann erst darf man die Station betreten. Ich öffne die schwere Tür. Die Gangbeleuchtung ist extrem grell und etwas zögerlich gehe ich mit David an der Hand rein. „Hallo?!", sage ich ins Nichts. Da kommt eine Schwester ganz in blau, die mich fragend ansieht. „Ich möchte zu meinem Sohn Raphael, der ist heute mit dem Hubschrauber aus Nürnberg angekommen. Mein Mann ist schon bei ihm und jetzt wollte ich auch mal nach ihm sehen." Die Schwester bittet mich um einen Moment Geduld und verschwindet hastig. Kurz darauf ist sie mit meinem Mann im Schlepptau wieder da. Der war allerdings noch gar nicht bei Raphael, sondern saß die ganze Zeit im Wartezimmer – über eine Dreiviertelstunde lang! „Wenn die mich so lange hocken lassen, gehe ich auf die Barrikaden", denke ich mir, als ich im Elternzimmer Platz nehme. Ich will endlich zu meinem Sohn! Im Zimmer werde ich allerdings von einem Gespräch zwischen, wie es scheint, zwei Ehepartnern abgelenkt. Eine zierliche Frau mit Brille und gewellten braunen Haaren, recht unscheinbar, klagt ihrem Gegenüber ihr Leid. Im schwäbischen Dialekt murmelt sie mit Tränen in den Augen vor sich hin. Immer wieder sagt sie, sie könne nicht verstehen, warum es gerade sie trifft. „Warum? Warum? Ich verstehe einfach nicht, warum wir?" Wieder Tränen. Der Mann, dunkelhaarig, groß, mit Bart, sitzt ihr machtlos gegenüber. Was soll er auch sagen, denke ich mir. Warum? Jedem kommt diese Frage. Wenn wir Glück haben, werden wir sie eines Tages, vielleicht auch erst am Ende unserer Tage, beantwortet kriegen. Oder eben auch nicht. Der Mann zuckt mit den Schultern, hilft der Frau auf und deutet zur Tür. „Lassen Sie uns jetzt gehen", sagt er. Es ist doch nicht ihr Mann, er ist zwar irgendwie in ihr Unglück involviert, aber er trägt nicht dieselbe Trauer in sich. Die Frau schnieft noch einmal, dann nimmt sie ihren Rucksack und läuft dem Mann hinterher. Ich bin wieder alleine, doch zum Glück kommt bald darauf eine Schwester und lässt mich das Gespräch mit den Worten „Frau Lehmann, Sie dürfen jetzt zu Ihrem Sohn" vergessen.

Endlich! Hastig stehe ich auf und gehe schnellen Schrittes dem blauen Kittel hinterher. In einem riesigen Zimmer am Ende des Ganges liegt mein Raphael direkt neben der Tür auf dem ersten Platz auf der rechten Seite. Mein erster Eindruck ist positiv, alles sieht sauber und ordentlich aus und wirkt irgendwie professioneller als im heimischen Klinikum in Nürnberg. Raphael schläft, er hat jetzt einen anderen Kittel an – ein Hemdchen mit blauen Bärchen. Sein Bett ist mit Kinderbettwäsche, auf der kleine Elefanten aufgedruckt sind, überzogen. Man hat ein Namensschild mit dem heutigen Datum an sein Bettchen gehängt, sogar das Papier hat ein Kindermotiv. Es sind solche Kleinigkeiten, die eine enorme Wirkung auf mein Wohlbefinden haben. Die Hasenspieluhr, die ich ihm schon in Nürnberg ans Bettchen gehängt habe, ist auch an seinem neuen Platz festgemacht. Ich bin wahnsinnig erleichtert ihn so zu sehen, er sieht friedlich aus. Die Schwestern hier haben ihm eine kleinere Nasensonde gelegt, die alte hat seine Nasenwand so hochgebogen und abgescheuert, dass die Nasenspitze blutig verkrustet ist. Auch der hässliche braune Kleber ist durch einen weißen Streifen ersetzt worden. Das alleine lässt ihn schon gesünder wirken.

Immer wieder laufen die Schwestern zielgerichtet durch den Raum. Das Zimmer hat sechs Plätze für die Kleinsten, davon sind vier besetzt. Ständig piepst es, irgendwo ist wieder eine Spritze leer oder einer der um Lichtjahre moderneren Computer schlägt Alarm. Was für eine Umstellung. Ich bin froh hier zu sein, auch wenn ich heute nicht lange bei Raphael sitzen werde, da Uwe draußen mit David recht hilflos ist. Eine Schwester kommt zu mir und erklärt mir, dass der Hubschraubertransport und die anschließende Übergabe komplikationslos verlaufen sind. Raphael ist stabil, Puls, Herztöne, Kreislauf in bester Ordnung. Der Bauch ist immer noch angeschwollen und die antibiotische Therapie wird weiter fortgesetzt. Morgen werden wir dann mit dem behandelnden Professor sprechen können. Ich frage noch nach einer Möglichkeit Milch abzupumpen, und die Schwester erklärt mir den Weg zur Nachbarstation, wo es ein Zimmer dafür gibt. Raphael bekommt jetzt alle vier Stunden 120 Milliliter Muttermilch. Außerdem will ich noch wissen, ob es direkt am Krankenhaus eine Übernachtungsmöglichkeit gibt, denn ich habe bis jetzt nur ein Zimmer, das etwas weiter weg liegt, organisiert. Die Schwester verspricht, sich zu erkundigen.

Ich wechsle noch mal mit meinem Mann den Platz. Uwe kommt an Raphaels Bett und ich mache mich mit David auf die Suche nach Station 33, wo es ein Abpumpzimmer gibt. Wir fragen uns durch und schleichen durch die veralteten Gänge der Crona-Klinik. Vor den Patientenzimmern laufen die Mütter und Väter der kleinen Patienten herum, holen sich eine neue Wasserflasche, schieben einen Kinderwagen oder erfragen Rat beim Pflegepersonal. Die Türen stehen teilweise offen und so werfe ich da und dort einen Blick hinein. Station 33 ist ein Anlaufpunkt für alle Kinder, die an einer Herzkrankheit leiden. Anscheinend sind es einige. Gleich im Eingangsbereich hängt ein Foto zum Gedenken an eine 22-jährige Patientin, die wohl an ihrer Herzkrankheit gestorben ist.

Im Abpumpzimmer ist es absolut ruhig und so mache ich es mir mit meinem größeren Sohn gemütlich. Für ihn gibt es sogar ein Kinderbuch zum Anschauen. Jede Mutter bekommt ihr eigenes Abpump-Set, das nach Benutzung im Vaporisator gereinigt werden kann. Dann wird alles in ein Handtuch eingeschlagen, beschriftet und auf der Ablage gelagert. Ich bin dankbar dafür, dass das Abpumpen so gut klappt, denn ich bin überzeugt, dass die Muttermilch das absolut Beste für Raphael ist. Mit zwei Flaschen in der Hand gehe ich auf die Intensivstation zurück – es ist schon später Nachmittag und langsam wird es Zeit aufzubrechen. Morgen, wenn meine Schwester und ihr Freund angekommen sind, werden wir mehr Zeit bei Raphael verbringen können.

Die Krankenschwester gibt uns noch einen Schlüssel mit und erklärt, dass es in Kliniknähe nur noch dieses eine Zimmer gab, wir sollen es uns einfach mal anschauen. Also verabschieden wir Raphael und machen uns auf dem riesigen Gelände auf die Suche nach der Übernachtungsmöglichkeit. Mit unserem kleinen David an der Hand stehen wir schließlich vor einem abgeschabten Haus, der Zustand innen ähnelt eher einer Baracke als einer sauberen Unterkunft. Stickige Luft schlägt uns entgegen, in der Gemeinschaftsküche stapelt sich das dreckige Geschirr. Im Zimmer steht ein Sofa, das mit einem abgewetzten Stoff überzogen ist, daneben ein schwarzer Tisch auf einem ausgetretenen Teppich und eine kleine Pritsche unter einem winzigen Fenster. Wenn wir ohne Kind da wären, hätten wir die Nacht in dem scheußlichen Zimmer überbrücken können, aber mit David finden wir es unzumutbar, auch wenn man bereit ist, in gewissen Situationen seine Ansprüche zu senken. Hier gibt es nicht mal Platz das Reisebett aufzubauen. Angewidert verlassen wir die Bruchbude und hoffen, dass das Heim für Eltern von krebskranken Kindern, wo ich ein Zimmer reserviert habe, etwas freundlichere Räume hat.

Das Haus sieht schon von außen ansprechender aus und hat einen kleinen Garten. Die Dame, mit der ich telefoniert hatte, hatte mich gebeten, dass ich sie anrufe, sobald wir da sind. Sie würde dann kommen und uns alles zeigen. Es ist noch herrlich warm draußen und es macht uns nichts aus, auf sie zu warten. Wie vereinbart ist sie nach zehn Minuten da und erklärt uns, dass wir hier ein Zimmer haben könnten, obwohl die Einrichtung eigentlich zur Unterbringung von Eltern mit krebskranken Kindern ist. Aber nachdem alle anderen Häuser besetzt sind, dürfen wir vorerst bleiben, auch wenn die Frau ein bisschen skeptisch auf Davids Schnupfennase blickt und uns bittet, möglichst nichts im Gemeinschaftszimmer anzufassen.

Wir sind wirklich dankbar für ein einfaches, aber sauberes Zimmer mit zwei Einzelbetten, das in der Mitte Platz für das Reisebett bietet, für Dusche und Toilette am Gang, einen Kaffeeautomaten und einen recht gemütlichen Aufenthaltsraum, in dem es sogar einige Spielsachen für die Kleinen gibt. Mehr brauchen wir im Moment wirklich nicht, um uns ein bisschen auszuruhen.

Ein Professor für das Herz

„Die Welt dreht sich so schnell heutzutage, dass der Mensch, der behauptet, etwas sei unmöglich zu machen, normaler Weise von jemanden unterbrochen wird, der genau das gerade tut."
(Harry Emerson Fosdick 1878-1969, Pastor)

Pünktlich am nächsten Tag steht unser persönliches „Dreamteam", wie wir meine Schwester und ihren Freund liebevoll bezeichnen, bereit. Den Vormittag haben wir schon im Krankenhaus verbracht, um bei Raphael zu sein, und für Davids unentbehrlichen Mittagsschlaf bin ich mit ihm zu unserer Unterkunft zurückgekehrt. Nati und Basti haben sich unterdessen ein Privatzimmer im Herzen der Stadt organisiert, und am Nachmittag treffen wir uns alle am Krankenhaus wieder. Jetzt bin ich froh, dass meine Familie mir mit so vielen Fachkräften zur Seite steht. Ich denke, dass die Ärzte uns mitunter deshalb so genau und umfangreich Auskunft gegeben haben. In den folgenden Tagen werden Nati und Basti oft am Ultraschallgerät stehen und mitfiebern, wenn Professor Faber eine Ikone auf seinem Gebiet, Raphaels Anatomie begutachtet, und selbst die beiden sind schwer beeindruckt von der modernen medizinischen Ausrüstung der Uniklinik.

Heute stellt sich uns Professor Herzbeck das erste Mal vor. Wir sind uns alle einig, dass wir selten so einem sympathischen Menschen begegnet sind. Ursprünglich aus Erlangen stammend, wo er damals am Uniklinikum unseren Nürnberger Professor kennenlernte, arbeitet er jetzt schon mehrere Jahre als Kinderkardiologe und Leiter der Intensivstation sowie der Kinderkardiologie-Station in Tübingen. Er begrüßt uns alle mit einem festen Händedruck und einem lachenden Gesicht und wir bauen sofort Vertrauen auf, obwohl ich normalerweise gegenüber Fremden am Anfang zurückhaltend bin.

Professor Herzbeck nimmt sich Zeit, er erklärt uns das Vorhaben, für das sich alle Experten, die sich hier anscheinend zusammen an einen Tisch setzen, um fachübergreifend die komplizierteren Fälle zu besprechen, entschieden haben. Raphael wird am Mittwoch eine Herzkatheter-Untersuchung bekommen. Der Raum ist für zwölf Uhr reserviert und liegt genau gegenüber der Intensivstation. Mit winzigen, ganz feinen Instrumenten soll versucht werden, von der Leiste aus kleine Spiralen in die anatomisch ungewöhnlichen Gefäße zu schieben, damit diese dann wie durch Kleber verschlossen sind und kein Blut mehr zur Leber bringen können. Dadurch soll sich im besten Fall der Blutfluss in der Pfortader wieder normalisieren, das Blut soll also wieder durch die Pfortader in die Leber gelangen und nicht andersherum. Vorher müssen noch ein paar Voruntersuchungen stattfinden, damit die Ärzte ein möglichst klares Bild haben, was sie erwartet. Professor Herzbeck verspricht, sein Allerbestes zu geben, und kann uns überzeugen, zuversichtlich und positiv der Operation entgegen zu gehen. Nati und Basti stellen noch ein paar fachliche Fragen, die er gerne beantwortet, und sehr gespannt warten wir alle auf den entscheidenden Tag.

Die Zeit vergeht schnell, denn es finden immer wieder Untersuchungen statt, wie zum Beispiel ein Ganzkörper-CT, bei dem Raphael in eine Röhre kommt und scheibchenweise, Stück für Stück geröntgt wird. Da das Röntgenzimmer im Erdgeschoss ist, muss er durch die ganze Klinik geschoben werden, was ein ziemlicher Aufwand ist, weil er ja noch am Beatmungsschlauch hängt. Vorne und hinten gehen zwei Schwestern und nebendran läuft ein Oberarzt der Intensivstation mit. Der Arzt hält eine Sauerstoffpumpe in der Hand, die manuell bedient wird und den Beatmungsschlauch während des Transports ersetzt. Auf dem Rücken hat er einen knalligem rot-orangen Notfall-Rucksack mit der Aufschrift „Intensiv-Transport".

Als Raphael so aus der Tür der Intensivstation geschoben wird, kann David einen kurzen Blick auf seinen Bruder werfen, aber ein schöner Anblick ist es beileibe nicht. Ich hetze dem Bett hinterher und bemerke nur im Vorübergehen die bemitleidenden Blicke der anderen Klinikbesucher. Für die Ärzte und Pfleger ist es ja ein „normaler" Anblick, aber ich weiß, wie krass das Bild für einen Außenstehenden ist, gerade wenn es einem kleinen Kind so schlecht geht.

In Tübingen kommen jeden Tag Notfälle an und manchmal müssen die Patienten so schnell wie möglich in einen sogenannten Schockraum gebracht werden, wo alles versucht wird, um den Patienten wiederzubeleben. Während ich das schreibe, kommen Erinnerungen von damals hoch, als wir dachten in einem Albtraum gefangen zu sein. Ich sehe vor mir das fahl schimmernde Licht auf dem grauen Gang, in den noch niemals ein Sonnenstrahl vorgedrungen ist. Ich höre den hintergründigen Lärm, der sich mit den Stimmen der Patienten und Bediensteten mischt, und die Geschichte eines Boten erscheint in meinen Gedanken. Er erzählt mir mit aufgebrachter Stimme und schreckerfülltem Gesicht, dass er hier seit zehn Jahren arbeitet. Er liefert im ganzen Gebäude Sachen aus, mal holt er Blut für das Labor ab, mal schiebt er einen Patienten in den OP und mal liefert er Medizin aus. Er ist ein großer Kerl, in meinem Alter, braunhaarig, die Zähne ein bisschen schief und er lispelt etwas. Er erzählt von seinem letzten Transport, einem Mädchen, das er zweimal in den Schockraum bringen musste, weil es einen Autounfall hatte, und die Ärzte konnten nichts mehr für sie tun. „Stell dir vor", sagt er, „ein zwölfjähriges Mädchen. Ich habe selber eine zwölfjährige Tochter, es hätte mein eigenes Mädchen sein können." Er hat einen glasigen Blick und ich sende ein stilles Gebet zu dem kleinen Mädchen und zu ihren Eltern, die gerade die traurigsten Kreaturen unter Gottes Himmel sein müssen.

Für Ärzte und Schwestern ist es zwar Routine, todkranke Kinder durch das Krankenhauslabyrinth zu schieben, aber dennoch müssen sie sich immer hundertprozentig auf die jeweilige Situation konzentrieren.

Wieder in Raphaels Zimmer angekommen, geht es vergleichsweise ruhig zu. Die meisten Patienten sind beatmet oder bekommen Schmerzmittel und ruhigstellende Medizin. Die junge Mutter von Raphaels Bettnachbarn erzählt, dass ihr Baby mit einem offenen Bauch geboren und deshalb sofort nach der Geburt operiert worden ist, um alle Organe wieder an ihren Platz zu bekommen und den Bauch zu verschließen. Jetzt hat der Kleine einen großen Pflasterverband auf dem Bauch und Ärzte und Schwestern warten auf den ersten Stuhlgang, um sicher zu gehen, dass der Darm auch richtig arbeitet. Die Mutter geht tapfer zum Abpumpen, wir wechseln uns dabei immer ab, und die Chancen stehen gut, dass sie ihr Baby bald auf dem Arm halten darf.

Auf der Intensivstation gibt es zwei richtig tolle, gemütliche Sessel, in die sich Eltern und Verwandte mit ihren kleinen Patienten setzen können, sobald diese extubiert und in einem besseren Zustand sind. Ich kann gar nicht genug betonen, wie wichtig diese Nähe ist, ich denke für beide, für Eltern und Kind. Wann immer es ging, hat einer von uns Raphael auf dem Schoss gehalten, manchmal zwei Stunden lang. Man kann sich nicht viel bewegen mit den ganzen Kabeln, aber es war eine besonders intensive Nähe und ich bin bis heute dankbar für jede Sekunde, in der ich ihn so halten durfte. Dabei haben uns die Schwestern auf unserer Krankenhaus-Odyssee immer großartig unterstützt. Ganz geduldig haben sie Kabel entwirrt und mir, wenn es ihre Zeit zuließ, Raphael aus dem Bett gehoben, mitsamt den ganzen Schläuchen, Kabeln, Drainagen, Zugängen, mit Nasensonde und Sauerstoffbrille, einfach in jeder undenkbaren Lage, manchmal hat allein das Herausheben und richtig Positionieren eine Viertelstunde gedauert. Wir haben der Station immer viel Kuchen und Pralinen mitgebracht, trotzdem ist es im Nachhinein bewundernswert, dass es das Klinikpersonal möglich gemacht hat, mir mein schwer krankes Kind auf den Arm zu geben und das trotz eines wahnsinnig hohen Arbeitspensums, welches die Schwestern täglich leisten müssen. Das war eine unbezahlbare Hilfe, die ich niemals vergessen werde. So manches Mal hat mir der bequeme Stuhl den Tag gerettet.

Raphael ist im Moment noch weit davon entfernt aus dem Bettchen zu kommen. Er wird bis Mittwoch beatmet und sediert bleiben. Aber der Tag der Operation rückt mit jeder verstrichenen Minute näher und endlich ist es soweit. Nati und Basti haben mit David einen Schlauchbootausflug geplant, so dass Uwe und ich den ganzen Tag im Krankenhaus verbringen können. Wir sitzen etwas unruhig an Raphaels Bett, zu reden gibt es nicht viel, jeder ist in Gedanken bei sich und bei unserem Sohn. Die Lungenentzündung ist abgeklungen, Raphael ist soweit stabil und trotzdem sind wir recht nervös. Nach der Magenspiegelung wird die Herzkatheter-Untersuchung die erste richtig große Untersuchung sein.

Ziemlich pünktlich um die Mittagszeit schieben zwei Schwestern und ein Arzt Raphael in seinem Bett vom Versorgungsplatz weg, einmal quer über die Intensivstation, durch die schwere Tür hindurch und vor den Herzkatheter, dessen Raum genau gegenüber liegt. Heute steht die Tür ganz weit offen und mir wird ein bisschen anders, als mir die großen Lampen und die monströsen Geräte entgegen blicken, nackt, kalt und teilnahmslos. Zur rechten Zeit kommt aber zum Glück etwas Menschliches auf uns zu. Kaum zu erkennen in seiner grünen Operationskutte, mit Haarnetz und Mundschutz, tritt uns der Professor selbst entgegen. Er drückt uns noch einmal fest die Hand, zuversichtlich lächelnd, und spricht uns ein letztes Mal guten Mut zu. Ich fühle mich jetzt etwas besser, denn mein Herz sagt mir, dass Raphael in den besten Händen ist. Er bekommt noch einen Abschiedskuss und dann geht alles ziemlich schnell, mein Sohn ist bei den Ärzten und die Tür hat sich wieder geschlossen.

Die Luft ist ein bisschen kälter jetzt, oder ist das nur der Untergrund? Ich liege auf einer Eisscholle, bin nackt und hilflos. Ein stechender Schmerz fährt mir in die Seite. Als ich den Kopf hebe und auf mein linkes Bein blicke, bleibt mir die Luft weg. Ein Metalldraht hat sich durch meine Leiste gebohrt und ein grüner Wassermensch schiebt ihn erbarmungslos nach oben. Ich will schreien, dass er

aufhören soll, doch ich bringe keinen Ton aus meinem offenen Mund. Immer
weiter und weiter rückt der Draht und ich will endlich aufwachen aus diesem
schrecklichen Traum, doch ich kann nicht. Als die Schmerzen zu stark werden,
verliere ich das Bewusstsein und treibe weiter einsam und alleine im Eismeer.

Mit uns draußen steht Raphaels leeres Bett, denn er liegt ja unter der Röhre. Eine Schwester hat es an die Wand gestellt, es wird bei der Gelegenheit frisch überzogen und die Kuscheltiere, die jetzt recht einsam wirken, werden schön zurechtgerückt. Anschließend kommt noch eine Plastikfolie über das Bett und obendrauf wird ein Schild gelegt, auf dem steht: „Herzkatheter – Bitte stehen lassen".

Wir lassen die Ärzte ihre Arbeit machen und nutzen die Zeit, um uns in der Cafeteria ein kleines Mittagessen zu gönnen. Es gibt dort immer eine sehr gute Linsensuppe mit Wursteinlage, und wenn die Einlage einmal etwas mickrig ausfällt, bekommt man eben noch mal eine schwäbische Saitenwurst gratis dazu. Die Cafeteria ist immer gut besetzt, obwohl das Personal und viele Eltern zum Essen in das neben dem Krankenhaus angegliederte „Casino" gehen. Mein Mann fragt mich, was ich für ein Gefühl habe, und ich antworte ehrlich, dass meine Nervosität fast weg ist. Trotzdem schleiche ich mich nach dem Essen einmal schnell in die kleine Krankenhauskapelle, die direkt neben der Cafeteria liegt. Ich komme mir dabei zwar wirklich wie der namenlose Sünder vor, der sein Gebet nur zum Himmel schickt, wenn er es am meisten braucht, doch alles, was Raphael auch nur eventuell hilft, wird in Anspruch genommen – trotz meines Schamgefühls.

In der Kapelle ist es still, der Raum ist sehr klein, mit ein paar halbkreisförmig angeordneten Bänken. Das große hölzerne Kreuz und der schmucklose Altar stehen hinten in der Mitte. Rechts eine Statue von der Mutter Gottes und ein Platz, an dem man die brennenden Teelichter aufstellen kann. Ich zünde eines an für meinen Raphael, genau wie gestern Abend, als ich mit

Schwester und Schwager in spe noch losgefahren bin, um eine katholische Kirche zu suchen, in der wir auch ein Licht angezündet haben. Mein Mann ist etwas rationaler und hält sich raus. Er zündet sich währenddessen draußen eine Zigarette an. Nachdem jeder von uns seine Nerven auf die eine oder andere Art beruhig hat, treffen wir uns am kleinen Zeitungskiosk mit beachtlich großer Auswahl wieder. Der Stand ist direkt am Haupteingang mit immer derselben, auf den ersten Blick etwas grimmig wirkenden Verkäuferin. Wir kaufen beide ein paar Magazine ein – leichte, oberflächliche Klatschlektüre mit vielen Bildchen von den schillernden Stars und Sternchen für mich, ein Rätselheft für Uwe. Keiner von uns hat in der Situation Nerven für etwas Anspruchsvolleres. Anschließend gehen wir noch einmal vor den Krankenhausbau und schnappen etwas frische Luft. So vergehen die Minuten und irgendwann sind wir dann wieder im Lift auf dem Weg in den achten Stock.

Neben der Tür vom Herzkatheter-Labor hängt ein Schild mit der Aufschrift „Röntgen – Kein Zutritt!". Das leuchtet jetzt etwa alle zwei Minuten auf. Ich stelle mir vor, wie mein kleines Baby in der großen Röhre liegt und was die Ärzte wohl mit ihm machen. Allein durch die räumliche Nähe ist man wieder mitten im Geschehen, und während wir fünf Minuten vorher noch über Banalitäten gesprochen haben, steigt jetzt wieder die Spannung. Das sehe ich auch meinem Mann an.

Ich bete, dass die Ärzte meinem Sohn helfen können. Um die Nervosität abzubauen, fange ich an, auf dem Gang auf- und abzulaufen. Es sind schon zwei Stunden vergangen und immer noch blinkt das Röntgenschild stetig auf. Irgendwann kommt dann ein junger Arzt mit schwarzen Haaren und blauem Kittel aus der Hintertür und ich kann mich nicht bremsen, ihn zu fragen, ob alles gut läuft. Er lächelt und nickt, sagt aber, dass die OP noch eine gute Stunde dauern kann. Ich atme auf. Anscheinend kann Professor Herzbeck doch etwas bewirken, denn sonst wäre Raphael ja schon längst wieder auf seinem Zimmer. Etwas gelassener kann ich jetzt anfangen, wirklich in der Zeitschrift zu lesen anstatt sie einfach nur festzuhalten.

Als Raphael fertig ist, sind auch Nati, Basti und David wieder eingetroffen – ich freue mich zu hören, dass sie schöne Stunden verbracht haben, auch wenn David sich überwinden musste, das Schlauchboot zu betreten, und er sich vorher heftig gesträubt hat, die Schwimmweste anzuziehen.

Jetzt warten wir alle sehr gespannt auf das Gespräch mit Professor Herzbeck. Das findet in einem kleinen Arztzimmer an einem runden Holztisch statt und der Professor ist noch recht verschwitzt von seinem Einsatz, als er das Wort ergreift. Er erklärt uns, dass er jetzt ein genaueres Bild von der Gefäßanatomie bei Raphael hat und dass es wohl auf der einen Seite neben der besagten Pfortader einen recht dicken Zufluss gibt, der aussieht wie eine Astgabel. Er zeichnet uns das entstandene Bild auf und sagt, dass er den einen Teil der Astgabel mit mehreren kleinen Spiralen verschließen konnte und er somit meint, den Rückfluss aus der Pfortader gemindert zu haben, dass aber „Raphaels Leber leider Gottes ein schwer krankes Organ ist" und es deshalb wahrscheinlich mehrerer Eingriffe bedarf. Die Operation war also nur ein Teilerfolg, wenn überhaupt. Man muss jetzt abwarten, wie und ob der Körper auf die geänderten Flussprofile reagiert, ob das Bauchwasser zurückgeht und der Druck gemindert werden konnte. Die nächsten Schritte müssten dann erneut mit den verschiedenen Experten abgestimmt werden.

In den folgenden Tagen geht es Raphael immer besser, das Bauchwasser geht zurück und die Ärzte sagen, dass man bald den Beatmungsschlauch entfernen werde. Wir sind sehr erleichtert. Vielleicht kann er in der nächsten Woche schon die Intensivstation verlassen. Jetzt kommt erst mal das Wochenende und im Krankenhaus wird es etwas ruhiger werden. Wir freuen uns, da uns meine Mutter und Uwes Eltern besuchen wollen, und tatsächlich gibt es am Freitagnachmittag ein großes Wiedersehen.

Die Schwiegereltern begutachten unser Quartier und sind positiv überrascht. Meine Mutter macht sich auf den Weg und kauft feinste Pralinen für die Station ein. Gemeinsam fahren wir zu Raphael ins Krankenhaus. Jeder will natürlich den Patienten besuchen und wir sind uns einig, dass er schon viel besser aussieht. Noch ist er beatmet und so brechen wir etwas früher als sonst zum Essen auf. Wir wollen die Zeit nutzen, um die nächsten Schritte zu planen. Es ist ein perfekter Sommerabend und fast fühlt es sich ein bisschen wie Urlaub an, als wir durch die kleinen Gässchen der schönen Altstadt laufen.

David ist begeistert von dem kleinen Bachlauf, der sich entlang der Straßen zieht, und man merkt, dass auch bei ihm die Anspannung etwas abfällt – ja, er ist sogar wieder ganz unbeschwert und freut sich, dass wir alle beieinander sind. Nati und Basti haben inzwischen auch eine Liste mit Gästewohnungen organisiert, so dass Uwe, David und meine Schwiegermutter, die ziemlich zeitgleich mit Raphaels Geburt aufgehört hat zu arbeiten, noch bei mir sein können. So sitzen wir in seltener Eintracht bei dem besten Italiener in Tübingen. David hat zehn Erwachsene um sich, die ihn abwechselnd bespaßen, und der Rest kann sich in Ruhe unterhalten. Wir sind alle optimistisch eingestellt, was die Genesung von Raphael anbelangt.

Mittlerweile hat uns der junge Arzt mit den schwarzen Haaren, der mir das erste Mal beim Verlassen des Herzkatheter-Labors begegnet ist, angesprochen, weil er der Ursache für Raphaels abnormale Gefäße von gerne auf den Grund gehen will. Die Uniklinik in Tübingen hat einen besonders guten Ruf und jeder Arzt, der dort arbeitet, sollte auch bereit sein, zu forschen und fachliche Texte zu veröffentlichen. Dr. Bauer, der junge Arzt, arbeitet als Kinderkardiologe auf der Intensivstation. Er will von uns wissen, ob Erbkrankheiten in meiner Familie oder der meines Mannes bekannt wären. Meine Mutter ist auch da und wir sagen, dass es in unserer Familie tatsächlich eine Krankheit gibt, die sich Morbus Osler (eine seltene, erbliche Erkrankung der Blutgefäße) nennt. Dr. Bauer spitzt die Ohren. Meine Mutter erzählt von ihrem Vater, der immer Nasenbluten hatte, von ihren sieben Schwestern und Brüdern, die das zum Teil geerbt haben. „Aber", sagt sie, „wir leben alle gut mit dem bisschen Nasenbluten!" Trotzdem kommt sie im Gespräch mit Dr. Bauer darauf, dass sie selber auch sogenannte Shunts (Gefäßquerverbindungen) in der Leber hat, die sie zwar nicht beeinträchtigen, aber dennoch auffällig sind. Und ich erfahre das erste Mal, dass man meiner Tante sogar einen Teil ihrer Leber wegschneiden musste, weil er zirrhotisch, also verhärtet und nicht mehr funktionierend war. Sie sprechen über die Schlaganfälle meines Großvaters, über die hereditäre Blutarmut, über das Herzrasen meiner Mutter und ihren jahrelangen Husten, den sie jetzt auf einmal auf die Shunts in ihrer Lunge zurückführt. Früher waren es noch meine Wellensittiche, die sie angeblich immer zum Husten brachten. Dr. Bauer zeigt sich ganz interessiert und erzählt uns im Gegenzug, dass er auch schon Erfahrung bei Kindern mit Morbus Osler gemacht hat, allerdings eher im Bereich des Herzens und noch keine so gravierend wie bei meinem Sohn. Er betont, dass er sich durchaus vorstellen könne, dass ein Gendefekt für Raphaels Situation verantwortlich ist, und fragt uns, ob man schon einen Bluttest bei ihm oder mir gemacht hat. Ich muss nicht lange überlegen, bis ich nein sage, da sich im Klinikum Langwasser niemand für einen Zusammenhang zwischen Morbus Osler und den Gefäßabnormalien interessierte. Wir entschließen uns gemeinsam zum Test, da ich auch daran interessiert bin, weshalb mein Sohn so schwer erkrankt ist, und ich die Hoffnung habe, dass eine gefundene Ursache der Behandlungsoptimierung dienlich sein wird. Ich vermute bei mir auch stark die besagte Erbkrankheit, da ich selber zu Nasenbluten neige und da bei diversen Blutspende-Aktionen immer wieder ein ziemlich niedriger HB-Wert festgestellt worden ist. Außerdem, das fällt mir aber erst jetzt auf, habe ich auch vereinzelt kleine rote Punkte auf der Haut. Dr. Bauer meint, mit solchen Anzeichen hätte ich sehr wahrscheinlich das Morbus-Osler-Gen.

Wir gehen in ein Untersuchungszimmer und Dr. Bauer nimmt mir die benötigten fünf großen Röhrchen Blut eigenhändig ab. Das Blut wird in ein

Labor nach Marburg geschickt und falls das Ergebnis positiv ausfällt, wird man auch Raphael Blut abnehmen und ihn testen. Wir sollen uns darauf einstellen, dass die Auswertung mehrere Wochen dauern kann.

Nach dem Gespräch mit Dr. Bauer setzen wir uns selber noch einmal kritisch mit der Geschichte auseinander. Ganz ungewöhnlich ist es auf jeden Fall, dass ein Säugling schon so unter Morbus Osler leiden soll. Normalerweise treten gewisse Einschränkungen erst mit etwa 30 Jahren auf. Ich selber wusste gar nichts von den angeblichen Lebershunts bei meiner Mutter, aber sie beteuert immer wieder, dass sie welche hat und gleich am Montag hier in Tübingen eine Ultraschall-Untersuchung bei sich machen lassen will. Mit den Bildern wird sie dann zu Professor Herzbeck höchstpersönlich gehen, um ihm zu beweisen, dass man mit einer Shunt-durchsetzten Leber ganz normal leben kann.

Der Ablauf der nächsten Tage ist, soweit möglich, gut geplant. Uwe wird mit David und seinen Eltern erst mal heimfahren, ich kann dann sein Auto benutzen, um ins Krankenhaus zu kommen. Meine Schwester und ihr Freund müssen langsam auch zurück in die Schweiz und so ziehe ich in das private Zimmer im Herzen Tübingens bei Frau Walter ein. Meine Mutter, wird als seelischer Beistand noch ein, zwei Tage in Tübingen bleiben, schon alleine um den Ultraschall von ihrer Leber am Montag machen zu lassen.

Nachdem die erste Trauer über die Trennung von David überwunden ist, stellt sich doch ein gewisses Gefühl der Erleichterung ein. Ich werde ein paar ruhige Minuten bekommen, die ich dringend brauche. Die letzten Tage haben sehr an mir gezehrt. Mein nicht allzu stressresistenter Mann, um es milde zu formulieren, war die letzten Tage enorm angespannt und ich bin froh, dass er sich jetzt daheim regenerieren kann und mich nicht zusätzlich Nerven kostet. Ich will Kraft sammeln für die Zeit, in der Raphael auf die normale Station kommt, obwohl ich mir noch gar nicht vorstellen kann, wie das werden soll.

Am Montag Morgen lässt meine Mutter von einem Facharzt in Tübingen tatsächlich einen Ultraschall von ihrer Leber machen und kommt stolz mit den gleich ausgedruckten Bildern ins Krankenhaus geschritten, direkt zur Intensivstation, wo sie auf Professor Herzbeck warten will.

Heute ist Chefarztvisite auf der Intensivstation und wir warten gespannt, was man uns berichten wird. Wie üblich wurden wir gebeten, den Raum zu verlassen, und dürfen im Elternzimmer Platz nehmen. Wir sitzen stumm an dem kleinen Holztisch, darin sind wir mittlerweile sehr geübt. Andere Eltern gehen rein und raus, es gibt extra abschließbare Schränke für Wertgegenstände, an der Seite auf einem hölzernen Bord stehen Kaffee und Tee bereit, aber man merkt die Sommerhitze bis hier oben und so halte ich mich an den Wasserautomaten. Eine junge Frau mit kurzen blonden Haaren kommt herein und räumt ihren Spint aus und im selben Moment läuft draußen die zierliche Braungelockte mit der Brille, deren Gespräch ich am ersten Tag unweigerlich mitbekommen habe, vorbei. Anscheinend kennen sich die beiden, denn die Blonde ruft euphorisch aus dem Elternzimmer hinaus, dass sie TATSÄCHLICH auf die normale Station dürfen. Sie ist ganz aufgeregt, was ich gut verstehen kann. „Mann", denke ich, „ich will auch endlich hier raus!" Aber zu uns kommt jetzt erst mal Professor Herzbeck und bittet uns, um die Ecke zu gehen wegen der Privatsphäre. Die ist mir zwar relativ egal, aber andererseits ist es gut, wenn wir fünf Minuten mit dem Arzt in Ruhe reden können.

Interessiert sieht er sich die Ultraschallbilder meiner Mutter an und sagt, dass das Experten-Team zu einem ähnlichen Schluss gekommen sei, nämlich, dass es durchaus möglich ist, dass Raphael trotz der Gefäßmissbildungen wachsen, gedeihen und leben kann. Da es Raphael jetzt deutlich besser gehe, werde man ihn im Laufe des Tages versuchen zu extubieren, das heißt, sein Beatmungsschlauch soll gezogen werden. Dann werde man einfach abwarten und mittels Ultraschall messen, inwiefern sich das Blutflussprofil die nächsten Tage ändert. Abhängig von seinem Zustand können weitere Herzkatheter-Interventionen nötig sein, es sei aber genauso gut möglich, dass er mit den gesetzten Spiralen lange gut auskommt und man weitere Eingriffe abwarten kann.

Oh mein Gott, denke ich mir, ich bekomme meinen Sohn zurück, endlich. Aber irgendwie bin ich auch ein bisschen nervös, denn wer weiß, wie es ihm geht, wenn er wieder ganz wach ist? Seit ganzen zwei Wochen ist er jetzt sediert und vollgepumpt mit Medikamenten, die sein System unterstützen, lahmlegen oder anregen sollen. Nach der Operation hat er sogar Morphium bekommen, das jetzt ganz langsam ausschleichen muss, damit sich die Entzugserscheinungen in Grenzen halten. Es waren so viele chemische Substanzen in 14 Tagen, wie andere in ihrem ganzen Leben nicht einnehmen. Trotz dieser Gedanken überwiegt die Freude – er wird endlich wieder die Augen aufschlagen und zu Bewusstsein kommen.

Die letzten Minuten, in denen er noch beatmet ist, merkt man, dass er unruhig wird und selber aufwachen will, der ganze Körper zuckt und er dreht den Kopf, die Augen sind noch geschlossen und der riesige Schlauch scheint ihn zu stören. Immer wieder sieht es so aus, als ob er sich an ihm verschluckt. Er würgt, dreht den Kopf, schafft es aber doch noch nicht aufzuwachen. Die Ärzte sehen gelassen zu, denn sie müssen den richtigen Zeitpunkt abwarten, um den Beatmungsschlauch zu ziehen.

Als bei Raphael der Zeitpunkt günstig ist, schicken uns die Schwestern wieder hinaus, um uns vor dem Anblick zu schützen und in Ruhe arbeiten zu können. In den ersten Minuten, nachdem der Beatmungsschlauch entfernt ist, kann es sein, dass die Patienten heftig nach Luft ringen oder die Augen verdrehen oder total weggetreten wirken. Das sind alles Anblicke, bei denen man als Eltern durchaus Panik bekommen kann.

Wir warten also im altbekannten Elternzimmer. Die Minuten sind lang und immer wieder überfliege ich die Danksagungsbriefe an das Team der Intensivstation, die an einer Wand des Zimmers hängen. Es gibt viele Vorher-nachher-Fotos von kleinen Kindern, die offensichtlich gelitten haben, mit ihren operierten Bäuchen, Schläuchen, Sauerstoffbrillen und Verbänden, viele davon haben oder hatten einen angeborenen Herzfehler. Man sieht sie in Narkose liegen oder recht hilflos an ihren Schläuchen hängen und daneben sind dieselben Kinder einige Zeit später, wie sie einem ins Gesicht lachen, ihre ersten Schritte machen oder sich über den Schnee freuen. Jeder einzelne Fall ist ein bewegendes Schicksal und ein Dokument des absoluten Einsatzes für das Leben der Kleinen. Ich will auch einen Danksagungsbrief mit einem Foto von Raphael machen, wenn das alles überstanden ist – es muss einfach alles gut werden!

Die Schwester kommt ins Zimmer und ruft uns – wir dürfen hineingehen. Den Weg zu Raphaels Bett sehe ich in Zeitlupe vor mir. Noch ein paar Schritte, dann bin ich da. Mein kleines Baby liegt völlig benebelt vor mir und schaut mich an. Dann verzieht er das Gesicht und es sieht aus, als ob er weint, aber statt Geschrei kommt nur ein wehmütiger, herzdurchdringender Ton der Verzweiflung. Ich will ihn so gerne trösten, ihm sagen, dass alles gut werden wird, dass er in Sicherheit ist und das Schlimmste geschafft hat. Ich will Kontakt zu ihm aufnehmen, doch ich kann meinen kleinen fröhlichen Raphael nicht mehr erkennen. Ich spreche mir innerlich selber Mut zu, jetzt stark zu sein, auch wenn ich am liebsten losheulen würde. Ich zwinge ein Lächeln auf mein Gesicht und berühre ihn vorsichtig mit meiner Hand – es kommt jetzt auf mich an und deshalb halte ich meinen Schmerz zurück. Mein Sohn liegt apathisch in seinem Bett, die Schwestern haben die kleinen Händchen links und rechts mit weißer Verbandsschnur an das Gitterbettchen festgebunden, damit er sich den zentralen Venenkatheter, der am Hals zur Versorgung gelegt wurde, nicht herauszieht. Außerdem hat er noch eine Sauerstoffbrille bekommen, das ist ein durchsichtiger, dünner Schlauch mit zwei kleinen Ausgangswegen für die Nasenlöcher, durch den Luft geleitet wird, damit die Atmung unterstützt werden kann. Ich glaube, er versteht die Welt nicht mehr.

Ich träume, ich fliege. All diese wunderschönen Farben. Ich schlafe, ich raste. Ich will für immer hier bleiben. Schwerelos – ich fühle meinen Körper nicht mehr, er ist verschwunden, war niemals da, ich bin so frei. Frei von Schmerzen, frei von Trauer, frei von Hunger. So kann es ewig bleiben. Und auf einmal merke ich einen Ruck – ich spüre wie ich zurückgezogen werde aus der bunten Traumwelt in meinen kleinen Körper hinein. NEIN!!! NEIN! Ich will nicht gehen, NEIN! NEIN, nicht atmen, nein, kein grelles Licht, das meine Augen verbrennt, nicht die blauen Kittelmonster. HILFE, MONSTER! Ich will mich bewegen, um mich hauen, WEG HIER!

Und dann merke ich, wie alles schmerzt, jede einzelne Gliedmaße. Unerträgliche Schmerzen. Was ist los hier? Ich will schreien, doch es kommt kein Ton. Ein blauer Kittel kommt mit einer Nadel und dann falle ich in den Schlaf zurück.

Viel zu kurz, dann wache ich wieder auf – eine Frau steht an meinem Bett – alles ist verschwommen, vage Erinnerungen. Sie spricht mit mir, ihre Hand grapscht nach mir! NEIN! Ich weine, die Frau redet weiter, vorsichtig, ruhig. Wenn ich mich anstrenge, kann ich mich vielleicht erinnern. Nein, nur Schmerz – Spritze –weg.

Er liegt wieder sediert vor mir, aber ohne den Tubus sieht er schon besser aus, nicht mehr ganz so krank. Trotzdem dauert es lange, bis er sich ruhiger verhält, wenn er wach ist. Sobald er die Augen aufschlägt, fängt das Wimmern an. Er fühlt sich immer noch wie ein Mehlsack an, wenn ich ihn wickle oder er umgelagert wird. Alle seine Haare sind ihm ausgegangen, in der Nase hängt noch die Sonde, über die er Milch bekommt, und zusätzlich ist am Hals der zentrale Venenkatheter (ZVK), über den zusätzlich eine Aufbaulösung fließt.

Selber trinken will er die erste Zeit gar nicht. Einmal versuche ich ihn zur Mahlzeit an die Brust zu legen, doch er zieht überhaupt nicht an. Seine Lippen verharren regungslos, so als ob er niemals einen Saugreflex gehabt hat. Mit der Flasche klappt es ein bisschen besser, da schafft er ein paar Züge, den Rest bekommt er dann über die Nasensonde, die ja direkt in den Magen führt. Die Schwestern sagen, dass ein Teil der Kinder nach solchen Traumaerlebnissen nicht mehr an die Brust wollen. Ich mache mir also bezüglich des Stillens keine Illusionen mehr, obwohl ich die letzten zwei Wochen alles gemacht habe, um den Milchfluss zu erhalten. Trotzdem bin ich sehr froh, dass er wenigstens das Fläschchen nimmt. Hauptsache, er kommt wieder zu Kräften. Die Ärzte sind zufrieden und bereiten mich darauf vor, dass er bald auf die normale Station verlegt werden kann. Ich bin so erleichtert. Raphael bekommt zwar immer noch viele Schmerz- und Beruhigungsmittel, aber mit jedem Tag wird er ein bisschen wacher.

Unterdessen haben wir in Tübingen ein Szenelokal ausfindig gemacht, das ganz besonders leckere frittierte Kartoffelchips mit gutem Dip hat, die „König-Ludwig-Chips". Dazu gibt es Cocktails, eine Sonnenterrasse und Hintergrundmusik. In den wenigen freien Stunden kann ich mich so noch einmal entspannen und auf den anstrengenden Klinikaufenthalt einstellen.

Und dann ist es endlich soweit, man wird uns abholen. Allerdings fällt mir erst mal die Kinnlade herunter, als ein großer, kräftiger Pfleger mit braungewelltem langen Haar und dichtem Vollbart in Jesus-Latschen das Zimmer betritt und nach einem Raphael Lehmann fragt. Ich denke mir, dass es unmöglich sein kann, dass ich mit diesem Typen irgendwo hingehe, doch schnell stellt sich heraus, dass es tatsächlich so sein wird. Oje, das fängt ja gut an! Das Einzige, das mein Misstrauen ein bisschen lindert, ist eine normal wirkende Krankenschwester in weiß an seiner Seite.

Nach einem kurzen Übergabegespräch mit der Intensivschwester machen sich die beiden daran, die Bremsen von Raphaels Bett zu lockern. Der Jesus-Typ lacht über jede Bemerkung, ich zweifle stark daran, dass es sich um eine qualifizierte Pflegekraft handelt, vielleicht ist er jemand, der nur Betten abholt? „Ich hab gehört, der Kleine kotzt recht gerne, da nehmen wir lieber ein paar von denen mit, ha ha ha", ruft er und zeigt mit einem seiner großen Finger auf ein paar Spuckschüsseln aus Pappe, die auf dem Nachttisch stehen. Wir schieben los, dass heißt, ich versuche, hinter dem Bett, das im zackigen Tempo weggeschoben wird, Schritt zu halten. Leider spuckt Raphael wirklich ab und zu, die Ärzte sagen, das kann von dem Medikamentenentzug kommen.

Ich bin neugierig, was uns auf der normalen Station erwartet. Alle meine Sachen habe ich schon im Auto, das Zimmer ist übergeben und ich bin bereit, mit Raphael auf die Kinderstation zu ziehen. Allerdings ist das ganze Prozedere recht chaotisch, da wir zuerst auf die falsche Station geschickt werden. Dort heißt es, man werde sich gleich kümmern, aber aus dem gleich sind schnell zwei einsame Stunden des Wartens geworden. Ich erinnere mich, dass irgendwann meine Schwester wieder angereist war und besonders freundlich mit der für uns zuständigen Schwester gesprochen hat. Hier, haben wir auf einer Hinweistafel gelesen, wollen die Schwestern gerne mit ihrem Nachnamen angesprochen werden, da sie das zeitgemäßer finden und es wohl eine größere Wertschätzung ausdrücken soll, als wenn man einfach Schwester Soundso sagt. Ist mir absolut egal, solange die Versorgung gut ist, werde ich jeder Schwester Wertschätzung entgegenbringen.

Man ist sich immer noch nicht sicher, wo man uns genau unterbringen wird, aber wahrscheinlich kommen wir auf die Station für Allgemeine Pädiatrie, was immer darunter zu verstehn ist. Am Ende bleiben wir tatsächlich in der Kinderklinik, also dort, wo alles neuer und vor allem kinderfreundlicher aufgebaut ist. Wir sind sogar vorerst alleine im Zimmer. Ich habe Zeit, die ersten Sachen notdürftig zu verstauen, und zusammen mit Nati organisieren wir ein „Elternbett", genauer genommen eine abartig unbequeme aufklappbare Holzpritsche. Dazu geliefert werden Bettwäsche und Laken und der Hinweis, dass man das Bett bitte ausschließlich nachts und nur an der einen Seite des Zimmers, dort wo keine Computer sind, aufstellen soll. Das Krankenhaus schlägt mir jetzt schon aufs Gemüt! Die Milchpumpe steht in einem kleinen Badezimmer bereit, ebenso wie ein Plastikliegestuhl, damit ich Raphael aus dem Bett nehmen kann. Für ein Krankenhaus finde ich das Zimmer trotzdem recht schön, man hat eine große Fensterfront mit Ausblick auf die umliegenden Gebäude und auf den Hubschrauberlandeplatz. Jedes Mal, wenn ein Hubschrauber landet, gibt es einen Riesenkrach, aber ich denke an David und weiß, dass er von dem Spektakel begeistert sein wird. Ich freue mich so, wenn mein Großer wieder kommt und endlich seinen Bruder sehen darf, denn hier auf der normalen Station ist das kein Problem mehr.

Raphael hängt immer noch ziemlich fest am Infusionsständer, weil der ZVK noch benötigt wird. Man will ihn nicht einfach entfernen, weil man Angst hat, die Venen könnten sich schließen und ein neuer Zugang müsse gelegt werden. Raphael kann aber tagsüber vom Überwachungsmonitor abgekoppelt werden und so können wir ihn mit Infusionsständer im Schlepptau mal zum Fenster tragen oder uns mit ihm auf dem Arm an den kleinen Tisch setzen. In der Nacht wird er dann mittels aufgeklebter Elektroden wieder an den Monitor angeschlossen, es wird noch ein kleines rot leuchtendes Klebeband um seinen Finger gewickelt, die „Sättigung". Damit wird gemessen, wie hoch die Sauerstoffversorgung im Blut ist. Sie sollte so zwischen 96 und 100 Prozent liegen, und immer wenn ein bestimmter Wert unterschritten ist, schlägt der Computer im Schwesternzimmer Alarm.

Tagsüber bekommt er jetzt immer weniger Schmerz- und Beruhigungsmittel, deshalb ist er sehr weinerlich und es ist schwer, ihn zum Lachen zu bringen. Zum Glück sind die Schwestern hier sehr hilfsbereit, am liebsten ist mir Schwester Hiera, die wir schon am ersten Tag kennengelernt haben und die ich gleich ins Herz geschlossen habe. Bei ihr bin ich mir sicher, dass sie sich bestens auskennt. Sie ist eine junge Frau, etwa in meinem Alter. Mit ihrer milchkaffeebraunen Haut, den dunklen Augen und den halblangen fast schwarzen Haaren, die sie meistens zu einem Zopf gebunden hat, sieht sie ein bisschen aus wie eine arabische Schönheit. Das Wichtigste ist aber ihr ruhiger Umgang mit Raphael und die enorm positive Ausstrahlung. Sie kennt die ganze Station, selbst die kleinen Geheimverstecke, wo zum Beispiel spezielle Cremes, seidenweiche Kompressen oder das Kamillenbad gelagert werden, und so kann sie mit ein paar kleinen Tricks eine bestmögliche Versorgung gewährleisten. Deshalb bin ich immer sehr froh, wenn Schwester Hiera Dienst hatte. Wir unterhalten uns auch über private Dinge, das lenkt mich oft wirkungsvoll von der Situation ab. Schnell bemerke ich, dass Schwester Hiera gut und gerne auch eine Ärztin sein könnte. Sie winkt aber immer lachend ab und sagt, dass sie so ganz zufrieden sei.

Etwas unsicherer hinsichtlich der Pflegekompetenz bin ich mir die ersten Male, als ein männliches Team den Dienst bei Raphael übernimmt. Pfleger Roberto mit den Jesus-Latschen und den langen Haaren, haben wir ja schon kennengelernt, als er uns von der Intensivstation abgeholt hat. Er ist tatsächlich Krankenpfleger, wirkt aber teilweise so verplant, dass man sich die Grasplantage in seinem Keller oder Garten bildlich vorstellen kann. Mit der Zeit merke ich aber doch, dass er ein wirklich lieber Kerl mit großem Herzen für die Kleinsten ist, und auch fachlich gibt es nichts auszusetzen. Wenn Roberto die Frühschicht hat, wird er meistens von Rolf, einem Mitte Fünfziger mit weißem Haar und ebenfalls Vollbart, abgelöst. Rolf ist der „Techniker der Station", das finde ich aber erst später heraus, vorerst bringt er immer den rollbaren Fernseher, den man bis zehn Uhr abends ausleihen kann, ins Zimmer und ist froh, wenn er sonst seine Ruhe hat.

Die Bärenhöhle

„Der ganze Sinn des Lebens besteht darin, sich zu der vollkommenen Person
zu entwickeln, die man sein soll"
(Oprah Winfrey)

Hier im Krankenhaus schalte ich den Fernseher sogar manchmal ein – daheim ist mein Mann nämlich Herr und Meister der Fernbedienung und ich schaue ganz selten – , aber über das Soap-Opera-Niveau geht es für mich unter den Umständen nicht hinaus. Für etwas Anspruchsvolleres fehlt mir die Konzentration. Um neun Uhr ist der Fernseher spätestens aus, dann rolle ich ihn wieder zurück in sein Versteck, sehe kurz nach, ob noch jemand von den anderen Eltern auf dem Gang ist, hole ein frisches Wasser und dann geht es zurück zu Raphael, der immer noch sehr unruhig schläft. Mindestens einmal in der Nacht piepst das Infusionsgerät, dann werde ich wach und hole die Nachtschwester, zur Zeit eine etwas rundliche, manchmal an eine Schildkröte erinnernde Frau mittleren Alters. Bei den kleinsten Störungen gerät sie in Stress, pustet ihre Backen auf und wischt sich den Schweiß von der Stirn. Wir sind beide froh, wenn die Nacht vorbei ist.

Im Krankenhaus beginnt für alle Beteiligten der neue Tag zwischen sechs und sieben Uhr, wenn die erste Schülerin oder Praktikantin stolz das Frühstückstablett hineinträgt und mich in meinem verschlafenem Zustand fragt, wo sie das Tablett hinstellen soll. An Schlaf ist dann nicht mehr zu denken, denn meistens wacht jetzt auch der Kleine auf, den ich mir dann mitsamt dem Kabelsalat auf meine Pritsche hebe, um noch ein paar Minuten mit ihm zu kuscheln.

Wenn Raphael munter ist und sich wohl fühlt, ist es richtig schön. Er strampelt dann mit den kleinen Beinchen, grinst und gurrt vor sich hin und trinkt aus seinem Fläschchen. Seltsam finde ich es, dass er seinen Kopf noch nicht richtig halten kann. Auch die Waage lässt noch einige Wünsche offen. Seitdem wir von der Intensivstation gekommen sind, hat Raphael nur abgenommen. Die Ärzte sind allerdings überhaupt nicht beunruhigt. Sie sagen, dass er viel Wasser eingelagert hatte und dass sich alles normalisieren wird. Jeden Tag kommt eine junge Assistenzärztin zur Visite. Ihr Name ist Frau Dr. Sachs, der Traum aller Väter. Sie hat lange blonde Haare, große grüne Augen und eine sportliche Figur. Sie ist wirklich nett und auf Zack, so dass typische Blondinenwitze ihr nicht gerecht werden. Sie erinnert mich ein bisschen an eine meiner Cousinen und wir kommen gut miteinander aus. Sie fragt mich, ob sie eine Studentengruppe mit zu Raphael nehmen darf, um seinen Fall vorzustellen, und da ich dankbar für jede Abwechslung bin, stimme ich sofort zu.

Meistens wird Raphael bei der Morgenvisite in seinem Zimmer untersucht. Wenn aber Blutabnehmen, Zugang legen, der Tausch einer Nasensonde oder Ähnliches auf dem Programm stehen, werde ich gebeten, ihn vor in die „Bärenhöhle" zu bringen. So heißt hier der Untersuchungsraum. Überall stehen große und kleine Stoffbären und schauen in Richtung Liege, wo so manch kleiner Patient vieles für ihn Unverständliche über sich ergehen lassen muss. Ich finde es recht liebevoll, ein Untersuchungszimmer kindergerecht einzurichten, auch wenn alle Kinder wahrscheinlich sehr froh sind, der Bärenhöhle wieder zu entfliehen. Der größte „Teddybär" läuft sowieso auf der ganzen Station frei herum, es ist nämlich der Oberarzt Dr. Daniels, der mit seiner schieren Masse (er ist bestimmt 1,90 Meter groß und kräftig gebaut) und den tiefbraunen Augen sowie einem schwarzen Vollbart und schwarzen Haaren tatsächlich an einen Bären erinnert. Mir fällt auch gleich auf, dass er derjenige war, der oben auf der Intensivstation mit der zierlichen Frau geredet hat. Da Dr. Daniels eigentlich nie einen weißen Kittel oder sonstige Krankenhauskleidung trägt, erkennt man auf den ersten Blick nicht, dass er ein Arzt ist.

Obwohl es hier noch viel härtere Fälle gibt, findet Raphael bei den Professoren großes Interesse, was schon, wenn man in einer Klinik wie der in Tübingen ist, auf die Seltenheit seiner Grunderkrankung hindeutet. Ich bin hier Eltern begegnet, die mit den Krankheiten ihrer Kinder wirklich die Hölle durchmachen mussten oder immer noch durchmachen müssen. So habe ich auf der Station 18 wieder die zwei Frauen von der Intensivstation getroffen. Die eine mit den blonden Haaren hat tatsächlich ein kleines Kind, bei dem der Darm transplantiert worden ist. Jetzt ist es ja schon schrecklich, wenn überhaupt Organe verpflanzt werden müssen, aber dann auch noch der Darm? Ich hab noch nie gehört, dass so etwas überhaupt geht. Die Frau erzählt, dass ihre Tochter die Erste war, bei der man sich so eine Operation in Deutschland überhaupt zugetraut hat. Ach du liebe Güte, wo bin ich hier nur gelandet. Die Mutter des Kindes verlässt jeden Abend die Klinik und läuft den Berg, nachdem die Klinik benannt worden ist, zu einem sogenannten Geschwisterhaus hinunter, wo sie die Nacht verbringt, weil sie, wenn sie im Krankenhaus bleiben wollte, nur mit Mundschutz und Kittel bei ihrem Kind schlafen dürfte. Und das im Hochsommer, bei gefühlten 30 Grad! Jeden Morgen um halb sieben läuft sie dann den Berg wieder hinauf, damit sie da ist, wenn ihre Tochter erwacht. Sie ist schon eine Ewigkeit hier und wird noch ein paar Monate bleiben müssen. Die Frau hat auch noch zwei ältere Kinder und ich frage mich, wie sie so gelassen sein kann. Mir sind schon die zwei Wochen, die wir jetzt in der Klinik sind, zu viel.

Die andere Mutter, die auf der Intensivstation so geweint hat, geistert auch immer wieder auf dem Gang herum. Ich frage sie, was ihr Kind denn hat. In der ersten Zeit im Krankenhaus war ich noch recht unbedarft im Umgang mit anderen Schicksalen. Ich war einfach neugierig, was es für Krankheiten gab, und ich war froh, mich mit jemandem zu unterhalten. Sie erzählte mir, dass ihr Sohn mit einem offenen Bauch in einem Einzelzimmer auf der Intensivstation liegt und die Ärzte über die Behandlung seiner Krankheit im Dunkeln tappen. Jetzt verstehe ich ihre Trauer. Sie sagt, dass sich die inneren Organe ihres Kindes einfach so zersetzen, und niemand weiß, wie man einen solchen Prozess aufhält oder behandelt. Selbst in Tübingen hat man keine Erfahrung mit so einem Fall. Jetzt kann die Frau froh sein, im Spielzimmer schlafen zu dürfen oder im Abstellraum oder wo auch immer sie einen Platz findet, um in der Nähe zu sein. Mir stellt es die Haare auf und ich bin froh, dass Raphaels Fall so unspektakulär ist. Selbst Nati und Basti finden die Fälle hier kurios, dabei haben sie gerade ihre Ausbildung beendet, sind also auf dem neuesten Stand.

In der Uniklinik bringt jeder Tag etwas Neues, obwohl mit Raphael selber nicht viel gemacht wird. Man beobachtet einfach, wie sich sein Zustand entwickelt, und lässt langsam die Medikamente ausschleichen. Auch die parenterale Ernährung, also die Kalorienzufuhr über die Vene, wird täglich zurückgeschraubt. Das Ziel ist es, Raphael irgendwann mit einem guten Gefühl entlassen zu können, er soll jetzt eigentlich nur noch ein bisschen aufgepäppelt werden. Aus der Sicht von Professor Herzbeck werden zwar weitere Eingriffe und eine genaue Überwachung nötig sein, aber auch er setzt darauf, dass Raphael erst einmal wachsen und zunehmen kann, damit das Operationsrisiko mit zunehmendem Alter geringer wird.

Ich habe mich an alles wieder etwas gewöhnt. Mama, Papa oder Oma sind immer bei mir. Ich erkenne sie wieder und lasse mich gerne von ihnen umhertragen oder beschmusen. Besonders freue ich mich über David, so nennen meine Eltern meinen großen Bruder. Er schaut immer zu mir ins Bettchen, wenn er da ist, und lacht mich an. Leider ist er meistens auch gleich wieder verschwunden ...

Auf der Kinderstation soll er wieder an eine normale Nahrungsaufnahme gewöhnt werden. Er bekommt also erst die Flasche, und die Menge, die übrig bleibt, wird über die Nasensonde zugeführt. Der Tagesablauf ist mittlerweile recht geregelt, besonders schön ist es, dass David wieder da ist und auch endlich zu seinem kleinen Bruder ins Zimmer darf. Am Anfang ist ihm Raphael noch völlig fremd, aber nach ein paar Stunden hat er ihn doch wieder ins Herz geschlossen. Am Abend ist der Abschied von meinem Großen immer ein bisschen traurig, aber mit dem Versprechen, dass wir uns am nächsten Tag wiedersehen, ist es ok. Ich bin so froh, wenn die Familie wieder unter einem Dach sein wird, aber vorerst heißt es noch durchhalten. Für David sind die Tage im Krankenhaus spannend. Sein Fokus liegt natürlich nicht auf dem kranken Brüderchen, sondern auf den Hubschraubern, die man alle paar Minuten landen und starten sehen kann. Das gibt ein ohrenbetäubendes Getöse, obwohl wir Hubschrauberlärm gewohnt sind, weil daheim nebenan eine Bundeswehrkaserne mit Flugstaffel liegt. Auch die Krankenbetten, der Infusionsständer und besonders der Wasserautomat ziehen die Aufmerksamkeit meines Sohnes auf sich. Mein Mann und meine Schwiegermutter sind auch hier und dadurch gelingt es uns ganz gut alles aufzuteilen. David darf das ganze Krankenhaus erkunden, denn das Schöne ist, dass es hier überall Spielmöglichkeiten für die Kinder gibt. Ein kleiner Klinik-Rundgang mit ihm sieht ungefähr so aus:

Wir fahren mit dem Aufzug, sehr spannend! David darf den Knopf drücken. Der Lift bringt uns bis zum Eingang der Kinderklinik. Wenn man aussteigt, sieht man schon ein recht schönes Aquarium mit bunten Fischen, auch ein Nemo-Clownfisch ist dabei. Am besten gefällt David aber der Sandfisch, eine Art Fensterputzer, der immer den Sand vom Boden frisst und ihn dann durch seine Kiemen pustet. Hinter dem Aquarium steht verlockenderweise der Eisautomat und da Hochsommer ist, schlagen wir gerne zu. Gut, dass David und später auch Raphael sich mit der Bottermelk-Fresh-Tüte zufrieden geben, die schmeckt mir nämlich auch, und so gibt es Resteverwertung. Während wir das Eis schlecken, darf David auf ein riesiges Holzschiff klettern, das vor der Eingangstür geankert hat. Die Kinder können ans Steuerrad und unter Deck. Ich bin Begleitperson und sitze an der Rehling, halte das Eis fest und beobachte meinen Sohn beim Spielen. Wenn das Eis aufgegessen ist oder das Schiff zu langweilig wird, gehen wir weiter über den Verbindungsgang zur Crona-Klinik. Dort steht auf der linken Seite ein wirklich schöner Setzkasten mit Schleich-Tieren und -Figuren. Das Landschaftsbild im Setzkasten wird regelmäßig gewechselt. Wir haben schon eine Burgbelagerung, die Dinosaurierwelt, den Bauernhof, Wildtiere in Afrika und einen Zirkuszug bestaunt. David ist gerade im Eisenbahn-Fieber, so dass er sich über den Zug am meisten freut. Wenn er sich von dem Setzkasten losreißen kann, sind es noch ein paar Schritte bis zum Haupteingang der Crona-Klinik. Da sind der Informationsschalter, der Zeitungsladen und der Frisör und noch etwas weiter die Krankenhauskapelle und die Cafeteria. An allem gehen wir schnell vorbei, manchmal hole ich mir einen Kaffee zum Mitnehmen für die nächste Runde. Über die Treppe geht es eine Etage tiefer, über uns surren die blechernen Postboxen, die wir manchmal ewig weit verfolgen müssen, bis sie im schwarzen Loch der Wand verschwinden. Ich glaube, für David sind es schwebende Eisenbahnen. Hier unten gibt es noch ein kleines Holzsegelschiff und daneben steht das absolute Objekt der Begierde: eine echte Modelleisenbahn! Und sie fährt und blinkt auch noch! Natürlich nur, wenn man sie mit Münzen füttert. Wenn es nach David ginge, könnten wir von morgens bis abends an der Vitrine stehen. Wenn das ersehnte Geldstück eingeworfen ist, gehen die Lichter an und drei verschiedene Eisenbahnen sausen durch den Tunnel, die Schienen rauf und runter. „Bitte einsteigen, Türen schließen" und „Achtung, Achtung" dröhnt es aus den kleinen Lautsprechern. Die Einsatzwägen der Feuerwehr löschen ein brennendes Haus, das durch die Lichtereffekte rot glüht. Dabei blinken die kleinen Blaulichter auf den Rettungsfahrzeugen. In dem Landschaftsbild sind auch ein Unfall mit Polizei vor Ort, ein Hubschrauber, der seine Propeller bewegen kann, und ein Traktor, der das Feld pflügt, miteingebaut. Kinderherzen von ein bis acht Jahren mangelt es hier an nichts, wenn sie mit leuchtenden Augen das Geschehen verfolgen.

Die letzte Station ist etwas abseits gelegen von dem Trubel der Notaufnahme. Im Wartebereich der orthopädischen Ambulanz steht noch ein Doppeldeckerbus aus Holz. Hier können sich die Kinder hinter das Steuerrad setzen, im Inneren des Busses an einem kleinem Tisch Platz nehmen oder nach oben in die zweite Etage klettern. David sitzt grundsätzlich am Steuer und ich werde gebeten hinten mitzufahren. Dann geht die Fahrt mit Brumm-brumm-Geräuschen los. Wenn wir anhalten und ich aussteigen darf, gehe ich ein paar Schritte nach rechts und setze mich auf meinen Favoriten: ein Holzmotorrad mit Beiwagen. Kindskopf, der ich bin, stelle ich mir vor, es wäre ein echtes Bike und ich könnte davondüsen. Manchmal machen wir ein Wettrennen und flitzen Seite an Seite die Straße hinunter. Danach wird es langsam Zeit, wieder auf das Zimmer zu gehen, und so laufen wir gemeinsam zurück. In dem Übergang von der Notaufnahme zur Kinderklinik hängen noch ein paar Tierbilder. Eine Schnecke, ein Reh, ein Fuchs, insgesamt sind es etwa zehn. David kann jetzt schon sehr gut sprechen und zeigt begeistert auf die einzelnen Motive und nennt sie korrekt. Nicht schlecht für ein Kind unter zwei Jahren. Zurück an den Aufzügen der Kinderklinik gibt es noch eine Holzeisenbahn mit Löwenkäfig, aber ich lenke meinen Sohn jetzt meistens schon mit Aufzugdrücken ab, sonst würde es noch eine Stunde länger dauern, bis wir wieder bei Raphael wären. Für David vergeht der Tag im Flug, bald werde ich ihn wieder verabschieden, aber ich bin froh, dass er trotz der Umstände Spaß haben kann.

Wenn ich zurückdenke, fällt es mir schwer zu glauben, dass wir das alles möglich gemacht haben. Und ich meine damit nicht, dass ich es möglich gemacht habe, sondern einfach jeder von der Familie, der sich eingebracht hat. Das finde ich immer noch faszinierend schön, dass einfach darauf geachtet wurde, beiden Jungs unter absolut schlechtesten Bedingungen doch das Beste zu bieten. Ich weiß, dass das keine Selbstverständlichkeit ist, es gibt ja immer auch Menschen, die sich mit einem kranken Kind nicht belasten wollen. Wir hatten Glück und ich habe ganz viel Aufopferungsbereitschaft erlebt. Meine Schwiegereltern, meine Mutter und meine Schwester und ihr Freund haben sich unglaublich für uns eingesetzt, und selbst wenn man es in der Situation nicht realisieren kann, ist mir heute bewusst, dass ich diese Dankbarkeit immer mit mir tragen werde und dass sie zu den positiven Seiten gehört, die dieser Schicksalsschlag mit sich gebracht hat.

Etwa ab dem fünftem Tag auf der normalen Station wird die Spuckerei deutlich mehr. Einmal lasse ich Raphael bei meiner Schwiegermutter und ich sehe noch das Bild, als ich mit David zurückkomme und sie auf dem Gartenstuhl sitzt, den Kleinen wiegt und tröstet und mir ganz entsetzt erzählt, dass er sein Fläschchen wieder erbrochen hat. Ich bin auch angespannt. Irgendwie merke ich, dass etwas nicht stimmt mit ihm. Der Eingriff ist jetzt schon ein paar Tage her, aber mir kommt mein Sohn schwach vor, er hält sein Köpfchen kaum alleine und das mit vier Monaten. Vor dem Krankenhausaufenthalt konnte er das schon. Die Ärzte sehen das locker, das sei der Medikamentenentzug. Immer noch? Jeden Morgen wird Raphael gewogen, doch statt zuzunehmen oder sein Gewicht zu halten, nimmt er immer weiter ab. Bei der Entlassung von der Intensivstation wog er ca. 5900 Gramm, der Bauch war noch ein bisschen dick vom eingelagerten Wasser. Jetzt sind es 5400, Tendenz sinkend. Die Schwestern machen kleine Witze, z.B. wenn Raphael in der Früh noch keinen Stuhlgang hatte: „Ach, dann wiegt er jetzt bestimmt ein paar Gramm mehr, hi hi." Sehr komisch! Mir ist nicht zum Lachen zumute. Ich probiere es mit einer Fertigmilch, denke, dass er die eventuell besser verträgt. Er trinkt sie auch fleißig aus, aber spuckt danach trotzdem. Die Schwestern sagen, dass es ja auch Spuckkinder gibt, die sich regelmäßig übergeben, aber es bleibt dann trotzdem etwas hängen. Ich kann mir nicht vorstellen, dass mein Sohn auf einmal zum Spuckkind mutiert. Er hat vor der OP noch nie gebrochen.

Etwas in meinem kleinen Körper funktioniert nicht mehr. Wenn ich trinke, wird mir schlecht und dann läuft eine eklige Brühe an mir runter. Mama schaut immer ganz besorgt. Wenn ich es nur ändern könnte! Irgendwie bleibe ich trotzdem bei Kraft, aber so richtig gut fühle ich mich nicht.

Eines Nachmittags kommt die angekündigte Studentengruppe mit Frau Dr. Sachs an der Spitze vorbei. Den angehenden Ärzten werden einige aktuelle Fälle der Kinderklinik vorgestellt, unter anderem auch Raphael. Die Studenten dürfen Fragen stellen und am Ende leiere ich die ganze Geschichte herunter. Wie es angefangen hat mit ein paar Tröpfchen Blut im Bäuerchen und mit der komischen Windel, bis zu den kleinen Spiralen, die gesetzt worden sind und die jetzt die erhoffte Lösung bringen sollen. „Und wie geht's jetzt weiter?", will einer aus der Gruppe wissen. Frau Sachs antwortet sachlich: „Jetzt wollen wir erst mal beobachten. Je nachdem, wie sich das Kind entwickelt, gib es verschiedene Optionen. Wenn es Raphael jetzt gut geht und ihm das deutlich verminderte Flussprofil in der Pfortader keine Schwierigkeiten mehr macht, brauchen wir gar nichts machen. Das ist aber eher unwahrscheinlich. Die Chirurgen wollen Raphael gerne noch ein bisschen wachsen lassen und dann eventuell einen Shunt einsetzen, der den Druck noch weiter herausnimmt. Oder man muss noch einmal kathetern, beides sind gute Optionen." Kurze Pause. „Auch eine Leberteilresektion wäre eine gute Lösung, dann könnte man den kranken Leberlappen entfernen, und wenn wir Glück haben, ist dann alles gut." Am Ende fügt sie noch beiläufig hinzu: „Die Möglichkeit einer Lebertransplantation gibt es auch noch, als Ultima Ratio, aber daran glaubt hier niemand." Es ist auch das erste Mal, dass ich von dieser Option höre, und ich vergesse sie auch gleich wieder, weil „sowieso niemand davon ausgeht". Die Studenten ziehen weiter und ich bin mit meinem Kind wieder alleine. Das Wochenende steht vor der Tür, David wird mit seinem Papa und seiner Oma wieder nach Hause fahren und nächste Woche noch einmal kommen, falls wir noch bleiben müssen.

In dieser Nacht, es ist Freitag, kommt auf einmal im Eilschritt Mrs. Turtle ins Zimmer gewackelt, beide Backen aufgepustet im offensichtlichen Stress. Sie schiebt ein Bett vor sich her, ein Säuglingsbett wie das von Raphael. „Es tut mir leid, sie bekommen einen Nachbarn". Um die Zeit? Schlaf ade! „Jetzt?, ich wollte gerade einschlafen." Die Schildkröte antwortet daraufhin: „Im Laufe der Nacht". Das Kind sei auf dem Weg. In etwa zwei Stunden werden sie da sein. Mitten in der Nacht, grrr, wo ich doch eh so gut schlafe hier! „Aha". Ich drehe mich auf meiner Pritsche um und kneife die Augen zu, ein bisschen Schlaf ist besser als nichts, bevor hier bald die Post abgeht. Ich werde aus meinem Refugium gerissen, als etwas polternd durch die Türe kommt. Müssen die so einen Krach machen? Raphael wird natürlich sofort wach und fängt das Wimmern an. Ich rolle mich fester in meine Decke, vielleicht ist ja gleich wieder Ruhe. Aber weit gefehlt, jetzt wird auch noch das Licht angemacht! Mechanisch bewegen sich beide Eltern (ja, beide Eltern). Ihr Kind ist schon im Gitterbett. Es ist ein Junge, etwa ein dreiviertel Jahr alt. Als sich meine Augen an die Dunkelheit gewöhnt haben und ich den Kleinen ins Visier nehme, verzichte ich auf Schimpfereien über den Lärm. Das keuchende Etwas, das da hilflos im Gitterbett liegt, sieht erbärmlich aus. Das Gesicht ist aufgedunsen, die Augen sind zusammengedrückt, in der Nase ist eine Sonde, an der eine Milchflasche hängt, die langsam einläuft. Der Junge rasselt durch die Nase, dann ein kurzes weinendes Geräusch und er dreht den Kopf und spuckt sich voll. Die Mutter ist sofort bei ihm und versucht zu trösten. Sie wischt das Kind ab, wäscht sich die Hände und geht dann zu ihrem Mann. Die beiden haben komische Utensilien ausgepackt, ziehen sich Mundschutz, Haarnetz und Handschuhe an und bereiten irgendetwas vor. Ich entscheide aufzustehen, gehe zu Raphael hinüber, beruhige ihn. Während ich bei meinem Sohn sitze und das Geschehen beobachte, komme ich mit den Eltern ins Gespräch. Die Eltern entschuldigen sich für die Umstände, sie müssen die Dialyse für ihren Sohn vorbereiten. Der Vater fügt hinzu: „Hoffentlich das letzte Mal." Auf mein weiteres Fragen erklären beide ganz aufgeregt, dass ihr Sohn morgen eine neue Niere bekommen soll, das Organ ist schon unterwegs. Die Transplantation wird morgen durchgeführt! Mir läuft ein Schauer über den Rücken und ich kann die Aufregung der Eltern verstehen.

Plötzlich bin ich hellwach. Als die Dialyse zu rattern beginnt und Raphael, wahrscheinlich weil ihn das Geräusch beruhigt hat, wieder eingeschlafen ist, erzählen mir die Eltern von ihrem Tim. Tim hat noch eine Zwillingsschwester, kerngesund, die musste jetzt erst mal untergebracht werden. Die Mutter sagt, man hätte ihren Sohn schon während der Schwangerschaft aufgegeben und sie darauf vorbereitet, ein totes Kind zur Welt bringen zu müssen. Die Organe wären nicht richtig entwickelt, das Kind sei nicht lebensfähig und würde höchstens ein paar Minuten schaffen. „Und dann ist er auf die Welt gekommen und war am Leben! Und er hat geatmet und weiter geatmet. Er ist so ein Kämpfer", sagt der Papa stolz. „Das schaffen wir jetzt auch noch", sind sich beide sicher. Ich bewundere ihre Zuversicht. Langsam kehrt Ruhe ein. Die Dialyse summt vor sich hin, Mama und Papa dürfen sich ausnahmsweise ein Bett teilen, denn beide wollen vor der großen Operation, die morgen früh starten soll, bei ihrem Kind sein. Und auch ich schlafe letzten Endes wieder ein, ein neuer Tag wird bald beginnen.

Ein paar Stunden später:
Als die Sonne aufgegangen ist und das Frühstück auf dem Tisch steht, den wir uns jetzt zu dritt teilen, beginnt für die Eltern von Tim das lange Warten auf die viel versprechende Transplantation. Die OP ist auf neun Uhr angesetzt, ungefähr in einer Stunde. Vor fünf Stunden ist die Nahrung abgeschlossen worden, das Kind muss natürlich nüchtern operiert werden. Die Eltern kennen das Spiel. Tim wurde schon 18 Mal in Narkose versetzt, aber dieses Mal ist es besonders wichtig. Wenn alles gut geht, kann er geschätzte 10 bis 15 Jahre ein normales Leben führen, also ohne Dialyse, nur mit ein paar Medikamenten, die eine Abstoßungsreaktion des fremden Organs verhindern sollen. Statistisch geht man nach Ablauf der zehn Jahre davon aus, dass die Niere wieder versagen wird, dieser Zustand kann aber durch die Dialyse gut aufgefangen werden und eventuell kann dann ein Elternteil eine Niere spenden. Die Eltern erzählen, dass sie im Hinblick auf eine Spende schon getestet wurden und dass die Mutter eine geeignete Spenderin wäre.

Die Ärzte wollten diese Option gerne vorzugsweise für später aufheben. Die beiden schildern die Befragung von der Ethik-Kommission, bei der auf Herz und Nieren geprüft wird, ob man seinem Kind freiwillig eine Niere spenden würde oder ob man gezwungen wurde, so zu handeln. Ich höre interessiert zu und bin gespannt, was wir an diesem Samstag noch miterleben werden, denn normalerweise ist am Wochenende auf der Station wenig los.

Raphael ist auch wach, ich kann ihn jetzt schon ohne Probleme aus dem Bettchen heben und umhertragen. Ich nehme ihn auf meinen Schoss, so dass er das Geschehen beobachten kann. Er hat jetzt nur noch einen unbenutzten Zugang am Fuß sowie seine Magensonde, aber der zentrale Versorgungskatheter ist gezogen. Die Eltern von Tim sind angespannt. Neun Uhr ist schon vorbei. Es ist normal, dass die Operationen nicht auf die Minute geplant werden können. Tim weint immer mehr, die Mutter denkt, dass er langsam Hunger bekommt. Die Eltern halten einander die Hand und sprechen sich Mut zu. Die Zeit verstreicht langsam. Irgendwann kommt ein riesiger Arzt im weißen Kittel ins Zimmer. Er muss sich bücken, um durch die Tür zu kommen. Leise redet er mit den Eltern, Kopfnicken, Schweigen, dann duckt er sich wieder durch die Tür hinaus. Ich habe ihn schon ein paar Mal über die Gänge huschen gesehen, ein so großer Mann fällt überall auf. Ich bin froh, dass er nicht für uns zuständig ist. Die Mutter von Tim seufzt und berichtet, dass es noch eine Weile dauern wird, bis ihr Sohn an der Reihe ist. Die Leber des Organspenders wird erst noch verarbeitet und das auf zwei Personen – jeder ein Stück. Die Leber zersetzt sich anscheinend schneller als die Niere, und so erhielten die Patienten, die auf eine Spenderleber warteten, den Vorzug.

Meine Gedanken wandern in den Operationssaal, wo die Ärzte seit heute Nacht arbeiten; Konzentration pur ohne Pause. In der Uniklinik Tübingen gibt es ein Transplantations-Team für alle Patienten, egal ob Kind, Säugling, Jugendlicher oder Erwachsener. Die beiden leitenden Chirurgen sind zusammen aus Innsbruck hierher berufen worden. Professor König, das Oberhaupt des Transplantations-Teams, sagte einmal, die Prüfung der Organe sei ein notwendiges Übel seines Berufes – es ist nicht schön, wenn man sich vorstellt, durch welche Umstände ein junger Spender sein Leben verloren hat, aber es gehört eben dazu, um wartenden Patienten das Leben zu retten. Dr. S. Aladdin, sein Stellvertreter, ist ein fast zwei Meter großer Italiener mit zerzausten schwarzen Haaren und gütigem Blick. Der Mann ist immer in Abrufbereitschaft und muss Frau und Familie regelmäßig Hals über Kopf verlassen, wenn es darum geht, einem Fremden das Leben zu retten.

Die Eltern hoffen trotz der zwei vorgezogenen Operationen, dass sie bis Mittag drankommen. Tim bekommt Beruhigungsmittel und eine Nährlösung über die Vene, daraufhin schläft er ein. Nach dem Mittagessen wünsche ich den Eltern alles Gute, denn ich werde jetzt mit Raphael meinen Mittagsspaziergang machen. Wann immer es möglich ist, lasse ich ihn ein bis zwei Stunden an der Luft schlafen. Ich denke, dass das Zimmer bestimmt leer sein wird, wenn wir wieder kommen.

Unser Weg schlängelt sich vorbei an schönen Apfelbäumen, die so typisch für diese Gegend sind. Wir verlassen regelmäßig das Krankenhausareal, weil Mutter Natur es immer wieder schafft, mich alles andere vergessen zu lassen; deshalb ist es so wichtig, dass mein Blick weg von den Betonbunkern fällt. Das Spazierengehen dient so meiner Entspannung und Ausgeglichenheit und ich tanke innere Kraft.

Raphael schläft meistens schon am Anfang des Weges ein, wo die Hobbygärten mit den kleinen Wochenendhäusern liegen. Dann und wann fährt ein Auto die noch recht gut ausgebaute Straße entlang. Mit der Zeit wird der Weg immer schmäler und die Häuser verschwinden. Ich gehe immer weiter, mein Ziel liegt abseits vom Trubel. Manchmal setze ich mich auf eine verwitterte Parkbank, manchmal laufe ich an der Abzweigung den Weg bergabin Richtung Tübingen. Am Fuße des kleinen Berges mache ich kehrt und ochse den schweren Kinderwagen wieder bergauf. Wir haben einen von der Klinik geliehenen Kinderwagen, der jetzt tapfer alle Off-road-Strapazen aushalten muss. Die Sonne scheint warm, stellenweise richtig heiß. Immer wieder schleichen meine Gedanken nach Hause zu unserem großen Garten, wo man jetzt langsam das Planschbecken aufstellen könnte, zu David, der so gerne draußen ist, zu diesen oder jenen Freunden und Bekannten, zu all dem, was ich mit der Zeit, die ich hier verbringe, hätte machen können. Bevor ich zu traurig werde, schlage ich ein Buch auf und lese, meistens auf einer schattigen Bank. Ich kann dann richtig eintauchen in die Geschichten, gerade lese ich eine mich weit weg führende Fantasy-Trilogie von Patrick Rothfuss. Ich liebe diese eine Stunde, die ich noch lesen kann, bevor Raphael wieder wach wird.

Wenn ich schlafe, bin ich in einer perfekten Welt. Die Sonne wärmt leicht mein Gesicht, angenehm und nicht zu heiß. Sachte werde ich geschaukelt und ich kann Vogelstimmen hören. Die Luft ist rein, es riecht nach Sommer. Der Schlaf tut meinem Körper gut. Er erinnert mich an vergangene Zeiten. Ich bin für ein paar Minuten glücklich und ruhe friedlich im Hier und Jetzt.

Als er in seinem Wagen langsam unruhig wird, machen wir uns auf den Rückweg. Bald ist das Krankenhaus wieder in Sichtweite, ganz oben die Etage der Intensivstation. Wir nehmen den Hintereingang, der direkt zur Kinderklinik führt. Wenn wir noch ein bisschen Zeit bis zur nächsten Mahlzeit haben, setze ich Raphael noch kurz in die Storchenschaukel, die zusammen mit einer Rutsche und zwei Schaukeltierchen auf dem winzigen Klinikspielplatz steht. Heute allerdings scheint er hungrig zu sein und so gehen wir direkt hoch. Das Zimmer ist wider Erwarten immer noch besetzt. „Hallo, ihr seid ja immer noch da", begrüße ich die etwas kläglich schauenden Eltern. „Es dauert noch", sagt der Vater. Es ist jetzt später Nachmittag, etwa vier Uhr. Ich lasse mir das Fläschchen von Raphael bringen, füttere ihn, gebe den Rest langsam über die Sonde, warte, ob alles drin bleibt, und dann schiebe ich ihn im Kinderwagen wieder raus, ich werde ihn noch ein bisschen schaukeln oder auf meinen Schoß setzen.

Als wir um halb sieben wieder zurückkommen, ist Tim immer noch nicht dran. Die Eltern haben eine neue Dialyse angeschlossen und die Unruhe nimmt mit jeder Minute zu, denn natürlich wissen die Eltern, dass die Chancen auf ein arbeitendes Organ umso besser stehen, je schneller es verpflanzt wird. Wir warten jetzt alle mit, am meisten natürlich die Eltern, aber auch alle Menschen rundherum, die mitbekommen haben, dass eine Transplantation ansteht. Die Schwestern schauen immer wieder ins Zimmer und schenken uns einen mitleidigen Blick. Um kurz vor zehn Uhr ist es endlich soweit – Tim wird in den OP aufgerufen und abgeholt. Es sind jetzt fast 24 Stunden vergangen, seit der Organspender für tot erklärt worden ist, das ist selbst für die Niere eine lange Zeit. Die Nacht ist sehr ruhig, die Eltern kommen nicht ins Zimmer zurück.

Am nächsten Morgen treffe ich die Mutter. Sie hat sich in einem freien Einzelzimmer von den Strapazen ausruhen dürfen. Ich lade sie zum Frühstück in mein Zimmer ein und bei einer heißen Tasse Kaffee erzählt sie ihre Neuigkeiten. Die Ärzte sind mit der OP zufrieden, jetzt liegt Tim auf der Intensivstation, wo man darauf wartet, dass die Niere zu arbeiten beginnt, also dass der Kleine Pipi macht. Für die Eltern beginnt jetzt ein anderes Warten. Man muss sehen, wie der Körper mit dem neuen Organ zurechtkommt.

Als wir sechs Tage später entlassen werden, liegt Tim immer noch auf der Intensivstation, die Niere arbeitet noch nicht. Er benötigt regelmäßige Hämolyse, d.h. eine komplette Blutwäsche, um den Körper von den Giftstoffen, die normalerweise die Nieren abbauen, zu befreien. Ich habe die Eltern immer wieder vor der Cafeteria oder dem Casino, wo es warmes Mittagessen gibt, getroffen. Sie haben das Gefühl, dass eine schnellere OP besser gewesen wäre. Einmal nimmt mich die Mutter mit an Tims Bettchen, wo er beatmet an den schweren Dialysegeräten hängt. Der Arme sieht richtig schlecht aus, da finde ich nur schwer tröstende Worte.

Die Ärzte bereiten uns unterdessen langsam auf die Entlassung vor. Es wird noch einmal eine Magenspiegelung gemacht, durch die man eine deutlich gebesserte Situation der Fundusvarizen feststellen konnte. Die Krampfadern in der Speiseröhre, welche die inneren Blutungen verursacht haben, sind deutlich abgeheilt, das Risiko einer erneuten Blutung ist zwar da, wird aber im Moment als gering eingestuft. Eine Freundin, die selber gerade mit ihrem zweiten Kind schwanger ist, kommt uns besuchen, ich freue mich natürlich über die Abwechslung. Sie findet, Raphael sieht gar nicht so schlecht wie erwartet aus, und auch ich fange an, mich auf die Heimreise einzustellen.

An unserem letzten Tag in Tübingen findet noch ein Abschlussultraschall statt. Der Chefradiologe zeigt, dass sich die Flussgeschwindigkeit aus der Pfortader heraus verlangsamt hat, also geringer geworden ist, dass aber das Blut immer noch in die falsche Richtung fließt. Die zuständigen Ärzte haben sich geeinigt, zunächst abzuwarten, wie sich Raphael entwickelt. Ein Wiedervorstellungstermin ist für Ende Oktober angesetzt. Frau Dr. Sachs entfernt uns zum Abschied noch die Nasensonde, worüber ich mich einerseits freue, aber andererseits auch Bedenken habe, weil Raphael noch nicht zugenommen hat. Mit gemischten Gefühlen sehe ich der Zukunft entgegen. Es besteht schon eine gewisse Hoffnung, dass alles gut wird und wir am Ende gar nicht mehr operieren müssen; auf der anderen Seite macht mir die Spuckerei ernsthaft Sorge. Heute Morgen hat er wieder das ganze Bett vollgebrochen, ich habe ihm ein Fläschchen mit einer neuen Sorte Fertigmilch gegeben, in der Hoffnung, dass er die besser verträgt.

Frau Dr. Sachs bittet uns, mit Raphael am Montag im Nürnberger Südklinikum vorstellig zu werden. Man soll dann dort entscheiden, ob er wieder eine Magensonde braucht oder nicht. „Die Kollegen in Nürnberg wissen Bescheid, dass Sie kommen", sagt sie zum Abschied.

Und dann verlassen wir die Klinik. Eine gefühlte Ewigkeit liegt hinter uns. Uwe holt mich pünktlich ab und wir sind voller Vorfreude auf zuhause. In der Stadt besorgen wir noch eine Packung Milchpulver, denn mir reicht es mit dem ständigen Abpumpen. Es sieht auch nicht danach aus, als ob Raphael jemals wieder von der Brust direkt trinken wird, er hat sich wahrscheinlich schon an die bequeme Flasche gewöhnt. Unterwegs bereite ich das erste Fläschchen zu und er trinkt es auch brav aus. Zehn Minuten später sind Kind und Autositz vollgekotzt. Das geht ja gut los, denke ich mir.

Das Wochenende daheim ist nicht so schön wie gedacht. Mir kommt Raphael richtig schlapp vor. Er schläft die ganze Zeit, hat immer noch keine richtige Körperspannung und wirkt ziemlich benebelt. Ich bin froh, dass am Montag Kontrolle ist. Vielleicht ist eine Magensonde doch die bessere Lösung.

Ich fühle mich so schwach. Alles ist anstrengend. Wenn ich nur die Augen aufhalten könnte ... Wir sind jetzt woanders, irgendwie kommt mir der Ort bekannt vor, aber ich bin einfach zu schwach, um zu denken. Mama ist da, aber ich spüre ihre Unruhe. Ob das Leben immer so anstrengend ist?

Der längste Sommer

Wer reitet so spät durch Nacht und Wind?
Es ist der Vater mit seinem Kind;
er hat den Knaben wohl in dem Arm,
er fasst ihn sicher, er hält ihn warm.

Mein Sohn, was birgst du so bang dein Gesicht? -
Siehst Vater, du den Erlkönig nicht?
Den Erlkönig mit Kron' und Schweif? -
Mein Sohn, es ist ein Nebelstreif. -

„Du liebes Kind, komm, geh mit mir!
Gar schöne Spiele spiel' ich mit dir;
manch bunte Blumen sind an dem Strand,
meine Mutter hat manch gülden Gewand." -

Mein Vater, mein Vater, und hörest du nicht,
was Erlenkönig mir leise verspricht? -
Sei ruhig, bleibe ruhig, mein Kind:
In dürren Blättern säuselt der Wind. -

„Willst, feiner Knabe, du mit mir gehn?
Meine Töchter sollen dich warten schön;
meine Töchter führen den nächtlichen Reihn,
und wiegen und tanzen und singen dich ein." -

Mein Vater, mein Vater und siehst du nicht dort
Erlkönigs Töchter am düstern Ort? -
Mein Sohn, mein Sohn, ich seh' es genau:
Es scheinen die alten Weiden so grau. -
„Ich liebe dich, mich reizt deine schöne Gestalt;
und bist du nicht willig, so brauch ich Gewalt." -
Mein Vater, mein Vater, jetzt fasst er mich an!
Erlkönig hat mir ein Leids getan! -

Dem Vater grauset's, er reitet geschwind,
er hält in den Armen das ächzende Kind,
erreicht den Hof mit Mühe und Not;
in seinen Armen das Kind war tot.

(Der Erlkönig, Johann Wolfgang von Goethe)

Ich schiebe Raphael in den Garten, in seinem Kinderwagen schläft er sofort ein, während David im Sand buddelt. Die Nachbarsfamilie kommt. Die Mutter sagt zu ihren Töchtern: „Schaut, der Kleine muss sich ausruhen von den Strapazen, der schläft sich jetzt bestimmt gesund." Ich würde dir gerne glauben, aber ich finde das nicht normal, flüstert mir meine innere Stimme zu. Ich fühle mich schrecklich.

Endlich ist Montag und ich fahre mit Raphael in die Klinik. Ich erwarte eigentlich Frau Dr. Bischoff, die Raphael ja als Erste behandelt hat. Stattdessen sitzt ein älterer Herr am Schreibtisch der Gastroambulanz. Er stellt sich mir höflich mit „Kraft" vor. Der Professor persönlich!, schießt es mir durch den Kopf. „Frau Dr. Bischoff ist im Urlaub und hat mir ihren Fall übergeben." Hinter seiner Brille begutachtete er Raphael kritisch. „Ist der immer so schlapp?", fragt er ganz trocken und direkt. Raphael hängt wie ein nasser Waschlappen auf meinem Arm. Traurig schüttele ich den Kopf und sage, dass ich auch den Eindruck habe, dass irgendetwas nicht stimmt. „Naja, da werden Sie wohl dableiben müssen, so wie das aussieht." Oh nein, bitte, bitte nicht. Nicht schon wieder Klinik, mein armer David. Ich kann gar nichts sagen, am liebsten würde ich losheulen.

Professor Kraft nimmt neben einem großen Blutbild auch eine Blutgasanalyse, den sogenannten Astrup, ab. Die dauert nur ein paar Minuten und man sieht sofort, dass Raphael absolute Mangelerscheinungen hat. Er ist förmlich ausgetrocknet und so gibt es keine Alternative, als stationär zu bleiben. Wenigstens ist es nicht die Elefantenstation, also die Intensivstation, sondern die Giraffenstation von Professor Kraft. Ich hasse es trotzdem!

Schnell ist ein Zimmer für Raphael gefunden. Eine Schwester, Mitte 40, mit kurzem blonden Haar, Brille und gütigem Gesicht stellt sich uns vor. Sie ist heute Vormittag für Raphael zuständig. Ich bin wirklich am Boden zerstört und frage mich, warum dieser Albtraum nicht aufhören will. Raphael bekommt sofort Flüssigkeit über die Vene. Das bekommt ihm sichtlich gut. Binnen Stunden wird er munterer. Prof. Kraft will sein Trinkverhalten beobachten und notfalls noch einmal eine Magensonde legen, je nachdem wie viel Raphael selber trinkt. Zu seiner Essenszeit bringt die Schwester ein Fläschchen, aber Raphael rührt es nicht an. Er dreht seinen Kopf weg und presst seine kleinen Lippen, so gut es ein Säugling nur machen kann, zusammen.

Ich will nichts mehr trinken. Das Trinken ist schuld an den höllische Schmerzen. Lieber werde ich schwach. Niemand kann mich zwingen meinen Mund aufzumachen. Trotzdem muss ich weinen. Es ist kein schönes Leben mehr. Immer nur diese Schmerzen. Warum?

Ich versuche alles: gut zureden, ein bisschen Milch auf den Schnuller, die Flasche mit Gewalt in den Mund stecken. Ich probiere aus, ob er lieber an der Brust oder lieber eine andere Milchnahrung mit einem anderen Sauger trinken mag, bis mir nichts mehr einfällt. Der Junge will nicht trinken und das war bis jetzt nicht so. Ich erkläre mir das Ganze so, dass er Schmerzen hat nach der Mahlzeit, Bauchschmerzen, um genauer zu sein. Professor Kraft lässt die Schwester eine Magensonde legen, für mich ist das in Ordnung, solange es nur etwas bringt. Sobald die Sonde liegt, was übrigens im Wachzustand gar nicht so einfach ist, wird geprüft, ob sie auch im Magen angekommen ist. Die Schwestern nehmen eine kleine Plastikspritze und ziehen damit einfach etwas am Schlauch an, dann sieht man das Magensekret. Längst habe ich gelernt, die Lage vor jedem Sondieren selber zu prüfen, denn es könnte theoretisch auch sein, dass die Sonde sich in die Luftröhre verschiebt, und da sollte nach Möglichkeit keine Flüssigkeit hinkommen. Nachdem Raphael sich vom Sonde legen erholt hat – er musste ein bisschen weinen, denn es ist natürlich unangenehm, wenn ein Schlauch durch das Nasenloch geschoben wird – , gebe ich ihm die Milch über den Nasenschlauch. Es dauert nicht lange, vielleicht zehn Minuten, da beginnt Raphael herzzerreißend zu weinen. Er zieht seine kleinen Beinchen bis zum Bauch hoch und schreit. Er krampft sich total zusammen, solange bis er die Milch wieder ausgespuckt hat, dann wird es langsam besser. Ich bin mir sicher, das etwas mit ihm nicht stimmt und dass die Spuckerei nichts mehr mit dem Medikamentenentzug zu tun haben kann. Ich habe den Eindruck, dass mein Kind schreckliche Bauchschmerzen vom Trinken bekommt und deshalb die Nahrung verweigert. Ich schildere meine Theorie der Schwester, die nur die Achseln zuckt und recht hilflos dreinschaut, und dem Arzt, der gar nichts dazu sagt, außer dass man abwarten muss.

Nachmittags fahre ich kurz nach Hause, um meine Tasche zu holen. So sehr ich damit gerechnet habe, im Krankenhaus bleiben zu müssen, so sehr habe ich es auch verdrängt, und deshalb habe ich die notwendigen Sachen für eine Übernachtung noch nicht gepackt. Raphael ist in den Händen einer richtigen Großmutter-Schwester, eine ganz kleine Frau mit freundlichem schrumpeligem Gesicht und gutmütigen Augen. So stellt man sich eine gealterte Ordensschwester vor. Sie steht an seinem Bettchen und redet ihm gut zu. Sie verspricht mir, sich gut um mein Kind zu kümmern, und ich versichere ihr, dass ich mich beeilen werde. „Fahren Sie nur, wir kommen schon zurecht." Ich rufe zuhause an und sage, dass meine Schwiegermutter David zu sich nehmen soll, es würde uns beiden das Herz brechen, uns nur kurz zwischen Tür und Angel zu sehen und dann wieder Abschied nehmen zu müssen.

Ich verfluche die Umstände, während ich wahllos eine kleine Tasche packe. Mittlerweile bin ich so auf Autopilot, dass ich beim Einpacken nicht mehr großartig nachdenken muss – Unterhosen, Waschzeug, Schlafanzug, zwei Oberteile, vielleicht noch eine Jeans und Schlappen, fertig. Für Raphael: Waschzeug, Schlafanzüge, mindestens drei Bodys, zwei bequeme Hosen, ein bisschen Spielzeug, fertig. Packen dauert nur noch fünf Minuten. Schnell bin ich wieder aus der Tür verschwunden, ich will zu Raphael zurück. Im Auto drehe ich die Musik auf. Ich will einfach nicht drüber nachdenken, in welcher Lage wir uns befinden.

Mittlerweile haben wir einen Nebenparkplatz entdeckt, von dem man direkt in die Kinderklinik kommt. Dort ist nachmittags meistens ein Platz frei und so laufe ich schnellen Schrittes zur Giraffenstation. Schon vom Gang aus höre ich Raphael weinen. In seinem Zimmer steht die kleine Schwester mit Raphael auf dem Arm, sie wiegt ihn hin und her, hält dabei noch irgendwie sein Fläschchen in der Hand. Die Arme ist ganz verzweifelt, weil er sich nicht beruhigen lässt. „Ich habe alles probiert, er will einfach nichts trinken, obwohl es jetzt schon längst an der Zeit ist." Ich bitte sie, mir einen Arzt zu schicken.

Minuten später erscheint Professor Kraft höchstpersönlich in der Tür. Ich schildere noch einmal sehr eindringlich meine Vermutung, dass Raphael aus Angst vor den Schmerzen nichts mehr zu sich nimmt, und ich sehe förmlich die Zweifel im Gesichtsausdruck des Professors. Aber er erweist sich als kooperativer Mensch und so ordnet er ein Schmerzmittel an und will sehen, ob Raphael dann besser trinkt. Wir sollen eine halbe Stunde warten und dann noch einmal das Fläschchen geben. Als die Zeit verstrichen ist, lasse ich eine frische Milch zubereiten und Raphael trinkt fast alles auf. Bingo, ich hatte doch Recht! Er übergibt sich trotzdem, aber ohne vorher zu krampfen. Mir ist das Ganze natürlich ein medizinisches Rätsel, aber ich bin überzeugt, dass die OP irgendetwas im Körper meines Sohnes verändert hat, und zwar dahingehend, dass er seine Nahrung nicht mehr wie vorher aufnehmen kann.

Professor Kraft wiegelt trotz positivem Schmerzmitteltest erst mal ab. Er ist zu der Meinung gekommen, dass sich das Problem legen wird, sobald man Raphael über die Magensonde eine ausreichende Trinkmenge zuführt. Er berechnet alles ganz genau, schlägt uns vor, die Milch noch mit Kalorien anzureichern, und versichert uns, dass Raphael dann schon zunehmen wird. Na hoffentlich hat er Recht damit. Er will uns morgen schon entlassen, eben mit der Sonde, aber wenn alles klappt, wie er sich das vorstellt, bin ich zufrieden.

Raphael wird am nächsten Tag mit Sonde entlassen und ich soll in fünf Tagen wieder zur Kontrolle kommen. Daheim mache ich alles genauso, wie Professor Kraft es angeordnet hat. Jedes Fläschchen wird angereichert mit MMS (Muttermilch-Supplement) und Maltodextrin. Unsere sehr kompetente Apotheke hat schnell das Nötige organisiert, einmal mehr bin ich an der richtigen Adresse gelandet.

Ich versuche unseren Alltag wieder so gut wie möglich aufzubauen, nehme Raphael sogar ins Kinderturnen mit, so dass er David beim Toben zuschauen kann. Die anderen Mütter schauen ihn mitleidig an und machen wahrscheinlich drei Kreuze, dass es ihren Kleinen gut geht. Ansonsten halten wir uns weitgehend zuhause auf. Die Nächte sind der Horror. Raphael soll alle vier Stunden rund um die Uhr die vorgeschriebenen Mengen über die Sonde zugeführt werden. Der Professor hat für sein Körpergewicht 90 Milliliter pro Mahlzeit ausgerechnet. Das Aufstehen ist auch nicht das Problem, aber er schreit, weint, krampft nach jeder Sondierungsrunde und meistens kotzt er sich und sein Bett voll, weint dann, weil er spucken musste, und ich versuche ihn irgendwie zu trösten. Dann krümmt er sich, bis er irgendwann so erschöpft ist, dass er wieder einschläft.

Wir halten zwei Tage und zwei Nächte durch, danach sind wir beide am Ende unserer Kräfte. Raphael ist wieder schlapp und ich bin ein verzweifeltes Wrack. Ich rufe in der Klinik, genauer gesagt beim Professor direkt an und erwische nur den AB. Ohne Hoffnung auf einen Rückruf spreche ich mein Leid darauf und bin ich umso dankbarer, als sich Professor Kraft mittags bei uns meldet. Ich solle ohne Umwege direkt in die Klinik kommen und mir eine Tasche mitnehmen, er findet, das höre sich alles gar nicht gut an.

Irgendwie bin ich diesmal fast schon erleichtert wieder im Krankenhaus zu sein. Die Waage zeigt, dass Raphael weiter abgenommen hat, er wiegt jetzt nur noch fast vier Kilo und das mit fast fünf Monaten. Selbst der Professor ist schockiert. Der längste Sommer meines Lebens beginnt.

Ich bin in schlechter Verfassung. Das ganze Desaster scheint kein Ende nehmen zu wollen. Es ist Mitte Juli, Hochsommer draußen. Eigentlich war die Taufe der beiden Jungs um diesen Zeitpunkt geplant, zwangsweise haben wir den Termin erst einmal ersatzlos abgesagt. Wir sind in einem größeren Zimmer untergebracht, aber außer uns ist hier nur eine Frau mit ihrer etwa achtjährigen Tochter. Das Mädchen bekommt ein Antibiotikum und die Frau erzählt mir, dass es noch eine eineiige Zwillingsschwester gibt, die gesund ist, während sie mit der anderen schon seit der Geburt immer wieder ins Krankenhaus musste. Wir unterhalten uns, das Reden vertreibt wenigstens die Zeit. Nachmittags muss die Frau kurz nach Hause, um nach dem Rechten zu sehen, weil, wie sie berichtet, ihr Mann nur Chaos hinterlässt und nicht einmal die Wurst vom Frühstückstisch in den Kühlschrank zurückstellt, auch nicht im Hochsommer.

Die Infusion lässt Raphael wieder aufblühen. Er wird zusehends munterer, hört mir beim Vorlesen zu oder versucht nach seinen Rasseln zu greifen und damit zu spielen. Neugierig sieht er sich im Zimmer um und nimmt Kontakt mit den Schwestern auf. Ihn scheint es nicht zu stören, dass er wieder im Krankenhaus ist.

Frau Dr. Bischoff ist noch im Sommerurlaub und der Rest der Woche geht langsam, aber immerhin stetig, zu Ende. Das heimatnahe Klinikum bietet den Vorteil, dass es für den Rest der Familie einfacher ist, uns zu besuchen. Es gibt zwar nicht so viele Spielmöglichkeiten wie in Tübingen, aber dafür ist das Außengelände kinderfreundlicher. Ringsherum sind Sandgruben, zwei große Rutschen, eine Schaukel und ein Fußballtor. Es gibt ein kleines handbetriebenes Karussell und mehrere kleine Attraktionen, wie zum Beispiel ein Schachbrettmuster, auf das die Kinder springen können und das dann unterschiedliche Klänge abgibt. David ist sowieso genügsam und setzt sich am liebsten in den Sand und schaufelt. Daher gibt es durchaus auch schöne Momente im Krankenhaus. Wir bekommen auch öfter Besuch von Freunden aus der Umgebung und so fühlt man sich trotz allem ein bisschen mehr zuhause.

Die Schwestern, die auf der Giraffenstation arbeiten, sind alle ausnahmslos sehr nett, herzlich und menschlich. Am liebsten habe ich Schwester Rosi. Mit ihren schätzungsweise 55 Jahren hat sie genügend Erfahrung im Umgang mit Patienten und Eltern und trotz des fortgeschrittenen Alters ist sie locker und lustig und wirklich immer da, wenn man sie braucht. Sie ist eine der wenigen, mit denen ich über die zusätzlichen Belastungen, die mit einer schwierigen Krankheit einhergehen, reden kann. Meistens wird sie von einer jungen Auszubildenden, die gerade ihr Abitur gemacht hat, begleitet. Die blonde, kurzhaarige Berlinerin ist extrem nett und dabei noch klug. Wenn die zwei am Vormittag oder am Nachmittag bei Raphael sind, ist der Tag nicht ganz so trostlos und es ist auch interessant, wenn die Berlinerin von ihren Zielen und Wünschen erzählt.

Ansonsten passiert in der ersten Woche nicht viel. Professor Kraft will mit der Nahrung erst mal pausieren, damit sich der Magen-Darm-Trakt erholen kann. Raphael wird einmal in Narkose versetzt, damit die Ärzte einen neuen ZVK legen können. Die Mutter der Zwillingsmädchen darf kurz vorm Wochenende nach Hause und wir ziehen in ein kleineres Zimmer um. Das Zimmer ist eigentlich ein Zweibettzimmer und hat eine Dusche im Bad eingebaut, das ist ein echter Luxus für unser Krankenhaus, denn alle anderen Zimmer teilen sich eine Dusche am Gang.

Im Moment ist noch eine andere junge Mutter mit ihrem kleinen Säugling bei uns. Auch wenn ich keine Lust mehr auf neue Gesichter habe, versuche ich trotzdem so freundlich wie möglich zu sein. Ihrem kleinen Sohn geht es augenscheinlich ganz gut und sie rechnet mit einer baldigen Entlassung. Am Abend kommt der Vater des Jungen zu Besuch, ein junger Student, und die kleine Familie isst gemeinsam das karge Krankenhausessen. Eigentlich ein schönes Bild, aber als der Kleine dann auch noch gestillt wird, bekomme ich innerlich die Krise. Die Eltern sind so liebevoll miteinander und das Baby kann trinken! Bei meinem Mann und mir ist Krisenstimmung, unser Verhältnis ist absolut strapaziert durch die langen Krankenhausaufenthalte, das Familienleben leidet extrem, mein Sohn kann anscheinend gar nichts mehr trinken, bekommt seine Versorgung nur noch intravenös, und ich habe sowieso keinen Appetit, mir wird schon schlecht, wenn ich den silbernen Deckel hochhebe und den Plastikteller mit der schrumpeligen Essiggurke, dem bitteren Salatblatt und den drei Scheiben Wurst oder Käse mit ein bis zwei Scheiben Bauernbrot sehe. Meistens lasse ich mir eine Marmelade geben, dann kriege ich wenigstens das Brot runter. Ich bin schon froh, dass Raphael keine Bauchschmerzen mehr hat und das Abstillen schnell und ohne Probleme funktioniert hat. Die Welt ist düster in solchen Momenten, ich versuche mich, so gut es geht, abzulenken.

Wir sind zurück im Krankenhaus. Lebensrettender Ort. Eine sichere Welt, aber auch eine schmerzhafte. Es geht mir etwas besser, aber wenn ich etwas über meinen Schlauch bekomme, habe ich danach Bauchweh. Das muss irgendwann aufhören, sonst will ich nicht mehr. Mama sieht sehr traurig aus. Sie kann kaum mehr lachen. Mama, es tut mir so leid.

Plan B oder Kloß mit Soß

„Wer nicht mehr liebt und nicht mehr irrt, der lasse sich begraben."
(Johann Wolfgang von Goethe)

Am Wochenende wird auch die junge Mutter mit ihrem Säugling entlassen. Ich wünsche ihr von Herzen alles Gute und bin insgeheim sehr froh alleine zu sein. Das Zimmer wird zu unserem Einzelzimmer umfunktioniert, wahrscheinlich rechnet man schon im Stillen damit, dass Raphael länger bleiben muss. Er hat das schönste Säuglingsbett auf der ganzen Station bekommen, ein blau-gelbes Bettchen, bei dem es einfacher als bei den weißen Bettchen ist, die Seitengitter nach oben und unten zu schieben. Umgehend ist sein Mobile wieder über dem Krankenhausbett aufgehängt und eine Tasche mit Babyspielzeug steht zur Ablenkung bereit.

Am Montag kehrt Frau Dr. Bischoff aus ihrem Sommerurlaub zurück. Anscheinend arbeitet sie eng mit dem Professor zusammen, denn die beiden teilen sich ein Sprechzimmer. Am Montag stehen sie abends gemeinsam in unserer Tür und bitten mich, ihnen in die Ambulanz zu folgen. Gespannt warte ich, was sie mir zu sagen haben. Hoffentlich gibt es einen Lösungsansatz. Der Professor ergreift das Wort: „Nun ja, Frau Lehmann, es wäre möglich – und das war auch das Erste an das Frau Bischoff gedacht hat – dass ihr Sohn an einer sogenannten Kuhmilchprotein-Intoleranz leidet. Das ist eine Allergieform, die oft vorkommt, gerade bei Säuglingen. Der Betroffene kann dann bestimmte Proteine, die in der Kuhmilch vorkommen, nicht aufspalten und dadurch entstehen Bauchkrämpfe. Auch gestillte Kinder können dieses Problem haben, wenn die Mutter Kuhmilchprodukte zu sich nimmt." Mein Sohn hat keine Kuhmilchprotein-Intoleranz, da bin ich mir hundertprozentig sicher. Ich schüttle den Kopf. Ein neuer Wortschwall gießt sich auf mich herab. Während die Ärzte den Mund wie zwei nach Luft schnappende Fische bewegen, schießen mir tausend Gedanken durch den Kopf. Ich selber liebe Milch, insbesondere frische Vollmilch. Gäbe es eine Sache, von der ich mich den Rest meines Lebens ausnahmslos ernähren müsste, wäre es KUHMILCH. Unmöglich, dass mein Sohn eine Allergie dagegen haben soll, und nahezu unwahrscheinlich, dass diese zufällig gleichzeitig mit der Herzkatheter-Operation das erste Mal auftreten soll. Ich war kein besonders begabter Matheschüler, die Lehrer hatten schon in der sechsten Klasse die Hoffnung aufgegeben, aber in Statistik hatte ich eine Eins. So, don't tell me that! Professor Kraft und Frau Dr. Bischoff sind dagegen ganz euphorisch, endlich die Ursache der Bauchschmerzen und der Gedeihstörung gefunden zu haben. Gleich fangen sie vor Freude das Tanzen an, denke ich mir.

Die Koinzidenz der OP mit der angeblichen Allergie wird nicht berücksichtigt und als „dummer Zufall" abgetan und es wird beschlossen, dass Raphael ab sofort eine kuhmilchfreie Nahrung bekommt. Die zuständige Schwester legt Raphael wieder eine Magensonde, nachdem er deutlich gemacht hat, dass er auch die neue Nahrung nicht trinken will, auch nicht nach Aussetzen der parenteralen Ernährung. Die kuhmilchfreie Nahrung wird per Sonde zugegeben, Raphael fängt das Schreien an, zieht die Beine hoch und krümmt sich, bis das hyperallergene Produkt über dem Bettlacken verteilt ist. Vorwurfsvolle Blicke meinerseits in Richtung der Ärzte. Die beharren darauf, es weiter zu versuchen, da Magen und Darmtrakt sich, ihrer Meinung nach, erst wieder an feste Nahrung gewöhnen müssten. Ich kann es nicht glauben. Warum begreifen die Ärzte nicht, dass mit meinem Kind etwas ganz und gar nicht in Ordnung ist – etwas, das viel schlimmer ist als eine kleine Lebensmittelallergie, die durch Nahrungsumstellung behoben werden kann.

Die Ärzte sind wieder da. Die Frau mit den langen braunen Haaren und der Brille und der ältere Mann mit der Glatze. Sie reden mir zu, aber ich habe kein gutes Gefühl bei der Sache. Die Frau wedelt mit einem weißen Schlauch herum und jetzt kommt auch noch eine Schwester. Die nickt. NEIN! Jetzt wird das Ding wieder in meine Nase gerammt. Nein!!!! Hilfe Mama, wieso lässt du das zu?

Die folgenden Tage müssen das Grauen für meinen Sohn sein. Sie bestehen aus einem Wechsel aus Erbrechen, Bauchkrämpfen, Schmerzmitteln, Ultraschall- und Abhöruntersuchungen. Raphael schreit sich die Seele aus seinem kleinen Leib, wenn er die Kraft dazu hat, Trotzdem wird er weiter über die Sonde ernährt, mal in Tröpfchenform, dann als Bolus, weil wieder ein anderes Produkt ausprobiert werden soll. Am Ende macht Raphael eine seiner bislang schlimmsten Zeiten durch, denn er steht jetzt ja nicht mehr unter Dauernarkose. Jeden Tag mache ich mir Vorwürfe, dass ich die Sondenernährung weiter zulasse. Mein Bauchgefühl spricht klar dagegen. Jedes Mal diese Qual für Raphael, aber doch versuche ich mir einzureden, dass es eine Möglichkeit gibt, ihn wieder normal zu ernähren. Ich würde alles dafür geben.

Die Ultraschalluntersuchungen ergeben kein gutes Bild. Die Darmperistaltik, also die Bewegungen der Darmschlingen, ist träge und die Darmwand ist verdickt, was auf eine Entzündung hindeutet. Anscheinend kann die

Nahrung weder richtig transportiert, noch aufgenommen werden. Frau Dr. Bischoff kommt, wenn die Krämpfe besonders schlimm sind, und hört ihn ab, das Stethoskop haben die Ärzte immer griffbereit. Wir werden zu einem Schweißtest geschickt, um bei Raphael Mukoviszidose auszuschließen. Der Stuhl wird untersucht, Sammelurin wird in das Labor geschickt, verschiedene Bluttests werden durchgeführt und nichts gibt einen Aufschluss darüber, warum Raphael die Milch nicht mehr verträgt.

Nach einer weiteren qualvollen Woche geben die Ärzte die Sondierung auf. Eine Logopädin des Klinikums wird bestellt, sie soll Raphael an den Löffel gewöhnen, vielleicht bekommt ihm die Beikost besser. Alle Nürnberger Schwestern machen denselben Spruch: „Vielleicht fängt er ja gleich mit Kloß und Soß an." Raphael interessiert sich aber weder für Grießbrei noch für pürierte Karotten, Kürbis oder Pastinake. Wir probieren, ihm Apfelsaft ins Fläschchen zu geben oder Wasser. Alles vergebens: Er verweigert Essen und Trinken. Das Einzige, das er zu sich nimmt, sind Sab-Tropfen gegen Blähungen, die wir ihm in rauen Mengen auf seinen Schnuller tröpfeln und die er dann gierig abschleckt. Den gleichen Trick versuche ich natürlich auch mit der Gläschenkost, mit dem Ergebnis, dass der Schnuller im hohen Bogen auf dem Krankenhausboden landet und dann desinfiziert werden muss.

Morgens und abends haben die Ärzte ein Medikament für den Schutz der Leber angesetzt, das sich Ursofalk nennt. Je zwei Milliliter dickflüssiger weißer Saft werden in einer kleinen Spritze aufgezogen und Raphael über den Mund verabreicht, komischerweise scheint er sich auf die Medizin sogar zu freuen. Von mir bekommt er noch zwei Milliliter Aloe-Vera-Essenz und von Klinikseite aus eine Tablette Antra, einen Magenschutz, in Apfelsaft aufgelöst als Fünf-Milliliterspritze. Die insgesamt knapp 20 Milliliter Flüssigkeit nimmt er gerne zu sich, ansonsten geht mit dem Essen nichts vorwärts, was mich ziemlich frustriert.

Am Nachmittag kommt meistens ein Teil der Familie zu Besuch, entweder meine Schwiegereltern mit David, Uwe und David, manchmal auch nur Uwe alleine. David übt gerade die schwierigsten Wörter. Immer wenn er vom Parkplatz aus an dem Hydranten vorbeiläuft, schreit er laut „Hydrant, Hydrant". In der Wiese liegt eine alte Zahnbürste, da müssen wir immer anhalten und dann beweist er freudig, dass er auch dieses Wort schon korrekt sprechen kann. Meistens gehen wir mit ihm in der Cafeteria ein Eis essen oder am Klinikbrunnen Steinchen schmeißen. Draußen stehen sogar Bobby-Cars und Tret-Traktoren für die Kinder bereit. Ich merke trotzdem, wie ich immer niedergeschlagener werde und wie sehr die Krankenhausumgebung mir auf die Stimmung schlägt. In einem ruhigen Moment spricht Professor Kraft mich an, ob ich mir vorstellen könnte, Raphael über Nacht alleine zu lassen, so dass ich mich daheim ausruhen kann. Er warnt mich, dass ich sonst noch einen „Krankenhaus-Koller" bekomme, und er versichert mir, dass Raphael bei seinen Krankenschwestern in guten Händen ist. Heute Nacht hätte auch eine ganz besonders nette Schwester Dienst. Schwester Tabina ist wirklich besonders nett, sie ist aus Bosnien und lacht viel, ihr Kind heißt genauso wie mein großer Sohn. Ich zögere noch ein bisschen, versuche auf mein Inneres zu hören und eigentlich ist klar, dass ich eine Pause benötige. Die Elternliegen hier sind zwar etwas bequemer als die Holzpritschen in Tübingen, aber trotzdem komme ich nicht wirklich zur Ruhe. Dreimal kontrolliert die Nachtschwester mit ihrer Funzel den ZVK und um sechs zieht die neue Schwesternschicht an unserer Balkontür vorbei, ab da wird es unruhig auf Station.

Ich habe sämtliche Schwestern der Giraffenstation kennengelernt und alle sind bis jetzt extrem liebevoll mit Raphael umgegangen, von daher habe ich wirklich Vertrauen. Ich denke an David und wie er sich freuen würde, wenn seine Mama endlich wieder daheim ist. Also nicke ich und meine, dass wir es versuchen könnten, wenn es nicht klappt, kann ich ja jederzeit wieder zurück. Dazu kommt, dass mir keiner sagen kann, wie lange Raphael noch bleiben muss, welche die nächsten Schritte sind oder ob es überhaupt einen Fortschritt gibt. Ich glaube, die Ärzte hängen selber in der Luft. Ich frage, ob unser Morbus Osler vielleicht doch etwas mit der Krankheit von Raphael zu tun haben könnte, meiner Tante mit dem Gendefekt hat man immerhin auch ein Stück Leber entfernt, weil sie von Gefäßen durchsetzt war. Aber der Professor ist skeptisch. Morbus Osler kommt bei Babys normalerweise nicht vor. Ich erzähle den Ärzten, dass ich ab der achten Schwangerschaftswoche an einer Ernährungsstudie, welche die Auswirkungen von Omega-3-Fettsäuren auf die Entwicklung des Babys untersucht hat, teilgenommen habe. Ich war in der Gruppe, die täglich drei Omega-3-Tabletten geschluckt hatte. Normalerweise müsste das sehr positiv für die Entwicklung des Embryos sein. Auch die Ärzte sind der Meinung, dass Omega 3 rein gar nichts mit der Krankheit zu tun hat, „denn sonst hätten ja alle Skandinavier oder Völker, die viel Fisch essen, solche Probleme". Mehr fällt mir auch nicht mehr ein, und so hoffe ich einfach, dass die Ärzte bald eine Ursache sowie eine gute Behandlung der Krankheit finden.

Der erste Abschied am Abend fällt mir schwer. Wir haben bereits ein kleines Einschlafritual erfunden. Raphael hat ein schönes Mobile, das klassische Musik spielt. Ich schalte immer „Freude schöner Götterfunken" ein und die Tiere fangen an sich zu drehen. Ich lege mir mein Baby auf den Bauch, streichle seinen Rücken und bald darauf schläft er ein. Ich lege ihn vorsichtig in sein Bett, sage: „Schlaf schön, bis morgen früh", schleiche mich raus und lasse die Tür einen Spalt weit auf, damit die Schwestern ihn hören können. Dann geht es nach Hause über die Autobahn und die Bundesstraße in unser kleines Kaff.

Die Nächte daheim tun mir gut. Am Abend will unser großer Sohn auf einmal bei uns im Bett einschlafen. Bis jetzt ist er immer ganz brav in seinem Bett eingeschlafen und hat auch meistens durchgeschlafen. Ich denke, er ist einfach völlig verunsichert wegen des ganzen Durcheinanders, und darum gebe ich ihm gerne ein bisschen extra Geborgenheit. Wir schauen uns vor dem Einschlafen noch mindestens drei Bücher an, denn er will wirklich alles wissen und nachplappern. In einem unserer vielen Bauernhofbücher kommt ein kaputter Traktor vor und der Bauer hat neben sich einen offenen Werkzeugkasten. David zeigt dann auf jedes Utensil und spricht: „Roter Schraubenzieher, Hammer, Schraubenschlüssel, grüner Schraubenzieher." Ich bin so stolz auf ihn. Er begreift schon viel, aber die Krankheit seines Bruders versteht er nicht wirklich. Er sieht nur, dass immer jemand ins Krankenhaus muss, und dass die Familie ziemlich gestresst ist. Ich versuche ihn immer noch so gut wie möglich einzubeziehen, er soll seinen kleinen Bruder auch erleben können. Für eine gute Organisation halten alle Familienmitglieder zusammen. Jeder gibt sein Möglichstes. Meine Schwiegermutter hat sich bereit erklärt, jeden Morgen in die Klinik zu fahren, so dass ich mit David Zeit verbringen kann. Sie ist jetzt offiziell in Rente, aber durch unsere Misere noch immer schwer beschäftigt. Sie steht ziemlich früh auf, damit sie um spätestens halb acht an Raphaels Bettchen steht und er nicht alleine sein muss. Ich bin so froh, dass sie ihm auch Liebe schenken kann, und so nehme ich diese Hilfe gerne an. David und ich können die Zeit zusammen gut gebrauchen. Entweder wir machen Kinderprogramm wie Turnen, Krabbelgruppe oder Schwimmen oder wir gehen einfach ein bisschen in unserer schönen Gegend spazieren und toben im Garten. Ich mache ihm dann gegen zwölf Uhr etwas zu essen und danach lege ich ihn zum Mittagsschlaf hin. Manchmal übernimmt mein Schwiegervater sogar das Füttern und Hinlegen. In der allergrößten Not kann er auch die Windeln wechseln. Jedenfalls ist immer jemand daheim, wenn ich mich auf den Weg ins Krankenhaus mache. Gegen Mittag zieht es mich wirklich schon stark zu Raphael hin, ich will einfach bei ihm sein und wissen, wie es ihm geht. Wenn ich angekommen bin, schildern mir die Schwestern oder meine Schwiegermutter kurz den aktuellen Stand, dann macht sich Raphaels Oma wieder auf den Heimweg, denn meistens müssen mein Mann oder mein Schwiegervater wieder zurück zu unserem Tankstellenbetrieb fahren.

Auch das Ärzteteam und die Schwestern geben sich alle Mühe mit Raphael. Morgens, wenn er aufwacht und seine Oma noch nicht da ist, kommt ein junger Auszubildender an sein Bett, spielt mit ihm, erzählt ihm etwas, macht sein Mobile an oder klappert mit irgendeiner Rassel, um ihn bei Laune zu halten. Raphael lacht dann manchmal richtig. Meine Schwiegermutter erzählt mir, dass sie manchmal heimlich durch die Jalousien guckt und mit einem Lächeln beobachtet, welche Mühe sich der junge Mann dabei gibt.

Einmal packen die Schwestern Raphael allerdings in einen Sommerschlafsack und am nächsten Morgen sind sie ganz erschrocken, weil er mit über 40 Grad Fieber aufwacht. Im Laufe des Tages sinkt das Fieber wieder auf normale Temperatur. Wir sind aber alle erstaunt dass mein Sohn so stark reagiert.

Wenn meine Schwiegermutter weg ist, ich die Info von den Schwestern habe, lege ich mir Raphael auf den Bauch. Mein Elternbett steht noch da, die eine Seite ist hochgeklappt, da kann man sich super anlehnen. Manchmal schläft er ein und ich döse ein bisschen vor mich hin. Ich lege meine Hände auf seinen Rücken und stelle mir vor, dass sie ihn heilen könnten, dass alles Kranke aus ihm weicht und durch reine Energie ersetzt werden kann. Es sind die Mittel einer verzweifelten Mutter, die sonst rein gar nichts für ihr Kind tun kann, außer anwesend zu sein und es lieb zu haben. Ich hoffe einfach, dass ich ihm irgendwie Kraft geben kann.

Wenn wir uns ausgeruht haben und die Logopädin eine viertel Stunde Raphaels Mund bearbeitet hat (weiterhin leider ohne Erfolg), machen wir uns bereit für den Nachmittagsspaziergang, denn jetzt ist die Mittagshitze abgeklungen. Mir ist es so wichtig, dass Raphael an die Luft kommt, dass er etwas anderes als sein Krankenzimmer sieht, dafür nehme ich alle Umstände in Kauf. Es ist aufwendig mit ihm rauszugehen, denn der ganze Infusionsständer muss immer mit. Raphael wird 23,5 Stunden pro Tag über die

Vene ernährt und in der halben Stunde Pause wechseln zwei Schwestern sein System aus. Eigentlich müsste das alles penibel steril passieren, weil sonst die Gefahr besteht, dass Keime in die Blutbahn kommen und Raphael sich dadurch eine schwere Sepsis (Blutvergiftung) einfängt. Zu dem Zeitpunkt achte ich noch nicht darauf, weil mir die Gefahr nicht bewusst ist. Aber im Krankenhaus ist eben nicht alles penibel sauber, und so ist es für mich normal, dass die Schwestern das System ohne Mundschutz tauschen, Verschlussdeckel, die auf den Boden gefallen sind, einfach mit Desinfektionsspray absprühen und wieder auf das System schrauben oder eben nur die Einweghandschuhe und keine sterilen Handschuhe verwenden. Und ich selbst passe auch nicht so genau auf, wenn zum Beispiel einer der Schläuche den Boden berührt. Jedenfalls muss der gesamte Ständer mit drei Perfusionsspritzen und einem Nahrungsbeutel mit auf große Fahrt. Mittlerweile kenne ich auch alle Knöpfe, die ich drücken muss, wenn der Perfusor Alarm schlägt, was bei den holprigen Wegen recht oft der Fall ist.

Im Krankenhaus geht es Richtung Lift an einem großen Holzschiff vorbei, auf dem die Kinder, denen es wieder besser geht, munter spielen. Mit dem Aufzug fahren wir einen Stock nach oben, jetzt sind wir auf Erdgeschossebene. Wir schieben in Richtung Haupteingang, lassen die Krankenhauskapelle auf unserem Weg nach draußen rechts liegen. In der Eingangshalle befindet sich eine Cafeteria, ein Zeitschriften- und Lottoladen und ein Krims-Krams-Geschäft, das alle möglichen Artikel, die Patienten vergessen haben könnten, zu horrenden Preisen anbietet. So kann man eine einfache Zahnbürste für 3,99 Euro erwerben, Butterkekse für 2,95 Euro oder Duschgel für 5,95 Euro – dagegen ist unsere Tankstelle ein Discounter. Außerdem werden dort noch ein paar geschmacklose Last-Minute-Geschenke verkauft. Ich stelle Raphael in seinem Kinderwagen an die Seite und betrete den Laden trotzdem, denn hier werden auch frische Backwaren angeboten. Jeden Tag kaufe ich ein Schokocroissant und einen Tetrapak Trinkschokolade. Jeden einzelnen Tag und das im Hochsommer! Mein Körper schreit nach

Schokolade, ich glaube, sie beruhigt wirklich die Nerven. Einmal kaufe ich sogar noch eine Tafel Vollmilchschokolade für zwei Euro, so sehr will ich Schokolade.

Bewaffnet mit der Brotzeit verlassen wir das Gebäude. Draußen prallen wir meistens auf gefühlte 30 Grad. Die Raucher drängen sich um die aufgestellten Ascheimer. Schnell schiebe ich Raphael weiter, der Infusionsständer gibt Alarm, weil ich über die Schwelle am Ausgang musste. Ich werde ihn beim nächsten schattigen Platz zum Schweigen bringen. Die Leute starren uns nach. Manche Ältere nuscheln: „Mei, hast du das gesehen, so ein kleines Baby, mei und scho so krank, lieber Gott, lieber Gott." Hocherhobenen Hauptes laufe ich an den Blicken vorbei, ich werde mich nicht runterziehen lassen. Manchmal sind aber grade die Älteren auch so nett, dass ich kurz stehen bleibe und sie in den Wagen schauen lasse und einfach sage, dass der Kleine was mit der Leber hat. Das reicht ihnen als Erklärung. Wir laufen um das ganze Klinikum. Am Hauptparkplatz vorbei, dann einen, mit schattenspendenden Bäumen gesäumten Weg entlang, bis wir zu einer Bank im Schatten kommen. Oft schläft Raphael dann schon. Ich packe Croissant, Kakao und mein Buch aus und lasse mich nieder. Hier sind nur wenige Leute unterwegs und so genieße ich die Ruhe und meine Twilight-Saga.

Der schöne Brunnen

„Das Krankenhaus ist der sterilste Ort der Welt und doch fühlt man sich hier alles andere als rein"
(Zitat eines 17-jährigen Jungen, der terminalen Krebs hatte)

Ich schiebe den schlafenden Raphael weiter zum krönenden Highlight unseres Spaziergangs.

Tief und fest kann ich schlafen. Ich träume. Ich fühle mich ganz entspannt, eine laue Brise streift mein Gesicht. Ab und zu nehme ich das Plätschern von Wasser wahr. Ich träume, dass ich wieder eins bin mit meiner Umgebung. Wenn ich mich bewege, bewegt sich auch mein Bett ein bisschen und ich mache die Augen noch einen kurzen Moment zu.

Wie schön! Ich bin in Barcelona angekommen! Zumindest erinnert mich der Brunnen, an dem ich mir einen gemütlichen Platz suche, ein bisschen an diese wunderschöne Stadt und den Park Güell, dem dieser Brunnen nachempfunden sein muss. In den Brunnenrand, der gleichzeitig als Bank dient, sind bunte Mosaiksteinchen eingearbeitet, eine große Rosenhecke spendet Schatten und in zweiminütigen Intervallen spritzt eine Wasserfontäne in die Höhe. Ich kann nicht beschreiben, wie dankbar ich für diesen Platz bin. Er zieht mich magisch an und auch wenn man ringsherum das Krankenhausgebäude sehen kann, ist man doch ganz weit weg. Ich lese, bis Raphael richtig aufgewacht ist, dann nehme ich ihn auf meinen Schoß und zeige ihm das Wasser. Wir sitzen mindestens noch eine viertel Stunde am Brunnen, bevor wir zurücklaufen.

Jetzt hilft auch das Schuckeln nichts mehr, ich will jetzt aufwachen. Über mir bewegt sich was, es ist klein und grün und wippt hin und her. Das sieht schön aus. Jetzt sehe ich Mamas Kopf, sie lacht mich an und sagt Hallo. „Schau mal Raphael, die Blätter", höre ich ihre Stimme, und sie zeigt auf die grünen Dinger. Ich muss auch lachen. Mama lacht noch mehr. Vorsichtig hebt sie mich raus und da ist es wieder, das Wasser. Wann geht es endlich nach oben? Ja, jetzt geht es nach oben. Hier gefällt es mir.

Ich glaube, jeder braucht seinen „schönen Brunnen", den einzigen Kontrast zum kalten Krankenhaus, in dem die Welt weiß-grau, steril und distanziert ist. Bei YouTube bin ich auf ein Video gestoßen, in dem ein 17-jähriger seine letzten Tage dokumentiert, nachdem er terminalen Krebs mit einer

Restlebenserwartung von zwei Monaten diagnostiziert bekommen hat. Der junge Mann wollte unbedingt so schnell wie möglich nach Hause, wo er seine letzten Tage trotz all der Trauer im Kreise seiner Liebsten so schön wie möglich gestaltete. Ein Satz von ihm hängt mir nach: „Das Krankenhaus ist der sterilste Ort auf dieser Welt und trotzdem fühlt es sich nicht rein an." Das spricht mir aus der Seele und ich denke, dieses Gefühl trieb mich geradewegs dazu, immer etwas anderes zu suchen als den vermeintlichen „Schutz" des Hospitals.

Draußen singen die Vögel und die Sonne scheint, hier merkt man, dass es noch ein anderes Leben gibt. Ich habe mir überall solche Fluchtorte gesucht an denen ich ein bis zwei Stunden abschalten konnte, mich auf etwas anderes als die schreckliche Lage konzentrieren konnte. Jeder findet diesen Platz woanders. Für mich war es eben der Brunnen in Nürnberg, und in Tübingen war es eine morsche Bank, besser gesagt ein vergessener Bretterhaufen mitten auf einer verlassenen Anhöhe unter einem großen Ahornbaum. Dorthin ging ich auch bei Minusgraden mit einem dick eingepackten Raphael, ließ mich nieder und las in meinem Buch, bis ich das Gefühl hatte, dass mein Hintern an den Brettern festgefroren war. Die Sondennahrung hatte ich so gut es ging mit Tüchern umwickelt in den Rucksack gesteckt, so dass sie nicht einfror. Raphael schlief immer tief und fest, ich hatte immer noch eine extra Decke über den Wagen gehängt, damit die Luft nicht ganz so kalt war. Ich war da ganz eisern und ging bei jedem Wetter außer bei strömenden Regen raus. Anders hätte ich das Krankenhaus auch nicht verkraftet. Im Sommer dagegen hingen an diesem Ort dicke tiefschwarze Brombeeren, die David und ich gierig abpflückten. Dann konnte ich mir eine Decke auslegen und die Wärme genießen.

So befremdend es klingen mag, aber manchmal lachten wir im Krankenhaus sogar Tränen. Etwa als Basti, der damalige Freund und heutige Mann meiner Schwester, ganz beleidigt beobachtete, wie Nati sich mit dem gut aussehenden Dr. Bauer angeregt über die Verbreitung von Morbus Osler in unserer Familie unterhielt. Basti hatte sich demonstrativ von der Unterhaltung entfernt und lehnte total genervt schauend an der Wand. Ich betrachtete die Situation und musste einfach über das kindische Verhalten meines Schwagers in spe lachen, denn ich wusste ganz genau, dass er nicht den geringsten Grund zur Eifersucht haben musste. Nati sah mich lachen, blickte auf Basti und da sie gerade von ihrem Kaffeebecher trank, spuckte sie den ganzen Kaffee wieder zurück und konnte sich vor Lachen nicht mehr halten. Das Ganze mitten im Krankenhausflur in einem hochernsten Gespräch. Trotzdem durfte Dr. Bauer Monate später mit uns Pizza essen, während Raphael im Herzkatheter-Labor lag.

In der schlimmsten Zeit spielten wir ohne Unterlass „Elfer Raus". Die Karten waren immer griffbereit und wurden gezückt, sobald wir uns im Elternzimmer niederließen. Während Übergabezeiten, Interventionen aller Art, Besprechungen oder der Visite teilten wir wieder und wieder aus – bloß nicht genauer nachdenken über alles, sonst wären wir zusammengebrochen. Wir holten uns oft das Mittagessen ins Elternzimmer und zockten, bis zwei von uns wieder zu Raphael durften. Das alles waren kleine Lichtblicke in der Hölle, die aber entscheidend waren und dafür sorgten, dass ich nicht ganz den Kopf verlor.

Mittlerweile habe ich zum Thema Selbstheilung viel gelesen und gehört und eines ist ganz klar: Wenn man sich nur auf sein Elend fokussiert und den Blick für das Schöne verliert, hat man schlechtere Karten wieder gesund zu werden. Viel besser und ohne jede Nebenwirkung ist es, dankbar zu sein für Kleinigkeiten und dem Guten nicht den Weg zu versperren. Ich würde jedem raten, seine Aufmerksamkeit auf alles, was funktioniert zu richten, damit tut man sich und dem Patienten den größten Gefallen. Und natürlich Ausschau nach einem schönen Brunnen zu halten, er wird Kraft spenden auch in den dunkelsten Zeiten!

So war das in Nürnberg. Das Schlimmste stand noch bevor, davon ahnte ich aber noch nichts. Ich wunderte mich damals nur, dass nichts vorwärts ging.

Die Zeit zieht sich endlos. Es gibt keine neuen Ideen was die Ursache des ganzen Malheurs ist, es wird nur Symptom-Therapie betrieben. Jeden Tag warte ich darauf, dass die Ärzte uns etwas Neues, Augenöffnendes erzählen können. Vielleicht einen neuen Handlungsplan, der Raphael wieder gesund macht. Die Tage vergehen und nichts passiert. Immer dieselbe Routine, die mich gerade so über Wasser hält, aber die Sehnsucht nach Ruhe und Normalität nicht auflösen kann.

Eines Tages bittet uns der Professor aber dann doch in sein Zimmer, ein gutes Zeichen. Nachdem die Tür zu ist und ich mich setze, nimmt er ein paar Blätter von seinem Schreibtisch auf und sagt mit feierlichem Ausdruck im Gesicht: „Ich hab's!" Dabei wedelt er mit dem Papierstapel in der Hand hin und her. Er deutet auf die Überschrift, in Englisch natürlich, und meint, das in seiner Hand habe er nach langer Suche im Internet gefunden und er denke, es treffe auf Raphael zu. Ich bin erleichtert und gespannt, ob endlich unsere Probleme gelöst werden könnten.

„Arterio-Portal Fistula Syndrom bei Säuglingen" lautet der Artikel. Es ist ein Studienbericht über die Behandlungsweise von Kleinkindern mit einem Bluthochdruck in der Leber, der eben wie bei Raphael durch Gefäßabnormalien verursacht wurde. Ich kenne diese Studientexte zur Genüge von meiner Diplomarbeit im Fachbereich Gesundheitswesen. Die Texte sind fast alle auf Englisch und enthalten viele Fachbergriffe, die man als Laie nicht mal auf Deutsch versteht. Ich kann mich noch erinnern an die Statistikzahlen, Behandlungsweisen, Nebenwirkungen, Auswahlkriterien und alles, was sonst noch eine Rolle spielt bei solchen Studien. In dieser hier wurden circa 28 Kinder im Alter von 0-4 Jahren untersucht, bei denen die Krankheit im Kleinkindesalter festgestellt wurde. Der Professor gibt mir den Artikel mit nach Hause, wo ich ihn in Ruhe durchlesen kann. Wachstums- und Gedeihstörungen sind eines der Symptome der Kinder mit APFS. Einem großen Teil (etwa 60 Prozent) der in dem Artikel beschriebenen Fälle konnte durch das Spiralensetzen entschieden geholfen werden. Die Kinder konnten sich fortan normal entwickeln. 35 Prozent benötigten eine neue Leber, da sich die Gefäße nicht verschließen ließen, weil sie entweder zu viele oder zu verschlungen waren. Fünf Prozent der Patienten der Studie haben das APFS nicht überlebt. Klingt wie eine normale Statistik, wenn man nicht selber betroffen ist. In meinem Optimismus gehe ich trotzdem davon aus, dass Raphael schon mit dem Spiralensetzen geholfen werden kann, vielleicht muss er einfach noch ein paar Mal zu Professor Herzbeck in das Herzkatheter-Labor. Wenn die störenden Gefäße verschlossen werden können, wird alles gut werden und Raphael wird ein ganz normales Leben führen können. Die Option der Lebertransplantation gefällt mir gar nicht. Wer will schon ein Leben mit einem fremden Organ, in dem man ständig auf Medikamente angewiesen ist, die die Abstoßung verhindern, aber das Immunsystem des Patienten unterdrücken und ihn so anfällig für alle Krankheiten machen? Die Todesfälle lasse ich aus Selbstschutz nicht an mich heran.

Ich bin mir mit Professor Kraft einig, dass das Kind nun endlich einen Namen hat, und er verspricht mir, sich baldmöglichst mit seinem ehemaligen Kollegen Professor Herzbeck in Verbindung zu setzen, so dass die nächste Intervention geplant werden kann. Ende August haben wir dann endlich einen Termin für Mitte September, also kurz nach Davids zweitem Geburtstag. Ich bin froh, dass wir den zuhause feiern können.

Die Ärzte haben übrigens inzwischen jeden zusätzlichen Ernährungsversuch aufgegeben, ohne weitere Erklärung oder Strategie. Raphael hat in der Halsschlagader seinen ZVK eingenäht, über den kalorienhaltige Flüssigkeit und sogar Fett in die Vene gegeben werden. Eines Tages frage ich dann doch, ob das ein Dauerzustand werden soll oder ob man nicht eine künstliche Ernährung auch in anderer Form geben kann, falls er normales Essen nicht mehr verträgt. Professor Kraft und Frau DR. Bischoff drucksen herum: „Ja, wenn das mit der Milch wirklich nicht mehr funktioniert, muss er total parenteral, also über die Vene ernährt werden ... Dann würde er einen zentralen Zugang über dem Herzen bekommen, das nennt sich Hickman. Aber das macht man nur, wenn es nicht anders geht." Naja, warum sollte es auf einmal wieder klappen, denke ich mir, und stelle mich mental schon mal auf so ein Ding ein, natürlich ohne zu wissen, was das bedeutet.

Nürnberger Gschichten

„Tough times never last but tough people do"
(Bob Proctor)

Der August ist schon fast wieder Vergangenheit und der zweite Geburtstag von David steht vor der Tür. Der Sommer kam mir ja ewig vor und nun neigt er sich doch seinem Ende zu, zumindest aus meiner Sicht. Ich finde, der September ist schon eher Herbst und mein erster Sohn hat genau am 2. September Geburtstag. Er kam ganz früh am Morgen auf die Welt, aber wir waren schon abends in die Klinik gefahren und es war der erste Abend, an dem ich mir eine Jacke anziehen musste, weil die Sommerhitze vorbei war. Passenderweise sang Bon Jovi bei seiner Geburt: It's pretty cold, well it's September an awful wind is creeping in, the summer sun packed up is long gone, there's a whole lot of leaving going on ... Für uns würde es auch bald wieder nach Tübingen gehen, endlich. Der Professor hat seinen ehemaligen Kollegen Professor Herzbeck erreicht, der hatte sich besorgt über Raphaels Gesundheitszustand geäußert und darauf gedrängt, noch einmal eine Intervention durchzuführen. Zusätzlich soll bei Raphael auch besagter Hickman gelegt werden, damit ein „kontinuierliches Gedeihen" gesichert ist. Der Termin für den Transport ist der 9. September, wir haben also noch zwei Wochen „Krankenhausroutine" vor uns.

An einem Wochenende ist meine Mutter bei uns zu Besuch und ich will mit ihr Sonntag Früh ins Krankenhaus fahren. Als wir ankommen, wartet ein riesiger Schock auf uns. Raphael hat in der Nacht plötzlich über 40° Fieber bekommen. Frau Dr. Bischoff war angerufen worden und ist sofort ins Krankenhaus geeilt. Die Diagnose: Blutvergiftung (Fachjargon: Sepsis). Auch das noch! Raphael liegt leichenblass in seinem Bett, registriert kaum etwas. Die Schwestern sind in höchster Alarmbereitschaft, sie rennen hin und her und tragen allerlei Notfallzubehör ins Zimmer. Raphael ist an den Monitor angeschlossen worden, ein veraltetes Ding, das immer wieder dumpfe Signale von sich gibt. Schwester Katharina und Schwester Rosi haben heute Schicht. Rosi ist trotz ihrer üblichen Gelassenheit angespannt. Katharina, eine recht robuste Schwester mittleren Alters, bringt ein Notfall-Beatmungsgerät und schüttelt den Kopf hin und her. Raphael hat in Windeseile zwei neue Zugänge gelegt bekommen, über die jetzt zwei sehr starke Breitbandantibiotika laufen. Meine Mutter sitzt zusammengesackt auf dem Bett und ist den Tränen nahe, als Schwester Katharina auch noch zu ihr hingeht und in gedämpfter Stimme haucht: „Ja, es hängt wirklich an einem seidenem Faden, schlimm, schlimm." Meiner Mutter rollen die Tränen übers Gesicht und sie muss raus an die Luft gehen. Ich bin total perplex. Wie kann die Schwester nur so etwas sagen? In dem Moment kommt mir die Situation nicht so schlimm vor, ich frage, ob wir mit Raphael rausgehen können, obwohl ich die Antwort eigentlich schon kenne. Frau Dr. Bischoff sieht mich völlig verständnislos an, schüttelt den Kopf und murmelt: "Frau Lehmann, die Situation ist ernst, Raphael muss absolute Bettruhe halten. Sie können von Glück reden, dass Schwester Rosi so aufmerksam war und mich gleich angerufen hat, sonst sähe es noch schlechter aus." Resigniert gehe ich ins Zimmer, tröste meine Mutter ein bisschen, stehe an Raphis Bett. Mein armer Kleiner!

Es ist das erste Mal, dass mir die Bedeutung des sterilen Arbeitens richtig bewusst wird. Anscheinend sind über den ZVK Schmutz oder irgendwelche Keime in die Blutbahn geraten und haben sich rasend schnell vermehrt und verbreitet, weil es eben ein zentraler Zugang an der Halsschlagader ist. Über einen normalen Zugang, etwa in der Ellenbeuge, verbreitet sich Schmutz nicht so schnell, deshalb muss das Personal auch nicht so aufpassen. Sorgsam arbeiten natürlich, aber es darf auf Mundschutz, Haarnetz, sterile Handschuhe verzichtet werden. Für einen zentralen Zugang gelten allerdings andere Richtlinien, nur mit denen hatte ich mich bis dato noch nicht befasst. Ich habe einfach den Schwestern vertraut, aber ich weiß im Nachhinein, dass die Handhabe mit dem zentralen Zugang damals nicht ganz korrekt war und auch meine eigene Nachlässigkeit war nicht gut.

Trotzdem empfinde ich diese Situation als kontrollierbar. Ich habe wohl einen guten Draht zu meinem Sohn, denn das Fieber sinkt schnell. Am nächsten Tag ist Raphael schon wieder viel lebhafter, die Geräte werden eines ums andere wieder abmontiert. So ist das im Krankenhaus, ein ständiges Auf und Ab, aber natürlich wollen Ärzte und Schwestern auf Eskalation vorbereitet sein und versuchen immer, gut vorbereitet zu sein und so das Schlimmste zu verhindern.

Dass kein großes Unglück passiert ist, haben wir wohl Schwester Rosi und Frau Dr. Bischoff zu verdanken, die einen sagenhaften Job bei Raphael gemacht hat. Ich finde, es nicht selbstverständlich, dass sie sich an einem Sonntagmorgen in ihr Auto setzt und an ihrem einzigen freien Tag, nach einer geschätzten 60-Stunden-Woche zu einem kleinen Patienten fährt, nur weil die Schwester sagt, dass er Fieber hat. Was für ein Segen, dass es solche Menschen gibt und man sie am richtigen Ort zur richtigen Zeit trifft!

So vergingen die letzten Tage im Langwasserklinikum und bald würden wir das Zimmer, das fast schon Raphaels Kinderzimmer geworden war, verlassen. Von dieser Zeit bleiben uns nur noch Erinnerungen, gute wie schlechte. Jedes Krankenhaus hat seine eigenen Geschichten. Hier haben wir alltägliche Fälle miterlebt, manchmal war auch ein seltenerer Fall dabei. Im Vergleich zu dem, was ich in Tübingen zum Teil gesehen oder gehört habe, waren die Vorkommnisse in Nürnberg weitaus gewöhnlicher, wenngleich nicht immer harmloser. Drei davon sind mir besonders in Erinnerung geblieben und ich will sie kurz erzählen, einfach um auch deutlich zu machen, dass es jeden Tag mehr oder weniger tragische Fälle gibt. Wie gesagt, unser Heimatklinikum ist ein städtisches Krankenhaus mit wenigen Mitteln, die medizinischen Möglichkeiten liegen weit hinter denen einer Uniklinik zurück und doch werden dort jeden Tag Menschen in teilweise lebensbedrohlichen Umständen versorgt.

Fast jeden Tag bin ich durch das Krankenhaus spaziert, oft auch alleine mit David, wenn meine Familie uns besucht hat. Im Langwasserklinikum gibt es einen bereits erwähnten Treffpunkt für alle gesunden oder gesundenden Kinder, das doppelstöckige Holzschiff mit Steuerrad und weichen Hüpfmatten. An Regentagen natürlich auch ein Magnet für meinen Sohn, der mit vorsichtigen Schritten die enge Holztreppe hoch und runter tapste. Ich setzte mich gerne an den Schiffsrand und schaute ihm beim Spielen zu. Das gab mir Kraft. Manchmal lag Raphael in seinem Kinderwagen oder war auf meinem Arm und beobachtete das Treiben. Dann wurde ich oft angesprochen, was denn mein Sohn hätte. Wir waren sicher ein auffälliges Gespann, denn Raphael war ja immer mit seinem Infusionsständer, Nahrungsbeutel, Spritzen und Zugängen unterwegs – ein so verkabeltes Kind fiel hier auf. In Tübingen wären wir zwischen den Kindern, die im Rollstuhl mit Sauerstoffgerät über die Gänge geschoben werden, oder Kindern, die nur in Begleitung zweier Schwestern mit jeweils einem Infusionsständer waren, oder Jugendlichen mit Nasensonde, die ihre Gerätschaften selber schieben, völlig untergegangen, aber hier war Raphael doch ein besonderer Fall. So kam ich leicht mit anderen Eltern oder Aufsichtspersonen ins Gespräch und bekam auf diese Weise eben auch ihre Geschichten erzählt.

Zigaretten light

Eines Abends war ich mit David noch kurz am Schiff. Ein anderer Junge in Davids Alter kletterte munter die Stufen hoch. Die zwei Kinder hatten Kontakt aufgenommen und sich zusammen an das Steuerrad gestellt, um von oben herunterzuwinken. An seiner Hand hatte der Junge einen abgestöpselten Zugang baumeln, aber ansonsten sah er putzmunter aus. Die Mutter saß auch am Schiffrand und schaute ihrem Sohn zu. Sie fragte mich, wie alt David sei, und so kamen wir ins Gespräch. Sie erzählte, dass ihr Sohn zur Überwachung noch eine Nacht bleiben müsss. „Ach ja? Was hat er denn gemacht?", antworte ich. „Ach, das ist eigentlich wirklich peinlich ..." erwidert die Frau. Naja, sie muss es ja nicht unbedingt sagen, dachte ich mir, doch sie fuhr schon fort: "Ja, mein Sohn hat eine von meinen Zigaretten gegessen. Mein Fehler, ich habe sie auf dem Wohnzimmertisch liegen lassen ..." „Naja, eine ist ja noch nicht sooo schlimm", antwortete ich ihr. Drei sind tödlich, schoss es mir durch den Kopf. „Ja". Schweigen. „Es ist halt schon das zweite Mal", gab die Frau kleinlaut zu. Dann erzählte sie mir noch, wie sie beim ersten Mal, da war ihr Sohn gerade im Krabbelalter, seinen Magen auspumpen mussten und wie unangenehm das für ihn gewesen sein musste. Darauf hatte ich auch nicht mehr viel zu sagen. Mit Kindern passiert einfach ganz schnell etwas, da ist die Murmel im Mund, der Finger in der Steckdose, die Hand am heißen Herd – die Liste ist endlos. Aber zweimal der gleiche Mist? Das ist dann schon ein wenig unachtsam. Nur gut, dass die Kleinen oft doch einen Schutzengel haben und es eben meistens glimpflicher ausgeht, als man annehmen könnte.

Pflegemama Miriam und Helene

Eine Zeit lang schob eine ältere Frau ein etwa vierjähriges Mädchen auf dem Gang auf und ab. Das Mädchen hatte keine Haare mehr und offensichtlich Verletzungen an den Armen, die dick eingebunden waren. Die Kleine schaukelte unruhig in ihrem Buggy hin und her und war immer von der älteren Dame begleitet. Ich fragte mich, ob das wohl ihre Oma sei, und wenn ja, wo ihre Eltern waren. Einmal, es war schon ein bisschen abgekühlt am frühen Abend, ging ich mit Raphael von unserem Platz am Brunnen in Richtung Klinikhintereingang, da sah ich die Frau und das Mädchen wieder. Wir gingen dann ein Stückchen zusammen. Die Frau schaute Raphael ganz mitleidig an (der typische Oma-Blick) und fragte, was mein armes Baby denn hätte. Nachdem ich ihr zugegeben lückenhaft und extrem verkürzt die Ursache seines Krankenhausaufenthalts erzählt hatte, schilderte sie mir auch die Geschichte von Helene, ihrer kleinen Pflegetochter. Helene lebt fast seit ihrer Geburt bei ihr, die Eltern wollten sie nicht haben. Die Frau lebte mit insgesamt fünf Pflegekindern, Helene war die Jüngste. Die Frau hatte ein ganz schlechtes Gewissen, das merkte man ihr an. Als sie erzählte, dass Helene sich ihre Arme verbrannt hatte, weil sie sich Pommes aus der heißen Fritteuse holen wollte und ihr das ganze Gerät dabei heruntergefallen war, fing sie fast zu weinen an. „Ich stand sogar daneben. Stellen Sie sich vor, das Fett wäre über ihr Gesicht gelaufen ..." Die Frau konnte gar nicht weitererzählen. Vor zwei Wochen war das passiert und die Ärzte mussten Teile der Kopfhaut als Ersatz für die verbrannte Haut transplantieren. Deshalb auch die Glatze. Das Mädchen hatte noch Glück im Unglück und war wieder ganz vital. Ein ganz normaler Alltagsunfall für die Klinik.

Entbunden und entzogen

Im Außenbereich des Klinikgeländes sah ich eine junge Mutter regelmäßig mit ihrem Kinderwagen laufen. Die junge Frau hatte lange Haare, war ziemlich dünn und trug immer eine Sonnenbrille. Einmal kam sie mir entgegen und fragte nach Feuer. Ich hatte zwar keines, aber ich blickte trotzdem schnell in den Kinderwagen, in dem ein rothaariger Junge, vielleicht zwei Monate alt, lag. „Süßes Baby", lobte ich die Mutter. Die Frau nickte. Sie war ziemlich nervös. Der Kleine hing an einer Infusionsspritze, verhielt sich aber ruhig. Wir machten ein bisschen Smalltalk unter den schattigen Bäumen. Raphael schaute sich gerne die Blätter an, wenn sie sich leicht im Wind bewegen. Auf einmal fing die Frau das Schniefen an und sagte: „Hoffentlich kann ich ihn behalten!" Wie sich herausstellte, machten Baby und Mutter gerade gemeinsam einen Drogenentzug durch. Die Frau hatte sich bis zu ihrer Schwangerschaft Heroin gespritzt und war dann zum Arzt gegangen, um für das Baby auf eine harmlosere Ersatzdroge umzusteigen. Das Neugeborene wurde sofort nach der Geburt von der Mutter getrennt, weil es sofort von den Drogen entwöhnt werden musste. Die Mutter wollte für ihr Kind an sich arbeiten und machte auch einen Entzug mit. Das Kind würde trotzdem zunächst vom Jugendamt begleitet werden und die Mutter einen Aufpasser zur Seite gestellt bekommen. Wer der Vater war, wusste die junge Frau nicht, sie hatte vorher auf der Straße gelebt.

In solchen Momenten war es für mich schon schwer zu wissen, dass ein Junkie ein gesundes, kräftiges Kind zur Welt gebracht hatte und ich, obwohl ich während der Schwangerschaft immer aufgepasst hatte, bekomme ein schwächliches, krankes Baby. Natürlich habe ich da die Gerechtigkeit gesucht und nicht gefunden. Heute kann ich nur sagen, dass ich Raphael für kein anderes Kind eintauschen möchte und dass ich ihn aus tiefstem Herzen so liebe, wie er ist, auch mit seiner Krankheit.

Die Wochen vergehen. Ich sehe den Zwilling wieder, der mit Raphael auf der Intensivstation lag. Die Ärzte können sein Problem immer noch nicht benennen. Die Mutter winkt mich in ihr Zimmer auf der normalen Station und erzählt, wie die Tasche immer gepackt unter ihrem Bett steht für den Fall, dass ihr Sohn keine Luft mehr bekommt. Sein Zwillingsbruder ist kerngesund.

Während unserer Zeit in Nürnberg ist ein kleines Mädchen auf der Intensivstation gestorben, ihr Fall ging überregional durch die Presse. Das Mädchen war von den Eltern ihr kurzes Leben lang in ein Zimmer eingeschlossen worden und hatte vor lauter Hunger versucht, den Teppich aufzuessen. Bis die Behörden von dem Fall mitbekommen hatten, war sie schon so ausgehungert und schwach, dass man sie zwar noch in die Klinik transportieren konnte, aber überlebt hat die Kleine am Ende nicht. Solche Fälle gehen selbst den Ärzten und Schwestern nach, die ja doch einiges gewohnt sind.

Ich habe so viele Geschichten hier erlebt und für manche bin ich wohl selbst Geschichte genug. Dass sich Mama immer so oft mit anderen unterhalten muss. Viele Augen blicken auf mich, ich verstehe gar nicht wieso. Aber vielleicht bin ich nicht das einzige Kind, das im Krankenhaus sein muss. Vielleicht gibt es noch mehr und vielleicht gibt es noch eine andere Welt als die Klinik?!

Tübingen Reloaded

„When times get tough you must get tougher and you can"
(Bob Proctor)

Am 2. September feierten wir den zweiten Geburtstag von David. So sehr es mich nach Tübingen zurückzog, damit endlich etwas vorwärts ginge und Raphael vielleicht irgendwann mal nach Hause könnte, so sehr freute ich mich dennoch, bei der Geburtstagsfeier daheim zu sein. Als Geschenk gab es einen großen Trettraktor mit Anhänger, der Traum eines jeden Jungen, der auf dem Land wohnt, wo täglich richtige Traktoren vorbeirauschen. Der Garten war dekoriert mit heliumgefüllten Marienkäfer-Ballons, es gab Kuchen und Lieder, aber kaum ein Lächeln im Gesicht meines Sohnes. Wenn man die Fotos von diesem Tag betrachtet, sieht man einen kleinen Jungen mit sehr ernstem Gesichtsausdruck, der eher einem Teenager entspricht als einem Kleinkind. Irgendwas fehlte an diesem Tag. Wir waren alle recht angespannt, hatten den Aufenthalt in Tübingen im Kopf und versuchten, das Beste aus der Lage zu machen – aber David wirkte trotzdem nicht glücklich. Am Vormittag war ein gleichaltriger Junge da und es gab Capt'n-Sharky-Muffins. Am Nachmittag würde die Mama zum kleinen Bruder ins Krankenhaus fahren – einen Bruder, den David bisher noch gar nicht richtig kennenlernen konnte. Ich hasste diese Situation und ich hätte alles dafür getan, Raphael gesund mit nach Hause zu nehmen. So blieb nichts, außer warten und hoffen. Hoffen auf den nächsten Aufenthalt in Tübingen. Wir bewegten uns in kleinsten Babyschritten. Wir traten von einem wackeligen Brett auf das nächste und hofften darauf, irgendwann die andere Seite zu erreichen. Unter uns war nichts, nur ein gellender Abgrund.

Dieses Mal bringt uns ein normaler Krankenwagen über die Autobahn nach Tübingen. Ich darf mit unserem Gepäck darin mitfahren. Allerdings ist die Fahrt recht unspektakulär, die Sanitäter dürfen ihr Blaulicht für einen normalen Krankentransport nicht einschalten und so fahren wir wie in einem gewöhnlichen Pkw angeschnallt mit 120 Stundenkilometern die bekannte Strecke entlang.

In Nürnberg hat man Raphael wegen der Blutvergiftung seinen zentralen Katheter im Hals entfernen müssen und so hat er jetzt nur noch einen Zugang im Kopf. Bei kleinen Säuglingen ist das oft die einfachste Wahl. Darüber soll während der Fahrt ein bisschen Flüssigkeit laufen. Raphael verträgt ja immer noch keine Nahrung. Während der Krankenwagen gemütlich über die Autobahn fährt, schläft Raphael friedlich in seinem Maxi-Cosi, und so merke ich erst, als wir in die Notaufnahme der Crona Klinik hineinfahren, dass die Flasche mit der Flüssigkeit immer noch so voll ist wie vorher. Auch Raphael merkt, dass irgendetwas nicht stimmt, und fängt an zu weinen. Verdammt! Die Schwestern haben vergessen den Dreiwegehahn aufzudrehen und ich habe es nicht bemerkt. Da bei der einfachen Infusionsflasche kein Alarmsystem angeschlossen ist, hat natürlich auch nichts einen Hinweis gegeben, dass die Flüssigkeit nicht einlaufen kann. Und das gerade bei einem Kind, das es am nötigsten hat. Raphael sieht sowieso mittlerweile wie ein chemotherapiertes Krebskind aus. Er hat keine Haare auf dem Kopf, die Backen sind eingefallen, die Ärmchen und Beinchen werden immer dünner. Trotzdem kann er noch lachen, als ich ihn mit Blödsinn ablenke, während die Schwestern auf Station schnellstmöglich versuchen, lebensnotwendige Flüssigkeit zu organisieren.

Wir kommen dieses Mal direkt auf die Station von Professor Herzbeck, der neben der Intensivstation auch eine normale Krankenstation für Kinder mit

Herzproblemen hat. Raphael ist eine Ausnahme hier, sein Herz ist ja kerngesund, aber der Professor wollte ihn gerne auf seiner eigenen Station, weil bei Raphael auch dieses Mal eine Angiographie, eine Röntgenuntersuchung der Gefäße, die in seine Leber führen, mittels Herzkatheter durchgeführt werden soll.

Irgendwie kommt dieser Ort mir bekannt vor. Dunkle Erinnerungen an dunkle Tage. Aber eigentlich ist mir das jetzt alles egal, denn ich habe furchtbaren Hunger. Mama versucht mich zum Lachen zu bringen, aber ich merke nur, dass mein Körper nach Nahrung schreit.

Wir werden in einem Zweibettzimmer untergebracht, unser Zimmernachbar ist ein größerer Junge, etwa vier oder fünf Jahre alt. Seine Mutter erklärt mir gleich in gebrochenem Deutsch, welches Klappbett ich mir nehmen soll, falls ich ein Auge zubekommen will. Im Laufe des Tages kommt Professor Herzbeck vorbei und erklärt uns die geplante Vorgehensweise. Es ist eine enorme Erleichterung ihn wiederzusehen. Gleich morgen sollen die Angiographie erfolgen und der Hickman-Katheter angelegt werden. Die Bilder, die man mit der Herzkatheter-Untersuchung bekommt, sollen dann zu den führenden europäischen Spezialisten nach Paris geschickt werden, damit dort bestimmt werden kann, ob man Raphael mit dem Gefäß-Coiling, wie das Spiralensetzen auch genannt wird, heilen kann oder ob man eventuell lieber einen Teil der Leber entfernen sollte. Ich bin beeindruckt vom Arbeitstempo in Tübingen. Nach dem langen Warten in Nürnberg ist es jetzt auch an der Zeit, etwas vorwärts zu bringen, denke ich mir.

Unser junger Zimmernachbar ist mit einem Herzfehler auf die Welt gekommen. Er musste schon mehrmals auch am offenen Herzen operiert werden. Die Eltern kommen aus Bosnien, sind damals vor dem Krieg geflohen und leben jetzt schon lange in Deutschland. Die Mutter erzählt, dass ihr Sohn fünf Jahre alt ist, dass er aber auf Grund seines Herzfehlers in vielen Dingen zurückgeblieben ist. So trägt er noch eine Windel und ist auch sprachlich und emotional noch nicht auf dem normalen Standard eines Fünfjährigen. Es nervt mich allerdings wirklich, wenn die Mutter die vollen Windeln in den Badezimmer-Mülleimer wirft. Aber nach Möglichkeit verbringe ich die Zeit sowieso außerhalb des Zimmers. Nati und Basti sind wieder als unterstützende Kraft dazu gekommen. Ein Segen, dass die beiden so viele Dienste tauschen konnten, um uns zur Seite zu stehen. Die Zeit vergeht doch schneller wenn man Unterhaltung hat.

Der Oberarzt der Kardiologiestation ist mir nicht sonderlich sympathisch. Ich hoffe, dass er wenigstens fachlich gut ist. Im sozialen Kontakt kommt von ihm zumindest wenig rüber, kein Lächeln für die Kinder, sehr ernst und kühl im Gespräch mit den Eltern. Sein Oberpfleger ist nicht viel besser. Während die meisten Schwestern auch auf dieser Station richtig nett sind, benimmt sich der Pfleger wie der Obergockel. Ganz besonders wichtig stolziert er über die Station und alles muss streng nach Anweisung ausgeführt werden. Ihm ist es anscheinend ganz egal, was die Eltern über ihr Kind sagen, da zählt nur die Anordnung von oben. Für mich sind solche unflexiblen Leute ein wirklich erschwerender Faktor und am Ende des Aufenthaltes habe ich mich das erste und einzige Mal über eine Pflegekraft beschwert, weil er einfach nicht nett zu meinem Kind war und ihm, wie ich finde, völlig willkürlich ein starkes Schlafmittel gegeben hat.

Vor dem bevorstehenden Eingriff bin ich ganz ruhig. Die Angiographie ist eine kleine Sache im Vergleich zu dem, was Raphael schon mitgemacht hat, und die Hickman-Anlage soll es endlich ermöglichen, ihn wieder mit nach Hause zu nehmen. Die OP dauert nicht lange und nach zwei Stunden liegt Raphael bereits wieder mit einem Pflasterverband zwischen der Brust und einem Druckverband an der Leiste, wo der Herzkatheter eingeführt worden ist, im Aufwachraum der normalen Station. Dort muss er länger als geplant liegen, weil der Oberarzt für ihn eine falsche Dosierung Schmerzmittel angeordnet hat und man daraufhin erst wieder ein Gegenmittel infundieren musste.

Der Nahrungsbeutel, der über den Hickman direkt oberhalb der Herzvene in eine große Schlagader laufen soll, ist bereits seit gestern vorbestellt und wird schon im Laufe des Tages an den Hickman angeschlossen. Das Team der Gastroenterologie hat genauestens Menge und Zusammensetzung des Beutels berechnet, ebenso die Laufzeit und Laufgeschwindigkeit. Alles wird über eine Pumpe eingestellt und für mich macht es in dem Moment noch keinen Unterschied, ob die lebenserhaltende Substanz jetzt über einen zentralen Katheter in den Hals oder eben in eine Ader über dem Herzen geht. Ich habe nur die Aussicht vor Augen, mein Kind wieder mit nach Hause zu nehmen.

Am nächsten Tag klingelt mein Handy und eine Frau aus Erlangen ist dran. Sie stellt sich mir als Mitarbeiterin der Firma B. Braun vor. Sie wäre aufgefordert worden, mich anzurufen, um mit mir einen Termin auszumachen. Sie will mir zeigen, wie man den Hickman anschließt. „Ja, ich bin aber jetzt noch in Tübingen", teile ich der Dame mit. „Kein Problem. Wann werden Sie entlassen? Dann komme ich einen Tag vorher vorbei!" „Was? Sie wollen schon nach Tübingen kommen?" „Ja sicher, Sie müssen ja mal gesehen haben, wie man den Beutel anschließt, bevor Sie heimgehen." Okay ...!

Professor Herzbeck teilt uns mit, dass die Gefäßsituation unverändert ist und er Raphael gerne noch etwas Zeit zum Wachsen geben würde, bevor man größere Schritte in Richtung Genesung wagt. Außerdem sind die Bilder schon ausgedruckt und nach Paris versendet worden. Dort soll eine ganz besonders kompetente Ärztin sein, die, falls sie eine Möglichkeit sieht, Raphael mittels Coiling zu helfen, direkt nach Tübingen eingeflogen werden soll. Soweit so gut. Raphael geht es gut mit der parenteralen Ernährung, wie die Flüssigkeitszufuhr über die Vene genannt wird. Professor Herzbeck teilt uns mit, dass wir die Klinik, wenn alles gut geht, in etwa drei Tagen verlassen können. Ich kann mir gar nicht vorstellen, dann endlich mit Raphael heim zu dürfen. Er liegt jetzt schon so lange in der Klinik, dass es fast „normal" für uns geworden ist. Woran sich der Mensch alles gewöhnen kann. Ich bin trotzdem glücklich über die Aussicht, alle wieder unter einem Dach zu haben. Also rufe ich die Dame aus Erlangen an und vereinbare mit ihr einen Termin für den nächsten Tag.

Pünktlich um 15.00 Uhr höre ich ein energisches Klopfen an unserer Zimmertür. Ohne Warten auf meine Antwort öffnet sie sich und eine kleinere Frau mit braunhaarigem Bob und dickumrahmter Hornbrille kommt im Stechschritt hereinmarschiert. „Klinglinger, Grüß Gott!" Ich stehe auf und gebe ihr die Hand. Ein leises Gefühl beschleicht mich, dass diese Frau keinen Widerspruch dulden wird.

In Windeseile packt sie diverse Utensilien aus und legt sie auf den kleinen Krankenhausecktisch. Ich versuche mit ihr ins Gespräch zu kommen und sage: „Jetzt sind Sie extra so weit angereist, um mir alles zu zeigen ..." Frau Klinglinger blickt mich durch ihre Hornbrille an. „Ja sicherlich! Sie müssen das ja können, wenn Sie morgen mit dem Kleinen heimfahren." In dem Moment wird mir die ganze Sache das erste Mal annähernd bewusst. Mir wird ganz schlecht, als ich auf den voll beladenen Tisch schaue. Vor uns liegen ausgebreitet: ein Paar sterile Handschuhe, ein Mundschutz, ein Haarnetz, mindestens fünf Spritzen und separat die Nadeln dazu. Ein steriles Tuch, kleine NaCL- (gesprochen „Natzel" = Kochsalzlösung) Flaschen, drei bunte Ampullen in verschiedener Form, Verbandsmaterial, ein steriles Schlauchsystem, Desinfektionsmittel und Spray. Zu guter Letzt legt Frau Klinglinger eine abgegriffene Puppe mit Zopf auf den Tisch. „Das ist jetzt Raphael, besser gesagt Raphaela, hihi!" Sie macht die Puppe obenrum frei und man sieht einen eingenähten Hickman an ihr baumeln. Frau Klinglinger spricht weiter: „Wir wollen ja erst mal an der Puppe üben, damit wir uns hundertprozentig sicher sind, bevor wir an das Kind rangehen. Kommen Sie her, wir machen das gleich!" Dabei zieht sie einen Übungsbeutel aus ihrer Tasche. „Man muss ganz steril arbeiten, denn wenn nur ein kleiner Keim in die Blutbahn kommt, kann alles zu spät sein." Ich realisiere, dass die Dame recht hat, und da trifft mich die Breitseite der Verantwortung, die ich für das Leben von Raphael haben werde. Diese Verantwortung ist meilenweit, Lichtjahre weit von der natürlichen Verantwortung als Eltern entfernt. Wie alle Eltern haben wir in einem natürlichen Prozess und mit gebotenem Respekt gelernt, unser Neugeborenes zu baden, zu wickeln, zu füttern. Es so zu halten, dass es keinen Schaden nimmt. Behutsam und fürsorglich zu sein. Es zu lieben und ihm Wärme und Geborgenheit zu geben. Es zum Kinderarzt zu bringen, wenn man nicht weiter weiß. Das alles haben wir irgendwie in unserem Menschsein gespeichert. Wenn ein Fehler gemacht wird, bedeutet das nicht das Ende, sondern es ist ein natürlicher Lernprozess bei der Versorgung des Babys. Aber jetzt soll ich als absoluter Laie einen zentralen Zugang über dem Herzen fehlerfrei handhaben? Und wenn doch ein Missgeschick passiert und die Keime im Nullkommanichts durch die gesamte Blutbahn rauschen und das Blut vergiften? Wenn doch etwas Luft in die Blutbahn kommt und sich Tromben bilden, die in Richtung Lunge schießen? Ein kleiner Fehler kann hier wahrlich große Auswirkungen haben. Ich bin kein Mensch, der die Verantwortung scheut, aber das war mir im ersten Moment zu viel. „Muss ich das wirklich alles alleine machen?", frage ich etwas kläglich. Frau Klinglinger blickt mich sehr entschieden an. Sie deutet auf Raphael, der in seinem Bettchen liegt und schaut. „Also, wenn das mein Kind wäre ... Ich würde da niemand anderen ranlassen, noch nicht mal einen Pflegedienst. Ihnen ist nämlich am meisten daran gelegen, dass kein Fehler passiert." Sie hat wieder recht, also beschließe ich in dem Augenblick, alles Nötige zu lernen und die Verantwortung zu übernehmen, auch wenn der Respekt vor der Aufgabe sehr groß ist.

An der Puppe üben wir. Als Erstes desinfiziere ich die Hände, binde den Mundschutz um und stülpe mir das Haarnetz über. Dann desinfiziere ich die Hände noch einmal. Ich reiße die Verpackung vom sterilen Tuch auf und breite es vorsichtig, mit spitzen Händen an den Ecken haltend aus. Ich sprühe die Anschlüsse des Beutels (drei verschiedene) mit Desinfektionsspray ab und lege nur die Anschlüsse an den linken oberen Rand des

Tuches. Ich desinfiziere die Hände, sprühe die Ampullen ab und lege sie bereit. Dann reiße ich die Verpackung der Spritzen auf und lasse diese auf das Tuch fallen, genauso die dazugehörigen Nadeln. Alles in einer bestimmten Anordnung, damit es nachher optimal griffbereit liegt. Danach werden die NaCL-Fläschchen aufgemacht und abgesprüht, aber nicht auf das Tuch gelegt, sondern darüber, weil sie ja nicht steril verpackt waren. Zuletzt öffne ich fünf Kompressen und lege sie oberhalb des Tuches bereit. Durchschnaufen.

Jetzt führt Frau Klinglinger vor, wie man sich die sterilen Handschuhe anzieht, ohne dass auch nur ein kleiner Finger die Außenhaut des Handschuhs berührt. Alles muss steril bleiben. Jetzt geht es ans Eingemachte. Ampullen und NaCL-Fläschchen dürfen nur mit den sterilen Kompressen angefasst werden, die danach weggeworfen werden. Die Spritzen werden der Reihe nach mit den Nadeln verschraubt. Jede hat ihren eigenen Zweck. Vorsichtig wird die Magnesium-Ampulle mit einer Kompresse geöffnet. Die Kochsalzlösung wird mit der Nadel aufgezogen und zum Verflüssigen in die Magnesium-Flasche gespritzt. Jetzt muss man das Magnesium aufziehen. Dafür wird die Nadel entfernt, da sie jetzt nicht mehr steril ist, eine neue Nadel aufgesetzt und die damit aufgezogene Lösung ohne Luftbläschen in den Beutel gespritzt. Der Partner schaukelt den Beutelinhalt vorsichtig von oben, dass sich die Flüssigkeiten mischen. Danach wird die Vitamin-Ampulle aufgemacht. Die Vitamine müssen frisch in den Beutel, deshalb muss man sie extra zuführen. Das Prozedere ist ähnlich, außer dass die Vitamine schon flüssig sind. Einmal Nadeltausch und ab in den Beutel. An zwei Tagen in der Woche müssen noch Fette zugeführt werden. Dann ist der Inhalt nicht mehr durchsichtig, sondern weiß.

Wieder und wieder übe ich die Abläufe. Meine Hände schwimmen in Desinfektionsmittel. „Ach ja", sagt Frau Klinglinger, „Sie tun Raphael einen großen Gefallen, wenn sie Ihre Fingernägel ganz kurz schneiden." Schöne Nägel, ade! Hoffentlich ist das Ganze nur vorübergehend.

Wenn der Beutel fertig angemischt ist, muss er noch angeschlossen werden. Das heißt, der Verband muss entfernt und gewechselt werden. Der Schlauch muss an den Beutel angebracht werden und das System kommt an eine Nahrungspumpe. Wenn der Schlauch bis ganz vorne befüllt ist, wird er sauber und steril an den Hickman angeschlossen und der Verband wird wieder verschlossen. Es darf keine Luft im Schlauch sein, weil die sonst ins Blut geht. Die Pumpe ist zum Glück sehr sensibel und gibt sofort Alarm, wenn sich irgendwo Bläschen befinden. Ich bin sehr froh, dass Frau Klinglinger uns die ersten Tage daheim begleiten wird, und zwar so lange, bis sie sich sicher ist, dass wir den Beutel auch alleine fertig machen und anschließen können.

Nach über zwei Stunden verabschiedet sie sich von mir, wünscht eine gute Heimfahrt und sagt, ich solle mich bei ihr melden, wenn ich zuhause bin oder irgendwelche Fragen auftreten. Sie wird auf jeden Fall rechtzeitig zum Beutelwechsel bei uns sein. Das beruhigt. Raphael liegt in seinem Bettchen. Er ist ganz munter und rasselt mit seinem Klappertier. Ob er fühlt, dass es bald heimgeht?

Die Ärzte haben mir einen Schlauch eingenäht. Ich bekomme jetzt meine Nahrung aus einem Beutel, der fast so groß wie ich ist. Endlich fühle ich mich gut! Satt, zufrieden und vor allem ohne Bauchschmerzen.

Total Parenteral

Liebe geht durch den Magen,
Leben durch die Vene

Pünktlich zum Herbstanfang sind wir wieder daheim. Der Sommer ist ohne uns ins Land gezogen, nur die leicht gebräunte Haut von David erinnert an sonnige Tage. Die Bäume beginnen sich mit ihrem wunderschönen bunten Blätterkleid zu schmücken. Überall leuchtet es rot, gelb, orange und vereinzelt grün. Oktobertage mit dem besonders schönen Licht des Herbstes. Jedes Jahr erfreut mich diese Zeit der Ernte und der Farben und der beginnenden Gemütlichkeit, wenn es langsam dunkler und kühler wird und im Haus das erste Mal der Ofen angeheizt werden kann. Doch in dem Jahr, als Raphael mit uns und einem großen Beutel künstlicher Nahrung zurückkehrte, haben wir nicht auf Blätter, Farben, den Altweibersommer oder das erste Feuer geachtet. Wir waren zu sehr damit beschäftigt, uns an den neuen Alltag heranzutasten und ihn immer wieder aufs Neue zu bewältigen.

Jeden Tag versuche ich die Situation zu akzeptieren und ein ums andere Mal scheitere ich. Raphael ist schwer krank, auch wenn er jetzt mit uns zu daheim ist. Ich kann die Sache drehen, wie ich will, wenn ich ihn anschaue, sehe ich die Vorboten des Schreckens. Etwas mit ihm stimmt nicht. Er kann nicht essen und dafür muss es einen Grund geben. Am Ende komme ich soweit, die parenterale Ernährung als eine Brücke zu sehen, die uns zur nächsten Operation führt, die dann Raphaels Gefäßproblematik hoffentlich ein für alle Mal beseitigt.

Der Rucksack wird zu Raphaels Schatten. Er begleitet ihn überall hin. Er steht neben Raphael im Einkaufswagen, er hängt an seinem Kinderwagen. Wir stellen ihn neben seine Autoschale oder tragen ihn auf dem Rücken. Am Abend wird er an das Fußende von Raphaels Bett gestellt. Wie gut, dass sich mein Sohn noch nicht viel bewegt. Die Leute schauen auf mein Kind und ich lasse sie schauen.

Einmal am Tag bereiten wir nun selbstständig einen neuen Nahrungsbeutel zu und wechseln den Verband und das System. Bald sind wir ein eingespieltes Team, das stillschweigend und konzentriert seine Arbeit verrichtet. Wenn David von seinem Mittagsschlaf erwacht und wir noch nicht ganz fertig sind, darf er uns „helfen". Kleine Kinder wollen von Natur aus immer helfen und man soll sie darin unterstützen, damit sie ein besseres Zugehörigkeitsgefühl zur Familie entwickeln und sich wirklich gebraucht fühlen. Mit dieser Philosophie im Hinterkopf lassen wir ihn kleine Handgriffe, bei denen keine Gefahr bestand, mitmachen. Er darf zum Beispiel die Flüssigkeiten, die ich hochsteril in den Beutel gespritzt habe, miteinander vermischen, indem er von außen mit seinen Patschhändchen auf dem Beutel herumknetet. Oder er darf die Pumpe anstellen, also Sachen berühren, die sowieso unsteril sind.

Raphael zu baden, ist eine Aufgabe für sich. Wir müssen die verbundene Eintrittsstelle mit einem speziellen wasserabweisenden Pflaster überkleben und Raphael dann vorsichtig in die kleine Babywanne, die wir dazu in die Küche tragen, heben. Dort können wir ihn genau so lange im Wasser lassen, bis er sauber ist. Danach wird das Pflaster mühsam von der Haut gelöst und der Verband unbedingt gewechselt. Wir sind angehalten, Raphael nur einmal in der Woche zu baden, ein Schwimmbadbesuch ist völlig ausgeschlossen.
Frau Klinglinger wird neben der Apotheke und der Gastroambulanz zu einer unserer wichtigsten Kontakte. Wir können sie jederzeit anrufen, auch in der Nacht, wann immer die Pumpe einen unerklärlichen Alarm gibt oder Raphael Anzeichen einer Verschlechterung seines Zustands zeigt. Ich bin unendlich dankbar für diese Hilfe und für unser vielbeschimpftes Gesundheitssystem, das uns diese Unterstützung ermöglicht hat. Hätten wir in einem Land ohne gesetzliche Krankenversicherung gelebt, wäre wahrscheinlich der Pleitegeier über uns hergefallen, denn die ganze parenterale Ernährung und die vielen Untersuchungen und Operationen sind sehr teuer.

Im Hintergrund schreiben Professor Kraft und Frau Dr. Bischoff die Rezepte für die täglichen Nahrungsbeutel. Sie berechnen genauestens die Zusammensetzung und korrigieren bei Bedarf die einzelnen Anteile. Wir sind regelmäßig in der Ambulanz, um die Entwicklung von Raphael überprüfen zu lassen und auch ob die Blutwerte und die Leberwerte in Ordnung sind. Die Ärzte stehen uns jederzeit zur Verfügung, wenn es Probleme geben sollte. Bei der kleinsten Temperaturentwicklung sind wir angehalten, Raphael in der Klinik vorzustellen, wo immer einer der beiden zuständigen Mediziner vor Ort ist. Allerdings haben die Ärzte immer noch keine Lösung des Problems gefunden. Einmal frage ich während einer unserer vielen Kontrolluntersuchungen, was denn wäre, wenn Raphael gar nicht mehr essen könnte. Professor Kraft und Frau Bischoff sehen sich an und wie aus einem Munde antworten beide: „Dann braucht er eine neue Leber!" Ich nicke nur und hoffe, dass es vielleicht noch eine andere Lösung gibt. Eine Transplantation ist so endgültig. Ich setze auf die Expertin aus Paris, die eventuell doch etwas mit dem Gefäßverschließen beheben kann.

Unterdessen stemmen wir gemeinsam die Pflege von Raphael. Uwe fährt einmal in der Woche zur Apotheke und holt die Lieferung ab. Zwei große schwarze Kisten mit den Nahrungsbeuteln und der Aufschrift „Vorsicht – Lebenswichtige Medikamente" und eine weiße Tüte Arzneihilfsmittel. Wir haben auch in dem Punkt Glück, die Schlossapotheke in unserer Innenstadt bietet einen perfekten Service. Es gibt zu keiner Zeit Lieferschwierigkeiten und wir können uns immer unbürokratisch an die Angestellten wenden, wenn wir etwas für unseren Sohn benötigen.
Frau Klinglinger beliefert uns mit einer Ersatzpumpe, einem Infusionsständer, Mullkompressen, Schlauchsystemen, Plastikspritzen, speziellen Abfallbehältern für die Arznei und wichtigen Ratschlägen. Unser Haus gleicht einer mobilen Krankenstation. Wenn wir doch noch etwas benötigen, können wir Frau Klinglinger anrufen. Sie sagt, die 24-Stunden-Erreichbarkeit sei ihr Job, ich finde ihre Leistung trotzdem nicht selbstverständlich. Wenn sie mir am Telefon nicht weiterhelfen kann, setzt sie sich in ihr Auto und kommt aus Erlangen, eine Universitätsstadt, die eine Stunde von uns entfernt liegt, zu uns gefahren. Manchmal, wenn Raphael etwas Fieber hat, rufe ich sie an

und frage zuerst sie, ob wir ins Krankenhaus fahren müssen. Wir messen zweimal am Tag die Temperatur und jedes Kleinkind hat ab und an Fieber, allein schon wenn die Zähne durchbrechen. Meistens ist sie entspannter als die Ärzte und sagt, wir können noch abwarten. Dann bin ich erleichtert, denn noch immer ist das Krankenhaus für mich ein bis zum äußersten Notfall zu vermeidender Ort. Wenn das Fieber allerdings am nächsten Tag nicht sinkt, mache ich mich auf den Weg. Raphael bekommt dann aus seinem Hickman Blut abgenommen oder wird gegebenfalls lieber gleich mit einem Antibiotikum behandelt.

Drei Monate kommen wir so ganz gut über die Runden. Es befremdet mich zwar immer noch, dass mein Sohn auf diese Weise ernährt wird, aber ich setze große Hoffnung auf weitere Operationen, die in Tübingen bereits in Planung sind. Ein Tübinger Arzt, der Hepathologe (ein Arzt, der auf die Leber spezialisiert ist) Dr. Wagenmüller, ruft mich Mitte November an. Er fragt nach Raphaels Befinden, worauf ich ihm wahrheitsgemäß antworte, dass im Moment alles den Umständen entsprechend gut sei. Er hat eine freundliche Stimme, die ein bisschen wie die von Rolf Zuchowski, dem Kinderliedersänger, dem man sogar als Erwachsener zuhören kann, klingt. Wir unterhalten uns recht lange und er schlägt mir vor, einen Termin für Mitte Januar zu vereinbaren, um nach Tübingen zu kommen und mit den Chirurgen die Möglichkeit einer Shunt-Operation zu prüfen. Dabei würde Raphael ein Verbindungsröhrchen in die Pfortader gesetzt werden, damit endlich der Druck aus dem Blutstrom herausgenommen werden kann und der Kreislauf normalisiert wird. Ich bin begeistert von der Idee, vor allem weil es Hoffnung gibt, eine Transplantation zu umgehen. Auch Dr. Wagenmüller nimmt vorerst vom Einsetzen einer neuen Leber Abstand. Er sagt mir, dass es noch große Hoffnung gibt, die Situation in den Griff zu bekommen, eventuell muss man einen Teil von Raphaels Leber entfernen oder doch die Spezialisten aus Paris einfliegen lassen. „Wir sollten uns trotzdem einmal über eine Transplantation unterhalten. Wenn Sie im Januar in Tübingen sind, können wir persönlich über alle Optionen sprechen." Dr. Wagenmüller will uns auf der normalen Kinderstation bei der Bärenhöhle anmelden, ich notiere den Tag in meinem Kalender. Ich bin voller Zuversicht, dass wir die Zeit bis dahin überbrücken können.

Anfang Dezember steht noch ein spezieller Tag auf dem Terminkalender. Meine Mutter wird ein zweites Mal heiraten. Sie hat mir das damals, als wir dachten, Raphael hätte alles überstanden, als Erstes gesagt und ich freue mich für sie. Ihr zukünftiger Mann lebt am Bodensee, wo auch die Trauung stattfinden soll. Sehr schweren Herzens lasse ich Raphael bei Uwe und meiner Schwiegermutter zurück. Es wäre eine zu große Gefährdung ihn mitzunehmen und zwischen Standesamt und Festessen schnell einen Beutel im Hotelzimmer vorzubereiten. Alleine das ganze Equipment würde einen Koffer beanspruchen und wir hätten dann gar keine Ruhe zum Mitfeiern. Der Weg führt mit dem Firmenwagen von Uwe über München, wo meine Mutter wohnt. Wir wollen Kolonne fahren. Ein Missverständnis führt dazu, dass ich ihr am Kofferraum aufsitze und sich die Weiterfahrt verzögert. Das Ereignis zeigt deutlich, wie mitgenommen wir sind. Am Ende gelangen wir aber doch am Bodensee an und ich beziehe mit David ein Hotelzimmer. Die Tage und Nächte, wo ich mich nur um ihn kümmern kann, sind etwas ganz Besonderes geworden.

Am nächsten Tag ist dir Trauung angesetzt. Meine Mutter ist aufgeregt vor ihrem zweiten „großen Tag". Sie hat sich sehr schön zurecht machen lassen, und als ich die Gesellschaft sehe, wird mir bewusst, dass ich mich gar nicht mit der Kleiderwahl beschäftigt habe. Wenigstens habe ich David einen Anzug besorgt, aber alles andere war mir wohl in dieser schlimmen Zeit zu viel. Auf den Bildern von damals sieht man strahlende Gesichter und einen Trauerkloß in der Mitte. Der Trauerkloß bin ich. Ich sitze zwischen den anderen wie versteinert, mit Furcht in den Augen. Ich bin körperlich anwesend und innerlich weit weg in einer düsteren Zukunft. Ob ich damals etwas von dem geahnt hatte, was sich zusammenbraute? Ich kann es nicht sagen, aber wenn ich mir die Fotos anschaue, denke ich, ich hatte eine Vorahnung. Auch Uwe ist nur noch Haut und Knochen. Wir sind beide extrem angespannt. So ist es nicht verwunderlich, dass ich mich nicht mehr an die Details der Hochzeit erinnere. Ich weiß nur noch, dass ich am Nachmittag mit David über den Lindauer Weihnachtsmarkt gelaufen bin, das ich den Markt sehr schön fand, fast wie einen Hoffnungsschimmer auf eine bessere Welt. Besonders bestaunten wir den echten Ochsen und den Esel. Nati hatte für David und Raphael ganz warme, flauschige, selbstgestrickte Mützen gekauft. Wir setzten sie David gleich auf, weil es schon so kalt war. Aber ansonsten die totale Amnesie, als ob ich ahnte, dass uns bald der dünne Boden unter den Füßen wegrutschen würde.

Was ist das für eine Welt? Ich bin nicht so wie die anderen Kinder. Ich kann noch gar nicht weg vom Fleck. An mir hängt ein schwarzer Rucksack, der mir mein Essen gibt. Die anderen Familienmitglieder sitzen immer an unserem Tisch und schieben lustiges Zeug in ihren Mund. Manchmal probiere ich etwas davon, aber irgendwie kommt mir das sinnlos vor. Mama und Papa sehen traurig aus, wenn sie mich anschauen. Aber mir geht es eigentlich ganz gut. Ich bin so froh, daheim zu sein, nur draußen wird es jetzt eiskalt, das mag ich gar nicht.

Weiße Weihnacht

Schmerz kann einen unter Umständen zu den wirklich wichtigen Dingen führen. Er bringt uns näher an unsere Essenz.

Nach unserem Kurzausflug wandert die Zeit Richtung Weihnachten. Die Bauern sagen, es wird ein kalter Winter werden. Unser Dorfspielplatz ist übersät mit Eicheln und Buchen, anscheinend bereitet Mutter Natur ihre

Tiere auf eine lange Kälte vor. Die Temperaturen liegen schon seit Mitte November im Minusbereich und jetzt, Mitte Dezember, scheint es sogar zu kalt für Schnee zu sein. Die Welt schläft unter einer Frostdecke. Für unseren täglichen Spaziergang wickeln wir den Beutel mit Raphaels Nährlösung in zwei Mullwindeltücher ein, um den Rucksack kommt eine Decke. Uwe hat sogar einen Überzug für den Schlauch, der die Flüssigkeit transportiert, entwickelt, so stark sind unsere Bedenken, dass die lebenswichtige Nahrung einfrieren könnte. Von Raphael und David sieht man nur noch die vermummten Gesichter, und wenn wir nach einer knappen dreiviertel Stunde zurück in die Wohnung kommen, sind die Backen der Kinder rot.

Normalerweise kehrt um diese Jahreszeit eine gewisse Ruhe ein. Wenn man sich nicht dem Geschenke-Kaufrausch hingibt und von einer Weihnachtsfeier zur nächsten hastet, ist es ganz gemütlich. Ich erinnere mich an meine Kindheit, als unsere Eltern uns an jedem Adventssonntag ein Stück von der Weihnachtsgeschichte vorlasen. Maria und Joseph auf ihrer Reise mit dem Esel in die Heilige Stadt. Wie gerne würde ich das auch meinen Kindern weitergeben, dieses kleine Stückchen Glück, als wir zusammengekuschelt auf dem Wohnzimmersofa saßen, ein verlockender Plätzchenteller auf dem Tisch. Jetzt weiß ich nicht mal, ob Raphael jemals die Weihnachtsgeschichte verstehen wird. Immerhin habe ich für David eines der zahlreichen Kinderbücher gekauft, das die Bedeutung der Weihnachtszeit so erzählt, dass es auch die Allerkleinsten verstehen. Jedes Mal am Ende, wenn Maria ihr Baby in den Armen hält, kommen mir insgeheim die Tränen. Ich wünsche mir so sehr, dass auch mein Raphael einen Beschützer hat, aber trotz aller Stoßgebete bin ich ein geborener Realist und die Zeichen stehen auf Sturm.

Die Weihnachtsmärkte locken wie jedes Jahr mit ihren leuchtenden Buden, den Lebkuchen-, Glühwein- und Bratwürstchendüften. Die Menschen scharen sich mit ihren dampfenden Tassen in den Windschatten der Verkaufsstände und trotz des Trubels kann man in vielen Gesichtern Freude erkennen. Jung und Alt freuen sich über die ersten Schneeflocken und in den

Geschäften lockt die Weihnachtsdekoration wieder ein bisschen bombastischer als im Vorjahr. Von überallher kommen Touristen nach Nürnberg, um einen der bekanntesten Weihnachtsmärkte Deutschlands zu bestaunen. Die Franken sind stolz auf ihre Bratwürstchen und die echten Nürnberger Lebkuchen. Auf dem Hauptmarkt lockt der schöne Brunnen mit seinem kleinen goldenen Ring, der einen Wunsch für jeden verspricht, der ihn dreht. Abergläubischer Firlefanz aus dem Mittelalter, der aber anscheinend auch heute noch die Massen begeistert. Etwas abseits vom eigentlichen Markt gibt es auch einen Kinderchristkindlesmarkt und der ist richtig sehenswert. Die Hauptattraktion ist ein prachtvoll in Schuss gehaltenes, doppelstöckiges, antikes Kinderkarussell. Daneben gibt es noch ein Riesenrad und eine Eisenbahn, beides im gleichen Stil wie das Karussell. Und natürlich ein Zelt mit Playmobil Spielzeug, das immerhin auch aus Franken kommt, und einen Nikolaus, mit dem sich die Kinder fotografieren lassen können. Vor einem Jahr, als Raphael noch sicher in meinem Bauch war, war es für uns selbstverständlich zum Nürnberger Christkindlesmarkt zu fahren. Dieses Jahr werden wir ihn nicht besuchen und auch sonst bin ich relativ gelähmt. Irgendetwas hängt schwer in der Luft und ich kann nicht genau begreifen, was es ist.

Wenigstens mein kleiner David freut sich über das Leben. Er ist völlig verzaubert, als kurz vor Weihnachten doch der erste Schnee fällt. Er will sofort einen Schneemann und ein Iglu bauen, beim Schneeschippen helfen und unbedingt Skifahren spielen, so wie er es während der Winterolympiade bei seiner Oma im Fernsehen gesehen hat. Wir suchen einen schönen Christbaum aus und er hilft fleißig beim Plätzchenbacken. Wir hören Kinderweihnachtslieder und gehen zu unserer traditionellen Waldweihnacht im Dorf. David genießt die Zeit mit der ganzen Familie, jeden Morgen macht er eines der schönen Päckchen von seinem Adventskalender, den er von meiner Schwester und ihrem Freund bekommen hat, auf. Wir zählen die Tage bis zum Fest, doch Uwe und ich sind mit unseren Gedanken woanders.

Ich sehe wunderbare Lichter. In unserem Wohnzimmer steht ein echter, grüner Baum. Seine Nadeln sind recht piksig, wenn man nicht aufpasst. Mama hat mir eine Decke unter den Baum gelegt, so dass ich die schönen Kugeln betrachten kann. Manchmal blitzen sie im Licht. Ich liege auf meinem Schaffell, und wenn der Ofen brennt, zieht Mama mir die Hose aus, so dass ich meine Beinchen bewegen kann. Das ist schön. Endlich bin ich bei meiner Familie. Schade ist nur, dass Mama und Papa so ernst sind. Mama ist richtig dünn geworden, ihre Backen sind eingefallen und ihr Blick ist oft ganz starr und das trotz der vielen Lichter. Erwachsene sind manchmal komisch.

Erster Advent, Nikolaus, zweiter Advent, dritter Advent, vierter Advent, Weihnachten. Die Zeit zieht vorüber und lässt uns mit jedem Tag mehr auf das neue Jahr hoffen. Raphael hat zumindest eine Weihnacht erlebt. Das kann ihm keiner mehr nehmen. Ich zähle die Tage bis zum nächsten Termin in Tübingen, der endlich Besserung bringen soll. Ich habe so viel Hoffnung in die angekündigte Shunt-OP, dass ich am liebsten gleich losfahren würde. Jetzt heißt es für uns noch einmal richtig gut aufpassen, dass sich Raphael keinen Infekt mehr einholt.

Der Schnee liegt meterhoch und lässt das Dorf versinken, eigentlich so wie man es sich wünscht zum Heiligen Abend. Der Kindergottesdienst ist nett gemacht, David darf eine Kerze anzünden und einen kleinen Schutzengel mit nach Hause nehmen. Den schenkt er seinem Bruder, den ich nicht mitgenommen habe, vielleicht aus Angst, dass er sich doch etwas einfängt bei so vielen Menschen. Abends gibt es ein schönes Essen, wie jedes Jahr, und Geschenke. Ich wünsche mir nur eins: dass mein Sohn wieder gesund wird.

Weihnachten. Die Zeit der Familie. Auch meine Familie will uns besuchen und so kommt meine Mutter frischverheiratet mit ihrem Mann am 25. Dezember. Ich bin angespannt. Raphael geht es nicht so gut. Er hat ausgerechnet heute Fieber bekommen. Er glüht und hat ganz gläserne Augen. Ruckzuck ist die Temperatur auf 39° geklettert. Als meine Mutter ankommt sind es fast 40°. Unser gemütlicher Nachmittag löst sich in Luft auf. Ich gebe Raphael ein Zäpfchen, auch wenn ich normalerweise sehr abwartend bin. Doch bei Raphael läuten die Alarmglocken schneller als bei David, denn es ist ja ganz normal, dass kleine Kinder Infekte durchmachen.

Merry drängt: „Komm, lass uns ins Krankenhaus fahren, nur zur Sicherheit." Doch weil es meine Mutter ist, bin ich stur: „Ich will nicht, Merry. Dann lassen sie ihn bestimmt gleich wieder da." „Besser jetzt, als wenn er Silvester im Krankenhaus sein muss." Ich gebe nach. Natürlich. Wir nehmen David mit und fahren in unser Langwasser-Klinikum.

Frau Dr. Bischoff und Professor Kraft sind in der wohlverdienten Feiertagspause und dennoch ruft die Notfallschwester den Professor an. Per Telefon gibt er die Anweisung, Entzündungszeichen und Leberwerte abzunehmen und eine Blutkultur anzulegen. Sollten die Werte nicht gut sein, würde er kommen. Der kritische Wert ist der CRP-Wert. Das ist ein Entzündungsparameter, der anzeigt, ob es sich um eine bakterielle Infektion handelt. Die Bestimmung dauert in der Klinik etwa zwei Stunden. Das ist eine lange Wartezeit, in der ich bibbere, dass wir nicht stationär bleiben müssen.

Raphael, der sehr weinerlich war, ist eingeschlafen. Die Temperatur ist dank des Zäpfchens ein bisschen heruntergegangen und so können wir etwas beruhigter in die Krankenhaus-Cafeteria gehen. David bekommt seine Kugel Eis und darf um den Brunnen in der Eingangshalle laufen und wir können uns unterhalten, bis das Ergebnis da ist.

Wir stehen überpünktlich wieder an der Anmeldung zur Notaufnahme. Mit meinem Blick suche ich die diensthabende Ärztin, als ich hinter meinem Rücken eine Stimme höre. „Hi Anja! Seid ihr auch da? Wir haben wahrscheinlich Scharlach und ihr?" Eine Bekannte vom Kinderturnen. Mein erster Impuls ist: nicht reagieren und weglaufen. Scharlach oder Ähnliches ist das Letzte, was ich gebrauchen kann. „Oh, dann halten wir lieber ein bisschen Abstand, Raphi hat Fieber. Gute Besserung." Zum Glück ruft uns in dem Moment die Schwester auf und bittet uns ihr zu folgen.

Die Notfallärztin ist überarbeitet und trotzdem freundlich. Sie teilt uns mit, dass das CRP bei einem Wert von 2 liegt, das ist leicht erhöht, aber nicht besorgniserregend. Mir fällt eine Steinlawine vom Herzen. „Dann können wir wieder heim mit Raphael?" Die Ärztin nickt. „Ist wahrscheinlich ein einfacher Virus-Infekt oder eine Erkältung mit Fieber. Wenn das Fieber nicht runtergeht, melden Sie sich bitte übermorgen noch mal". Erleichtert fahren wir nach Hause.

Zwei Tage später ist meine Mutter wieder abgereist, aber Raphael geht es immer noch nicht viel besser. Das Fieber hält sich hartnäckig. Am Nachmittag klingelt das Telefon, es ist die Ambulanzschwester. „Guten Tag, Frau Lehmann. Es tut mir leid, dass ich Sie stören muss, aber in der Blutkultur die wir von ihrem Sohn abgenommen haben, ist ein Keim gewachsen." „Aha, okay. Was bedeutet das?" „Es handelt sich um einen Darmkeim, ein Ecoli. Sie müssten bitte morgen früh noch mal zur Kontrolle, direkt in die Gastroambulanz." Ich habe die Fahrerei ins Krankenhaus so satt, aber es hilft nichts. Keime im Blut sind nicht gut.
Ecoli-Viren. Irgendwie hört es sich an wie Ebola-Viren, eine Krankheit, die durch die Presse ging und in Afrika Hunderte Menschen dahinraffte. Ich komme durcheinander, diese ganzen medizinischen Fremdwörter liegen mir immer noch nicht. Natürlich rufe ich sofort meine Ärzte-Familie an und sage „Raphael hat Ebola-Viren." „Waaasss?!" Pause. „Das kann nicht sein." „Irgendeinen Darmkeim, keine Ahnung. Gibt's noch was anderes mit E?" „Ecoli?" „Ja genau, Ecoli." Sie erklären mir, dass ein normaler Darmkeim, den jeder von uns hat, bei Raphael in die Blutbahn gelangt ist. Sie beruhigen mich und sagen, dass er ein Antibiotikum braucht und eventuell dafür im

Krankenhaus bleiben muss." Ich packe meine Tasche, besser gesagt, sie ist gepackt, ich muss sie nur noch ins Auto tragen.

In der Früh gebe ich Raphael noch ein Zäpfchen, damit das Fieber heruntergeht und alles nicht ganz so besorgniserregend aussieht. Vielleicht gibt es doch eine Möglichkeit, dass ich mit ihm wieder nach Hause kann. Ich habe keine Lust, über Silvester in der Klinik zu sein. Aber wie so oft bekommt man am Ende das, was man ausdrücklich nicht will. Die Ergebnisse sind bestürzend, sogar Professor Kraft erschrickt. Der CRP-Wert ist auf 15 hochgegangen, das ist sehr hoch. Wir werden sofort auf die Station in Raphaels altes Zimmer gebracht und der Professor verordnet ein starkes Breitbandantibiotikum. Ich verfluche alles und jeden. Die Vorstellung wieder hier zu sein, ist einfach zu schrecklich.

Als ich mich beruhigt habe, sehe ich mich auf der Station um. Die Schwestern kennen uns immer noch bestens von unserem langen Sommeraufenthalt. Ich unterhalte mich mit ihnen und es ist schön, dass wir so vertraut sind. Auf der Station steht ein kleiner geschmückter Weihnachtsbaum, der ein bisschen Ruhe ausstrahlt, und auch sonst ist alles friedlich. Ich glaube, niemand legt sich mit seinem Kind freiwillig über Silvester ins Krankenhaus, wenn es nicht unbedingt sein muss. Frau Dr. Bischoff hat klar und deutlich gemacht, dass wir die Jahreswende hier verbringen werden, die Antibiose wird i.V. (intravenös, also über die Vene) verabreicht, das ist zuhause nicht machbar. Ich habe immerhin den Eindruck, dass das Medikament etwas bringt, Raphael ist wieder munterer und so kann mich wenigstens die Familie besuchen.

Als am Silvesterabend alle verschwunden sind, Uwe war mit David und meiner Schwiegermutter da, gehe ich mit Raphael in die Cafeteria. Bis sieben Uhr gibt es hier noch warme Küche und ich bestelle eine frische Pizza und eine Weißweinschorle, ein kleiner Trost für das verpasste Silvester. Es regnet draußen und so habe ich auch keine Lust mehr, mir mit Raphael eines der Vorfeuerwerke anzusehen. Ich lege ihn schlafen und gehe selber um zehn Uhr ins Bett. Das erste Jahr seit langer, langer Zeit, in dem ich am 31.12. um Mitternacht schlafe.

Neues Jahr, neues Glück. Wir haben jetzt 2010. Ein gerades Jahr. Aus irgendeinem Grund sind mir die geraden Jahre sympathischer. Es ist wahrscheinlich reiner Aberglaube von mir, aber ich freue mich jedes Mal über ein gerades Jahr mehr als über ein ungerades. Raphael ist wieder ziemlich normal, und als am zweiten Neujahrstag das Krankenhaus wieder ein bisschen regulärer besetzt ist, teilt uns die diensthabende Ärztin mit, dass wir heimgehen dürfen. Der CRP-Wert ist auf 1,5 gesunken. Fast möchte ich mich beschweren, dass man uns nicht zwei Tage vorher heimgeschickt hat, aber am Ende sage ich nichts und bin einfach froh, hier wieder rauszukommen. Daheim holen wir ein kleines Feuerwerk für Raphael nach. Zwei Tage später sind wir zurück in der Klinik. Fieber, Bauchschmerzen, Schreikrampf. Alles geht bergab. Ich erinnere mich noch sehr gut an eine der besonders schlimmen Nächte im Krankenhaus. Die Nachtschwester, eine etwa gleichaltrige Frau aus unserem Nachbardorf, der diensthabende Arzt und meine Wenigkeit versuchen händeringend Raphael von seinen Schmerzen zu erleichtern. Er schreit und schreit, die Schwester versucht es mit allen Mitteln – Bauchmassage, Wärmekissen, Einlauf, Darmrohr, ein Zäpfchen gegen die Schmerzen. Raphael schreit immer noch. Er drückt so fest, dass ich Angst habe er platzt, und als endlich ein bisschen Stuhlgang kommt, geht es ihm auch nicht viel besser. Die Nacht war der Anfang von einem nicht enden wollenden Horrortrip und dennoch war sie nur ein Hauch von einem Lüftchen im Vergleich zu dem, was uns noch bevorsteht.

Tagebucheintrag vom 03.01.2010

„Das Jahr hat schlecht angefangen, nämlich im Krankenhaus und auch noch mit meinen Tagen. Immerhin durften wir Freitag heim, aber Raphi ist noch

immer krank und das macht mir immer Angst. Zum Glück müssen wir nur noch eine Woche bis zu dem Termin in Tübingen durchhalten und dort können sie vielleicht etwas bewirken ..."

Mittlerweile ist das Krankenhaus wieder normal besetzt. Frau Dr.Bischoff und Professor Kraft sind nach der Feiertagspause zurück und stehen uns in weißen Kitteln gegenüber. Ihnen gefällt Raphaels Zustand auch nicht. Sie fragen die leitende Intensivärztin um Rat. Sie schicken uns zum Ultraschall, bei dem man deutlich angeschwollene Darmschlingen, die sich nur sehr träge bewegen, erkennt. Eine Colitis, also eine Dickdarmentzündung? Womöglich doch eine Infektion durch den Hickman? Die Antibiose läuft auf Hochdruck. Raphael hängt wieder an einem großzügig bestückten Spritzenständer, die Bauchkrämpfe bleiben. Er hat Fieber und die Schmerzen sind da, obwohl er keine Nahrung über den Magen-Darm-Trakt erhält. Die Ärzte stellen das Antibiotikum um, geben ein Zusatzmedikament gegen eine mögliche Pilzerkrankung und am Ende verordnen sie ihm Schmerzmittel, alles ohne tief greifenden Erfolg.

Es ist nur eine Frage der Zeit, bis wir ins Ambulanzsprechzimmer gerufen werden. Mir schwant, was uns erwartet, und es ist keine Überraschung, als Frau Dr. Bischoff uns mitteilt, dass sie Raphael auf die Intensivstation verlegen müssen, trotz aller Bemühungen der Krankenschwestern. Ich falle in ein tiefes schwarzes Loch und es ist eigentlich ein Wunder, dass ich mich noch so gut an das Gespräch erinnere, denn in dem Moment konnte ich ganz kurz einen Blick auf den Hurrikan, der sich vor uns zusammenbraute, werfen. Mein Mann sitzt neben mir, er ist gefasster als ich. Ich sitze an dem kleinen Holztisch im Ambulanzzimmer und bin innerlich wie äußerlich gebrochen. Frau Dr. Bischoff versucht mich zu trösten, so gut es für jemanden eben geht, der viele schwerkranke Kinder und deren Eltern manchmal bis zum letzten Weg begleitet hat. Ich kann gar nichts sehen vor lauter Wasser in den Augen. Frau Dr. Bischoff reicht mir ein Taschentuch. „Frau Lehmann, es ist doch nur wegen dem erhöhten pflegerischen Aufwand. Der ist einfach zu umfangreich für die normale Station, auch wenn die Schwestern ihr Bestes geben. Raphael ist auf der Intensiv gut aufgehoben, wirklich." Pause. „Möchten Sie ein Stückchen Schokolade? Nervennahrung, das hilft." Guter Gott, im Leben könnte ich jetzt nicht an Essen denken, geschweige denn Energie aufwenden, um meinen Kiefer zu bewegen. Ich schüttle nur den Kopf. Uwe nimmt mich sogar in Schutz und sagt zur Ärztin, dass sie das verstehen müsse. Ist doch klar, dass es mir schlecht geht. Wie ein Zombie begleite ich meinen Sohn auf die Intensivstation und die schwere Tür fällt hinter uns ins Schloss. Nie wieder wollte ich meinen Fuß auf die Elefantenstation setzen müssen und doch sind wir wieder zurück.

Raphael, jetzt schon viel größer als vor einem halben Jahr, bekommt ein Einzelzimmer. An sein Bett kommt eine recht junge, hübsche Schwester, über die sich jeder Teenager freuen würde, ich aber sehne mich nach den betüddelnden Mama-Oma-Schwestern von der Giraffenstation. Die Schwester macht ihren Job, geht aber kaum auf unsere Fragen und Sorgen ein, und so stehe ich recht hilflos daneben, während Raphael aufs Neue verkabelt wird. Er wird an einen Monitor angeschlossen, so dass man ihn wegen seiner Schmerzen sedieren kann. Am Ende des Tages schläft er mit Hilfe der Medikamente und ich darf ausnahmsweise eine Nacht auf der normalen Station in unserem alten Zimmer verbringen. Ich will einfach bei ihm in der Nähe sein und ich denke, man hat mir angesehen, in welch schlechtem Zustand ich war. Ich falle auf die Pritsche in einen gesegneten, tiefen, traumlosen Schlaf, und als die ersten Lichter draußen auf dem Gang angehen, muss ich mich überwinden, überhaupt aufzustehen. Am liebsten würde ich einfach weiterschlafen, dann würde ich das Elend nicht mehr mitansehen müssen.

Nachdem ich geduscht, mich angezogen und gefrühstückt habe, gehe ich zu meinem Sohn ans Bett. Man hat ihm ein krankenhauseigenes Hemdchen angezogen, so dass das Wickeln und die Handhabe mit den vielen Schläuchen erleichtert werden. Sein Bauch ist geschwollen, es zeichnen sich leicht die zarten blauen Venen ab. Die Augen sind offen, aber fokussieren nicht, die Medikamente haben ihn stark betäubt. Immerhin, er weint nicht, und ich bin froh, dass er den Schmerz nicht fühlen muss. Im Laufe des Tages versuchen die Schwestern immer wieder, ihm ein Darmrohr zu legen, damit er endlich Stuhlgang hat. Das Ergebnis lässt zu wünschen übrig. Die Blutwerte haben sich wieder verschlechtert, der CRP-Wert liegt jetzt bei 18. Bedenklich hoch. Frau Bischoff gibt die Anweisung den Hickman zu ziehen, sie vermutet jetzt doch dort den Infektionsherd. Der Hickman wird also herausoperiert, stattdessen bekommt Raphael einen neuen zentralen Zugang an der Halsschlagader.

Tagebucheintrag vom 09.01.2010:

„Da sind wir wieder. Auf der Intensivstation – soviel zum Thema die Woche überstehen und dann nach Tübingen fahren. So ist das, manche Dinge kann man nicht ändern, manchmal soll es so sein ... All die klugen Worte, die doch so schwer zu akzeptieren sind, wenn es um das eigene Kind geht. Ich würde alles dafür geben, ihn gesund machen zu können! Warum?"

Es vergehen nicht viele Tage, vielleicht einer oder zwei oder auch nur ein halber, ich weiß es nicht mehr genau, bevor ich die Entscheidung treffe in Tübingen anzurufen. Ich sehe hier keine Hoffnung mehr für Raphael. Ich habe keinen Plan, wo und warum genau ich mich in Tübingen melde, es ist einfach das Gefühl, das mich dort hintreibt. Ich habe Glück und habe Dr. Bauer, den jungen, gut aussehenden Arzt, der sich mit Morbus Osler in unserer Familie befasst hat und eigenhändig die Blutproben nach Marburg versendet hat, am Telefon. Frau Dr. Bischoff ist ihm gegenüber skeptisch, vielleicht hat sie das Gefühl, dass zu viele Köche in einem Brei herumrühren, aber ich habe Vertrauen und bin froh, dass ich jemanden erreicht habe, dem ich nichts mehr erklären muss. Dr. Bauer hört zu, als ich ihm sage, dass wir eigentlich einen Termin für eine Shunt-OP im Januar gehabt hätten und Raphael jetzt aber plötzlich auf der Intensiv in Nürnberg liegt. „Ich muss trotzdem mit ihm nach Tübingen. Bitte, bitte veranlassen Sie eine Verlegung. Bitte!" Dr. Bauer verspricht mir, mit seinem Chef, Professor Herzbeck, zu reden und zu sehen, was er machen kann, „aber normalerweise muss das Nürnberger Klinikum die Verlegung veranlassen." Raphael muss nach Tübingen und zwar schnell.

An diesem Abend fahre ich niedergeschlagen nach Hause. Alleine. Im Auto höre ich Bruce Springsteen mit Atlantic City. Mit gnadenlos trauriger Stimme singt er „Everything dies, Baby, that's a fact." Alles muss sterben, mein Schatz, das steht fest. Die Worte treffen mitten ins Herz. Meine Welt droht zu versinken. Alles muss sterben. Er singt weiter: „Maybe everything that died someday comes back ..." Vielleicht kommt alles, was gegangen ist, irgendwann zurück.

Ich will nicht, dass Raphi stirbt. Ich würde alles dafür geben, dass er lebt. Es darf nicht sein, dass seine Uhr schon abgelaufen ist.

Everything dies, Baby, that's a fact...

„Am Ende wird alles gut, und wenn es nicht gut ist, ist es noch nicht das Ende"
(Oscar Wilde)

Zurück zu Hause wirkt alles schal. Die Welt ist ein großes schwarzes Monster, das wahllos verschlingt, was ihm in den Sinn kommt. Ich kann einfach nicht fassen, dass es meinem Sohn wieder so schlecht geht, dass er auf die Intensivstation verlegt werden musste. Tag um Tag fahre ich zu ihm und denke mir: „Scheiße. Es sieht nicht besser aus als gestern. Warum hilft das Antibiotikum nichts?" Insgeheim warte ich auf den Transportaufruf nach

Tübingen, doch die Ärzte halten sich bedeckt. Professor Kraft und Frau Dr. Bischoff sehen jeden Tag nach ihrem Schützling, egal ob sie Dienst oder dienstfrei haben. Ich bin sehr dankbar für die Anteilnahme, und auch wenn ich nicht das Gefühl habe, dass etwas Entscheidendes bewegt wird, weiß ich wohl zu schätzen, wie intensiv sich Raphaels Ärzte um ihn kümmern.

Eines Abends, es ist schon spät, klopft Frau Dr. Bischoff an unsere Tür. Raphael hat hier ein Einzelzimmer. Die Ärztin macht Feierabend, aber nicht ohne Raphael noch einmal abzuhören. Angestrengt lauscht sie mit ihrem Stethoskop über ihn gebeugt nach Darmgeräuschen. Quälende Minuten vergehen. Raphael liegt sediert mit seinem angeschwollenen Bauch da und bekommt nichts mit. Er muss in Narkose gehalten werden, die Schmerzen wären sonst unerträglich. Endlich blickt Frau Dr. Bischoff hoch und ihr Blick verrät eine geringe Entwarnung. „Ich habe was gehört, Frau Lehmann. Jetzt können wir beide beruhigter schlafen. Sie, und ich auch." Gut. Leider kann das nicht meine Zweifel auflösen. Ich habe nicht das Gefühl, dass wir einem Aufwärtstrend entgegenblicken, auch wenn der Entzündungswert momentan stehengeblieben ist. Mein Sohn sieht schlecht aus – der Darm wird immer wieder gespült, aber es kommt kein richtiger Stuhlgang. Die blauen Adern zeichnen sich deutlich unter der Haut des gespannten Bauches ab und die Oberärzte der Intensivstation sind ratlos. Der Chef der Kinderklinik wird in den Fall miteinbezogen. Ich sehe in seinem Ausdruck, dass er ebenfalls vor einem Rätsel steht.

Binnen ein paar Tagen, oder waren es Stunden, wird klar, dass die Darmtätigkeit nicht so leicht angekurbelt werden kann. Der Chef der Kinderklinik bereitet mich darauf vor, mich mit dem Gedanken an einen künstlichen Darmausgang abzufinden. Auch das noch. Er ist sich aber nicht sicher, an welcher Stelle genau man den legen soll, und so will er noch einmal Rücksprache mit den Tübinger Ärzten halten. Am Nachmittag stehen mir Professor Kraft und Frau Dr. Bischoff gegenüber und schweigen. Das erste Mal, seit sie angefangen haben Raphael zu behandeln. Ihr Vorgesetzter in der Kinderklinik führt das Wort. Alles ist still, nur die Stimme des Chefs ist zu hören: „Wir haben uns gemeinsam entschieden, Raphael nach Tübingen zu verlegen. Der Hubschrauber ist angefordert und wird bald hier sein. Unsere Klinik hat ihre Möglichkeiten ausgeschöpft. Es tut mir leid". Gott sei Dank. Ich sage den Ärzten, es müsse ihnen nicht leidtun, sie hätten gemacht, was sie können. Ich bin froh, dass es in eine Klinik mit mehr Möglichkeiten geht, und bedanke mich bei allen. Frau Dr. Bischoff stehen die Tränen in den Augen, ich glaube, sie fragt sich, ob sie Raphael jemals wiedersehen wird. Professor Kraft ist gefasster, er wünscht uns viel Glück. Wir schütteln uns die Hände, und dann beginnen die Schwestern Raphael für den Flug vorzubereiten. Er wird umgezogen und seine Infusionen werden mobil gemacht. Ich rufe Uwe an, dass er die Taschen packen soll und alles startklar macht. Wir werden Raphael hinterherfahren.

Ich warte dieses Mal nicht, bis Raphael im Hubschrauber ist, sondern verabschiede mich von ihm und mache mich sofort auf den Heimweg. Ich will möglichst gleichzeitig mit ihm in Tübingen ankommen. „Bis gleich, mein Schatz", und schon geht die Reise los.

Der zweite Abschied wird schwerer. Raphael ist ja in Narkose, und auch wenn er unterbewusst etwas mitkriegen sollte, sehe ich es ihm nicht an. Bei David ist es schon anders. Die vielen Trennungen machen einen weiteren Abschied nicht leichter. Ich könnte heulen, als ich ihn bei Oma und Opa abgebe. Der einzige Trost ist, dass er bei meinen Schwiegereltern die beste Betreuung, die ich mir nur wünschen kann, erfährt. Die beiden würden alles für ihn machen und doch fehlt er mir. Er ist noch so klein und versteht gar nicht, was um ihn herum passiert. Der Abschied muss schnell gehen, sonst wird es immer schwieriger, und als ich mit Uwe im Auto sitze, bin ich mit meinen Gedanken schon wieder bei Raphael. Er braucht uns jetzt einfach noch dringender. (Auch bei David ist es wohl so, dass er mit der Situation gut zurechtkommt, sobald ich verschwunden bin. Gut so.) Wir rasen über die Autobahn. Ich mache ein bisschen die Augen zu, das Ganze zehrt an meinen Kräften.

Als wir in Tübingen auf der Intensivstation ankommen, wirkt alles sehr ruhig und vertraut. Raphael hat ein Zweibettzimmer und Dr. Bauer hat ihn in Empfang genommen. Er begrüßt uns ganz herzlich und sieht sehr entspannt aus. Sofort merke ich, dass Raphael hier gut aufgehoben ist. Er liegt gepflegt und angezogen in seinem Bett. Ein bunter Namenszettel hängt an den Gitterstäben, die Schläuche liegen gut sortiert und ein ganz neues Infusionssystem steht für ihn bereit. Ich schicke ein Dankesgebet zum Himmel, dass er hier ist. In Tübingen sind die Ärzte sicher nicht besser als in unserem städtischen Klinikum, aber die Pflegekräfte sind immer auf dem neusten Stand und allein die Atmosphäre ist viel professioneller, ganz abgesehen von der besseren technischen Ausstattung und den Möglichkeiten der fachübergreifenden Diagnose. Gut, dass die beiden Krankenhäuser so gut zusammengearbeitet haben, sonst wären die Chancen für Raphael noch deutlich geringer ausgefallen.

Neben Dr. Bauer ist heute ein Assistenzarzt für Raphael zuständig. Ein großer stämmiger Bursche mit blonden Haaren und Vollbart. Er gibt uns Tipps, wo man in der Stadt gut essen gehen kann. Mit seinen vollen Lippen und dem Wohlfühlbauch nehmen wir ihm jedes Wort ab. „Machen Sie sich einen schönen Abend, wir haben hier alles unter Kontrolle. Entspannen Sie sich, es ist ja jetzt nicht so, dass Ihr Sohn in Lebensgefahr wäre, also genießen Sie die Zeit hier." Die Tübinger haben sofort die Antibiose umgestellt und ein zusätzliches Medikament verabreicht und sind sehr zuversichtlich, dass Raphael bald wieder auf den Beinen ist. So gehen wir etwas beruhigter in die Stadt. Am Ende landen wir bei dem altbekannten Italiener, wo wir im Sommer unter den Eichenbäumen saßen und in der lauen Abendsonne Weinschorle tranken.

Die ersten zwei Tage sind eigentlich noch verhältnismäßig gut. Wir gehen davon aus, dass Raphaels Zenit des Leidens bald überschritten ist und sich sein Zustand jede Stunde zum Positiveren kehren kann. Wir nehmen den Ärzten die Hoffnung in eine neue Medikamententherapie ab, glauben, dass Raphael nicht in akuter Lebensgefahr ist und der Aufenthalt hier zum Erfolg führen wird. Tagsüber sitzen wir an seinem Bett und beobachten die sehr liebevolle Pflege, die ihm hier von einer kleineren, älteren Schwester mit langen schwarzen Haaren zuteil wird. Bei jeder Gelegenheit lassen wir uns einen der gemütlichen Stühle bringen und nehmen ihn abwechselnd auf den Arm. Dank der Schmerzmittel ist er recht ruhig gestellt. Sein Bauch ist zwar weiterhin geschwollen, aber es gibt sogar Momente, in denen Raphael lacht, etwa wenn wir Kuckuck mit ihm machen oder mit seinem Klapperspielzeug rasseln. Wir bleiben bis abends um acht Uhr. Dann bekommt er ein Schlafmittel und wir lassen beruhigt das Krankenhaus hinter uns und gehen zum Abendessen. Manchmal laufen wir noch durch die nachweihnachtlich beleuchteten Gassen der Altstadt, bevor wir in unser sehr anheimelndes Hotel zurückkehren. Wir genießen es sogar, ohne Kleinkindstress zusammen zu sein, weil wir davon ausgehen, dass Raphael sich fängt und wir dann genug leisten müssen, wenn er wieder auf der normalen Station ist. Leider liegen wir da ganz falsch, Raphaels Zustand wird nicht besser, sondern verschiebt sich von „schlimm" nach „sehr schlimm" bis hin zu „fast hoffnungslos".

Die erste Zeit liegt Raphael in einem Zweibettzimmer. Unweigerlich bekommt man nebenbei die Krankheiten der anderen Patienten mit. Zuerst liegt ein ganz dünnes spastisches Mädchen, schon eine Jugendliche, bei ihm im Zimmer, die immer wieder Epilepsieanfälle hat und sich permanent übergibt. Die Beinchen sind Haut und Knochen, der Blick geht ins Leere der Decke. Daneben kauert die zierliche Mutter, hilflos und hoffnungslos. Sie bleibt meist ein, zwei Stunden pro Tag und sieht sehr ausgezehrt aus. Es gibt so einen unmerklich beständigen, traurigen Ausdruck in den Augen betroffener Eltern, der verrät, welches Leid sie mit ihrem Kind durchmachen. Dauert eine Krankheitsgeschichte länger oder endet im schlimmsten Fall mit dem Tod des Kindes, setzt sich etwas von dem durchgemachten Schmerz fest und verbleibt, wenn auch manchmal nur ganz unterschwellig. Mir selber sieht man die schlimmsten Zeiten auch an. Mein Gesicht ist eingefallener als sonst, die Wangenknochen zeichnen sich ab, die Hüftknochen spitzen hervor. Ich bekomme keinen Bissen runter, und wenn doch, esse ich mit einer Lustlosigkeit gerade so viel, dass ich noch funktioniere. Mein Lächeln ist matt und müde und ich bin wie ferngesteuert. Aber der Körper hält viel durch, wie gesagt, wir sind auf das Funktionieren programmiert. Nur einmal – natürlich an dem Tag, an dem meine Mutter, meine Schwester und mein Schwager da sind, um auf Raphael aufzupassen – erlaubt sich mein Körper einen Zusammenbruch. Sobald ich weiß, dass mein Sohn versorgt ist, treten aus dem Nichts starke Bauchschmerzen auf, ein klares Zeichen, dass ich am Limit bin. Die Schmerzen sind so heftig, dass ich fast nicht mehr atmen kann. Ich muss mich hinlegen, egal wo und wie. Ich lasse mir die Zimmerschlüssel von Natis gemütlichem Privatzimmer geben, schleppe mich zu der Wohnung und in das Bett und falle sofort in komatösen Tiefschlaf. Ich gönne mir, zwei Stunden fern von Raphaels Bett zu sein. Als der Wecker klingelt, geht es schon besser, und in der Dunkelheit fahre ich in die Klinik zurück. Es ist faszinierend, wie wacker man sich schlägt, wenn das eigene Kind in Gefahr ist.

Wir stellten fest, dass Frau Dr. Sachs, die attraktive blonde Assistenzärztin von der Kinderstation, jetzt auf der Intensivstation arbeitet. Als wir sie das erste Mal wiedersehen, ist der Zustand von Raphael noch relativ gut, und so freuen wir uns über das unerwartete Treffen. Die neue Antibiose führt eine Zeit lang zu einer Verbesserung der Blutwerte. Jeden Morgen, sobald wir mit der zuständigen Schwester oder dem Arzt sprechen können, fragen wir nach den Entzündungszeichen, und als wir merken, dass sie sich wieder verschlechtern, läuten zum ersten Mal richtig die Alarmglocken. Schnell beschließen die Tübinger Ärzte, Raphael eine Nasensonde zu legen, um das Magensekret zu untersuchen. Kurze Zeit, nachdem die Sonde liegt, bemerken wir Blutfäden, die sich unter den Magenschleim mischen. „Das kommt vielleicht vom Sonde legen", beruhigen mich die Schwestern. Als Raphael einen Schwall Blut erbricht, ist klar, dass die Sonde nichts damit zu tun hat. Ich bin so perplex, dass ich einfach nur „Hilfe" schreie. Gefühlte drei Sekunden später steht der behäbige Oberarzt, ein urgemütlicher Schwabe, in sagenhaftem Tempo neben mir, greift sich Raphaels Kopf, setzt ihn halb bewusstlos auf und saugt den blutigen Schleim ab. Mir ist selber ganz schlecht und ich habe die schlimme Vermutung, dass sich wieder Umgehungskreisläufe in Raphaels Blutbahn gebildet haben, denn irgendetwas läuft mächtig falsch in seinem kleinen Körper. Dr. Wagenmüller, der Gastroenterologe, ordnet eine Magenspiegelung an. Die bestätigt meine Vermutung zweifellos. Die Tage werden düsterer.

Bald merken wir, dass die Schmerzen von Raphael schlimmer werden. Er krümmt sich in seinem Bett, der Stuhlgang funktioniert nicht richtig. Meine liebe Schwester versucht ihn aufzuheitern und singt ihm inklusive Animation das „Hotto-Pferd" vor. Bei jedem „kehrt" springt sie einmal um ihre Achse und wedelt ihren Pferdeschwanz hin und her. Sie kann Raphael tatsächlich ein Lächeln entlocken. Für ein paar Sekunden vergisst er die Schmerzen und sieht neugierig über sein Bett. Er ist bald zehn Monate alt, kann sich aber noch nicht selber hinsetzen oder hochziehen, und in diesem Zustand schon gar nicht. Er liegt und schaut und bringt gerade so viel Kraft auf, um den Kopf zu drehen und mit seinen großen, braunen Kulleraugen das Geschehen zu verfolgen. Im Laufe des Tages nehmen die Krämpfe zu. Die Schwester bringt ein kleines blutrotes Zäpfchen, das die Schmerzen lindern soll. Raphael drückt dagegen und mit Entsetzen sehe ich, wie anstelle des erhofften Stuhlganges reines rotes Blut aus ihm herausläuft. Nicht ein bisschen, sondern richtig viel. Den roten Alarmknopf zu drücken dauert mir zu lange, also renne ich auf den Gang und ziehe den nächstbesten Arzt ins

Zimmer. Ich werde aus dem Zimmer geschickt und Minuten später hängt Raphael an der Beatmungsmaschine. Das erste Mal kommt mir in den Sinn, dass er es vielleicht nicht schafft.

Auch die Ärzte werden angespannter. Die jüngeren Ärzte fangen an, den Dienst bei Raphael zu meiden. Sie wollen nicht diejenigen sein, die den Eltern die Hoffnung zerschlagen. Ich nehme es ihnen nicht übel, dass sie uns aus dem Weg gehen, es fällt mir nur auf. Die Professoren sind erfahrener und routinierter. Professor Herzbeck beantwortet uns geduldig alle Fragen. Er hat mit seinem Experten-Team einen neuen Eingriff geplant. Zusammen mit einem guten Ultraschall-Arzt und einem anderen Professor will er einen gewagteren Eingriff eingehen, um an ein großes Zuflussgefäß zu kommen und es zu verschließen, so dass sich Raphaels Kreislauf wieder stabilisieren kann. Er erklärt meiner Mutter, Nati, Basti und mir das Vorgehen. „Wir gehen transhepatisch, das heißt durch die Leber hindurch. Anders kommen wir nicht hin. Der Eingriff ist nicht ganz ungefährlich, aber wir sehen die große Chance, den Druck auf den Magen-Darm-Bereich zu entschärfen." Meine Schwester und mein Schwager stellen ihre Fragen, ich sitze nur da und lege Raphaels Leben still in die Hände unseres Professors, als ich die Einverständniserklärung für den Eingriff mit zittrigen Fingern unterschreibe. Morgen Abend ist es soweit. Das Tempo ist hoch, Gott sei Dank.
Solange Raphael intubiert ist, ist es für uns ein bisschen leichter auszuhalten. Er bekommt Morphium, man sieht ihm keine Schmerzen an. Die Zeit wird genutzt, um weitere Diagnostik zu betreiben. Die Ärzte wundern sich, dass die Entzündungszeichen nicht zurückgehen und dass keines der versuchten Antibiotika anschlägt. Viele Alternativen bleiben nicht, das weiß jeder. Raphael bekommt eine MRT und eine CT. In der CT wird der Körper scheibchenweise untersucht, die MRT soll die Gefäßsituation verdeutlichen. Nichts gibt einen Hinweis auf die Lokalität der Entzündung. Die Chirurgen sehen sich Raphaels Befunde an und prüfen die Möglichkeit, die geplante Shunt-OP durchzuführen. Professor Scrubs steht neben dem Ul-

traschall-Experten, und als ich ihn nach der OP frage, sieht er mich ernst an und schüttelt den Kopf: „Wir lassen die Finger davon. Das wäre ein Himmelfahrtskommando. Wir würden nicht mal den Bauch wieder schließen können. Tut mir leid." Ehrlich gesagt habe ich nichts anderes erwartet. Der Katheter-Plan von Professor Herzbeck ist unsere letzte Chance.

Vor dem Eingriff wird der ZVK erneut umgesetzt, er kommt auf die andere Seite, denn theoretisch besteht die Möglichkeit, dass auch der neue ZVK eine Infektionsquelle geworden ist und deshalb die Medikamente versagen. Raphael liegt jetzt mit einem kleinen Neugeborenen im Zimmer, Emil, wie mein Großvater. Emil hat ein Loch im Herzen und ist direkt nach der Geburt operiert worden. Der junge Vater sitzt die ersten zwei Tage bei ihm und beobachtet das Geschehen. Dann kommt die Mutter des Kleinen. Die Geburtenstation ist in einem anderen Krankenhaus, unten im Tal. Die Mutter musste sich zunächst erholen, aber jetzt kann sie auch bei ihrem Kind sitzen. Ich unterhalte mich nicht mehr viel, Raphael geht es so schlecht, das fordert meine ganze Kraft.

Nati und Basti sind da und auch meine Mutter sitzt kreidebleich im Elternzimmer, als Raphael gegen acht Uhr in das Herzkatheter-Labor geschoben wird. Ich gebe Professor Herzbeck die Hand und weiß, dass Raphael in den besten Händen ist. Wir bestellen uns eine Pizza auf die Intensivstation und bereiten uns auf einen langen Abend vor. Die Karten liegen bereit, Runde um Runde spielen wir „Elfer Raus". Irgendwann kommt Dr. Bauer rein, er setzt sich zu uns. Wir bieten ihm ein Stück Pizza an, das er dankend annimmt. Er ist ein netter Arzt, mit Leib und Seele Kinderkardiologe. Wir reden von Alltagsthemen. Meine Mutter will nicht mitspielen, sie ist zu angespannt. Dr. Bauer merkt ihre Angst und fragt, ob er kurz nach Raphael schauen soll. Wir nicken, das ist echt nett. Dr. Bauer macht sich auf in das Herzkatheter-Labor, um den Fortschritt der OP zu checken. Es ist kurz nach zehn Uhr. Wir deuten die lange Behandlungszeit als gutes Zeichen, vielleicht kann man Raphael doch helfen. Dr. Bauer schaut noch mal zu uns rein und versichert uns, dass alles nach Plan läuft. Er sagt, es könne noch dauern. Wir greifen wieder zu den Karten. Runde um Runde. Die Uhr geht auf elf Uhr zu. Merry döst in ihrem Stuhl. Niemand außer uns sitzt um diese Zeit im Wartezimmer, gerade gibt es keinen Grenzfall. Heute ist alles ruhig und leer. Wir reden über die anderen Fälle. Der junge Vater, den wir gleich am ersten Abend kennengelernt haben. Sein Sohn heißt Sebastian. Er ist erst einen Monat alt. Man hat ihn als gesund aus der Säuglingsstation entlassen. Niemand hat den Herzfehler bemerkt. Drei Tage später ist er blau angelaufen und sofort mit dem Rettungshubschrauber hierher geflogen worden. Der starke Mann ist am Ende. Er bricht zusammen, als er von der Angst um seinen Sohn erzählt. „Wir dachten, er stirbt." Er sitzt am Tisch und weint. Was soll man auch sonst machen, wenn man als Eltern hilflos daneben steht und keine Kontrolle mehr hat. Sebastian, wie mein Schwager Basti. Der Kleine ist operiert worden, aber noch nicht außer Gefahr. Ein anderes Kind hatte nicht soviel Glück. Es ist auch direkt nach der Geburt hierher gekommen, ein kleines Mädchen. Die Ärzte haben gekämpft, Seite an Seite mit den besten Krankenschwestern. Solche, die im Notfall jeden Handgriff kennen, die wissen, worauf es ankommt und sich nicht scheuen mitzuhelfen, wenn es um Leben und Tod geht. Die Kleine sollte als gesundes Kind das Licht der Welt erblicken, die jungen Eltern stehen unter Schock, als sie ankommen und ihr Kind auf einer Rüttelplatte vorfinden. Das Neugeborene ist angeschlossen an eine Herz-Lungen-Maschine und an noch andere Dinge, die ich bis heute nicht kenne. Zwei Tage dauert der Kampf, dann ist es vorbei. Die Eltern sacken auf dem Gang zusammen und müssen ohne ihr Baby heimgehen. Grausame Welt. Es ist die Aufgabe der Oberärzte, die traurige Botschaft zu überbringen, vorsichtig vorzufühlen, ob man die Organe für die Rettung anderer Kinder entnehmen darf. Zu versichern, dass man dem Leichnam nichts ansehen wird. Die Entscheidung wird den Eltern überlassen, ohne Nachdruck, aber unter Zeitdruck. Je schneller die Entnahme erfolgt, desto besser läuft in der Regel die Verpflanzung. Viel sagen kann man dazu nicht, das Elend auszusprechen, macht es auch nicht besser.

Das alles passiert hinter der verschlossenen Eisentür, die Außenwelt bleibt meist unberührt davon, wird vielleicht gestreift durch die Erzählungen der Betroffenen, wenn sie denn darüber sprechen.

Viertel vor zwölf: Professor Herzbeck kommt in seinem grünen OP-Kittel ins Zimmer. Er zieht sich das Haarnetz herunter und lächelt schweißgebadet und außer Atem. Er reicht uns die Hand: „Alles gut gegangen. Wir haben ein ganz dickes Gefäß zumachen können. Raphael ist stabil und wird jetzt für den Rücktransport in sein Zimmer vorbereitet." Wir atmen auf. Für heute reicht es uns allen. Was für ein Einsatz unseres Professors, sich bis Mitternacht in das Herzkatheter-Labor zu stellen. In solchen Momenten ist Geld als Motivation sicher nicht entscheidend, alleine die Liebe zum Menschen zählt. „Raphael ist doch mein Freund", sagt er zum Abschied und wünscht uns eine gute Nacht. Morgen früh um sieben Uhr wird er wieder auf der Intensivstation stehen. Ein ganz beeindruckender Mann, ein großer Held für uns. Wir verabschieden uns noch von Raphael, der intubiert und mit schweren Sandsäcken zum Abdrücken der Adern in seinem Bettchen liegt. Hoffentlich hat es etwas gebracht. Die Zeit wird es uns verraten.

Mir ist schwindelig. Irgendwas stimmt nicht. Mein Herz rast. Ich fange an zu zittern. Piep, Piep, Piep, piiiiiiiiiiiieeeeeeeeeeeeeeep. Ich muss hier raus. Hilfe! Alles wird schwarz.

Irgendetwas ist mit dem Computer los. Auf einmal geht ein lauter Alarm los. Ehe ich mich versehe, schiebt mich eine Schwester aus der Tür hinaus und drei Ärzte stürzen zu Raphael ans Bett. „Einen Moment, Frau Lehmann, ich komme gleich zu Ihnen", sagt die Schwester und hastet in Raphaels Zimmer zurück. Ich sitze wie versteinert in dem kleinen Elternzimmer. Irgendetwas ist da los. Ich bin gezwungen zu warten, aber ich habe das Gefühl, dass wir ganz tief in der Kacke stecken.

Ich mache die Augen wieder auf und schaue nach unten. Ich schwebe, ich fliege, immer weiter nach oben. Ich sehe meinen leblosen Körper, mein gebrochenes Gefängnis, meine Qual und endlich bin ich frei. Ich bin wieder ich, ohne Anhang, ohne Ballast, ohne Schmerz. Um das kleine Baby im Gitterbett steht ein Pulk Ärzte. Eine blaue Traube. Alle sind so hektisch und ich sage tschüss.

Zehn Minuten vergehen. Zehn Minuten, die sich anfühlen wie zehn Jahre. Ich habe kein Zeitgefühl mehr, alles steht still. Ich bete, dass mein Sohn lebt. Es kann einfach nicht auf diese Weise enden.

Ich sehe wunderbares Licht in der Ferne, ich will dahin, aber etwas zieht mich zurück. Ich will nicht zurück, doch ich muss. Nein!

Piiiieeeeeeeeeeep, Piiieeep, Piiiep, Piep, Piep, Piep. Schmerz fährt mir in die Glieder. Mit einem gewaltigen Ruck werde ich zurückgeschleudert. Kurz öffne ich die Augen und sehe verschwommen in dunkle Augen. Ein Mann in blau nickt mir zu. Er sagt: „Geschafft, fürs Erste!" Dann falle ich zurück in tiefen Schlaf.

Endlich kommt ein Arzt. Dr. Kurz, Oberarzt auf der Intensivstation. Ich sehe in seinen Augen, dass mein Sohn lebt. Gott sei Dank. Ich atme aus. Trotzdem ist der Doktor angespannt, und ich merke, dass das Damokles-Schwert noch über uns schwebt. „Frau Lehmann, das war knapp. Ihr Sohn hatte eine innere Blutung. Ein Leberkapselhämatom, das durch die Punktion der Leber entstanden ist. Im Moment ist der Kreislauf wieder stabilisiert, aber wir können nicht sagen, wie das enden wird. Wir haben einen Arterienkatheter gelegt und er bekommt Bluttransfusionen. Mehr können wir im Moment nicht sagen." Mir ist schlecht, als ich wieder in das Zimmer komme. Raphael liegt aufgedunsen in seinem Bett. Professor Faber macht einen Ultraschall, um die Blutungsstelle genauestens zu lokalisieren und zu verfolgen, wie sie sich entwickelt. Er zeigt auf die schwarze Masse auf dem Bildschirm. „Da ist eine große Menge Blut in den Körper gelaufen. Das sieht nicht gut aus." Ich bin sprachlos, schaue erst auf Raphael, dann auf den Computerbildschirm über ihm. Die Vitalparameter sind wieder normal. Ich nehme seine Hand. *Lieber Gott, lass ihn leben.* Ich muss mich sehr zusammenreißen, um nicht zusammenzubrechen. Nicht hier, nicht an seinem Bett. „Raphi, du schaffst das". Ich weiß nicht ob meine Worte sehr überzeugend sind. Ich sitze da und sehe meinen Sohn an. Ich weiß nicht, wie lange ich ihn noch sehen darf. Ich will jede Sekunde nutzen.

Den Rest des Tages stehen die Alarmglocken still. Raphael atmet, er hat immer noch Fieber, aber er lebt. Die Schwestern versorgen ihn ganz behutsam. Ich rühre mich nicht weg. An diesem Tag sitze ich ganz lange bei ihm. Die Oberärztin hat mit mir gesprochen. Ich solle meinen Mann anrufen. Er soll kommen, sie wissen nicht, wie lange es noch gut geht mit Raphael. „Wir kriegen die Entzündung nicht in den Griff. Die Antibiose nützt da auch nichts mehr. Es tut mir leid, die Chancen, dass er das überlebt, stehen schlecht. Ich muss Ihnen das ehrlich sagen." Die Seelsorgerin kommt. Sie war schon öfters da, hat sich langsam vorgetastet. Sie ist eine liebe Frau, von Herzen gut. Heute fragt sie mich vorsichtig, ob ich Raphael noch taufen lassen will. Das „bevor es zu spät ist" bleibt unausgesprochen. Ich schüttele den Kopf. „Nein, wenn es einen Gott gibt, lässt er ihn auch so zu sich. Es spielt keine Rolle." Die Seelsorgerin nickt. Spät am Abend müssen mich die Schwestern überreden, schlafen zu gehen. „Wir rufen sie rechtzeitig an, wenn etwas ist." Ich bin so erleichtert, dass bis zum nächsten Morgen kein Telefon klingelt. Mein einziger Gedanke ist: Er lebt noch.

Am nächsten Tag sieht es etwas besser aus. Raphael ist den ganzen Tag über stabil. Ich darf ihn natürlich nicht auf meinen Schoß nehmen, aber ich sitze direkt bei ihm. Dr. Bauer kommt. „Mensch, Frau Lehmann, das war ja gestern eine Aufregung. Ich habe noch überlegt, ob ich etwas sagen soll oder nicht, denn bei meiner Großmutter war es das Gleiche. Da sind die Ärzte auch mit dem Katheter durch die Leberwand, und am nächsten Tag ist ihr Kreislauf abgefallen und man hat ein riesiges Leberkapselhämatom gefunden." Ich nicke nur. Dr. Bauer klopft mir auf die Schultern. „Jetzt ist er ja wieder ganz stabil". Mein Mann ist mit seinen Eltern und David auf dem Weg zu uns. Meine Schwiegereltern wissen, dass es Raphael sehr schlecht geht. Sie wollen uns auch unterstüttzen und wir können jeden Beistand brauchen. Wir machen aus, dass sie am Abend noch bei Raphael bleiben, auch wenn er beatmet ist, und dann in der Früh wieder in der Klinik sind. Wir werden mit David nach dem Frühstück nachkommen.

Ich fliege hoch und höher, weg von hier, zum Licht hinauf.
An mir vorbei zieht wie ein Fluss mein kurzer Lebenslauf,
doch Zeit hat hier nichts mehr zu sagen.
Ich lass mich fallen und werd' getragen.

Da sind die Gesichter meiner Eltern, mein Bruder, unser Lachen,
es hallt in meinen Ohren wie die lieblichste Musik.
Ich wollt, ich könnt noch danke sagen
für das, was hinter uns jetzt liegt.

Ich fliege weit und weiter – endlich bin ich frei.
In der Ferne steht ein Engel und winkt mich zu sich herbei.
Eine Gestalt so voll von Liebe und von Licht,
sie spricht zu mir, ganz ohne Worte, und ich fürcht mich nicht.

Ich fliege geradeaus drauf zu, in das Licht hinein.
Ich will eins werden mit der Ewigkeit,
doch die Gestalt sagt Stopp! und Nein!
Liebes Menschenkind, du musst noch mal zurück,
erst später kommst du heim, auf der Erde liegt dein Glück.

Ich will nicht noch mal drehen, hab Angst vor dem Schmerz so sehr.
Hier oben ist's so leicht und unten ist's so schwer.
Der Engel nickt und umarmt mich sanft.
Er gibt mir einen zarten Kuss auf meine Herzenshand.

Deine Zeit auf Erden
wird noch ein paar Jahre währen.
Manchmal wird es schwierig sein, Du hast noch so viel vor.
Vergiss niemals meine Worte, die ich dir sag ins Ohr.

Trag die Liebe in die Welt hinein
und Gottes Segen ist für immer dein.
Du bist geschützt, du wirst gebraucht,
fühl dich wohl in deiner Menschenhaut.

Und eins musst du noch lernen:
Das Glück liegt nicht dort oben in den Sternen.
Es ist oft gar nicht weit von dir,
schau dich um, denn es ist immer hier.

Sag es allen weiter, die du triffst auf deiner Reise.
Mag es auf und ab gehen auf diese oder jene Weise –
das Licht ist immer da, auch in der tiefsten Dunkelheit.
Halte Ausschau und es steht für dich bereit.

Wir sind um kurz nach halb zehn wieder vor der Intensivstation. Ich sage zu Uwe, dass er mit David warten soll, bis seine Eltern herauskommen. Ich klingle wie gewohnt und eine Schwester schickt mich direkt ins Elternzimmer. Von draußen sehe ich meine Schwiegermutter, wie sie weint. Irgendwas stimmt nicht. Mein Schwiegervater sitzt mit verschränkten Armen und starrt vor sich hin. Die blonde Oberärztin aus Franken ist da. „Also, Frau Lehmann, gut, dass Sie da sind. Ich hab es Ihren Eltern schon erklärt. Raphael hatte wieder innere Blutungen, wir konnten das jetzt noch mal stabilisieren. Aber wir sehen kaum mehr Hoffnung. Sehen Sie, wir finden den Infektionsherd nicht, die Antibiose bringt nichts. Stellen Sie sich auf das Schlimmste ein."

... maybe everything that died someday comes back

„Wo es Hoffnung gibt, gibt es Optionen "
(Bob Proctor)

Trotz aller ernüchternden Worte bin ich nicht bereit die Hoffnung aufzugeben. Niemals, solange noch ein Atemzug in meinem Sohn steckt. Und ganz ausgeschöpft sind die Möglichkeiten auch noch nicht. Das Leberkapselhämatom resorbiert sich im Körper, Raphael bekommt Bluttransfusionen. Professor Herzbeck steht bei uns am Bett. „Wir geben noch nicht auf." Andere Professoren kommen zu uns. Sie sehen sich den Fall genau an. Die Besten auf ihren Fachgebieten beraten gemeinsam an Raphaels Bett. Die Oberärzte der Intensiv werden nur ganz am Rande mit einbezogen. Es zählen hier nur die Wege, die es ermöglichen Raphael am Leben zu erhalten. Allen ist klar, dass sich sein Zustand für eine Operation ein Stück weit verbessern muss, aber man sucht wenigstens nach Möglichkeiten dafür.

Der Hepathologe, Dr. Wagenmüller, bittet um ein Gespräch mit uns. Wir folgen ihm in das kleine Arztzimmer ganz am Ende der Intensivstation. Bis heute erinnere ich mich an seine angenehme Stimme, die sogar schön klingt, als er uns die Lage von Raphael hundertprozent sachlich und ernüchternd erklärt. Dr. Wagenmüller ist groß, schlank, hat schütteres Haar, hohe Wangenknochen und eine spitze Nase. Mein Kopf flüstert mir „Doktor Tod" zu, doch ich schiebe den Gedanken weg. „Dr. Leben", etwas anderes brauchen wir nicht. „Ihr Sohn ist schwer krank, das wissen Sie. Ich will mit Ihnen dennoch die Möglichkeit einer Transplantation durchsprechen, dann haben wir das erledigt, falls es soweit kommen sollte." Er erklärt uns genau, welche Arten der Transplantation es gibt. Er informiert uns über die Warteliste, auf die Patienten gesetzt werden, die eine Organspende benötigen. Dann gibt es noch eine andere Art der Spende, eine sogenannte Lebendspende. Dafür werden im Idealfall die Eltern oder die nächsten Verwandten auf Organkompatibilität untersucht. Ein langer und mühsamer Prozess, an dessen

Ende sich der Spendebereite noch einer Ethikkommission stellen muss, um auszuschließen, dass er zu einer Organspende gezwungen oder gedrängt wurde. „Deshalb fangen wir gleich an und untersuchen die für Raphael in Frage kommenden Spender, also, falls Sie sich überhaupt vorstellen können, ihn transplantieren zu lassen?" Dr. Wagenmüller sieht erwartungsvoll in die Runde. Mein Mann, meine Schwester, mein Schwager und ich sitzen ihm stumm gegenüber. Natürlich kann ich mir nicht vorstellen, mein Kind transplantieren zu lassen, denn wer kann sich so etwas schon vorstellen, wenn man sich noch nie vorher damit beschäftigt hat. Wenn es allerdings das letzte Mittel zur Rettung seines Lebens ist, bin ich bereit, mich auf das Unvorstellbare einzulassen. Ich kenne zwar niemanden, bei dem eine Transplantation vorgenommen worden ist, und das, was ich in Tübingen an Fällen am Rande mitgebekommen habe, reicht mir eigentlich schon, aber trotzdem nicke ich am Ende. Dr. Wagenmüller ist zufrieden und fährt fort: „Könnte sich einer von Ihnen vorstellen, für Raphael ein Stück Leber zu spenden?" Meine Schwester sagt sofort ja. Auch Uwe nickt, natürlich wäre er bereit dazu. Am liebsten will ich meine Leber für Raphael geben. Ich denke mir, dass sie ein bisschen weniger in Mitleidenschaft gezogen wurde als die Leber meines Mannes, und wahrscheinlich passt sie genetisch ein bisschen genauer als die meiner Schwester. Doch Dr. Wagenmüller schüttelt den Kopf: „Frau Lehmann, Sie können leider nicht spenden. Sie haben ja den gleichen Gendefekt wie Ihr Sohn und dann haben wir am Ende transplantiert und das gleiche Problem tritt erneut auf. So etwas machen wir nicht." „Ich habe aber keine Shunts in meiner Leber, die ist top-gesund", widerspreche ich. „Es gibt auch versteckte Shunts, die man im Ultraschall nicht sieht." Damit ist das Thema für Dr. Wagenmüller beendet. Er wird die Untersuchungen für Uwe und Nati in die Wege leiten, vorher zeichnet er uns aber noch eine grobe Skizze von einer Erwachsenenleber mit ihren acht Segmenten. Drei davon kann man relativ gut wegschneiden und einem Kind verpflanzen. Man näht dazu an das Teilstück die drei Hauptanschlüsse des Kindes an und die fremden Lebersegmente können dann im Kindeskörper integriert werden. Sie wachsen mit und übernehmen die Aufgaben der entfernten Leber. Natürlich sind sie eigentlich ein Fremdkörper für das Immunsystem des Empfängers und der Kindeskörper würde das fremde Organ im Normalfall abstoßen. Damit dies nicht passiert, müssen Menschen mit transplantierten Organen meistens ein Leben lang Medikamente einnehmen, die das eigene Immunsystem unterdrücken. Kein leichtes Schicksal, aber immer noch besser als zu sterben. Dr. Wagenmüller weist uns darauf hin, dass eine Lebendspende selbstverständlich keine einfache Operation ist, weshalb die Ärzte in den allermeisten Fällen eine passende Totspende bevorzugen, einfach um das Leben der Lebenden zu schützen. „Raphaels Zustand muss sich allerdings noch bessern, deshalb haben wir beschlossen ihn regelmäßig zu punktieren, also Flüssigkeit aus dem Bauch abzusaugen, und wir denken darüber nach, ihn noch einmal zu kathetern. Trotzdem würde ich ihn mit ihrem Einverständnis auf die HU-Liste setzen lassen." Ich hole tief Luft. Die HU-Liste heißt High-Urgency-Liste, also „Hohe-Dringlichkeits-Liste". Darauf kommen nur Patienten, die akut vom Sterben bedroht sind und denen nur noch durch eine Transplantation geholfen werden kann. Nach und nach erfahren wir genauer, wie das System der Organspende in Deutschland funktioniert. Sobald ein potenzieller Spender, also ein Mensch mit einem unterschriebenen Organspende-Ausweis oder der Erlaubnis-Erklärung der nächsten Angehörigen, falls kein Ausweis vorhanden ist, für hirntot erklärt worden ist, beginnen die Ärzte vor Ort, geeignete Organe zu entnehmen. Diese müssen dann bei der Vermittlungsstelle Euro-Transplant gemeldet werden, von wo aus sie dann entsprechend zugeteilt werden. Nach der Zuteilung werden sie auf dem schnellsten Wege, meistens per Helikopter, in das operierende Zentrum gebracht. Vor Ort prüfen die Transplantations-Chirurgen, ob das Organ auch wirklich zum wartenden Patienten passt. Wenn die Ärzte ihre Zustimmung gegeben haben, wird in der Regel schnellstmöglich operiert, denn bei einem entnommenen Organ zählt jede Minute. Manchmal kommt es aber eben auch vor, dass mehrere Organe gleichzeitig eintreffen und dann müssen die Ärzte abwägen, welches Organ Priorität hat. Wie bei dem kleinen Tim, der dann eben zwölf Stunden auf seine Operation warten musste, weil vorher noch eine Leber aufgeteilt und in zwei wartende Empfänger verpflanzt wurde. Die Leber wird als dringender gewertet, eine Niere kann man mittels Dialyse besser „überbrücken". Die Organe werden generell auf Eis gelagert, um den natürlichen Zersetzungsprozess gering zu halten, gesäubert und dann in den neuen Körper verpflanzt. Wie man ethisch der ganzen Prozedur gegenübersteht, sei jedem selber überlassen, für mich war es keine Frage, dass ich einer Transplantation zustimme, wenn dadurch das Leben meines Kindes gerettet werden kann. Und im Gegenzug ist es für mich auch selbstverständlich, dass meine Organe nach meinem Tod jemand anderes am Leben erhalten dürfen.

Zunächst muss sich aber Raphaels Zustand verbessern. Dafür wollen die Ärzte noch einmal gezielt nach dem Infektionsherd suchen und es wird ein sogenanntes PET/CT angeordnet. Das bekommen nur die allerwenigsten Patienten, da man dabei radioaktive Strahlung einsetzen muss, die messen soll, wo sich eventuell versteckte Infektionsherde aufhalten. Das ist erstens extrem teuer und zweitens nur unter Abwägung des tatsächlichen Nutzens einzusetzen, weil atomare Bestrahlung ja auch für den Körper gefährlich ist. Wir machen alles mit und stimmen allem zu. Immer wieder flammt ein kleines Fünkchen Hoffnung auf, aber leider wird das meiste fast im Keim erstickt. Die Ärzte ziehen mit einer riesigen Spritze das eingelagerte Bauchwasser aus dem aufgeblähten Körper meines Sohnes, am nächsten Morgen ist der Bauchumfang wieder genauso dick wie zuvor. Ich sitze bei ihm, unzählige Stunden. Damit er meine Stimme hört, lese ich ihm meine englischen Bücher vor – Fantasy, Fiction, Bücher, die eine der Oberärztinnen kennt und abbrechen musste, weil sie ihr zu gruselig waren. Der Horror ist nicht in den Büchern, er liegt genau vor mir. Zum tausendsten Mal frage ich mich, wie es soweit kommen konnte. Ob ich die Sache anders besser gemacht hätte, welcher Teil der Schuld mich trifft? Am Anfang der Schwangerschaft hatte ich noch mal Blut gespendet, da wusste ich noch nicht, dass ich tatsächlich schwanger war. Hätte ich die Studie mit den Omega-3-Fettsäurekapseln nicht machen sollen? Hätte ich auf eine frühere Behandlung bestehen können? Hätte ich meinem Körper zwischen den Schwangerschaften mehr Zeit geben sollen? Die Gedanken kreisen und driften, wenn man nicht aufpasst, in eine Richtung ab, die nichts bringt. Wie immer komme ich zu dem Schluss, dass die Vergangenheit für den jetzigen Zeitpunkt keine Rolle mehr spielt. Ich muss sehen, was ich jetzt, genau jetzt, für Raphael tun kann. So sitze ich weiter an seinem Bett, spreche mit ihm, halte seine Hand. Wir bekommen die Nachricht, dass das PET/CT keine neuen Erkenntnisse liefern konnte. Die Infektion ist aber im Blut, die Entzündungswerte gehen nicht zurück. Es ist ein grauer Nachmittag, wenn man aus dem Fenster blickt, sieht man immer noch eine dünne Schneedecke über der Umgebung. Meine Schwester und meine Mutter sitzen mit Uwe und mir an Raphaels Bett. Der kleine Zimmernachbar hat den Raum verlassen, Raphael liegt alleine. Ein schlechtes Zeichen. Die dünne, große Schwester mit braunem, lockigem Haar– Schwester Julia – hat Dienst, völlig routiniert versorgt sie Raphael. Eine der beiden Oberärztinnen tritt zu uns. Emotionsloses Gesicht, kurze, graue Haare, burschikoses Auftreten. Die Atmosphäre im Zimmer kippt von schlecht zu unerträglich. Die Oberärztin sieht mich mit ernstem Gesicht an. Ich starre tot zurück. „Sie wissen ja, dass es nicht gut aussieht ...?" „Mhmm" „Wir bekommen diese Entzündung nicht in den Griff, das Bauchwasser läuft nach und die Zeit läuft uns weg." Ich frage mich, was mir diese Frau an Raphaels Bett jetzt sagen will. Ich kann es mir denken, aber mein Kopf macht dicht. „Noch machen wir alles, um sein Leben zu erhalten ..." Die Betonung liegt auf dem Wort „noch", das ist deutlich. "Verstehen Sie? Wir können das nicht unbegrenzt machen. Stellen Sie sich auf die Palliativstation ein, es tut mir leid." Ich starre auf meinen Sohn, wie er beatmet in seinem Bettchen liegt, und für einen kurzen Moment sehe ich, wie sich vor mir sein Begräbnis aufbaut. Mit meinen Augen sehe ich einen kleinen, weißen Kindersarg und Raphael, wie er friedlich darin liegt. Ich sehe die ganze Prozession, meine Familie, mich in schwarz und verheult. Wie soll ich das überleben? Ich sehe uns auf unserem kleinen Dorffriedhof, höre wie die Gemeinde traurige Lieder singt, und dann komme ich wieder in die Realität. Das ganze Bild hat nur ein paar Sekunden gedauert und meine Trauer schlägt in Wut um. Mein Mann flucht zum Himmel, meine Mutter und meine Schwester sitzen heulend auf den hölzernen Drehstühlen und zucken mit den Schultern, alle akzeptieren augenscheinlich Raphaels Schicksal. Ich werde nicht zulassen, dass man ihn aufgibt, niemals. Zuerst ziehe ich meinen Mann aus dem Zimmer, ich will nicht, dass er an Raphaels Bett zusammenbricht, nicht solange er noch lebt. Ich bringe ihn raus an die Luft, mache ihm klar, dass es unserem Sohn nicht hilft, wenn wir Schwäche zeigen, zumindest nicht in seiner Nähe. Ich werde nicht im Vorhinein schon um ihn trauern. Frau Dr. Bayer läuft an uns vorbei, sie nickt uns von der Ferne zu. Die Assistenzärzte meiden Raphaels Zimmer. Niemand hat Lust, bei einem Totgesagten Dienst zu machen, nicht, wenn die Angehörigen im Raum sind und auf einen Hoffnungsschimmer warten, den es nicht geben wird. Ich schaffe es, Uwe wieder zu stabilisieren. Zum Glück, denn mir fehlt selber die Kraft für aufwendige Diskussionen. Wir gehen zurück und ich mache meinem Mann Hoffnung, wohl auch, um mir selber Hoffnung zu geben. Wir sind gefasster, als wir wieder Raphaels Zimmer betreten. Auch meiner Familie mache ich klar, dass ich es besser finde, wenn man sich in Raphaels Nähe zusammenreißt.

Ich treibe durch eine qualvolle Welt. Mein Körper ist mit Dornen übersäht. Ich sehe wie ich blutend auf der Erde liege. Jemand rammt mir einen spitzen Ast in den Bauch und will mich aufheben. Ich kann nicht sprechen und für einen kurzen Moment kann ich nicht atmen. Ich will schreien, dass die Monster aufhören sollen, doch in meinem Mund steckt ein Schlauch. Mama und Papa stehen stumm und teilnahmslos über mir und starren mich an. Warum hilft mir niemand? Bin ich denn ganz allein?

Am Abend sitzen wir in unserem Hotel beim Essen. Es gibt fabelhafte Köstlichkeiten hier, doch ich habe keinen Appetit. Ich bringe kaum einen Bissen hinunter und das Wenige, das ich esse, hat seinen Geschmack verloren. Alles dient dem bloßen Überleben.

Die Wächter der Nacht

Wer bist du nur, du Wächter der Nacht
Ich kann dein Gesicht nicht erkennen
Und doch schützt du mich mit deiner Macht
Ich muss nicht mehr rennen
Kann mich in deine Arme fallen lassen
Und weiß, du wirst mich nicht verlassen

Etwas liegt in der Luft. Das Ärzteteam ist aufgeregt. Wir hören hinter vorgehaltener Hand, dass Professor Herzbeck Raphael noch einmal im Herzkatheter-Labor behandeln will. Es gibt nur eine Chance, ihn in einen operierbaren Zustand zu bringen, und zwar, indem man weitere Gefäße verschließt, so dass sich sein Darm erholen und der Bauch abschwellen kann. Das ist die einzige Möglichkeit, an der die Ärzte festhalten. Gerüchten zufolge ist der Professor aber heute gar nicht in der Klinik, eventuell gibt er seine Anweisungen per Telefon durch. Wir verbringen den Tag angespannt in Raphaels Zimmer, unterbrochen nur von der Schwesternübergabe zwischen ein und zwei Uhr; in der Zeit essen wir eine Kleinigkeit und spielen „Elfer Raus". Die Eltern vom kleinen Sebastian sind auch im Elternzimmer, ihrem Sohn geht es zusehends schlechter. Auch bei ihm funktioniert der Verdauungstrakt nach der Herzoperation nicht mehr so wie vorher. Die Ärzte mussten einen künstlichen Ausgang setzen und ein Stück von seinem Darm entfernen. Trotz der großen Sorge um mein eigenes Kind berühren mich die anderen Schicksale. Ein Jugendlicher wird eingeflogen. Koma nach Verkehrsunfall. Von einem Auto erfasst, heißt es. Die Intensivstation brummt. Raphael wird am Nachmittag erneut punktiert, er hat Fieber, der Ultraschall-Spezialist Dr. Kern kommt und untersucht die Leber.

Gegen Abend klopft Dr. Wagenmüller an unsere Zimmertür. Er will den Zustand seines Patienten begutachten, immerhin ist es jederzeit möglich, dass ein passendes Organ angeboten wird. Mit ruhiger Stimme spricht er zu uns. Meine Schwester spricht ihn auf eine erneute Katheter-OP an. Dr. Wagenmüller nickt, aber es ist offensichtlich, dass die Buschtrommeln schneller schlagen, als ihm lieb ist. „Wann findet die OP statt?", frage ich ihn ganz direkt. „Ich habe nur mitbekommen, dass Raphael so schnell wie möglich in das Herzkatheter-Labor soll, am besten noch heute." „Ja, so schnell geht es auch wieder nicht", ernüchtert uns Dr. Wagenmüller. „Wir brauchen erst die passenden Geräte, die bekommen wir frühestens morgen." Ich bin enttäuscht, jede Minute zählt doch. „Ich dachte, ich hätte etwas von heute noch gehört ...", versuche ich es erneut, doch Dr. Wagenmüller schüttelt den Kopf. „Heute definitiv nicht mehr!" Da steckt die blonde Oberärztin aus dem Frankenland ihren Kopf zur Tür rein. Sie hat unser Gespräch vom Gang aus mitbekommen und nickt heftig: „Doch, der Chef hat gerade angerufen. Er landet jetzt in Stuttgart und will Raphael noch heute Nacht im Katheter-Labor haben. Wir bereiten alles vor". Gut, dass man bei der schummerigen Nachtbeleuchtung die Facetten von Dr. Wagenmüllers knallrotem Kopf nicht genau sehen kann. Er kommt ins Stottern, weil es ja offensichtlich nicht an fehlenden Geräten lag, dass man Raphael heute nicht mehr kathetern wollte, und wie durch einen glücklichen Zufall für ihn klingelt sein Piepser. „Ähm, mein Piepser, tschuldigung." So schnell hat noch kein Arzt unser Zimmer verlassen. Meine Schwester und ich grinsen uns zu. Wir sind froh, dass es weitergeht und wir verzeihen Dr. Wagenmüller seine kleine Notlüge. Die Ärzte sind auch nur Menschen.

Es ist halb elf, als Raphael für die Herzkatheter-Untersuchung bereit gemacht wird. Professor Herzbeck kommt direkt vom Flughafen in die Klinik. Einmal mehr leistet er Unglaubliches. Vom Businesslook in den grünen Operationskittel. Funktionieren ohne Pause, ohne Schlaf, ohne Zögern. Wir sind unendlich dankbar für diese Aufopferungsbereitschaft. „Ich werde tun, was ich kann", sagt er uns, und lächelnd zieht er sein Haarnetz über. „Raphael ist doch mein Freund", nickt er uns zum Abschied zu. Ich könnte ihn umarmen für diese Worte. „Danke, Professor Herzbeck, Sie sind ein toller Mensch." Doch der Professor will keine allzu großen Komplimente, das ist offensichtlich. Für ihn ist das, was er tut, selbstverständlich und so wird Raphael mitten in der Nacht bis zwei Uhr früh kathetert. Wir warten auf der eingesessenen Eckbank im Elternzimmer. Als er endlich wieder in sein Zimmer geschoben wird, sind wir alle hundemüde und fahren in unsere Unterkunft, um zu schlafen. Morgen früh werden wir weitersehen.

Der Morgen kommt, aber die erhoffte Besserung bleibt aus. Der Bauchumfang ist so wie gestern, wenn er sich nicht sogar um einen Zentimeter vergrößert hat. Das Fieber ist gestiegen, die Temperatur liegt bei 39,5°. Die Entzündungswerte gehen gegen Jupiter. Ich habe ein ungutes Gefühl. Trotz der kritischen Lage, lässt sich auch Dr. Bauer heute bei uns sehen. Er erzählt mir von einem neuen Morbus-Osler-Fall, von dem er gelesen hat. Ein Säugling mit Shunts in der Lunge, so viele, dass die Atmung nicht mehr funktionierte und die Ärzte an die 70 kleine Spiralen gesetzt haben, um alles zu verschließen, dann ging es wieder. Das Gespräch bleibt mir in Erinnerung, und als wir Stunden später gemeinsam mit Professor Herzbeck und Dr. Wagenmüller an einem Tisch im Ärztezimmer sitzen und die Lage besprechen, fällt es mir wieder ein. Professor Herzbeck ist enttäuscht, dass seine Katheterinterventionen bisher recht erfolglos waren. „Frau Lehmann, ich werde ihn heute noch einmal kathetern. Ich bin mir nicht sicher, ob sein Körper die Strapazen einer OP noch mitmacht, aber ich sehe keine andere Möglichkeit." Dr. Wagenmüller nickt. „Wir haben lange gezögert, aber es ist seine letzte Chance." Er fragt mich, ob noch Unklarheiten bestehen oder ob ich noch etwas sagen will. Ich zögere, aber am Ende gebe ich doch die Erzählung von Dr. Bauer weiter. „Vielleicht helfen ganz viele Spiralen", sage ich unsicher. Professor Herzbeck lächelt, aber ich merke deutlich, wie auch ihm langsam die Zuversicht schwindet. Der OP wird bereit gemacht, und bevor er Raphael abholen lässt, blickt Professor Herzbeck mir ernst ins Gesicht: „Wenn Sie etwas für Raphael tun wollen, dann hoffen und beten Sie, dass alles gut geht." Oje, und das aus dem Mund eines so erfahrenen Arztes. Beten und Hoffen, das Einzige, was bleibt. Ich schlucke, als Raphael an mir vorbeigeschoben wird.

Ich drifte, ich träume. Schwebe über grüne Wiesen, über das große blaue Meer. Ich schwebe über die Berge in den Himmel. Über die Wolken in die Finsternis. Ich greife nach den Sternen. So viele und so nah, goldenes Licht scheint um mich und ich bin leicht und glücklich. Ich lasse mich auf dem schönsten Stern nieder und gucke hinunter zur Erde. Sie ist klein wie eine Ameise. Hier oben ist alles unendlich. Jemand setzt sich neben mich. Ein Lichtwesen. „Raphael, du musst wieder runter", sagt es still und liebevoll. Es schiebt mich ein bisschen an. Noch ein bisschen. „Ich bin bei dir, alles wird gut!" Und dann falle ich. Nein! Ich rase Richtung Erde. All die Schwerelosigkeit ist vorbei und mit einem Schlag donnere ich zu Boden. Meine Knochen brechen, mein Körper ist ein breiiger Batzen. Ein zerschlagener Klumpen, in dem ich mich zurechtfinden soll. Ich reiße meine Augen auf und der Mann in grün spricht mir zu. „Alles wird gut, Raphael. Ich will dir helfen." Meine Wunden werden verschlossen. Mein Körper wird neu geformt. Ich falle in ein schwarzes Loch.

Die Katheter-OP dauert ewig. Raphael ist seit heute morgen im OP und der Mittag ist schon durch. Wir haben in der Cafeteria unsere übliche Linsensuppe mit Wursteinlage gegessen und eine Latte macchiato getrunken und jetzt gehe ich mit meinem Mann über die Krankenhausflure. Ein Assistenzarzt kommt uns entgegen, er hält einen kleinen Beutel in der Hand. Der junge Arzt ist ein lieber Kerl und einer von den vielen, die sich auch um Raphael kümmern und die wir deshalb schon recht gut kennen. Er lacht, als er uns sieht: „Hi, Frau Lehmann. Schauen Sie mal, was ich hier habe!" Er streckt mir den Beutel vors Gesicht. Ich erkenne gar nichts. „Das sind Spiralen für Raphael, der Professor hat noch welche nachbestellt, er macht jetzt alles zu. Deshalb wird es wohl noch ein bisschen dauern, aber ihr Sohn macht alles super mit." Ich bin baff. Professor Herzbeck hat sich meine Worte zu Herzen genommen und setzt jetzt so viele Spiralen wie möglich. Ich hoffe, es bringt etwas.

„So, Frau Lehmann, wir sind fertig! Ich habe alles dicht gemacht. Alle Zuflüsse, die ich erwischt habe. Ich habe über 30 Spiralen gesetzt. Wir hoffen, das bringt was." Professor Herzbeck ist sichtlich froh, dass Raphael die OP so gut überstanden hat. „Wir müssen abwarten, aber wir sind noch nicht am Ende." Ich bin so froh, dass er den Herzkatheter-Eingriff überstanden hat, wir sitzen im Elternzimmer und warten, dass wir wieder in Raphaels Zimmer können. Es dauert immer eine Zeit, bis die Schwestern die Schläuche wieder gerichtet haben und er an den Computer und an das große Beatmungsgerät angeschlossen worden ist. Wir haben begriffen, dass das Pflegepersonal dazu Ruhe benötigt und nicht von sich ans Bett drängenden Eltern behindert werden will. Der Oberarzt auf der Intensivstation, Dr. Kurz, kommt zu uns herein. Im Gegensatz zu seinen zwei Kolleginnen ist er bester Laune. Er will mit uns sprechen. Meine Schwester fragt vorsichtig, ob er auch der Meinung sei, dass alle Möglichkeiten schon ausgeschöpft sind. Er schüttelt seine lockigen Haaren und mit schwäbischem Dialekt sagt er: „Mir hem no net alle Optionen ausgespielt. Ein Ass hem ma scho noch im Ärmel". Er lacht uns freundlich an, aber das, was er sagt, meint er ernst, daran lässt er keinen Zweifel. Nati ist ganz aufgeregt, „Hast du gehört, wir sind wieder im Spiel!" So kann das vielleicht auch nur jemand sehen, der selber Arzt ist, aber ich bin auch erleichtert, dass nicht alle der Meinung sind, Raphael wäre am besten auf der Palliativstation aufgehoben.

Bald dürfen wir wieder zu ihm. Er liegt friedlich da mit seinem Beatmungsschlauch, die Vitalparameter sind gut und die Ärzte nehmen alle zwei Stunden Blut ab, um den Eisenwert zu messen und so sofort reagieren zu können, falls es wieder zu einem Kreislaufzusammenbruch kommen sollte. Alles scheint gut, vielleicht haben wir diesmal Glück und bleiben von Folgeschäden verschont. Raphael soll jetzt zunächst einfach ruhig liegen und innerhalb der nächsten Tage wird man sehen, wie sein Körper auf die vielen Spiralen reagiert. Gegen frühen Abend kommt Professor Kern noch zu einem Abschlussultraschall. Uwe, Nati und ich schauen gebannt auf den Bildschirm. Jetzt hat Professor Kern die Pfortader erwischt. Nati macht große Augen, sie erkennt es als Erste. Dr. Kern nickt „Antegrader Pfortaderfluss", sagt er andächtig. Nati laufen die Tränen herunter, als ich sie fragend anschaue. „Richtigrum!", jubelt sie unter Freudentränen. „Oh Gott, danke! Danke, danke, danke!" Nach all den Miseren endlich eine mehr als erlösende Nachricht. Wir fallen uns in die Arme, ein Wunder ist geschehen, das ist uns allen bewusst. „Raphael ist das Wunder von Tübingen", sagt meine Schwester freudig. Dr. Kern ist ganz cool, aber er freut sich auch. Er hat Raphael jetzt so oft geschallt, dass er seine Anatomie schon auswendig kennt, und endlich hat er einmal eine gute Nachricht für uns. Ich halte mich fest an dem Gedanken, dass jetzt alles gut werden muss. Es muss einfach dieses Mal klappen.

Mein Herz schlägt ruhig und friedlich. Etwas ist in Ordnung gekommen. Mein Körper kann sich erholen, endlich. Meine Seele schläft.

Am nächsten Morgen staunen wir. Raphaels Bauchumfang ist deutlich zurückgegangen, ohne dass man ihn punktiert hat. Er sieht besser aus. Wir lassen uns die Blutwerte geben. Die Entzündungszeichen sind immer noch hoch, allerdings ist das nach so einem großen Eingriff normal. Die Ärztin erklärt, dass die Leberwerte jetzt gestiegen sind, aber auch damit hat man gerechnet, denn die Leber ist jetzt natürlich nicht mehr in demselben Maße wie vorher durchblutet. Man warnt uns davor, dass Raphael wahrscheinlich jetzt ein bisschen gelb werden wird. Zu unserer Freude ist das Fieber gesunken, und wir sollen jetzt einfach die nächsten Tage abwarten. Darin sind wir große Meister und trotzdem tut es gut, wenn das eigene Kind nicht mehr an der Grenze des Jenseits steht. Wir können durchschnaufen und mit all meiner Kraft mache ich mir Mut, dass wir es jetzt schaffen werden. Raphael wird sich von allem erholen und dann können wir ihn mit nach Hause nehmen. Er wird mit den Spiralen leben und sein Körper wird sich normalisieren können. Als die nächsten zwei Tage der Bauchumfang weiter zurückgeht und fast wieder normal aussieht, sehe ich meine Theorie bestätigt. Raphael hat wieder ein Krankenhaushemdchen an, er liegt gewaschen und gepflegt in seinem Bett. (Die Tage zuvor hat ihm kein Hemdchen gepasst und die Schwestern hatten ihn in einer Windel, die normalerweise Fünfjährige umgelegt bekommen, auf Coolpacks aufgebahrt, um das Fieber in Grenzen zu halten . Das ganze Gesicht war geschwollen, überall Wassereinlagerungen, die jetzt endlich zurückgegangen sind.) Dr. S. Aladdin steckt den Kopf zur Tür rein. Er ist unglaublich freundlich und spricht mit sanfter Stimme mit uns. Er fragt, wie es Raphael geht. Er sieht ihn an und nickt. „Vielleicht müssen wir gar nicht transplantieren." Ich bin sprachlos vor Freude, das wäre zu schön, um wahr zu sein. „Er sieht gut aus", sagt der Transplantationschirurg. Wir glauben, dass Dr. S. Aladdin eine gewichtige Stimme bei den Entscheidungen für oder gegen eine Transplantation hat, auch wenn wir ihn bis jetzt sehr selten zu Gesicht bekommen haben. Er sieht müde und verstrubbelt aus. Er erzählt uns, dass er jetzt zum Friseur geht und beim Haareschneiden endlich schlafen kann. Und, dass er noch einmal nach Raphael sehen wolle, damit er guten Gewissens drei Tage zu einem Kongress fahren kann, ohne Raphael operieren zu müssen. Mit einem guten Gefühl antworte ich: „Fahren Sie nur, ich glaube wir schaffen das ohne Transplantation". Dr. S. Aladdin nickt und verabschiedet sich. „Im Notfall würde ich herkommen", verspricht er noch. Ich lächle ihm zu. Einmal mehr bin ich unendlich dankbar für diesen Einsatz. Raphael atmet mittlerweile wieder eigenständig, nachdem es ihm so gut geht, haben die Ärzte ihn so schnell wie möglich extubiert. Er wirkt für seine erbärmlichen Umstände fröhlich, fängt sogar wieder zu lachen und zu greifen an. Basti hat ihm ein Schutzengelmobile gekauft, das wir über seinem Bett aufgehängt haben, zusammen mit dem Musikmobile. Immer wieder geht sein Blick fasziniert den kreisenden Engeln hinterher. Ich bin so froh, dass mein Sohn wieder lachen kann.

Die Tage bis zum Wochenende vergehen schnell. Der Bilirubinwert, der etwas über die Arbeitsfunktion der Leber aussagt, ist erhöht. Raphaels Haut bekommt einen gelblichen Stich und auch seine großen, braunen Augen sind gelblich umrundet. Ein typisches Zeichen für einen Leberschaden. Dennoch schätzen die Ärzte dieses Phänomen als vorübergehend ein. Uns wird erklärt, dass sich das Lebergewebe immer erholt, und irgendwann ist der Bilirubinwert dann wieder normal und der Gelbstich geht zurück. Ein Mitarbeiter des Psychosozialen Diensts besucht uns. Der zuständige Psychologe will mit uns die Möglichkeit einer Reha-Beantragung durchsprechen. Ich halte das für ein sinnvolles Unterfangen. Insgeheim sehne ich mich nach einer Auszeit für meine Familie. Wir setzen uns neben der Cafeteria in den Aufenthaltsbereich, um die Details durchzusprechen. Hier gibt es überall Sofaecken, in denen die Studenten lernen können und die Patienten mit ihren Besuchern außerhalb des Zimmers reden können. Dr. Serra erzählt uns von einer Reha-Möglichkeit für Kinder nach einer Transplantation. Sofort bin ich aufgebracht. „Vielleicht muss bei Raphael ja gar keine Transplantation durchgeführt werden", sage ich harsch. Der geschulte Psychologe versucht mich zu beruhigen. Ich merke selber, wie meine Nerven flattern und dass ich ungerecht reagiert habe. Dr. Serra will uns immerhin eine Möglichkeit bieten, unsere angespannte Familienlage zu verbessern. Ich nehme mich zurück, höre mir an, was er zu sagen hat, aber als mein Mann damit anfängt, dass Raphael ganz bestimmt nicht um eine Transplantation herumkommt, werde ich zur Furie. Am liebsten würde ich ihn kräftig schütteln und aus seiner pessimistischen Sichtweise wach rütteln. Die Situation ist ein Spiegelbild unserer Ehe. Wir sind beide mit den Nerven völlig am Ende, aber anstatt zusammenzuhalten und zu versuchen, gemeinsam aus dem Chaos herauszukommen, feinden wir uns an. Dr. Serra und meine

Schwester versuchen ihr Möglichstes, unseren Streit vor dem Eskalieren zu bewahren. „Bleiben Sie ruhig, jeder von Ihnen hat ja ein bisschen recht …", besänftigt uns der Psychologe. Am liebsten würde ich ihm seine Unterlagen vor die Füße werfen und verschwinden. Gerade noch so bekommen wir die Kurve. Wir beschließen auf jeden Fall eine familienorientierte Reha zu beantragen, wo auch immer sie dann stattfinden wird. Wir brauchen dringend Zeit, Zeit für David, Zeit für Raphael, Zeit für uns selbst und Zeit, als Familie wieder zusammenzufinden. Hinter uns liegen die härtesten Wochen unseres Lebens und wir sind immer noch nicht raus aus dem Sumpf. Ich fühle mich wie eine ausgepresste Zitrone, am Ende meiner Kräfte, und jetzt, wo es Raphael langsam besser geht, merke ich den Erschöpfungszustand erst richtig. Unser Körper arbeitet und funktioniert auf Hochtouren, wenn es ums Überleben geht, und sobald die „Gefahrensituation" vorüber ist, spüren wir die Wunden der Jagd. Durch die ständige Angst um meinen Sohn sind meine Nerven am Ende ihrer Strapazierfähigkeit und doch weiß ich, dass ich mich noch nicht ausruhen kann, dazu ist Raphaels Zustand immer noch zu kritisch.

Am Sonntag kommen wir ins Krankenhaus. Raphael liegt etwas zu schlapp in seinem Bett. Ein Blick genügt, um mir zu verraten, dass irgendetwas nicht so ist, wie es sein sollte. Der Bauch kommt mir ein bisschen dicker vor. Dr. Kern hat dieses Wochenende frei, und so kommt Dr. Hummel, ein versierter Radiologe, mit dem Ultraschallgerät. Er grinst uns an „So, ich habe gehört, wir hätten jetzt einen antegraden Fluss bei ihrem Sohn …" Ich wünschte Dr. Kern wäre hier. Ich warte den Ultraschall ab, und als er mir nach ein paar Minuten immer noch nicht bestätigt hat, dass Raphaels Pfortader das Blut weiterhin richtig herum in die Leber transportiert, frage ich nach. Dr. Hummel schweigt, bevor er schließlich sagt: „Also, ich sehe keinen antegraden Fluss." Oh nein! Meine zarte Hoffnung bricht in sich zusammen wie ein Streichholzgebilde. FUCK! Anders kann ich es nicht beschreiben. Ich starre vor mich hin und überlege vielleicht kurz, mich aus dem Fenster des achten

Stocks zu stürzen. (Die Fenster sind allerdings extra so gemacht, dass ein Selbstmord unmöglich ist.) Noch nie habe ich mich so schlecht gefühlt. Ich frage nach Gerechtigkeit und bekomme keine Antwort. Wie kann sich dieser dämlich Fluss wieder umgekehrt haben? Wir waren doch auf einem so guten Weg. Ich bin fassungslos, und meine einzige Hoffnung, nämlich dass Dr. Hummel sich vertan hat, wird am Montag durch Professor Kern völlig zunichte gemacht. Jetzt beginnt die Warteschleife von vorne und wir müssen hilflos zusehen, wie das Wasser sich in Raphaels Bauch täglich mehr und mehr einlagert. Es ist zum Weinen, nur leider habe ich keine Tränen mehr zu vergießen. Unser Glück hat nur drei Tage gedauert, lange genug, um ein perfekt passendes Organ, das in dieser Zeit für Raphael angeboten wurde, abzulehnen und weiterzuschicken.

Die Kapelle

Im Universum ist nichts unmöglich

Tagebucheintrag vom 25.01.2010

„Fast Ende Januar. Der Schnee fällt immer noch und immer noch kämpfen die Ärzte um Raphi. Wir sind jetzt schon seit Anfang des Monats im Krankenhaus – es ist unglaublich zermürbend. Letzte Woche war fast der Exodus. Das war das Schlimmste, schlimmer wäre nur noch, wenn wir ihn tatsächlich verloren hätten. So schaut es jetzt schon wieder ein bisschen besser aus, es geht halt immer auf und ab. Ich werde aber weiter kämpfen, immer weiter, denn eines ist wirklich so: Die Hoffnung stirbt zuletzt."

Es gibt einen Ort, wo ich mein Leid hintragen kann. Fernab von meinen Mitmenschen, die zwar ihr Möglichstes geben und dennoch wenig Trost spenden können. Der weitere Freundes- und Verwandtenkreis bekommt zwar am Rande mit, dass unsere Lage miserabel ist, aber die Wenigsten begreifen wirklich, wie nahe Raphael dem Tod ist. Tübingen ist weit weg von zuhause, und wenn ich telefoniere, dann nur mit der Familie. Ich habe weder Kraft noch Geduld, anderen allzu ausführlich zu berichten, jede Sekunde am Bett meines Kindes ist mir so wichtig. Und den potenziellen Trostspendern in der Familie, diejenigen, die genau wissen, wie schlecht es steht und wie eng alles ist, fehlen die Worte. Ich sehe in die Gesichter meiner Mutter, meiner Schwester und merke, wie sie aufgegeben haben. Ich kann keine Tränen gebrauchen, nicht solange noch ein Atemzug in Raphael steckt. Mein Mann kann mich nicht trösten, er ist selber fertig. Ich bin alleine und eben doch nicht alleine. Jeden Abend, wenn es im Krankenhaus ruhig wird, die Hauptpforte schon geschlossen ist und die Beleuchtung der Gänge auf Sparflamme läuft, gehe ich mit meiner Last in die kleine Krankenhauskapelle. Ganz im Stillen, ohne Worte, fühle ich mich gut aufgehoben. Ich war nie ein streng gläubiger, sondern zeitweise sogar ein sehr ungläubiger Mensch. In der Tat habe ich meine Konfirmation verweigert, weil ich die Kirche und den Glauben überflüssig und altmodisch fand. Erst als ich mit David schwanger war, hatte ich wieder das Bedürfnis, ein Gotteshaus zu betreten, um eine Kerze zum Zeichen meiner Dankbarkeit anzuzünden. Dann wurde Raphael so krank und ab dem Zeitpunkt war mir klar, wenn er geht, geht er zu Gott, er wird nie verloren gehen. Dieses Gefühl war so stark, dass es mir die Kraft gab, diesen Nadellauf zu überstehen.

In meiner Verzweiflung verbringe ich jeden Abend, bevor ich das Krankenhaus verlasse, ein paar Minuten in der Krankenhauskapelle. Die Bankreihen sind immer leer, vorne steht ein schlichter Altar vor einem gekreuzigten Christus. Rechts unten auf den Steinstufen steht ein Kerzenständer für Teelichter, daneben eine Statue der Jungfrau Maria mit ihrem Jesusbaby auf dem Arm. Nichts Besonderes, alles sehr, sehr schlicht. Ich zünde jedes Mal zwei Kerzen an, eine für meinen Raphael und eine zweite für all die anderen leidenden Kinder. Ich bete im Stillen für ein Wunder, für ein Zeichen, für etwas Hoffnung. Danach verlasse ich die Kapelle wieder. So geht es jeden Tag, ohne Unterlass. Offensichtlich wird die Kapelle aber regelmäßig auch von anderen betreten, denn es brennen neben meinen Teelichtern auch immer viele andere.

Der Zustand von Raphael schwankt ständig zwischen Himmel und Erde. Mal weiter oben, mal näher bei uns. Die beiden Oberärztinnen sehen kaum noch Hoffnung. Für sie ist Raphael eine lebendige Leiche. Ich will nicht aufgeben und Raphael auch nicht. Noch nicht. Ich sitze bei ihm, ich lese ihm vor, so dass er meine Stimme hört, und halte seine Hand dabei. Ich versuche ihm Mut zuzuflüstern. Er liegt in Narkose, der Bauch dick und geschwollen, zwanzigmal punktiert. Das Wasser läuft ohne Erbarmen nach. Irgendwo in seinem Körper wütet eine Infektion, die man trotz aller Bemühungen und neuester Technik nicht finden kann. Ich versuche sie zu erspüren. Es gibt nichts, worauf ich den Finger legen kann. Die Antibiose ist eine Nebensache geworden, die standardmäßig verabreicht wird. Irgendetwas muss man ja machen. Ansonsten: Achselzucken, Beten und Hoffen. Ich kann auch nicht mehr machen, als anwesend sein, beten und hoffen. Jeden Abend geht es zurück in die Kapelle, ein geheiligtes Ritual. Ich habe nicht erwartet, dort ein Wunder zu finden, aber das, was ich in der Stille der Nacht dort erlebt habe, ist mein ganz persönliches Zeichen, das mich sprachlos macht.

Nach der letzten Ultraschalldiagnose bin ich vollkommen niedergeschlagen. Raphaels Bauch muss wieder täglich punktiert werden, offensichtlich gibt es keine Alternative zu einer Transplantation. Ich muss hoffen, dass ein anderer stirbt, damit mein Sohn leben kann. Das will ich nicht und das mache ich nicht. Ich bete, dass Raphael gerettet wird, aber nicht zu jedem Preis. Die eine passende Leber, die weitergegeben worden ist, war von einem Kind gleichen Alters. Sie hätte „perfekt" gepasst, meinten die Ärzte. So etwas passiert nicht oft, zum Glück. Ich schaue meinen Sohn an, weiß, dass er sehr wahrscheinlich eine neue Leber braucht, aber ich kann mir nicht wünschen, dass ein anderes Kind dafür sein Leben geben muss. Ein anderes Kind hat auch Eltern, die bangen, beten und hoffen – ich kann mir nicht wünschen, dass ihnen ihr Kind genommen werden muss, um mein eigenes zu retten. „Lieber Gott, rette ihn, aber ich will nicht, dass ein anderes Kind oder ein anderer Mensch dafür sterben muss, rette ihn bitte, bitte auf andere Weise."

An diesem Abend bin ich ganz alleine in Tübingen. Uwe ist heimgefahren, es sah ja wieder besser aus. Ich wollte, dass er sich um David kümmert, solange die Lage entschärft ist. Meine Mutter ist bei ihren Patienten in München, es ist ein normaler Wochentag. Nati und Basti sind in die Schweiz zurückgefahren. Ich habe wieder das Zimmer von Frau Walter übernommen. Mein grüner Golf wartet draußen. Bestimmt ist er zugefroren. Es ist ein ungewöhnlich kalter Winter. Die Lichter sind schon auf Nachtbeleuchtung gestellt. Raphael schläft. Ich schleiche die Gänge entlang. Wie immer sehe ich mich um, doch niemand ist da, um zu beobachten, wie ich mich verstohlen in die Kapelle schleiche. Gut so. Mittlerweile ist mir der Raum schon ganz vertraut. Ich trete nach vorne. Keiner ist da, es herrscht andächtige Stille. Mein Blick wandert. Sieht das erste Mal neben den frischen Teelichtern ein unscheinbares Buch liegen. Vielleicht die Bibel oder ein Gesangbuch, das da in seinem schwarzen Umschlag steckt. Ich werde stutzig. Das Buch ist mit vorher nie aufgefallen. Ich sehe genauer hin. Blättere die erste Seite auf. Jetzt wird mir klar, dass es ein Gebetsbuch für die Anliegen der Kapellenbesucher ist.

„Lieber Gott, bitte mach mich wieder gesund. Heile mich von dem Krebs..."

Ich blättere weiter.

„Lieber Herr Jesus, gib unserer Bertha Kraft und nimm ihr die Schmerzen..."
„Danke, lieber Gott, dass Du Tobias geheilt hast. Deine M."

Ich blättere weiter, überfliege die Gebete. Ich werde auch etwas hineinschreiben, nehme ich mir vor. Jede Seite ist vollgeschrieben. Schön der Reihe nach, mit Datum von irgendwann 2009 bis Anfang 2010. Ich suche die erste leere Seite – November 2009, Dezember 2009, Januar 2010 – jetzt nähere ich mich dem heutigen Tag und dann trifft mich fast der Schlag. Auf der letzten beschriebenen Seite des von mir niemals vorher beachteten Buches steht mehrmals untereinander nur ein einziger Name: RAPHAEL. Ich bekomme Gänsehaut, denke das kann nicht sein. Kneife die Augen zusammen, und als ich sie wieder öffne, ist die Seite immer noch da. Keine Erwachsenenschrift, sondern eine ungeschickte Kinderschrift in Großbuchstaben. RAPHAEL, RAPHAEL, RAPHAEL. Drei mal Raphael, wobei die As und Es jeweils für mehrere RAPHAELS benutzt wurden, so dass alles wie eine Art Dreieck verbunden ist.

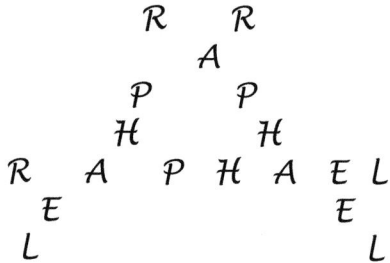

Ich kann nicht glauben, was ich sehe, und suche sofort eine logische Erklärung. Wer könnte das geschrieben haben? Eine Krankenschwester? Als Gag? Meine Schwester oder meine Mutter? Als Hoffnung für mich? Uwe? Wer könnte wissen, dass ich das Buch überhaupt in die Hand nehmen würde? Diese merkwürdige Seite ist das letzte beschriebene Blatt, ohne Datum, ohne alles. Nur der Name meines Sohnes. Nicht mal Raffael oder Rafael, sondern „Raphael" mit ph. Mir wird ein bisschen schwindelig. Die rechte Seite der Doppelseite ist blütenweiß. Auf den darauffolgenden Seiten: nichts.
Die Wahrheit ist, niemand wusste, dass ich überhaupt in die Kapelle gehe. Erst recht hätte niemand erahnen können, dass ich in das Buch reinschaue.

Außer es gibt sie doch – eine höhere Intelligenz. Wenn es ein Engel war, würde er sicher so schreiben wie auf dieser Seite, wie ein Kind, denn die Kinder sind dem Himmel nah. Aber egal, was oder wer es war, es gab mir einen enormen Auftrieb. Ich war wie befreit und ich wusste, mein Sohn schafft das. Ein Gefühl der Erleichterung und Erlösung kam über mich. Ich wusste, Raphael wird beschützt, man hat ihn nicht einfach vergessen, sondern es ist etwas da, was wir weder sehen noch begreifen können mit unserem begrenzten Wissen. Ich empfand Demut, aber auch das Gefühl, nicht mehr alleine zu sein, und eine gewisse Geborgenheit. Alles wird gut.

Natürlich habe ich unter das sonderbare Bildnis etwas geschrieben, das fing ungefähr so an: „Ja, genau, es geht um Raphael ...“ Ich habe für sein Leben gebetet und das mit dem Gefühl, dass dieser einzige Wunsch erfüllt wird. Bis heute danke ich dem Himmel jeden Tag dafür, dass meine Kinder da sind. Ich werde bis an mein Lebensende für das Leben meiner Kinder dankbar sein, egal was passiert und wie lange sie noch zu leben haben. Das, was ich mit Raphael erlebt habe, hat meine Sichtweise auf das Leben komplett verändert.

Und der Engel? Der Engel muss Raphael und seine Chirurgen später in den OP-Saal begleitet haben. Bestimmt hat er ihnen die Zuversicht eingeflüstert, die sonst niemand mehr gehabt hat. „Wir machen das, Frau Lehmann, keine Sorge, wir schaffen das“, versichern mir Dr. S. Aladdin und Dr. König, so als ob es ein Sonntagsspaziergang wäre. „Alles wird gut“. Immer wieder aufbauende Worte. Die beiden sind keine Angeber oder Prahler, die sich mit ihren Erfolgen brüsten. Sie schätzen genau ab, was machbar ist und was nicht. Raphael ist „machbar“. Die beiden Männer hat der Himmel geschickt.

Doch an diesem Abend lief ich erst mal wie in Trance zu meinem Auto, ich fühlte die bittere Kälte nicht mehr. Noch bevor ich das Auto freikratzte, fragte ich bei meiner Familie nach, ob jemand mal in der Krankenhauskapelle gewesen wäre. „Nööö" „Äh, nein, wieso? Wir waren doch in einer anderen Kirche ..." Ich gab es auf, einen logischen Erklärungsansatz zu finden, und war froh damit. Für mich bedeutete das, dass Raphael gesund werden würde, auch wenn der nächste Tag noch keine Änderung brachte.

Ich bin Raphaels Engel. Ich wache über ihn, Tag und Nacht. Ich stehe an seiner Seite, wenn er schläft, und manchmal rede ich sogar mit ihm. Ich sage ihm, alles wird gut, Gott ist immer da. Alles, was er jetzt hier durchmachen muss, hat seinen Sinn, das wird er später erkennen. Und ich will auch, dass seine Mutter das erkennt. Sie kämpft so für Raphael. Ich weiß, dass sie ihn unendlich lieb hat und dass Raphael ihre Liebe spürt. Deshalb habe ich ihr ein Zeichen gegeben, denn ich bin auch bei ihr. Gottes Licht ist überall. Amen

Zwischenspiel

„Es gibt nichts Gutes, außer man tut es"
(Erich Kästner)

Uwe kommt zurück. Das Ärzte-Team ist geschlossen einer Meinung, dass man Raphael bald operieren muss, um zu verhindern, dass es ihm wieder so schlecht geht, wie vor der letzten Herzkatheter-Untersuchung, beziehungsweise um den relativ guten Zustand, in dem er sich gerade befindet, optimal auszunutzen. Professor Scrubs, der junge sympathische Chef der Kinderchirurgen, will immer noch nicht selber operieren. „Die Gefahr, dass wir den Bauch nicht mehr zubekommen, ist zu groß. Wenn wir Raphael in dem Zustand operieren, ist das wie ein Himmelfahrtskommando." Mit seinen braunen Augen sieht er mich traurig an und zuckt mit den Achseln. Das ist seine Meinung, daraus kann ich ihm keinen Vorwurf machen. Aber es gibt noch andere Stimmen. Professor Herzbeck will nicht mehr kathetern, er hat so viele Spiralen wie möglich gesetzt. Weitere Spiralen würden seiner Meinung nach nicht viel bringen, denn offensichtlich entwickelt Raphaels Körper immer neue Gefäßverästelungen, die dann Blut in die Leber transportieren. Dr. Wagenmüller setzt Raphael wieder auf die HU-Liste, vielleicht haben wir „Glück" und es kommt ein passendes Organ. Das Transplantations-Team setzt sich ebenfalls zusammen und bespricht die missliche Lage. Währenddessen warten wir. Ich habe nicht mehr so viel Angst um Raphael, aber ich spüre auch deutlich, dass sich bald etwas bewegen muss, im Notfall auch eine Transplantation. Uwe ist wieder in Tübingen, wir haben uns im Hotel Lamm einquartiert und am zweiten gemeinsamen Abend klingelt das Telefon. Wir haben gerade unser Essen serviert bekommen, die Spätzle dampfen und das Netz ist schlecht. Ich deute Uwe an, leise zu sein, weil ich die Tübinger Nummer sehe, die nur vom Krankenhaus kommen kann. Ich höre die knacksende Stimme von Dr. Wagenmüller. Er bittet uns ins Krankenhaus zu kommen, Dr. S. Aladdin und Professor König wollen eine OP mit uns besprechen. „Was soll denn gemacht werden?", frage ich sofort. Dr. Wagenmüller erklärt mir, dass es eventuell die Möglichkeit gibt, alle Gefäße rund um die Leber zu kappen. Die Chirurgen würden uns alles persönlich erklären, wir sollten auf die Intensivstation kommen, wir könnten aber erst noch unser Abendessen beenden, wenn wir in einer Stunde da wären, reiche das. Ganz aufgeregt lege ich auf und erkläre alles meinem Mann. Der ärgert sich, weil wir mit dem Essen getrödelt haben und uns jetzt hetzen müssen. Ich zucke mit den Schultern, wer hätte das schon ahnen können. Als wir uns vor einer Stunde von Raphael verabschiedet haben, hieß es noch, für heute und morgen sei nichts weiter geplant. Doch ich bin sehr froh, dass die Ärzte Gas geben, denn ich weiß, viel Zeit bleibt nicht mehr. Eine Operation ist vielleicht Raphaels letzte Chance und darum bin ich überhaupt nicht genervt, als wir um halb zehn wieder ins Auto einsteigen und durch die Nacht zum Krankenhaus hochfahren. Im Gegenteil, als wir in die Tiefgarage fahren, stehen nur noch ganz wenige Autos da, aber unter anderem der Wagen des Transplantations-Professors. Mir wird klar, was für eine Aufopferung er bringt, um extra für uns noch hier zu sein.

Schnell laufen wir in die Klinik und der Aufzug bringt uns in den achten Stock. Durch die beleuchteten Gänge, die einen jeglichen Tag- und Nachtrhythmus vergessen lassen, geht es vor die schwere Tür der Intensivstation. Wir werden von Dr. Wagenmüller empfangen, er begleitet uns direkt in das kleine Arztzimmer am Ende des Ganges. Dort sitzen Dr. S. Aladdin und sein Chef, Professor König. Beide begrüßen uns ausgesprochen freundlich und Dr. Wagenmüller gibt das Wort an seine Kollegen. „Herr und Frau Lehmann, wir haben uns entschlossen, Raphael zu transplantieren." Die Worte sind wie Messerstiche. Ich schaue die beiden entgeistert an und nuschele, dass ich dachte, Raphael würde eine Gefäßoperation bekommen. Professor König nickt. „Ja, das hatten wir bis vor kurzem auch vor ..., aber uns ist das Risiko zu groß, dass Raphael dann innerlich verblutet. Wer weiß, wie viele Gefäße, die wir von außen nicht sehen, wir dann kappen müssten. Am Ende könnten wir die Blutungen dann vielleicht nicht stillen." Oh mein Gott, eine Transplantation bei meinem Sohn, schießt es mir durch den Kopf, das darf doch nicht wirklich wahr sein. Trotz des momentanen Schocks habe ich mich, glaube ich, relativ schnell wieder gefasst. „Wann?", frage ich zaghaft. „Soll ich meine Schwester anrufen, dass sie kommt?" Immerhin hatte sie sich ja auch bereit erklärt, im Notfall für Raphael zu spenden. Dr. S. Aladdin und Professor König schütteln gleichzeitig den Kopf. „Wir nehmen ihren Mann, wenn das okay ist. Der OP ist für morgen gebucht. Wir haben den ganzen Tag für Raphael Zeit, von neun Uhr früh bis neun Uhr abends." Ich bin sprachlos und total überfordert damit, dass morgen schon die große Operation stattfinden soll, aber auf was will man auch warten? Dr. S. Aladdin und Professor König haben recht, wenn sie sagen, dass wir keinen Tag verlieren sollten. Für Uwe heißt das, dass er gleich im Krankenhaus bleiben wird, weil noch diverse Voruntersuchungen gemacht werden müssen.

Es ist halb elf, als ich zurückfahre, um die Tasche von Uwe zu holen. Mit so etwas haben wir nicht gerechnet. Auf der Fahrt kann ich keinen klaren Gedanken fassen. Wie ein Roboter haste ich ins Hotelzimmer und stopfe Uwes Sachen in seine Tasche, fünf Minuten später sitze ich wieder im Auto und fahre hinauf zur Klinik am Berg. *Es wird transplantiert, es wird transplantiert, es wird transplantiert ...* fährt es mir immer wieder durch den Kopf. Nicht alle verlassen nach einer Transplantaion den OP lebendig. 50:50 hat Dr. Wagenmüller die Überlebenschance für Raphael beziffert. Russisches Roulette. Hoffentlich packt es Raphael und hoffentlich bekommen die Chirurgen seinen Bauch wieder zu. Bei anderen Kindern, die eine Lebertransplantation im guten Zustand bekommen, sind die Chancen deutlich höher. Sie liegen bei 95 Prozent. Aber Raphael ist einer der komplizierten Fälle, bei denen man nicht wirklich sicher ist, ob eine Transplantation die Gesamtsituation verbessern kann. „Kann er danach wieder essen? Wird er sich jemals auf normale Weise ernähren können?", frage ich Dr. Wagenmüller vor der Unterzeichnung der Einverständniserklärung. Er zuckt mit den Schultern: "Wir hoffen es. Deshalb machen wir es ja."

Um halb zwölf bin ich wieder bei Uwe auf der Station. Er muss Abführmittel trinken. Drei bis vier Liter. Der Arme. Dr. S. Aladdin ist immer noch da und kümmert sich um einen Ultraschall. Er will sich die Bilder von Uwes Leber noch einmal verinnerlichen, bevor er morgen operieren wird. Ich frage mich, woher der Mann die Power hat, bis Mitternacht in der Klinik zu stehen. Er ist immer noch bester Laune. „Frau Lehmann, schauen Sie nicht so, wir schaffen das, Raphael schafft das!" Er klopft mir auf die Schulter: „Alles wird gut!" Ich weiß nicht, woher der Mann den Optimismus nimmt. Ich versuche mein Bestes, um aufbauende Worte für Uwe, der von der ganzen Situation ja noch mehr überrumpelt ist als ich, zu finden. „Du bist so tapfer, danke, dass du das für Raphi machst." Ich sehe ihm an, dass es ihm mulmig ist, aber er ist entschlossen die Operation durchführen zu lassen. Zu groß ist das Leid seines Sohns. Ich sitze noch ein bisschen bei Uwe und verspreche ihm, morgen früh wieder zu kommen. Um halb eins verlasse ich die Erwachsenenstation, ich muss noch mal nach oben zu Raphael.

Als ich sein Zimmer betrete, wird er gerade von Schwester Rebekka gewaschen. Sie hat ihn bis auf seine Windel ausgezogen und macht ihn mit einem Waschlappen mit antiseptischen Mitteln von Kopf bis Fuß sauber. Sie begrüßt mich freundlich. „Ich bereite ihn schon ein bisschen vor für morgen." Auf seinem ganzen Körper wird die rote Flüssigkeit einmassiert. Raphael ist an der Beatmungsmaschine und bekommt davon nicht viel mit.

Mama ist da. Irgendetwas geht da draußen vor. Ich schwimme wieder in einem warmen Wasser, so wie in Mamas Bauch, wo ich auf große Reise gegangen bin. Jemand streichelt mich. Ich fühle mich geborgen. Mama, ich will dir noch sagen, wie lieb ich dich hab!

„Gute Nacht, Raphael, schlaf schön. Ich liebe dich, du schaffst das." Ein Gute-Nacht-Kuss und ein Dankeschön für Schwester Rebekka und ich bin zur Tür raus und verschwunden. Es ist zwei Uhr morgens, als ich ins Auto steige, und halb drei, bis ich im Bett liege. Ich muss noch zwei Stunden schlafen, bevor ich wieder ins Krankenhaus fahre, aber ich will früh zurück sein, um Raphael noch so lange wie möglich vor der großen Operation zu sehen.

Messer, Nadel, Schere, Licht

„Carpe Diem"-Nutze den Tag, nutze jeden Moment
(Lebensmotto unseres Transplantations-Chirurgen)

Es ist einer der härtesten Jobs der Welt. Mann oder Frau muss dafür geboren sein. Transplantationschirurg. Das bedeutet, viele Stunden am Stück hochkonzentriertes Arbeiten, Fingerspitzengefühl, eine ständige Gratwanderung zwischen Leben und Tod, zahllose unterbrochene Nächte, permanente Abrufbereitschaft und Nervenstärke. Eine körperlich und geistig hochanspruchsvolle Arbeit, die man zum Lebensfokus werden lässt, in den Medien mehr kritisiert als gelobt und doch überlebenswichtig für die betroffenen Patienten. Das Tübinger Transplantationsteam von Professor König und Dr. S. Aladdin hat die Operation von Raphael genau durchgeplant und durchgetaktet. Beide Männer haben uns gestern mitten in der Nacht verabschiedet und werden heute mindestens zwölf Stunden im Operationssaal stehen. Beide Männer wirken trotz aller Strapazen extrem freundlich und ausgeglichen. Der alles entscheidende Tag beginnt.

Die Uhr zeigt viertel nach sechs an, als ich am Morgen Raphaels Zimmer betrete. Nach genau zwei Stunden Schlaf bin ich wieder aufgestanden, habe einen Kaffee getrunken, eine Kleinigkeit gegessen und bin ins Krankenhaus zurückgefahren. Ein letztes Mal werde ich an seinem Bett in diesem Zimmer stehen. Nach der Transplantation wird er in ein Einzelzimmer kommen, die Schwestern fangen schon jetzt damit an, alles vorzubereiten. Jedes Spielzeug, die Mobiles und die Pflegeutensilien werden desinfiziert und in den Nachbarraum verfrachtet. Mein Sohn sieht sehr friedlich aus. Er liegt unter seiner Beatmungsmaske ganz ruhig da. Vor vier Stunden ist er frisch abgewaschen worden, und anscheinend hat ihm Schwester Rebekka auch ein neues Hemdchen angezogen. Routine vor einer so großen Operation. Sogar das Bettlaken ist gewechselt. Er ist ganz sauber gerichtet, das finde ich schön. Mein Blick wandert unweigerlich zu den Vitalparametern auf dem Bildschirm und alles befindet sich in einem verhältnismäßig guten Bereich. Sauerstoffsättigung, Herzrhythmus und der neuere Arterienwert sind gut, lediglich die Körpertemperatur zeigt 38°. Der Bauch ist wieder ein bisschen angeschwollener, aber nicht ganz so schlimm wie zu Spitzenzeiten. Die Leukozyten und das CRP sind immer noch extrem hoch, ein Zeichen dafür, dass irgendwo in seinem Körper eine Entzündung weiter flammt. 50 Prozent Überlebenschance flüstert mein Kopf, aber mein Gefühl sagt: Alles wird gut. Das Bett eines mir von Erzählungen wohl bekannten Jungen steht immer noch einsam und leer auf dem Gang. Das macht mich sehr traurig. Zwei Tage ohne Zeichen verheißen nichts Gutes. In Gedanken sehe ich seine Mutter vor mir, wie sie mir erzählt, bald sei alles vorbei, so oder so. Es ist die kleine, schmächtige Frau mit schüchternem Blick und Brille, die ich gleich am ersten Tag bei einem Gespräch mit dem Oberarzt beobachtet habe. Die

Chirurgen haben die Multiviszerale Transplantation, wie der Austausch von mehreren Organen gleichzeitig genannt wird, bei dem Jungen abgelehnt. Das Risiko sei zu hoch. Derselbe Chirurg, der so überzeugt war, dass Raphael die Operation schafft. Die den Ärzten lang bekannte Mutter musste das Team überreden. Sie hatte sich nach Möglichkeiten in Spanien, Bulgarien und Frankreich umgehört. Irgendwo dort hätte man ihren Sohn operiert und am Ende gaben die Tübinger Chirurgen nach. Ich will nicht daran denken, was alles schief gehen kann. Nur daran denken, dass Raphael es schafft. Noch zwei Stunden bis zur Operation. Es ist Freitag, der 29.Januar 2010. Der Operationssaal wird für Raphael freigehalten von 9.00 Uhr bis 21.00 Uhr. Zwölf Stunden planmäßig.

Um halb acht Uhr hole ich Uwe ab. Er wartet schon und zupft nervös an seinem Zugang, den der Arzt ihm heute morgen gelegt hat. Darüber erhält er ein bisschen Glucose. Er darf weder essen noch trinken, denn natürlich muss er auch nüchtern für die OP sein. Wir gehen gemeinsam zu Raphaels Bett zurück und beobachten, wie die Vorbereitungen pünktlich beginnen. Sein Bett wurde bereits von allem Krimskrams befreit und jetzt werden die einzelnen Infusionen mobil gemacht. Schwester Nina bringt einen tragbaren Monitor und legt eine Handpumpe für die Sauerstoffzufuhr bereit. Der Oberarzt Dr. Kurz begutachtet die Vorgänge und stellt den Rucksack mit der neonfarbenen Warnaufschrift „Intensivtransport" bereit. Fünf vor neun werden wir aufgerufen. Jetzt flattern uns beiden die Nerven, als wir Raphael durch die endlosen Krankenhausgänge schieben. *Hoffentlich geht alles gut, mein tapferer Sohn.* Die Operationssäale liegen unten im Kellergeschoss. Ich fühle mich, als ob ich zu den Katakomben hinuntersteige.

Mit all dem Mut, den ich noch habe, schiebe ich ihn durch die Eingangstür des OP-Bereichs. Ich weiß, dass ich gleich wieder umkehren muss. Ein letzter Kuss auf seine Stirn, ich drücke ihm noch einmal die Hand und flüstere: „Du schaffst das, Raphael!" Auch Uwe verabschiedet sich mit Tränen in den Augen. Diesen Weg muss unser Sohn jetzt alleine gehen. Dr. S. Aladdin tritt uns ganz in grün gegenüber. Grün, die Farbe der Hoffnung. Grüner Kittel, grüne Hose, grüne Gummischuhe, grünes Haarnetz und ein grüner Mundschutz. In seinen dunklen Augen liegt trotz aller Umstände ein Lächeln. „Sind Sie ausgeschlafen?", frage ich vorsichtig. „Alles wird gut, Frau Lehmann. Ja, ich habe sogar geschlafen." Ein letztes Augenzwinkern und wir lassen Raphael in seinen Händen zurück. Für Dr. S. Aladdin beginnt jetzt seine gewohnte Arbeit, die aber keine Routine bedeutet: „Jede Transplantation ist anders" – eine der Tatsachen, die seinen Beruf immer wieder reizvoll macht. Manchmal sind die Eingriffe geplant, wie der von Raphael. Nicht selten muss Knall auf Fall operiert werden, mitten in der Nacht. Die Chirurgen am Tübinger Universitätsklinikum transplantieren fast alles: Leber, Niere, Bauchspeicheldrüse, Darm und Magenteile. Für Herz und Lunge gibt es andere Spezialisten. Dr. S. Aladdin operiert sowohl Kinder wie auch Erwachsene. Manche leiden viele Jahre an einer chronischen Krankheit, bis eine Transplantation bei ihnen durchgeführt wird oder bis sie überhaupt ein Organ zugeteilt bekommen. Irgendwie bin ich froh, dass Raphael ein Stück Leber von seinem Vater bekommt, vielleicht kann er das Organ mit einer größeren genetischen Ähnlichkeit besser annehmen? Der Plan ist, Raphaels Bauch aufzuschneiden und die Leber von den vielen Nebengefäßen zu befreien, so dass der Darm sich endlich von dem permanenten Hochdruck erholen kann. Die Ärzte erwarten ein in Mitleidenschaft gezogenes, angeschwollenes, vielleicht sogar schwarzes, also abgestorbenes Verdauungsorgan und sind positiv überrascht. Am Darm muss nichts operiert werden. Er soll nur drei Stunden ruhig liegen und abschwellen können, bis das neue Organ eingesetzt wird. Deshalb muss Uwe auch noch auf seinen Abruf warten.

Die Taktik ist fachübergreifend besprochen worden. „Wir sind ein extrem engagiertes Team, das die einzelnen Fälle gemeinsam durchspricht. Wir haben hier exzellente Ärzte, die hoch motiviert sind und Spaß an ihrer Arbeit haben", verrät Dr. S. Aladdin. Reines Glück für uns, dass Raphael von solch einem guten Team betreut wird. „Erinnern Sie sich noch, wie oft wir an seinem Bett standen und beraten haben?" Professor Herzbeck, der Herzkatheterspezialist, Professor Faber, ein Ultraschall-Ass, Professor Scrubs von den Chirurgen, die Gastroenterologen Dr. S. Aladdin, Dr. Baum und Dr. Wagenmüller, die Oberärzte der Intensivstation sowie die Leitung der Kinderklinik – hinter der Operation steckt eine enorme Menschen-Power, wenn man so will.

Jetzt liegt Raphaels junges Leben in den Händen eines akribischen Spezialisten. Es ist fast unvorstellbar, dass es Menschen gibt, die so eine Arbeit machen können. „Es ist ein Geschenk des Himmels. Die Kraft dazu wurde mir gegeben", antwortet Dr. S. Aladdin auf die Frage, wie man die mit den Operationen einhergehende Belastung aushält. „Solche Fähigkeiten sind angeboren." Immer höhere Anforderungen, ein schwieriges Gesundheitssystem, Patienten zwischen Leben und Tod – er macht es für die Kinder. „Kinder sind unsere Zukunft". Dass die Kinder speziell in Deutschland oft hinter den Erwachsenen zurückstehen müssen, macht ihn traurig, bisweilen sogar wütend. Er erklärt mir, dass woanders die kleinen Patienten bevorzugt behandelt werden, zum Beispiel in Italien, Spanien und Portugal. Nur im Eurotransplant-Raum nicht, denn „die Kinder haben keine Lobby". (Die Stiftung Eurotransplant ist als Service-Organisation verantwortlich für die Zuteilung von Spenderorganenen in sieben europäischen Ländern: Belgien, Deutschland, Kroatien, Luxemburg, Niederlande, Österreich und Ungarn.) Wen interessiert es, ob ein sechzigjähriger Alkoholiker eine Leber eingepflanzt bekommt, die auch einem Kind das Leben hätte retten können. Da fühlt sich selbst der Chirurg machtlos. Er versucht trotzdem, Leben zu retten und sein Bestes zu geben für jeden einzelnen Patienten. „Und wenn etwas schief geht, stehen wir alleine da." Es ist die bitterste Niederlage, ein Kind auf dem OP-Tisch zu verlieren. Das zu verarbeiten, ist extrem schwierig, die Ärzte müssen sich oft selbst von Traumata erholen. Auch die eigene Familie muss zurückstecken. Seine Kinder hassen das Telefon. „Nein Papa, nicht schon wieder ins Krankenhaus!" Er geht trotzdem und ist froh, dass seine Kinder sich über die geretteten Leben mit ihm freuen können. „Manchmal fiebern sie richtig mit". Irgendwann werden sie begreifen, was für ein Held ihr Vater ist. „Meine schönste Belohnung ist es, die transplantierten Kinder wachsen und leben zu sehen, Bilder zu bekommen, auf denen sie wieder lachen können."

Ich hoffe und bete auch, dass Raphaels Operation gut verläuft und wir irgendwann Bilder von ihm schicken können. Fotos, auf denen er gesund ist und endlich sein Leben mit Freude leben kann. Uwe ist nervös. Er darf keinen Kaffee mehr trinken und leidet unter dem Schlafentzug. Auch die Vorstellung, bald selber auf dem OP-Tisch zu liegen, behagt ihm natürlich nicht. Immer wieder sieht er auf die Uhr und murmelt vor sich hin, dass er jetzt endlich aufgerufen werden will. Wir erhalten die erste Nachricht aus dem OP. Der Darm ist jetzt freipräpariert, die Leberzuflüsse sind gekappt und der Darm kann sich jetzt erholen. Raphael ist stabil. Bis jetzt läuft alles sehr gut. Kurze Zeit später wird Uwe aufgerufen. Jetzt begleite ich ihn zum OP. Er geht neben seinem Bett her, das ein Mitarbeiter der Klinik schiebt. Erst unten im OP angekommen setzt er sich drauf und dann wird das Beruhigungsmittel verabreicht. „Danke, dass du das machst", flüstere ich ihm zu. Auch wenn es sein Sohn ist, ist es eine großartige Leistung von ihm. Als Uwe durch die Tür verschwindet, bleibe ich alleine zurück.

Tagebucheintrag vom 29.01.2010

„15.30 Uhr. Jetzt liegen alle beide im OP. Raphi bekommt ein Stück Leber von Uwe, und ich bin unglaublich stolz auf ihn, dass er das durchzieht. Das werde ich ihm nie vergessen! Ich bete, bete, bete, dass das jetzt endlich hilft und dass unser Raphi wieder gesund werden kann – hoffentlich, bitte, bitte, bitte!"

Ich werde in die Stadt gehen und ein paar Einkäufe für meinen Mann erledigen. Er braucht noch diverse Sachen für den Krankenhausaufenthalt, der sicher eine Woche dauern wird. Auf dem Gang treffe ich Professor Hummel, den Radiologen. Er fragt, wie es Raphael geht. „Er liegt gerade im OP. Dr. S. Aladdin transplantiert. Sie nehmen ein Stück Leber von meinem Mann." Dr. Hummel ist überrascht. „Na dann, viel Glück. Das werden Sie brauchen!" Ich lasse mich nicht beirren und gehe weiter in Richtung Auto, in Richtung Freiheit.

Ich träume. Jemand versorgt mich. Ein Mann in grün rettet mir das Leben. Alles wird leichter, ich schlafe auf Wolken. Es wird alles gut. Ich lebe.

Ich versuche gar nicht an die Operation zu denken, mich nicht verrückt zu machen, denn wenn „etwas ist", wird man mich sowieso anrufen. Außerdem habe ich ein gutes Bauchgefühl. Ich bin ganz ruhig. In der Stadt ist es natürlich kalt, es ist ja mitten im Winter, aber ich spüre die Kälte gar nicht. Ich denke an alles, was Uwe sich für das Krankenhaus bestellt hat, und kaufe ein. Besonders viel Freude macht es mir nicht, aber es ist eine Ablenkung. Ich gehe sogar in ein schönes Café und bestelle mir eine Kleinigkeit zu essen, vielleicht werde ich nachher noch eine heiße Schokolade zur Beruhigung meiner Nerven trinken. Ich will nicht im Krankenhaus warten und denke wieder an die Mutter von Simon. „Dieses Herumlungern hilft auch keinem. Wir fahren während Simons Transplantation nach Hause." Und noch etwas geht mir durch den Kopf. Wie die Mutter diese Situation sieben lange Jahre aushalten konnte. Nur parenterale Ernährung, ständige Krankenhausaufenthalte, die große Schwester von Simon, die ja auch Zuwendung braucht. Ich bin nach einem dreiviertel Jahr schon am Ende meiner Kräfte. Wenn die Organtransplantation keine Besserung bringt, weiß ich auch nicht weiter. Simon sagte zum Abschied: „Mama, ich will noch nicht in den Himmel." Wie kann man so etwas aushalten als Elternteil? Wenn das Kind genau weiß, dass es um sein Leben geht und es eventuell stirbt? Bevor ich mich zu sehr in diese Gedanken verliere, verlasse ich das Café, vielleicht haben die Ärzte Simon ja doch helfen können? Ich denke wieder daran, wie zuversichtlich das Team bei Raphael war. „Es ist ein Gefühl, das man nach langen Jahren dieser Arbeit bekommt", erklärt Dr. S. Aladdin. Ein Feeling für das Durchhaltevermögen des Patienten. Jetzt zieht es mich doch in die Klinik zurück. Nati und Basti haben sich ebenfalls auf den Weg gemacht, nachdem man uns gestern Nacht alle mit der Entscheidung zur Transplantation überrascht hat. Ich werde versuchen, jemandem vor den Operationssälen abzufangen, meistens habe ich Glück und erwische jemanden, der mir Auskunft geben kann.

Ich bin im tiefen, ruhigem Schlaf. Angenehme Stimmen sprechen leise, routiniert. Jemand legt mir seine Hand auf die Brust. Ich träume vom Laufen und vom Rennen. Vom Mond und den Sternen, von der lieben Sonne, die mir auf die Haut scheint. Ich träume von dem kalten Weiß, von den Bergen, über die ich fliege, und von einem großen blauen Wasser. Ich sehe Blumen und Bäume, dichte Dschungel, Elefanten und Giraffen und hundert verschiedene Menschen, nein Tausende. Ich spüre den Puls allen Lebens. Ich kann unter Wasser atmen und über den Wolken fliegen. Ich bin eins mit allem, was je war und was je sein wird. Ich fühle Leben in mir – endlich!

Es ist fast fünf Uhr nachmittags, als ich mich wieder durch die Notaufnahme ins Krankenhaus hinein schlängele. Ein weiterer Blick auf das Handy, aber es zeigt keine verpassten Anrufe. Eigentlich müsste alles in Ordnung sein. Ich denke an alle, die jetzt in Gedanken bei uns sind. Meine Familie, meine Schwiegereltern, alle Freunde und Bekannte, denen ich mitgeteilt habe, dass heute der große Tag ist. Sogar den medizinischen Betreuern, Frau Klinglinger und den Ärzten im Langwasserklinikum, Professor Kraft und Frau Dr. Bischoff. „Was? Sie transplantieren doch?", hat Frau Bischoff heute morgen am Telefon gesagt, sichtlich überrascht. Ich denke, sie haben gar nicht mehr damit gerechnet, noch etwas von Raphael zu hören. Die Mütter der Krabbelgruppenkinder kommen zum Beten zusammen. WhatsApp gibt es zu dieser Zeit noch nicht, und so ist die Kommunikation langsamer.

Ich fahre wieder in die Katakomben hinab. Vielleicht ist zur richtigen Zeit jemand, der mir Auskunft geben kann, vor Ort. Auf den Kellergängen ist es verhältnismäßig ruhig. Ich habe mir gemerkt, in welchem OP Raphael und Uwe sind, und so lasse ich mich auf einer Treppe gegenüber nieder und warte. Endlich kommt ein Mann in grün durch die OP-Tür gehuscht, den werde ich abfangen. Der junge Arzt weiß leider nichts vom Zustand meines Sohnes, er arbeitet an einer anderen OP. Er gibt mir aber den Tipp, eine Intensivschwester anrufen zu lassen, denen wird in der Regel Auskunft erteilt. Mit dem Aufzug fahre ich ans andere Ende des Gebäudes und melde mich bei den mittlerweile sehr vertrauten Schwestern. Sie sichern mir zu, im OP anzurufen, und zeigen mir schon mal das neue, vorbereitete Einzelzimmer. Alles ist desinfiziert worden und das Zimmer scheint auf Raphael zu warten. Vor der Tür steht ein Wagen mit vielen Einwegkitteln, Handschuhen und Mundschutz. Jetzt fehlt nur noch mein Sohn. Ich setze mich ins Elternzimmer und warte. Blicke auf die Uhr, die Zeit kriecht. Nati und Basti müssten demnächst kommen, vielleicht ist auch mein Mann bald fertig. Gegen sechs Uhr überschlagen sich die Ereignisse. Uwe hat seine Operation geschafft. Professor König und Dr. S. Aladdin haben ihm erfolgreich drei Lebersegmente entfernt und den Bauch wieder zugenäht. Er ist stabil genug, um auf die Intensivstation verlegt zu werden. Das Leberstück muss jetzt noch gereinigt und an Raphaels drei Hauptanschlüsse angenäht werden, so wie es bei einer gesunden Leber der Fall ist. Ich stelle mir den ein Meter neunziggroßen Italiener vor, der mikroskopisch genau die Gefäße annähen wird. „Ich bin aus Zufall da reingerutscht, vor 20 Jahren, um die Leberchirurgie zu lernen." Da hat ihn die Leidenschaft gepackt und seitdem lebt er diese Leidenschaft, wenn er auch das Eurotransplant-System alles andere als optimal findet. Dr. S. Aladdins großes Vorbild ist beruflich wie auch menschlich gesehen Professor Pichlmayr, einer der ersten Kinder-Transplantationschirurgen. Als Vorreiter in Europa begann er mit großem Erfolg, bereits bei Patienten im Kindesalter Transplantationen durchzuführen. Seine Forschung im Bereich der Immunsuppression trug maßgeblich dazu bei, die Abstoßung des neuen Organs zu verhindern. Außerdem gründete er mit seiner Frau die RUwelf-Pichlmayr-Stiftung. Die beiden hatten früh erkannt, dass die Kinder weitaus mehr Zuwendung brauchen als nur die medizinische Behandlung ihrer Grunderkrankung. Dr. S. Aladdin hat sich mit einem hohen Anspruch an sich selber ein großes Vorbild gesetzt, für uns hat er diesen Anspruch bereits mit dem Versuch, Raphael zu operieren, erreicht.

Nati und Basti stürmen außer Atem durch die Tür. Endlich Beistand! „Ist Raphael schon fertig?", fragt meine Schwester aufgeregt. Ich schüttle den Kopf. „Die Ärzte müssen noch die Leber einsetzen und den Bauch zunähen, wenn es geht. Es wird noch eine Weile dauern. Aber Uwe ist schon fertig." Wir beschließen zusammen zur Erwachsenen-Intensivstation zu gehen, um uns zu vergewissern, dass er die OP gut überstanden hat. Ich bin froh, meine Schwester als Ärztin an meiner Seite zu haben, so öffnen sich manche Türen leichter. Die Erwachsenen-Intensivstation ist im fünften Stock, drei Etagen unter der Station, auf der Raphael liegt. Ich atme tief durch, bevor ich an der Tür klingle. Eine junge Schwester macht mir auf. Ich erkläre ihr, warum ich hier bin, und frage, ob ich kurz zu meinem Mann ins Zimmer darf. Die Schwester will sehen, was sich machen lässt. Normalerweise hat die Erwachsenen-Intensivstation ganz streng geregelte Besuchs- und Telefonzeiten, bald wird mir auch klar warum. Hierher werden nur Menschen verlegt, die mit einem Schritt schon im Jenseits stehen. Nachsorge-Patienten, wie zum Beispiel nach einer großen Operation, sind hier selten. Die meisten sind über Monate, manchmal Jahre an Maschinen angeschlossen und weit entfernt von jeglichem Bewusstsein. Mir läuft ein Schauer über den Rücken, als ich einen Blick auf die Zimmernachbarn von Uwe werfe. Ich denke mir, bei Kindern hat man immer die Hoffnung, dass sie wieder ins Leben zurückfinden, aber für die meisten, die auf dieser Station liegen, ist der Zug des Lebens schon abgefahren. Ein grausiger, menschenunwürdiger Zustand. Ich blicke zu Uwe. Er liegt auch noch voll beatmet in seinem Bett und schläft. Bald wird er aufwachen und dann werde ich wieder kommen.

Ich streichle kurz seine Hand und lobe seine Tapferkeit, aber ich halte mich nicht lange auf. Ich werde das nächste Mal zur Besuchszeit wieder kommen und länger bleiben.

„Die Kinder sind weit dankbarere Patienten als die Erwachsenen. Die jammern die Ärzte oft nur voll und man kann ihnen selten etwas recht machen, während die Kinder auch nach allem, was sie durchmachen müssen, richtige Sonnenscheine sind. Das ist bewundernswert, daran sollten sich die Großen mal ein Beispiel nehmen!" Dr. S. Aladdin ist für Transplantationspatienten jeden Alters zuständig. Sein Herz schlägt aber besonders für die kleineren Patienten, die absolut nichts dafür können, so krank zu sein. Es entspricht auch meiner Erfahrung, dass die Kleinen ungeheuer tapfer sind und oft einen erstaunlichen Lebenswillen entwickeln. Vielen Transplantations-Kindern merkt man die harte Zeit, die sie durchmachen mussten gar nicht an, sie sind lebensfroh und freuen sich über das Überraschungsgeschenk, das sie nach der Blutabnahme bekommen. Dr. S. Aladdin kennt das jetzt schon seit vielen Jahren. Draußen ist es bereits stockfinster, als wir die Nachricht erhalten, dass Raphael jetzt auf die Intensivstation zurückverlegt wird. Die Operation war erfolgreich, die Chirurgen konnten sogar den Bauch schließen. *„Danke, Lieber Gott, danke, danke, danke!"* Wir haben Tränen der Erleichterung in den Augen. Raphael hat es geschafft. Wir gehen vor die Intensivstation, um ihn abzufangen. Um nur einen kurzen Blick zu erhaschen auf den kleinen Helden. Wir dürfen ihn mit ins Zimmer schieben und er sieht so friedlich aus. Dann werden wir gebeten, noch einen Augenblick im Elternzimmer Platz zu nehmen, bis alle Geräte umgesteckt sind und Raphael wieder sauber gebettet ist.

Als wir um halb zehn Raphaels Zimmer mit unseren Einwegkitteln, Mundschutz und Haarnetz betreten und ihn mit desinfizierten Händen berühren, wird uns das ganze Ausmaß des Wunders, das hier in Tübingen geschehen ist, bewusst. Wir sehen Raphael an, dass er jetzt endlich gesund wird. Wir sehen, wie friedlich und ruhig er schläft, und es ist egal, dass vom Herzen

bis zum Bauchnabel ein weißer Pflasterverband den langen Operations-
schnitt verbirgt, er wird leben. Bestimmt zwinkert uns sein Schutzengel
aus der Ecke zu. Sein Job ist jetzt fürs Erste erfüllt, genauso wie der unseres
fleißigen Dr. S. Aladdin. Hoffentlich kann er jetzt schlafen, bevor der Piepser
ihn das nächste Mal ins Krankenhaus ruft.

Die Geburt

„Ich will dich segnen und du sollst ein Segen sein"
(1. Mose 12,2 – Raphaels Taufspruch)

Tübingen liegt unter einer weißen Schneedecke begraben. Draußen ist es
tagsüber im Durchschnitt immer noch minus zehn Grad kalt. Die Welt schläft
in einem besonders frostigen Winter, ummantelt von einer Eisschicht.

Ich stehe auf und laufe den Berg hinauf. Endlich habe ich eine der heiß be-
gehrten Unterkünfte im Geschwisterhaus bekommen. Es ist eines der wenigen Zimmer für Angehörige mit schwer kranken Kindern und Geschwis-
terkindern, von dem aus man zu Fuß die Klinik erreichen kann und das in
einem akzeptablen Zustand ist. Der Weg führt bergauf an den schwarzen
Bäumen vorbei, immer weiter, dort wo keine Autos fahren, bis zu dem ersten beleuchteten Komplex – einem kleinen Nebengebäude der Uniklinik
Berg. Trotz der Kälte ist mir von dem Aufstieg warm geworden und ich
kann es nicht erwarten meinen Sohn zu sehen.
Schon nach der Notaufnahme schlägt mir warme Luft ins Gesicht. Ich bin
nur noch ein paar Aufzuglängen von Raphael entfernt. Uwe hat die Nacht im
fünften Stock auf der Erwachsenenintensivstation verbracht. Ich hoffe, er
kann sie heute verlassen und sein Zimmer auf der normalen Station beziehen. Wie lange Raphael auf der Intensivstation bleiben wird, kann niemand
abschätzen. Man hat mir gesagt, das Wichtigste sei, dass er die ersten drei

Tage übersteht, dann die nächsten zwei Wochen. Wenn er überlebt, stehen seine Chancen deutlich besser als die prognostizierten 50 Prozent. Das gute Gefühl, das sich beim ersten Anblick nach der OP eingestellt hat, hält immer noch an, als ich die Kinderintensivstation betrete.

Die diensthabende Schwester begrüßt mich freundlich. Sie ruft die für Raphael zuständige Schwester. Ein neues Gesicht für das neue Zimmer, das er jetzt bewohnt. Er muss die ersten Tage und Wochen wegen der hohen Abstoßungsgefahr unbedingt in einem Einzelzimmer, abgeschirmt von allen möglichen Keimen, untergebracht sein. Die Tür ist zu, der Raum ist abgedunkelt. An der Zimmertür hängt jetzt das Warnschild, welches mir sonst nur von anderen Patienten her bekannt ist: „Mundschutz und Kittelpflicht". Der Wagen mit den Einwegutensilien wird hier noch eine Weile stehen. Außer den Ärzten, der Familie und den Schwestern darf das Zimmer niemand betreten. Hier herrscht höchste Sicherheitsstufe.

Ich stülpe mir meine Verkleidung über und schleiche ins Zimmer. Raphael ist noch intubiert, trotzdem will ich leise sein. Mein erster Blick geht wie gewohnt zu den Vital-Parametern auf dem Bildschirm. Alles in Ordnung, sogar das Fieber ist nicht wieder gekommen. Die Temperatur liegt immer noch bei 36,7 °. Ich atme auf. Raphael sieht so friedlich aus. Ich setze mich auf meinen Stuhl und fasse nach seiner Hand. Als er gestern aus dem OP-Saal kam, war das Fieber verschwunden, der Körper eher unterkühlt. Die Temperatur lag bei 36°, auf dem OP-Tisch ist es kalt, ich bin erleichtert, dass er jetzt fast normale Körpertemperatur hat. Sobald das erste Winterlicht den Raum erhellt, werde ich anfangen ihm weiter vorzulesen, aber so lange soll er noch im Halbdunklen ruhen. So vergehen die ersten Stunden in Raphaels neuem Leben. Die Visite fängt um neun Uhr an, und während die Ärzte mit den Schwestern Raphaels Zustand besprechen, gehe ich in die Cafeteria zu meiner Latte Macchiatto und einem Croissant mit Erdbeermarmelade. Eines der kleinen Rituale, die den Krankenhausalltag erleichtern.

Als ich wieder im Elternzimmer sitze und darauf warte, zu meinem Sohn gelassen zu werden, überlege ich, was die Ärzte wohl sagen werden. Lächelnd kommt die Schwester herein, und da kein anderer im Zimmer ist, sagt sie mir, dass Raphael wohl im Laufe des Tages extubiert werden kann. „Jetzt schon?", frage ich überrascht. „Ja, man will das so schnell wie möglich machen, das ist das Beste für den Patienten." Wahnsinn! Auf Wolke sieben gehe ich in sein Zimmer. Ich kann nicht fassen, dass alles so gut geklappt hat, und betrachte ihn in einem ganz neuen Licht. Der Tag ist jetzt angebrochen, und so öffne ich die Vorhänge und schalte das kleine Licht neben dem Bett ein. Außer uns ist niemand im Zimmer und so schlage ich meinen Roman auf und lese ihm vor. So haben wir beide etwas von der Zeit. Ich komme bei meinem Buch weiter und er hört vielleicht, dass ich da bin.

Ich liege auf einer grünen Wiese, mein Körper ist warm. Alles fühlt sich so gut an. Ich habe meine Augen geschlossen und ruhe in der Schönheit der Natur. Jemand hält meine Hand – Mama. Sie sitzt neben mir und liest. Bald werden wir wieder zusammen spielen können, aber gerade will ich mich noch ausruhen. Wir haben so einen langen Weg hinter uns.

Ich habe die Tür zu seinem Zimmer angelehnt, und so bekomme ich nebenbei mit, wie die Intensivstation zum Leben erwacht. Draußen auf dem Gang hebt sich der Stimmenpegel, es klingt, als würden sich mehrere Leute angeregt freudig unterhalten. Das ist etwas Besonderes auf dieser Station, wo so viele kleine Menschen täglich ums Überleben kämpfen. Instinktiv weiß ich, dass die Freude etwas mit Raphael zu tun hat. Ich lege mein Buch auf die Seite und schaue durch den Türspalt. Tatsächlich, sie stehen vor seiner Tür und freuen sich! Professor Herzbeck hat mich gesehen und er hat fast Tränen in den Augen. Er strahlt übers ganze Gesicht. „Guten Morgen, Frau Lehmann!" Ich ziehe mir den Kittel aus und gehe auf den Gang. Am liebsten würde ich den Professor umarmen, so dankbar bin ich. Er erzählt mir, wie er sich gefreut hat, als er gestern Abend um halb zehn den Anruf erhalten hat, dass Raphael stabil und mit geschlossenem Bauch aus der Operation zurückgekommen ist. „Ich war so erleichtert", sagt er und drückt meine Hand. Dann kommt Dr. Bauer, der sich auch verkrümelt hatte, als es Raphael so schlecht ging. Er klopft mir auf die Schulter und sagt augenzwinkernd: „Alles Gute und herzlichen Glückwunsch zur Geburt Ihres Sohnes!" Es ist wahrlich eine neue Geburt, denke ich mir, und ich sehe den Ärzten an, dass sie nicht mit einem so guten Ausgang gerechnet haben und deshalb erst recht begeistert sind. Die krönende Überraschung ist dann noch der Gastroenterologe Dr. Baum, der sonst sehr zurückhaltend und ohne großen Überschwang seinen Arbeitstag bestreitet. Als ich sein lachendes Gesicht sehe, denke ich zuerst, dass er bestimmt betrunken ist, aber bald wird klar, dass er sich auch freut, weil es Raphael so gut geht. Er sagt: „Es ist fast ein Wunder". Das Wunder von Tübingen.

Der einzige Wermutstopfen heute ist, dass Basti nicht zu Raphael ins Zimmer darf, weil er sich eine Erkältung eingefangen hat. Man darf bei einem frisch transplantierten Kind einfach nichts riskieren, denn auch der beste Mundschutz schützt nicht zu hundert Prozent.

Als meine Schwester eingetroffen ist, setzt sie sich zu Raphael ins Zimmer, und ich mache mich auf den Weg, um nach Uwe zu sehen. Ich stehe wieder vor den drei verschlossenen Türen der Erwachsenenintensivstation und überlege, hinter welcher Tür mein Mann liegt. Ich habe gestern nicht so genau aufgepasst und drücke die erstbeste Klingel. Die falsche Tür, wie sich herausstellt, aber die Dame von der Anmeldung hilft mir zügig weiter. Ich habe es doch nicht ausgehalten, bis zur offiziellen Besuchszeit am Nachmittag zu warten, und freue mich, dass dieselbe Schwester wie gestern Dienst hat und mich durchwinkt.

Man hört keinen Mucks aus den offenen Zimmern, bei den Erwachsenen wirkt alles so final.

Zu meinem großen Erschrecken ist Uwe immer noch intubiert, er hat jetzt zusätzlich eine Nasensonde und er sieht ziemlich grau aus im Gesicht. Die Schwester erklärt mir, dass sein CRP-Wert höher liegt, als es den Ärzten recht ist, und dass er deshalb frühestens morgen auf die normale Station verlegt werden kann. Die Ärzte hoffen, dass sie ihn im Laufe des Vormittages extubieren können und dass er sich dann vielleicht besser erholen kann.

Ich gehe zurück zu Raphael. Die Ärzte bereiten gerade vor, ihn von der Beatmungsmaschine zu nehmen. Ich will unbedingt bei ihm sein, wenn er sein Bewusstsein wiedererlangt. Und endlich ist der Zeitpunkt gekommen, wo man uns ins Elternzimmer schickt, um Raphael zu extubieren.

Jemand ruft mich, will mich wecken aus meinem Schlaf auf der grünen Wiese. Mama ist weg, wie benommen höre ich andere Stimmen aus weiter Ferne. Sie wollen, dass ich aufwache, obwohl ich viel lieber schlafen will. Sie werden immer lauter und eine Stimme in meinem Kopf befiehlt mir, die Augen zu öffnen. Langsam, sehr langsam gehorcht mein Körper. Ein kurzer Blick – alles ist verschwommen. Um mich stehen blaue Kittel mit namenlosen Gesichtern. Alles ist fremd und doch ist es gut. „Alles wird jetzt gut", sagt die Stimme in meinem Kopf, „Ich habe es geschafft, ich kann in meinem Körper bleiben!"

Er ist aufgewacht! So schnell wie möglich werden wir, meine Schwester und ich, an sein Bett gelassen. Ich bin überwältigt. Er sieht so gut aus! Er hat zwar noch sämtliche Zugänge, Drainagen und Schläuche, dazu eine Sauerstoffbrille und die Nasensonde, die ihm aus der Nase hängt, aber der Blick ist seit langer Zeit wieder klar. Mit seinen großen, braunen Augen sieht mich Raphael erstaunt an, er weint nicht. Über seinen kleinen Oberkörper zieht sich ein weißer Verband und dennoch sieht er viel besser aus als noch unmittelbar vor seiner OP. Fast kann man sagen, er ist ein anderes Kind, aber doch irgendwie und endlich wieder mein Kind. Seine Augen fixieren mich noch immer. Dann kommt ein zaghaftes Lächeln, das mich zu Tränen rührt. Es ist das erste Lächeln eines neugeborenen Säuglings, der sich über seine Welt freut. Für mich ist es das schönste Geschenk, das ich mir vorstellen kann, und ich bin sprachlos vor Glück. Raphael wird leben. Er wird es schaffen, ich bin mir sicher.

Jetzt fängt für uns ein neues Leben an. Es wird anders sein als jemals zuvor, denn ein transplantiertes Kind braucht eine viel intensivere Pflege, als ein gesundes Kind. Die Ärzte erklären mir, dass ich zweimal am Tag die Immunsupressiva geben muss – das sind die Medikamente, die verhindern, dass das neue Organ vom Körper abgestoßen wird. Die Gabe erfolgte unmittelbar nach der Transplantation das erste Mal und wird jetzt zu einer festgelegten Zeit im Zwölf-Stunden-Rhythmus fortgesetzt. Man erklärt uns, dass es sehr wichtig ist, Raphael immer eine Stunde vorher und nachher nüchtern zu lassen, da sonst die Wirkung des Medikaments beeinträchtigt sein könnte. Heute Abend werde ich das erste Mal dabei sein, wenn die Schwestern das Medikament zubereiten und ihm verabreichen. Langsam laufen die zwei Beutel, die an seiner linken und rechten Bauchseite herunterhängen, voll. Das ist nach einer großen Operation normal und wir sind den Anblick von der gelblichen Körperflüssigkeit, in die sich kleine Blutfäden mischen, längst gewohnt. Die Drainagen werden so lange angeschlossen sein, bis kaum mehr Flüssigkeit abläuft. Wann das genau soweit sein wird, kann man nicht vorher abschätzen. Wir sind den ganzen Nachmittag damit beschäftigt, Raphael zu bewundern, und so wird es Nachmittag, bis ich wieder zu Uwe in den fünften Stock hinuntergehe.

Diesmal bin ich zur regulären Besuchszeit da, aber auf den ersten und den zweiten Blick macht es keinen Unterschied. Zu den drei anderen schwerkranken, nahezu leblosen Menschen kommt niemand. Die Intensivstation liegt genauso still wie außerhalb der Besuchsmöglichkeiten da. Einzig Uwe ist wach und schaut recht verbittert vor sich hin. „Ach, kommst du auch schon?", begrüßt er mich barsch. Ich hole einmal tief Luft, die Kraft zum

Streiten ist mir verloren gegangen beziehungsweise habe ich gerne los-gelassen, denn für so etwas ist mir meine Zeit zu schade. „Ja, jetzt bin ich da. Schau, ich habe dir ein Foto von Raphael mitgebracht, er ist wach. Und schau, wie er lächelt, es geht ihm gut!" Mit der Zeit wird mein Mann wieder versöhnlicher. Er ist immer noch recht müde und schlapp, wahrscheinlich fühlt er sich, wie ich mich nach dem Kaiserschnitt gefühlt habe. Auch sein Bauch ist abgeklebt mit einem großen Pflaster und mir wird wieder be-wusst, was er alles auf sich genommen hat, um Raphaels Leben zu retten. Eine große Tortur und ein bewundernswertes Opfer, das ich immer in Erin-nerung behalten möchte.

Natürlich ist es verständlich, wenn man für sein Kind bereit ist, ein Organ zu spenden, aber es ist noch lange nicht selbstverständlich. Uwe hat eine extreme Arztphobie und ich weiß, dass es ihn viel Mut und Kraft gekos-tet hat, diese Operation durchzustehen. Egal, was in der Zukunft geschieht, für diesen einen Moment an der Schwelle zum OP-Saal werde ich ihm wohl ewig dankbar sein.

Ich frage ihn, ob ich ihm irgendwas holen soll, und ich bin froh, als er sich eine Zeitung und zwei belegte Brötchen aus der Cafeteria wünscht. Es ist ein gutes Zeichen, wenn der Appetit zurückkehrt. „Vor allem kann die Na-sensonde entfernt werden, wenn Ihr Mann wieder alleine isst", informiert uns der Arzt. Das ist Anreiz genug, denn der Schlauch stört beim Trinken und Husten. So spurte ich los und komme mit vollen Händen zurück. Ich setze mich zu Uwe und bin während der einen Stunde Besuchszeit für ihn da. Leider wird er noch eine Nacht auf der Intensivstation bleiben müssen, aber wenn alles glatt läuft, darf er morgen endlich sein Zimmer auf der nor-malen Station beziehen. Ich versuche ihm Mut zu machen, dass sich sein Zu-stand schnell bessern würde, aber ich merke, wie ich mit den zusätzlichen Trostworten an meine Grenzen stoße. Ich muss mir eingestehen, dass ich im Moment keine Geduld für Händchenhalten und stundenlange Gespräche habe, und so vertröste ich meinen Mann damit, ihm morgen beim Umzug auf die normale Station zu helfen. Zu groß ist die Sehnsucht, bei Raphael zu sein, meinem Baby, das gerade um Haaresbreite dem Tod von der Schippe gesprungen ist.

Als ich wieder in Raphaels Zimmer komme, schleckt er gierig ein großes Wattestäbchen, das meine Schwester in Wasser getränkt hat, ab. Ein Arzt sieht ihm dabei zu und meint, dass man morgen probieren könnte, ob Raphael trinken will. Das wäre so wunderbar, denke ich mir, aber im Moment bin ich auch einfach glücklich, ihn genau so, wie er vor mir liegt, zu sehen. Er sieht sich neugierig um und greift nach seinen frisch desinfizierten Babyspielsachen. Er lacht, wenn man an seinem Schutzengel-Mobile dreht. Er ist aufmerksam, wenn jemand zur Tür hereinkommt. Die Ärzte und Schwestern sind ganz begeistert, wie gut sich alles entwickelt. Ich wünschte natürlich, mein Mann könnte jetzt sehen, wie viel die Transplantation gebracht hat. Ich erzähle Raphael, dass sein Papa bald zu Besuch kommen wird, und er gluckst munter vor sich hin.

Nati geht die Medikamentenspritzen am Infusionsständer durch. Als Ärztin weiß sie, welches Mittel wofür gegeben wird. „Da ist Morphin drin und das da sind Opiate", erklärt sie mir. Schwerste Medikamente, die Raphael aber im Moment dringend braucht, denn sonst würde er die Transplantationsschmerzen gar nicht aushalten. Hier müssen die Ärzte ganz genau abwägen und dosieren, denn die Mittel machen schnell abhängig. Sobald wie möglich wird der Patient wieder von den Suchtmitteln entwöhnt. Zusätzlich bekommt Raphael Blutverdünner, damit sich kein Thrombus bildet, und außerdem noch seine Standard-Antibiose, damit er sich nicht direkt nach der Transplantation einen Keim einfängt. Ich denke an den ersten Medikamentenentzug, den ich mit ihm durchgemacht habe, und bin sehr froh, dass er noch ein paar Tage auf der Intensivstation sein wird, dort haben die Ärzte doch andere Möglichkeiten sich um ihn zu kümmern. Am Abend lassen wir uns die Zubereitung seines Immunsuppressivums genau erklären; es ist ein

Granulat, das mit einer bestimmten Menge Wasser angerührt und dann per Plastikspritze in den Mund verabreicht wird. Raphael nimmt es zusammen mit diversen anderen Mitteln willig ein, und so warten wir gespannt auf den morgigen Tag und hoffen, dass das Trinken auch so gut funktioniert.

Zwischen den Welten

„Krisen bieten uns die Chance über uns hinauszuwachsen, etwas Neues zu beginnen. Sie wecken ein Potenzial, das tief in uns verborgen ist."
(Cheryl Richardson)

Wenn ich an die Zeit nach der OP zurückdenke, erklingt der schaurig schöne Sound von „Entre dos Tierras", einem Hit aus den Achtzigern von Heroés del Silencio, in meinem Kopf, und auch wenn das Lied an sich von etwas ganz anderem handelt als von einem Hin- und Hergerissen sein zwischen mehreren Personen, passt zumindest der Titel und die Melodie zu dem Gefühl, das ich damals hatte. „Zwischen zwei Welten" in meinem Fall zwischen drei Welten: Uwes Zimmer, die Intensivstation mit Raphael und die Welt außerhalb der Klinik.

1.Februar 2010

Die erste überschwängliche Freude ist verglommen. Ich habe mein Gepäck und sonstige kleine Habseligkeiten in das Geschwisterhaus umgezogen, ein älteres Gemäuer, das aber gut erhalten und sauber ist und wo es auch die Möglichkeit gibt, Geschwisterkinder jeden Alters unter der Woche betreuen zu lassen. Die Leiterin, die selber als Erzieherin mitarbeitet, ist eine sympathische und dynamische Frau, die wirklich darauf bedacht ist, den Müttern und Vätern schwer kranker Kinder Last abzunehmen. Bei Bedarf hört sie auch die verschiedenen Leidensgeschichten der Kinder und Eltern an und bietet so eine Schulter zum Ausweinen. Gerade arbeitet noch ein junger, ausgesprochen gut aussehender und netter Praktikant im Haus, aber nach Flirten steht mir im Moment nicht der Sinn. Ich bin nur froh, dass es Raphael gut geht und dass mein Mann einen Teil seiner Leber gespendet hat und auch wieder auf dem Weg der Besserung ist. Ich plane im Hinterkopf, David vorübergehend zu mir zu nehmen, und bin froh, dass ich eine Betreuungsmöglichkeit gefunden habe. Jetzt, wo die Anspannung nachlässt, merke ich, wie schrecklich ich ihn vermisse. Er ist noch so klein, eigentlich viel zu klein für so ein Drama. Ich weiß, dass er von meinen Schwiegereltern gut abgeschirmt ist und das Leid und seine besorgten Eltern nicht so wahrgenommen hat, und trotzdem hat ihn die Zeit der Trennung schwer getroffen. Langsam verdrängen die Bilder von einem sehr erst gewordenen David die von meinem fast sterbenden Baby Raphael. Ich mache mir völlig übertriebene Vorwürfe, dass ich nicht überall gleichzeitig sein kann – Gefühle, nicht gut genug zu sein, wie sie wahrscheinlich jede Mutter kennt. Langsam zeigt sich, wie diese schwere Zeit an mir genagt hat, und darum lenke ich meine Gedanken in Richtung Familien-Reha und hoffe einfach, dass wir durch eine intensive gemeinsame Zeit wieder zueinander finden. Im Moment ist jeder aus meiner Familie woanders: Raphael auf der Intensivstation, die er natürlich nicht verlassen darf, David daheim bei meinen Schwiegereltern. Mit ihnen habe ich abgesprochen, dass sie noch ein paar Tage warten sollen, bis sie uns mit David besuchen, damit Uwe und Raphael schon etwas erholter sind. Uwe ist mittlerweile auf der normalen Station angekommen, aber er kann sich noch nicht uneingeschränkt und schon gar nicht ohne Aufsicht bewegen, und so springe ich im Kreis.

Ich laufe wie in einem Hamsterrad, ohne Pause. Morgens rauf in die Klinik, wo Raphael meistens schon aufgewacht ist und auf Unterhaltung wartet. Dazwischen immer wieder zu Uwe, damit er sich nicht einsam fühlt, und dann aber schnell wieder rauf zu Raphael, damit er nicht ohne Ansprache ist, wenn er von seinen Schläfchen erwacht. Es ist noch nicht die Zeit der

Smartphones, und so kann ich für Uwe keine Videos oder Fotos mit dem Handy aufnehmen. Am dritten Tag will er Raphael dann endlich selber sehen. Er ist noch an eine Schmerzmittelinfusion angeschlossen, die er nicht mit hinauf nehmen will. Die Schwester bringt einen Rollstuhl und Uwe hievt sich mit aller Kraft hinein. Mein Mann will sich so wenig wie möglich helfen lassen, auch den Rollstuhl will er selber anschieben. Die Freude ist groß, als er seinen kleinen Sohn sieht und Raphael ihn mit seinen wunderschönen, wachen Augen anstrahlt. Das ist der Moment, in dem Uwe weiß, dass sich alles gelohnt hat. Unser Sohn wird leben dank der Leberspende. Das Ärzte-Team und die Schwestern sind wahnsinnig stolz auf meinen Mann, dass er sich so einer großen Operation unterzogen hat, um Raphaels Leben zu retten. Ich bin auch froh und stolz und weiß es bis heute zu schätzen. Ich habe von anderen Fällen gehört, bei denen der Vater nicht spenden wollte, auch wenn das die einzige Möglichkeit war.

Papa! Mein Papa und meine Mama sind da. Ich kann sie wieder erkennen. Ich liege in meinem Bettgestell und schaue mich um. Etwas ist mit mir passiert, ich fühle mich leichter. Ich kann wieder atmen und mein Bauch tut nicht mehr weh. Das muss ich meinen Eltern erzählen. Die beiden lächeln mich an, ich glaube, sie können meine Sprache noch nicht ganz verstehen. Jetzt nimmt Papa meine Hand, er sieht so glücklich aus ...

An diesem ersten Tag auf Achse hält es Uwe nicht lange aus. Auf einmal setzt die Nachwirkung des Betäubungsmittels aus und er bricht vor Schmerzen fast zusammen. Auf dem schnellsten Wege fahre ich ihn zu seinem Zimmer zurück und bitte auf der Station die erstbeste Schwester darum, ihn wieder an die Infusion zu hängen. Das Schmerzmittel soll nach und nach reduziert werden, solange bis Uwe an eine mobile Schmerzpumpe angeschlossen werden kann, bei der er selber bestimmt, wie oft und in welcher Dosis er eine Injektion braucht. Daran, dass Uwe es nicht ohne Schmerzmittel ausgehalten hat, sehe ich, wie schwer der Eingriff gewesen sein muss. Ich weiß, dass mein Mann, was Schmerzen betrifft, relativ belastbar ist und ich habe nicht damit gerechnet, dass er noch so sehr auf die Infusion angewiesen ist. Die Tage, an denen Uwe und Raphael im Krankenhaus liegen, gehen schnell vorbei. Ab dem vierten Tag kann Uwe sich frei bewegen, auf längere Strecken nimmt er die mobile Schmerzpumpe mit und so können wir gemeinsam zu Raphael gehen, der sich zum Sonnenschein der Intensivstation entwickelt hat. Wir lernen die Medikamente zu verabreichen und nach und nach wird ein Schlauch nach dem anderen gezogen. Das ist das Schönste, wenn uns gesagt wird, dass dieser oder jener Zugang entfernt werden, dass die erste Drainage herausgenommen werden kann, dass man den Arterienkatheter und den Fiebermesser nicht mehr braucht, dass Raphael es ohne Sauerstoffbrille schafft zu atmen. Jeder entfernte Schlauch bringt mir mein Kind ein kleines Stückchen zurück. Leider verweigert Raphael weiterhin das Trinken und so wird das meiste an Nährstoffen noch über den zentralen Venenkatheter zugeführt. Das ist ein kleiner Wermutstropfen, aber insgesamt überwiegt der Erfolg sehr deutlich. Abends bekommt er ein Schlafhormon zugeführt, Melantonin, damit er einigermaßen gut einschlafen kann. Die Schwestern erzählen mir, dass er sehr unruhig schläft, aber ich versuche mich emotional davon zu distanzieren. Ich muss Kraft sammeln für die Zeit, wenn Raphael auf die normale Station darf. Ich stelle mich auf das Schlimmste ein und vertraue jetzt der Kompetenz der Intensivschwestern, die durchaus die Möglichkeit haben, im Notfall einen Schlafmittelbolus zu verabreichen. Wenn Raphael eingeschlafen ist und ich Uwe verabschiedet habe, beginnt der entspannendste Teil des Tages: mein Gang durch die Dunkelheit den Berg hinunter zum Geschwisterhaus, endlich zehn Minuten alleine. Die eiskalte Luft tut mir gut. Manchmal laufe ich sogar noch einen Umweg, um ein bisschen zu mir zu kommen. Im Haus angekommen ist alles ruhig, nur ein kleines Licht brennt in der Gemeinschaftsküche. Ein Mann sitzt am Tisch und trinkt ein Glas Rotwein. „Hi". Ich freue mich ihn zu sehen. Wir haben uns gleich am ersten Abend kennengelernt und ein bisschen angefreundet, so wie es unter den Umständen eben möglich ist. Sein Name ist Michael, er steckt in einer anderen Krise als ich, und doch sind die Fälle immer ein Stück vergleichbar. Jeder, der hier ist, hat einen schweren Schicksalsschlag hinter sich, vor sich oder gerade um sich. Jeder, der ein schwer krankes Kind hat, muss sein Leben neu ordnen und bewertet vielleicht das eine oder andere anders. Michael hat selber schon viel durchgemacht. Nach einer Schweizer Bankkarriere, Selbstständigkeit und dem großen Geld die Erkenntnis, dass es etwas Wichtigeres als Geschäfte gibt, die Suche nach sich selbst. Er lernt eine Frau kennen, mit der er ein Kind bekommt. Zusammen gehen sie als Familie auf Weltreise, führen bei einer Fahrradtour mit dem Fünfjährigen durch die Anden ein alternatives Leben. Sie sind zufrieden. Jetzt ist seine Frau erneut schwanger, Zwillingsmädchen. Leider läuft nicht alles rund. Eines der Mädchen wächst nicht mehr richtig. Seine Frau muss im Krankenhaus überwacht werden. Die Gefahr, dass eines der Zwillinge stirbt und somit Mutter und Schwester gefährdet, ist hoch. Seine Frau ist in der 25. Schwangerschaftswoche. Wir tauschen unsere Geschichten bei einem kargen Abendessen aus. Jeder zwei Scheiben Toast, Marmelade, Käse oder Wurst und ein Glas Wein. Trotzdem bin ich zufrieden. Wenn ich an Raphael denke, reicht das, um zu lächeln. Die Gespräche mit anderen vertreiben den Kummer und die Sorgen, und darum geht es ja auch, um Menschlichkeit. Ich versuche Michael Hoffnung zu machen, es geht immer irgendwie weiter. Spät nachts falle ich in mein Bett. Ich schlafe ohne Unterbrechung bis der Wecker klingelt. Um halb sieben will ich aufstehen und wieder zu Raphael hochgehen.

Bis zum Wochenende muss ich mich noch gedulden. Dann kommt David mit meinen Schwiegereltern. Endlich kann ich ihm guten Gewissens sagen, dass alles gut werden wird, dass Raphael bald wieder gesund ist und wir dann nach Hause kommen. Endlich kann ich eine unbeschwerte Zeit mit David verbringen, der Sensemann ist an uns vorbeigezogen. Wir beschließen, David bei uns in Tübingen zu lassen. Unter der Woche gibt es ja die Kinderbetreuung und Uwe wird auch bald entlassen werden und dann noch eine Weile hier sein. Wir wollen die Zeit nutzen, in der Raphael noch auf der Intensivstation untergebracht ist. Die Freude, als die Familie zusammenkommt, ist riesig. Raphael sieht richtig gut aus und wir teilen unsere Erleichterung. David bei mir zu haben, ist für mich das größte Glück auf der Welt. Ich schaue meinen Zweieinhalbjährigen an und könnte weinen vor Glück. Bald werden wir wieder alle zusammen sein.

Auf den Spuren Leonardos

„Es ist nicht so wichtig wie viele Tage dein Leben hat, das Einzige, was zählt, ist mit wie viel Leben du sie füllst"
(Abraham Lincoln)

Tagebucheintrag vom 08.02.2010

„Die Tage vergehen langsam, aber unser Raphi macht alles ganz gut. Es gibt noch ein paar Baustellen, aber ich hoffe einfach, dass die auch bald erledigt sind. Die Lage hat sich schon sehr entspannt und bald kommt er auf die normale Station, das hat zumindest Dr. Kurz verraten. Endlich, nach über einem Monat Intensiv. Ich hoffe, das mit dem Essen klappt dann endlich und dann sind wir schon bald zuhause. Mit meinem Baby, gegen jede Erwartung."

Tagebucheintrag vom 09.02.2010

„Raphael kommt auf die normale Station! Ich bin so froh! Jetzt bin ich halt ein bisschen gefordert, ihn zu bespaßen, aber das nehme ich gerne in Kauf. Jetzt muss nur noch die Nahrungsaufnahme funktionieren und dann haben wir den Jackpot ☺, die zwei süßesten Jungs der Welt."

God, I'm happy! Die Euphorie hilft mir gewaltig, die ersten Nächte auf der normalen Station zu überstehen. Ich habe ein Déjà-vu-Erlebnis, als ein großer Kerl mit braunen Locken, lautem Lachen und strahlend weißen Zähnen zu uns auf die Intensivstation kommt, um Raphael abzuholen. „Roberto! Immer noch da?", frage ich ihn lachend. Ich merke, wie Pfleger Roberto überlegt, wo er mich einordnen soll. Ich habe meine Haare anders. Ein paar ungemütliche Sekunden verstreichen: „Ah, jetzt weiß ich", ruft er, als die Erkenntnis einsetzt. Oh mein Gott, er ist immer noch stoned, denke ich mir und mustere ihn von oben bis unten. Die Jesus-Latschen sind ersetzt worden durch weiße Birkenstocks über weißen Turnsocken, aber das ist mir ganz egal. Ich bin froh, Roberto zu sehen, denn ich weiß, wie liebevoll er mit den kleinen Patienten umgeht.

Die Fahrt durch das Krankenhaus von der einen zur anderen Station ist befreiend. Als sich die schwere Schiebetür hinter uns das letzte Mal schließt, blicke ich ohne Wehmut zurück. Ich will all das nur noch hinter mir lassen. In den letzten zwei Tagen war Raphael eines der gesündesten Kinder auf der Station, so schnell wendet sich manchmal das Blatt. Andere Eltern bangen weiterhin. Jeden Tag kommen neue Fälle dazu, die Ärzte geben ihr Bestes und bei den Kindern geht es wirklich oft gut aus. Vielen steht ein Schutzengel zur Seite, der Durchlauf in der Kinderintensivstation ist zügig. Wir lassen ein Kind zurück, das unter die Räder gekommen ist. Von draußen können wir beobachten, wie die Ärzte die Nacht durchoperieren, die Versorgung erfolgt im Zimmer hinter einem grünen Tuch, damit man vom Gang aus nicht hineinschauen kann. Simon ist noch während der Operation gestorben. Die offizielle Erklärung war, die Organe wurden getauscht und haben gearbeitet. Danach hat das Herz versagt. Ich wünsche ihm, dass er friedlich eingeschlafen ist, ohne Angst vor dem Unbekannten. Ich wünsche ihm, dass er ins Licht gegangen ist und alle seine Schmerzen zurücklassen konnte. Ich wünsche seiner tapferen Mutter, dass sie Frieden finden kann, auch wenn ihr das Wichtigste genommen worden ist. In Gedanken wird sie ihren Sohn überallhin mitnehmen, auch wenn der Schmerz seine Zeit braucht.

Für uns geht es bergauf. Der Weg ist beschwerlich, mal steil nach oben und dann wieder ein paar Schritte zurück. Er schlängelt sich im Zickzack, aber immerhin stimmt die Tendenz. Auf der normalen Kinderstation haben wir ein großes Einzelzimmer, das ist bei frisch Transplantierten so üblich, wenn es irgendwie machbar ist. Vor der Tür steht immer noch ein bestückter Wagen mit Mundschutz, Handschuhen und Haarnetz, sowie den grünen Einwegkitteln. Man ist sehr umsichtig, was die Hygiene betrifft. Raphael macht seinen zweiten krassen Medikamentenentzug mit, die Opiate, die auf der Intensivstation für gute Stimmung gesorgt haben, sind nun vollständig abgesetzt und das macht sich in seiner Laune bemerkbar. Die Nächte sind besonders schlimm. Ständig piepst es, weil eine Spritze leer geht oder der Computer Alarm schlägt. Wenn alles ruhig ist, schreit Raphael. Die Stille ist er nicht gewohnt. Er hängt noch an diversen Infusionen, so dass ich ihn nicht neben mich ins Bett legen will, weil ich Angst habe, dass ein Zugang herausgezogen wird. Ich stehe auf, versuche zu trösten, habe keine Chance. Ich bettle die Schwester um einen Schlafbolus an, aber so etwas muss mit dem Nachtarzt abgeklärt werden und der kennt Raphaels Fall nicht gut genug. Irgendwann darf er dann doch ein Beruhigungsmittel nehmen und wir können bis zur nächsten Unterbrechung schlafen.

Mit der Zeit wird zum Glück auch sein Schlaf ruhiger. Ganz langsam kann ich ihn wieder an normale Zeiten gewöhnen – an einen Mittagsschlaf, bei dem ich mich auch hinlege, und an eine akzeptable Nachtruhe. Ich habe mir ein „Bitte nicht stören – Schlafenszeit"-Schild geben lassen und so lässt man uns in Ruhe. Relativ zeitnah kommt auch eine Krankengymnastin, die ganz langsam beginnt, meinen Sohn zu mobilisieren. Ich bin froh und dankbar für jede Unterstützung und für jede Ablenkung, die Raphael hat. Der Oberarzt, unser riesiger Bär, macht einmal am Tag Visite und ist relativ zufrieden mit Raphael. Das Einzige, was uns alle stört und besorgt, ist, dass er immer wieder spuckt, sobald er über die Magensonde gefüttert wird. Er hat zwar keine Bauchkrämpfe, aber ab einer gewissen Menge kommt alles wieder raus. Trotzdem habe ich ein besseres Gefühl als nach der Operation im Sommer. Dr. Bode ordnet einen Schlucktest an, bei dem der Schluckmechanismus geröntgt wird. Der Test findet beim Radiologen Dr. Hummel statt, der sichtlich erfreut ist, Raphael wiederzusehen. Die Bilder zeigen, dass die Magenwände noch dick geschwollen sind und somit die Flüssigkeit nur in sehr geringen Mengen vom Magen in den Darm weiterlaufen kann. Die Ärzte schlagen vor, eine Dünndarmsonde zu legen, eine sogenannte Jejunalsonde. Das ist einfach eine verlängerte Magensonde, die allerdings komplizierter zu legen ist, weil man über die Nase bis in den Darm gehen muss. Die Jejunalsonde ist die einzige Chance für Raphael, um einen neuen Hickman herumzukommen. Es muss einfach klappen, ich will keine Venennahrung mehr. Die Jejunalsonde wird über das halbe Gesicht verklebt, damit sie nicht herausrutscht. Raphael sieht aus wie ein Indianer, aber es funktioniert. Die Nahrung, eine spezielle, ganz zersetzte Milch, wird vom Darm aufgenommen und verarbeitet. Raphael muss nicht mehr spucken und er hat auch keine Bauchschmerzen. Einige Tage später darf sogar der ZVK gezogen werden, weil die Milchnahrung für ihn ausreicht. Ich bin so happy, wir haben wieder einen Schritt geschafft. Sobald er von dem ZVK abgekoppelt ist, gehe ich mit ihm nach draußen. Er kann in seinem Wagen Mittagsschlaf machen. Es ist Mitte Februar und noch immer eisig kalt. Vereinzelt liegen noch Schneedecken auf meinem gewohnten Weg. Die Nahrung, die 24 Stunden am Tag läuft, ist dick umwickelt und Raphael ist bis zur Nasenspitze zugedeckt. Ich schiebe ihn zu meiner Bank und setze mich eine Stunde in die Kälte. Tauche ab in meine Fantasy-Romane, um nachher wieder präsenter zu sein. Der Wind rüttelt am Kinderwagen, aber das ist mir alles egal. Hauptsache ich kann der Krankenhauswelt kurz entfliehen. Ich gehe bei Wind und Wetter meinen Weg, sorge dafür, dass Raphael frische Luft atmet, und komme dann in die Klinik zurück.

Tagebucheintrag vom 23.02.2010

„Die Tage ziehen sich. Wir sind jetzt schon unendlich lange hier. Kann man nach so einer langen Zeit wieder ein normales Leben führen? Trotz allem bin ich zum ersten Mal nicht ungeduldig, sondern mache den langsamen Trott im Hospital mit – Raphi hat es sich verdient. Und jeden Tag bin ich glücklich, dass er lacht und mit mir spielt, dass ich ihn wieder auf meinem Arm tragen kann, dass er interessiert ist und keine Schmerzen mehr hat. Das Einzige, was ich vermisse, ist mein kleiner David, der Rest ist erträglich. In der Zwischenzeit überlege ich, was ich zurückgeben kann. Ich denke, wenn es soweit ist, wird mir schon was einfallen ...“

Tagebucheintrag vom 26.02.2010

„David ist zu Besuch und das ist immer schön. Natürlich ist es dann umso trauriger, wenn er wieder abreist. Letzte Nacht habe ich im Hotel geschlafen, aber heute will ich im Krankenhaus bleiben, weil Raphi noch mal auf der Intensiv punktiert wird. Morgen fährt Uwe mit David wieder heim und das ist immer traurig für mich.“

Nachdem wir das Nahrungsproblem für den Moment zufriedenstellend gelöst haben, rückt eine andere Komplikation in den Vordergrund. Raphaels Körper lagert in der Nähe der linken Lunge immer wieder Wasser ein, das dann punktiert werden muss. Durch ein paar kleinere Untersuchungen finden die Ärzte heraus, dass er an der einen angenähten Vene, der Vena cava, eine kleine Engstelle hat. Professor Herzbeck wird also noch eine letzte Katheteruntersuchung machen, bei der er einen Ballon an der Stelle aufbläst, um die Vene zu weiten. Aber das sind die letzten Kleinigkeiten. Raphaels Leber wird mit einem Krankenwagen abgeholt und in die Pathologie gefahren. Dr. Wagenmüller will bei der Sezession persönlich anwesend sein. Raphaels Leber ist deutlich vergrößert und voller Metallspiralen, ich bin nicht traurig darum, dass sie zerschnitten wird.

Am 9. März 2010 feiern wir Raphaels ersten Geburtstag. Was für eine Freude. Draußen wird es langsam wärmer und die Sonne scheint. Die ganze Kinderstation hat meinem Sohn ein Plakat gemalt und alle Schwestern, Ärzte, Pfleger und ein paar andere Eltern haben unterschrieben. Wir holen einen großen Kuchen und alle feiern mit uns. David, Uwe und meine Schwiegermutter sind da, und Raphael freut sich über seine Geschenke. Er kann noch nicht richtig sitzen, deshalb legen wir ein Stillkissen um seinen Rücken. Er spielt mit einer Musikstation für Babys. Auch wenn wir noch nicht ganz daheim sind, genießen wir diesen Tag mit unseren Jungs. Wir sind unglaublich stolz auf die beiden und wirklich gerührt über die großartige Hilfe, die es uns ermöglicht hat, diesen ersten Geburtstag zu feiern.

Am 17. März 2010 werden wir aus der Klinik entlassen. Ich kann nicht fassen, was für ein Glück wir hatten. Mein Sohn darf mit uns nach Hause gehen, und auch wenn vieles neu sein wird und wir auf einiges achten müssen, freue ich mich unglaublich darüber, dass Raphael noch hier sein darf. Dass er lebt, ist das größte Geschenk, dessen bin ich mir bewusst. Ich musste einen langen Weg gehen, um das Ausmaß dieses Glücks zu begreifen, aber am Ende hat sich alles gelohnt.

Leben wie E.T. oder Dienstagsleiden

„Willst du ewig weiterschweifen,
sieh, das Gute liegt so nah.
Lerne nur das Glück ergreifen,
denn das Glück ist immer da."
(Johann Wolfgang von Goethe)

Das Leben ist schön. Wir leben in einer reichen Welt und der Mensch hat viel erreicht. Jeder erdenkliche Luxus wird in unsere Realität gebracht, wir können gehen, wohin wir wollen und mit wem wir wollen. Wir können das aus uns machen, was wir von ganzem Herzen anstreben, haben eine Fülle von Optionen, wenn wir mit offenen Augen durchs Leben gehen. Und doch hat es das Leben an sich, uns manchmal mit Dingen, Ereignissen oder Situationen zu konfrontieren, in denen und mit denen wir uns gar nicht mehr auskennen. Das kann von einem Tag auf den anderen passieren und schon stehen wir im Ungewissen. Vielleicht ist das auch Teil eines größeren Konzepts und dient dazu, uns bewusst werden zu lassen, dass das Leben auch tatsächlich schön sein kann und man diese Schönheit auch erkennt. Das geht nämlich nur, wenn man etwas sieht, das in Relation oder Opposition zu dem steht, was man hat. Was wäre etwas Gutes ohne etwas Schlechtes. Was wäre ein Hell ohne ein Dunkel, ein Heiß ohne ein Kalt, ein Außen ohne ein Innen – leeres Sein. Manchmal denke ich, ich könnte das Leben, so wie es jetzt ist, nicht als schön ansehen, wenn ich nicht mit Raphaels Krankheit konfrontiert worden wäre. Ich war wirklich völlig perplex, als er das erste Mal auf die Intensivstation eingeliefert wurde. Ich machte die Augen zu, und als ich sie wieder öffnete, war ich in einem anderen Universum. Ich hatte mich nie mit dem Gedanken befasst, dass etwas mit meinem Kind nicht in Ordnung sein könnte, was ja auch gut war, denn sonst hätte ich vielleicht gar keine Kinder bekommen. Ich war wirklich geschockt von dem, was wir bei anderen Kindern miterlebt haben, und am meisten von dem, was Raphael durchmachen musste, und dennoch habe ich in dieser relativ kurzen Zeit so viel gelernt wie nie zuvor. Natürlich wünschte ich, dieser Schicksalsschlag wäre meinem Sohn erspart geblieben, aber man muss die Dinge eben nehmen, wie sie sind, und das Beste daraus machen. Ich suche auch nicht permanent einen tieferen Sinn hinter seiner Geschichte, ich denke, wenn es so etwas gibt, werde ich es vielleicht am Ende erfahren, vielleicht aber auch nicht. Wichtig ist, ihm und seinen Geschwistern und mir selber ein schönes Leben zu machen, das nicht von Angst, Zweifeln, Schwarzsehen und Katastrophenalarm geprägt ist, sondern an dem wir alle uns erfreuen können. Eine der Schlüsselerkenntnisse für mich ist, sich auf das kleinste bisschen Positive, sei es noch so winzig, zu konzentrieren und das wachsen zu lassen, und nach meiner Erfahrung wächst es dann auch, denn es gibt eben nichts Schlechtes ohne etwas Gutes.

Bis ich das alles begriffen hatte, war es natürlich ein langer Weg. Die erste Zeit fühlte ich mich elend. Mir kam es so vor, als ob die Welt aus glücklichen Müttern mit gesunden Kindern besteht und ich wie ein Außerirdischer in einer anderen Sphäre hausen würde. Das war natürlich nur meine selektive Wahrnehmung, die einen sehr verleiten kann, nichts anderes als das eigene schlimme Schicksal zu sehen. Wenn wir uns von ihr verschlucken lassen, sind wir verloren. Es braucht Kraft und Durchhaltevermögen, sich dagegen zu stemmen, aber wenn man das Leben nur ein kleines bisschen liebt, schafft man das. Viele Mitmenschen haben ein offenes Ohr, wollen aber dem Betroffenen nicht zu nahe treten. Ich habe immer offen über Raphaels Krankheit gesprochen und habe so auch die nötige Unterstützung erfahren, auch wenn die Verlockung dann und wann groß war, mich in ein Schneckenhaus zurück zu ziehen. Ich hatte Glück, dass ich noch David hatte, der mich als Vorbild brauchte, für den die sozialen Kontakte wichtig waren, der mich immer wieder herausgeholt hat und für den es unerlässlich war, dass seine Eltern einen klaren Kopf behalten. So bin ich nicht vollkommen in dem Krankenhausstrudel untergegangen, sondern habe immer wieder auch ein anderes mögliches Leben vor Augen gehabt. Selbst wenn andere sich nicht hundertprozentig einfühlen können, was es bedeutet, mit einem schwer kranken Kind zu leben, war die Anteilnahme, Hilfe und Unterstützung, die wir erfahren haben, enorm. Trotzdem ist es ganz wichtig, sich auf seine eigene Kraft zu verlassen, denn letztendlich stehen wir jeder für sich alleine da, eingebettet in einem größeren Ganzen. Für mich ist es wie in einem hinduistischen Bildnis: Jeder Mensch ist eine eigene Perle, in einem großen Netz verbunden mit anderen Perlen. Die waagrechten sind unsere Weggefährten, die senkrechten die Generationen vor uns und nach uns. Jede Perle steht für sich und ist doch ein unerlässlicher Teil eines wunderbaren Musters.

E.T.'s langer Weg nach Hause

Es gibt immer eine Antwort, die größer ist als das Problem

Kennen Sie noch die Filmfigur aus den Achtzigern? E.T., der auf unserem Planeten angekommen ist und irgendwann sehr traurig in den Himmel schaut und an sein Zuhause denkt. Der einen Weg sucht, um nach Hause zu kommen? Nach der ganzen Krankenhauszeit kamen wir uns auch ein bisschen so vor. Wir waren als Familie zerschlagen und völlig neuen Herausforderungen ausgesetzt. Ein transplantiertes Kind, von dem man uns gesagt hatte, dass es nie wie ein „normales" Kind aufwachsen kann. Bei dem man aufpassen muss, was es anfasst, was es isst und wo es sich aufhält. Wir hatten das Gefühl, ein rohes Ei mit nach Hause zu nehmen. Transplantierte Kinder sollen möglichst keine Haustiere haben, auch auf Blumenerde im Haus soll verzichtet werden. Ist jemand in der Umgebung erkältet, darf er am besten nur mit Mundschutz zu dem Kind. Man muss es gut vor der Sonne schützen, denn Menschen, die Immunsupressiva nehmen, haben ein vielfach erhöhtes Krebsrisiko. Auch auf bestimmte Zitrusfrüchte soll das Kind verzichten, da sie eventuell die Wirkung der Medikamente aushebeln. Und uns wurde geraten, Raphael zunächst nicht im Kindergarten anzumelden.

Mit dem ganzen Gepäck bin ich zuhause angekommen und war doch weit, weit davon entfernt, heim zu mir selbst zu kommen oder mich mit der Situation anzufreunden. Wie sollte ich zurück zu einem unbeschwerten Leben finden? Im Nachhinein denke ich, die Antwort ist genauso einfach, wie sie schwer ist, nämlich Schritt für Schritt, und sei jede Bewegung noch so winzig. Den Fuß heben, nach vorne setzen und den anderen hinterher. Jeden Tag ein kleines bisschen. Sich selber daran liebevoll erinnern, wenn man zu lange stehen bleibt oder nicht mehr aufstehen kann. Hilfe zulassen und sich selber vergeben. Behutsam mit sich umgehen, so wie man ein kleines Kind bei der Hand führt, wenn der Boden wackelig ist. Trauer und Schmerz können uns manchmal die normale Sichtweite versperren. Wir müssen zur

Ruhe kommen können und unsere Gedanken ordnen. Sehen, dass das Jetzt funktioniert und dass es Wege gibt, es zu verbessern. Ich war geduldig, denn Geduld haben mich die Krankenhausaufenthalte gelehrt, aber ich war auch zuversichtlich. Ich wusste, dass es eine Frage der Zeit ist, bis Raphael stabiler sein würde, und ich verließ mich auf meine Kraft, ihn auf seinem Weg begleiten zu können. Aus jeder Krise gibt es auch einen oder mehrere Auswege, man kann sogar an ihnen wachsen. Dieses Buch ist nichts anderes als ein einfaches Beispiel für die Höhen und Tiefen, die jedes Leben mit sich bringt. Raphaels Geschichte ist nichts Besonderes, besonders ist nur die Bedeutung, die sie für mich hat oder die ihr andere zuschreiben. Die Jahre werden zeigen, wie mein Sohn sich entwickelt, aber eines ist jetzt schon sicher: Die Lebensfreude wird er sich nicht nehmen lassen, denn er ist derjenige, der aus tiefstem Herzen lachen kann, wenn ihn etwas freut, und das ist ziemlich oft der Fall.

Hi: Ich bin ein Außerirdischer. Naja, nicht ganz, aber manchmal könnte ich das denken, wenn mich die Leute anschauen. Heute passiert das nicht mehr so oft, nur wenn ich im Schwimmbad bin und man meine große Narbe, die von der Brust bis zum Bauchnabel und einmal von links nach rechts reicht, sieht. Oder man genauer an meinen Hals schaut. Das sieht aus wie lauter kleine Knötchen, ist aber nichts Schlimmes, nur die Narben von den vielen ZVK, die ich im Laufe meines jungen Lebens schon hatte. Früher, also in der Zeit vor und nach der OP, war das noch schlimmer. Ich hatte mal eine Dünndarmsonde, die über die Nase in meinen Körper ging, und da war mein ganzes Gesicht verklebt, damit die auch ja nicht rausgeht, denn es ist nicht ganz so einfach eine Dünndarmsonde zu legen. Später hatte ich dann nur noch eine PEG-Sonde, aber die war ständig entzündet und Mama hat mich mit Milch vollgepumpt, bis ich fast gespuckt habe. Gut, dass ich jetzt endlich keinen Schlauch mehr brauche!

Ich bin jetzt schon ein großer Junge, sagt meine Mama immer. Ich habe noch zwei Brüder, einen älteren und einen jüngeren, die müssen nie ins Krankenhaus, außer wenn sie mich mal begleiten. Aber den Piks bekomme immer nur ich, das finde ich schon gemein. Ansonsten ist es ja nicht schlimm bei den Ärzten. Ich kenne mich schon total gut aus mit den ganzen Untersuchungen. Ich weiß zum Beispiel, was ein Ultraschall ist, und vor dem Blutdruckmesser habe ich schon lange keine Angst mehr. Auch das Röntgen oder EKG-Untersuchungen machen mir nichts aus. Im Grunde genommen mag ich auch meine Ärzte gerne – wir haben einen echt netten Kinderarzt in unserer Kleinstadt, der ist so alt wie Mama und sucht für mich immer die grünen Gummibärchen raus. Bei Frau Bischoff bin ich auch gerne, die erschreckt sich vor meinen Angry-Birds-Figuren. Und es gibt eine Überraschungskiste, leider nur für das Blutabnehmen und daran habe ich mich noch nicht gewöhnt.

Dann und wann setzt Mama mich ins Auto und sagt: „Wir müssen jetzt nach Tübingen, aber nur zur Kontrolle", und dann fahren wir los. Wenn David will, darf er auch mitfahren, und ich freu mich. Im Krankenhaus finde ich immer was zu spielen und wir gehen durch die große Halle rein, in der die Sanitätsautos parken. Letztes Mal habe ich ein gelbes gesehen. In Tübingen kenne ich mich schon richtig gut aus. Mittlerweile gibt es auch ein Elternhaus, und wenn Platz ist, schlafen wir meistens dort eine Nacht, und wenn nicht, gehen wir in das Hotel Lamm, da gibt es so gutes Essen, findet Mama. Mir ist das egal, ich finde es immer schön, mal mit Mama alleine zu übernachten, und meistens machen wir nach dem Krankenhaus auch was richtig Cooles, zum Beispiel in das große Spielzeuggeschäft gehen oder in den größten überdachten Indoor-Spielplatz, den ich kenne.

Ich weiß auch, dass es noch andere transplantierte Kinder gibt, wir waren nämlich schon dreimal alle zusammen in Österreich auf Reha. Dort gibt es Urlaub für uns Transplant-Kids und ihre Familien und ein paar von den anderen Kindern dort müssen auch immer ihre Medis nehmen. Ich kenne meine schon beim Namen: Ursofalk, Cellcept – das schmeckt eklig – Everolimus, das sind kleine weiße Tabletten, nicht schlimm, Magnesium, D-Florette und Vitamine. Ich nehme das alles auch brav, damit ich nie mehr wieder für längere Zeit ins Krankenhaus muss.

Ich wache immer noch fast jede Nacht auf und muss weinen. Dann habe ich Angst, alleine zu sein, und rufe nach meiner Mama. Gut, dass sie mich dann immer zu sich ins Bett legt, dann habe ich keine Angst mehr. Und gut, dass mich jeden Tag ein neuer Morgen erwartet, ich aufstehe, in den Kindergarten gehen und mit meinen Freunden und Spielsachen spielen kann, meine Brüder ärgern kann und meinen Eltern auf die Nerven gehe. Gut, dass ich mein Lachen behalten habe und soviel Spaß am Leben habe. Gut, dass es soviel Schönes gibt, und gut, dass ich weiß, wie gerne mich meine Familie hat.

Und zum Schluss: Gut, dass sich so viele Menschen so gut um mich kümmern. Ich sage von ganzem Herzen: „Danke!".

E.T.'s Perspektive

Wenn wir die Perspektive vergrößern, können wir unsere Probleme verkleinern.

An einem gewissen Punkt werden wir begreifen, dass nichts „normal" ist. Wir leben in ständiger Bewegung, nichts steht wirklich still. Manchmal werden wir uns in diesem scheinbaren Chaos recht verloren vorkommen. Wir werden den Weg inmitten des ganzen Trubels nicht immer sehen. Was wäre, wenn man einen übergeordneten Platz einnehmen könnte und von hoch oben in der Ferne, das Chaos überschauen kann? Wenn man eine Ordnung erkennen könnte? Dann könnten wir den Weg sehen, der uns aus der Krise führt. Das Leben ist genau getaktet, ohne dass uns das immer bewusst ist. Wir wissen, dass auf den Tag die Nacht folgt und auf die Ebbe die Flut. Wir haben genau herausgefunden, wie unser Sonnensystem funktioniert, wir haben das menschliche Erbmaterial entschlüsselt. Wir können nur gewinnen, wenn wir das größere Ganze sehen, und das gilt auch für unsere Alltagsprobleme. Denken Sie einmal zurück an eine Situation, die Ihnen zu der Zeit, als sie aktuell war, großen Kummer gemacht hat. Vielleicht erkennen Sie jetzt, Jahre später, einen Sinn darin. Etwas, was Sie gelernt haben.

Etwas Positives, was daraus entstanden ist. Wenn man irgendwann zurückschauen und sagen kann, es hat so sein sollen und es ist gut so, wie es ist, dann muss es zu der Zeit, in der man vielleicht die Hölle durchgemacht hat, im Rahmen eines größeren Konzeptes, das wir nie ganz durchschauen können, auch gut gewesen sein. Denken Sie an E.T., wie er von einem weit entfernten Planten auf unsere Erde schaut und sieht, wie das große Chaos zu einem geordneten Kosmos wird.

Der Weg dorthin ist sicher nicht leicht, aber er lohnt sich. Man wird oft stehenbleiben und tief einatmen müssen, man braucht einen klaren Kopf dafür. Abhängig davon, wie sehr man Hilfe in Anspruch nimmt, wird der Weg kürzer oder länger sein. Wenn jemand gerne alleine wandert, wird es eine längere Reise werden. Versuchen Sie Ihr Herz zu öffnen. Reden Sie darüber, wie Sie sich fühlen, auch wenn es „nur" mit der Seelsorgerin im Krankenhaus ist. Auch wenn es letztendlich nur ein Selbstgespräch ist. Versperren Sie sich nicht selber den Weg. Beobachten Sie, versuchen Sie zu akzeptieren und dann können Sie versuchen etwas zu ändern, und der größte Schritt ist es, seine Einstellung zu ändern, der Rest folgt von ganz alleine. Das Gute ist, dass wir unsere Einstellung immer ändern können, wir können lernen, sie zu kontrollieren und für das größtmögliche Wohl für alle Beteiligten zur Geltung zu bringen.

Letztendlich sind wir alle einmal E.T. Wir kommen in eine völlig neue Situation, wenn wir geboren werden. Wir müssen uns auf unsere Instinkte und auf eine angemessene Versorgung verlassen. Wir wachsen heran, kommen in den Kindergarten und in die Schule, wir verlassen unser Elternhaus und ziehen in die Welt, gründen vielleicht eine eigene Familie. Wir übernehmen Verantwortung, lassen etwas wachsen und hoffen, dass wir die Welt bereichern. Der größte Dank ist es, wenn wir merken, dass sich unsere Anstrengungen gelohnt haben, dass wir anderen etwas mitgeben können. Wenn wir am Ende zurückblicken und in allem das Gute erkennen, hat es sich gelohnt. Wir werden verstehen, dass sich das Leben ständig ändert, dass ein Status quo nicht existiert und dass sich der Mensch immer wieder einen neuen Weg schaffen kann. Deshalb überleben wir als Spezies seit vielen Millionen Jahren.

E.T. getting lost?

Eine Frage bleibt noch offen: die Frage nach dem, wie ich reagiert hätte, wenn mein Kind gestorben wäre? Wie kann man so etwas verarbeiten? Ich kann das nur nach einem Gefühl beantworten, an das ich sehr nahe herangekommen bin. Es gab den einen Moment, wo in meinem Kopf sein Leid ein Ende hatte, wo er zu krank war, um zu überleben. Ich habe zum Glück nicht lange an dem Gefühl festgehalten, sondern es mit aller Kraft, entgegen jeder Vernunft, weitergeschoben, aber ein Nachgeschmack ist geblieben. Ich kann Eltern nachfühlen, die ihr Kind verloren haben, unter welchen tragischen Umständen auch immer, und es dürfte für die meisten das schlimmste Gefühl und der größte Schmerz überhaupt sein. Etwas, das man nicht mehr loskriegt, nur höchstens umwandeln kann. Das man am Ende akzeptieren muss, um einen inneren Frieden zu finden. Wenn man jemand ist, der sich an harte Fakten hält, jemand, der zufrieden damit ist zu glauben, was er sieht, der nicht an eine höhere Macht glaubt, für den endet das Leben, unser Geist, das, was uns ausmacht, mit dem Tod. Man kann sich dann vielleicht damit trösten, dass der Gestorbene einfach schläft. Er ist befreit von Leid und Schmerz, und wenn es nichts gibt nach dem Tod, ist es eben wie ein traumloser Schlaf. Die verstorbene Person hat nichts mehr zu befürchten, nur die Hinterbliebenen müssen ihren Schmerz verarbeiten, um weiter ein erträgliches Leben zu führen. Der verstorbene Mensch würde sich bestimmt nicht wünschen, dass seine Angehörigen und Freunde an der Trauer ersticken. Im Gegenteil, man ist dann moralisch eher denjenigen verpflichtet, die einen im Hier und Jetzt brauchen. Ich würde es also als meine Verantwortung sehen, meine Trauer zu bewältigen und für meine anderen Kinder da zu sein. Und wenn man jemand ist, der an eine höhere

Macht glaubt, dann wird man zu der Erkenntnis kommen, dass nichts in diesem großen, unglaublich komplexen Universum jemals verloren geht. Die Essenz von dem, was uns ausmacht, ist immer da. Im Laufe unserer Reise ändert sich nur die äußere Form. Alles ist Energie und Energie geht nicht verloren, sie wechselt nur ihre Form. Wir haben nichts zu fürchten.

Das 180° Kapitel - Wege zu einer neuen Sichtweise

„Einzig unser Denken macht die Umstände, die einfach existieren, gut oder schlecht."
(William Shakespeare)

Alles im Leben hat zwei Seiten. Wenn wir in unser Leben Nähe, Offenheit und Liebe für andere Menschen hereinlassen, öffnen wir damit auch in gewisser Weise die Tür für die Angst, jemanden wieder zu verlieren, sich zu sehr an einen anderen zu binden, mitzuleiden, falls dem geliebten Menschen etwas passiert. Wir kennen das alle, und je intensiver diese Liebe ist, umso größer ist auch der potenzielle Schmerz, der uns treffen könnte, einfach nur, weil wir lieben. Bei unseren Kindern sind diese Gefühle oft besonders stark. Wir wollen sie beschützen, wir wollen sie gesund aufwachsen sehen, wir führen und leiten sie in ihren ersten Lebensjahren und wir haben schreckliche Angst, dass ihnen etwas passieren könnte. Es ist eine der schönsten und natürlichsten Erfahrungen, Eltern zu werden, und ich wünsche mir für jede Mutter und jeden Vater, dass sie es schaffen, das Augenmerk auf die schönen Seiten der Elternerfahrung zu lenken und so dieses große Geschenk, Eltern zu sein, noch mehr genießen können. Konzentrieren Sie all Ihre Kraft auf die Freude, die Sie an Ihrem Kind haben dürfen, und die Freude wird wachsen, so wie alles wächst, worauf man seinen Fokus setzt.

Danke, dass Sie die Geschichte von Raphael mit mir geteilt haben.

Es war einmal in einem fernen Land, vor langer, langer Zeit. Auf einem gläsernen Baum wohnte ein Phönix-Vogel. Dieser Vogel war schon seit Gedenken der ältesten Dorfbewohner da gewesen und er diente den Menschen, indem er ihnen weise Worte ins Ohr flüsterte. Es kamen sogar Leute von weit entfernten Siedlungen, die bereit waren, lange Wege auf sich zu nehmen, nur um dem Phönix zuzuhören. So manch ein Gauner wollte den Phönix für sich haben, doch der Vogel konnte den Menschen ins Herz sehen, und wenn einer etwas Übles mit ihm vor hatte, flog er hoch in die Lüfte und stieß einen gellenden Schrei aus, der die stärksten Männer des nahegelegenen Dorfes heranlockte, die dem Niederträchtigen das Handwerk legten.

Eines Abends kam ein junges Mädchen unter den gläsernen Baum und sah verzweifelt zu dem Phönix hinauf. Es kniete sich unter den blau schimmernden Stamm und faltete die Hände. „Lieber Phönix, so hör mich doch an", bat es mit erstickter Stimme und der mächtige Vogel verließ seinen liebsten Ast und schwang sich neben das Mädchen auf die Erde. Er legte seinen Kopf ein bisschen schief und mit seinen honigfarbenen Augen sah er das Kind an. Die Kleine streckte ihre Hand aus und begann die Federn des Phönix' zu streicheln. Sehr langsam und sehr bedacht. Jede einzelne Feder war einzigartig und von so großer Schönheit, dass das Mädchen fast seinen Kummer vergessen hatte. „Ach, Phönix", sagte sie. „Ich dachte, ich würde mich nie wieder freuen, aber jetzt geht es mir schon besser". Immer weiter streichelte sie das Gefieder und blickte in die Augen des großen Vogels. Der blickte nur sanft zurück. „Weißt du, Phönix, ich habe meine liebste Puppe verloren. Ich wollte sie baden und da ist sie mir in den Graza gefallen. Der Graza hat sie fortgerissen und nun ist sie für immer verschwunden." Der Phönix nickte, dann sprach er zu der Kleinen: „Ich verstehe, dass es dir um deine Puppe leid tut. Der Graza ist ein großer Fluss, er versorgt das ganze Dorf mit Wasser und er zieht sich durch das ganze Land." Da schluchzte das Mädchen, doch der Phönix sprach ruhig weiter: „Deine Puppe ist doch nicht verloren, ein anderes Kind wird sie aus dem Fluss holen und sie lieb haben und mit ihr spielen." Davon wollte das Mädchen nichts wissen. „Es ist doch meine Puppe gewesen, meine ganz alleine

... Ich will sie wieder haben! Kannst du nicht losfliegen und sie mir holen?" „Ich könnte schon", sagte der Vogel, „aber ich werde es nicht tun, denn ich weiß, dass du bald schon etwas Neues haben wirst, das du lieb haben kannst." Das wollte das Mädchen nicht hören. „Ich will meine Puppe wieder haben", sagte es beharrlich. Da fragte der Phönix:„Und wärest du denn bereit, den Fluss für diese Puppe abzulaufen? Jede einzelne Meile? Und würdest du es über das Herz bringen, sie dem Kind wieder wegzunehmen, das sie aus dem Wasser gefischt hat? Wäre es nicht besser, darauf zu vertrauen, dass du etwas anderes bekommst, was dir genauso viel, wenn nicht mehr bedeutet?" Das Mädchen überlegte. „Ja, Phönix ..., wenn ich dir nur glauben könnte", antwortete es schließlich. Da lachte der Vogel und sprach „Vertrauen musst du selber, aber pass auf, ich mache dir einen Vorschlag. Komme am zweiten Vollmond wieder zu mir an den Baum, und wenn du nichts gefunden hast, was du genauso oder noch mehr liebst als deine Puppe, dann werde ich sie dir wieder holen. Du musst mir nur versprechen zu vertrauen." Da nickte das Mädchen und lief besseren Mutes davon. Sie freute sich darauf, dass der Phönix ihre Puppe zurückholen würde, wenn sie nicht etwas Besseres bekommen würde. Der Phönix hätte natürlich sein Versprechen gehalten, aber das war nicht nötig. Schon nach dem ersten Vollmond kam das Mädchen wieder zu seinem Baum und sprach: „Lieber Phönix, du brauchst mir meine Puppe nicht mehr zurückzuholen, ich hoffe, sie ist bei einem Kind, das sie genauso liebt, gelandet. Mir ist ein kleiner Hund zugelaufen und den hab ich noch viel lieber als die Puppe!" Der Phönix nickte und lächelte nur. Er kannte die Menschen gut.

Ein anderes Mal kam ein junger Mann und klagte sein Leid über die Liebe, die er verloren hatte. Er war sehr unglücklich. „Meine Auserwählte ist in die Arme eines anderen geflohen. Ich hasse ihn. Ich will meine Liebe zurück." Immer wieder kamen Menschen, gebrochen vom Liebeskummer, an den Baum des Phönix. Der Vogel saß auf seinem Ast und putzte sein Gefieder. „Hörst du mich nicht, Vogel?", weinte der Mann mit tränenerstickter Stimme. Genüsslich zog der Phönix eine Feder nach der anderen durch seinen Schnabel und kratzte sich dann mit seinen Krallen hinten am Kopf. Zu allem Überfluss ließ er noch seinen natürlichen Bedürfnissen freien Lauf und seine Exkremente klatschten mit einen dumpfen „Plopp" neben dem jungen Mann auf. Da blickte der Jüngling zornig und mit rot geweinten Augen nach oben und war sehr versucht, gegen den gläsernen Stamm zu treten. Der Phönix sah seine Anstrengung, sich am Riemen zu reißen, und doch verließen wütende Worte seinen Mund: „Ich dachte, du bist ein kluger Vogel! Die ganze Welt spricht von dir und du kannst mir keine Antwort geben, obwohl ich so viele Meilen gelaufen bin? Ich hätte gleich wissen müssen, dass man von niederem Getier nichts erwarten darf." Das war dem Phönix zu blöd. Er schwang sich auf zu seiner Abendrunde und ließ den Wüterich einfach sitzen. Als er nach ein paar Stunden wieder zurückkehrte, war der Jüngling allerdings immer noch da. Er schlief, erschöpft gegen den Baum gelehnt, die Tränen getrocknet. Als er am nächsten Morgen aufwachte, war seine Wut verflogen. Er sah hoch zum Vogel, der schon munter die Sonne begrüßte. „Es tut mir leid, Phönix, ich war außer mir", fing er an. Der Phönix blickte neugierig hinunter. „Bitte hilf mir. Ich weiß einfach nicht, was ich ohne mein Mädchen machen soll. Ich wollte sie heiraten und eine Familie mit ihr gründen. Ich hätte ihr all mein Hab und Gut zu Füßen gelegt." Der Phönix machte seinen Schnabel weit auf und es sah fast so aus, als ob er gähnte. Für einen kurzen Moment flackerte die Wut in den Augen des Jünglings wieder auf. „Grrr, du machst dich lustig über mich." Doch der junge Mann war so weit gewandert, um mit dem Vogel zu sprechen, dass er Angst bekam, der Phönix würde wieder wegfliegen. Er sagte einfach eine Weile gar nichts. Nach einer Zeit sah der Phönix erneut nach unten und dann schwang er sich von seinem Baum hinunter. „Wie ist dein Name, junger Mann?" fragte er schließlich. „Ich heiße Adrian", sagte der Mann kleinlaut. „Adrian, komm mit und begleite mich beim Würmerfang." „Was? Jetzt soll ich dir noch helfen, dein Frühstück zu fangen? Ich wollte mit dir reden und nicht eklige Würmer aus der Erde picken!" Honigfarbene Augen blickten dem Burschen ins Gesicht. „Rede doch, wenn du willst, ich brauche mein Futter, aber ich höre dir zu", sprach der weise Phönix. Adrian seufzte, schüttelte den Kopf und trottete ohne ein Wort neben dem Phönix her. Eifrig grub der Vogel mit seinen Krallen am Flussufer nach Nahrung. Er fraß gierig, und auch Adrian hielt ihm schließlich drei oder vier Würmer hin. Nachdem der Vogel gegessen hatte, sagte er „Ach, jetzt wäre ein feiner Mittagsschlaf recht." Das war zu viel für Adrian. „Phönix, jetzt reicht es mir, warum hilfst du mir nicht? Erst putzt du dich stundenlang, dann fliegst du weg, dann musst du fressen und jetzt willst du schlafen. Ich verstehe dich nicht." „Weißt du Adrian, du bist ein guter Junge. Aber an Geduld fehlt es dir sehr. Du möchtest deine Freundin wieder haben?" „Ja, deshalb bin ich hier!" Adrian nickte eifrig. „Ich kann sie dir nicht wiedergeben", sagte der Phönix und zuckte mit den Schultern. „Aber kannst du mir einen Tipp geben, wie ich sie dazu bringen kann zu mir zurückzukommen ...?" „Ja", sagte der Vogel. „Lass sie gehen." Adrian wurde kreidebleich. „Was? Was sagst du da, du närrische Kreatur?!" „Lass sie gehen, so einfach und doch so schwer." Adrian blickte den Phönix entgeistert an und schüttelte den Kopf. „Öffne deine Hand, wie bei einem Vogel. Lass sie fliegen, und wenn sie zurückkommt, weißt du, sie ist bei dir." „Und wenn sie nicht zurückkommt?" „Dann kommt sie nicht zurück. Dann wünsche ihr von Herzen viel Glück bei dem anderen Mann, denn wenn du sie wirklich liebst, wirst du ihr das gönnen." Adrian schüttelte seine dunklen Locken. „Nein, nein, nein! Wir waren füreinander bestimmt. Wir haben uns ewige Liebe geschworen. Nichts sollte uns auseinanderbringen. Du verstehst das nicht, du bist nur ein Vogel. Noch nie haben sich zwei Menschen so geliebt!" Der Vogel lächelte und gold-glitzernde Augen sahen den Jungen an. „Mein Lieber, mit euch Menschen ist es immer das Gleiche. Die Liebe kommt, die Liebe geht, die Liebe ändert sich. Manchmal hält sie ein Leben lang und manchmal nur eine einzige Nacht. Sie ist das Einfachste und Natürlichste der Welt und trotzdem das Größte, Wunderbarste und Komplizierteste, was einem passieren kann. Sie ist wie Federn putzen, einen Nachtflug unternehmen, Würmer suchen, schlafen, dem Rufe seiner Natur folgen, und sie ist auch wie Berge versetzen, im tiefsten Ozean tauchen und auf Wolken schweben. Sie ist, was sie ist, aber sie ist nicht steuerbar. Freu dich an ihr, solange sie da ist, sei dankbar für schöne Stunden, liebe, lebe, doch erwarte nicht, dass du sie ein-

sperren kannst, die Liebe." Da überlegte der Jüngling. Er dachte das erste Mal
richtig über die Worte des Phönix' nach. Dann nickte er. „Ich glaube, du hast
recht", sagte er schließlich. „Danke. Ich kann jemand anderen nicht besitzen.
Ich kann mich nur daran erfreuen, Liebe geben zu dürfen." Mit diesen Worten
machte er sich davon. Er sah sich noch einmal um und es schien ihm, als ob der
Phönix ihm zuzwinkerte und einen Flügel zum Abschied hob. „Ja, die Liebe. Sie
hat schon viele Menschen an meinen Baum gebracht. Sie ist eben, wie sie ist,
die Liebe." Und damit machte der Phönix seine Augen zu. Den Mittagsschlaf
hatte er sich jetzt redlich verdient. Satt und zufrieden schlief er ein.

Als er die Augen wieder aufmachte, stand ein neuer Besucher unter seinem
Baum. Es war ein älterer Mann, der geduldig wartete. Er sah sich die Gegend
an, und mit seiner Hand betastete er sorgsam den schimmernden Baum-
stamm . Er lauschte dem Rauschen des Grazas, der in nicht allzu weiter Ferne
seiner Wege zog. „Hallo", rief der Vogel von oben. Da blickte der Mann hinauf.
„Guten Tag, sagenumworbener Phönix." Der Phönix fühlte, dass der Mann sich
nicht richtig traute, aus sich heraus zu gehen. Ihm tat diese Unbeholfenheit
leid, und so schwang er sich hinab und lief einmal um den Mann herum. Da
kniete der Mann sich hin und zog ein paar Körner aus seinem spärlichen Man-
tel und gab sie dem Phönix. Nach einer Weile fing er dann doch an zu erzählen: „Lieber Phönix, auch ich habe einen langen Weg hinter mir, damit ich mit
dir sprechen kann." Der Phönix blickte ihn mit seinen honiggoldenen Augen
an, während er vorsichtig die Körner aus der Hand des Mannes pickte. „Phönix, meine geliebte Frau ist schwer krank. Etwas in ihrem Körper macht sie
kaputt. Es geht ihr mit jedem Tag schlechter und die Ärzte wissen weder ein
und noch aus. Sie sagen, es gibt keine Hoffnung mehr für sie. Sie leidet. Ich
sehe, dass sie Schmerzen hat, auch wenn sie nicht klagt. Sie ist eine herzens-
gute Frau und hat so ein Schicksal nicht verdient. Sag mir nun, lieber Vogel,
gibt es irgendetwas, das ich tun kann, um ihren Schmerz zu lindern, oder
weißt du etwas, das sie vielleicht heilen könnte?" Der Mann sah den Vogel erwartungsvoll an und dem Phönix war wohl bewusst, dass er die letzte Hoff-

nung des Mannes war. Vorsichtig und bedacht fing er an zu sprechen. „Mein lieber Mann, ich sehe wohl, dass du dich um deine Frau sorgst, und manches, was wir erleiden müssen, ist schrecklich. Ich bin nicht der Schöpfer, ich bin nur ein alter Vogel, der schon viel gesehen hat, und deshalb kann ich dir nur sagen, dass jedes Leiden auch irgendwann ein Ende hat. Deine Frau ist gesegnet mit einem so umsorgenden Mann, das macht es ihr bestimmt leichter." Der Phönix hielt inne und sah den Mann an. Er merkte, dass seine Antwort nicht den gewünschten Trost spendete. Der Mann sagte mit leiser Stimme: „Ich dachte, naja ... man erzählt sich, du könntest Wunder vollbringen ..." Der Mann war sehr geknickt. „Ich bin nur ein Vogel. Meine Aufgabe ist es, mit den Menschen zu sprechen, ihnen Trost zu spenden und ihnen zu helfen, das Licht am Ende des Tunnels zu sehen. Ich zeige ihnen Wege auf, ihr Herz für die Schönheit dieser Welt zu öffnen, aber ich habe keine Macht über Leben und Tod. Und ...", fügte er nach einer kurzen Pause hinzu, „ich kann nur denjenigen helfen, die erkennen wollen." Nach einer langen Zeit der Stille sagte der Mann schließlich: „Na gut, dann rede wenigstens mit mir. Du bist ein schlauer Vogel, du fliegst zwischen den Welten hin und her, so habe ich jedenfalls gehört. Vielleicht kannst du mir erklären, wieso sie dieses Leid ertragen muss. Ein langsamer, qualvoller Tod, warum? Wenn es den guten Schöpfer gibt, warum erlöst er sie dann nicht? Warum macht er sie nicht gesund und lässt sie mir?" Der Phönix nickte mit dem Kopf. „Das Leiden ist so eine Sache. Weißt du, ohne Leid gäbe es keine Freude. Es gehört zum Leben dazu, das kann man drehen wie man will. In bestimmten Abschnitten leidet jeder Mensch. Vielleicht ist das der Kontrast zum himmlischen Glück, wer weiß das schon. Es hat auch nichts mit verdienen oder Gerechtigkeit zu tun, das Leid wird mit uns geboren. Manche sagen, je größer das Leid, umso größer das Glück. Ich habe gehört, alles gleicht sich im Leben aus. Aber sei es, wie es sei, wir können viel philosophieren, ich glaube, es ist dienlicher, wenn ich dich zu deiner Frau begleite und wir mit ihr zusammen sprechen." „Das würdest du machen?", fragte der Mann. „Ja. Ich bin hier, um euch Menschen zu dienen, und deshalb gehen wir jetzt, denn Zeit ist begrenzt auf dieser Welt." Und sie zogen los, den ganzen weiten Weg zurück,

bis zu den Bergen, wo der Mann wohnte. Das Haus des Ehepaares war klein
und schlicht, aber trotzdem gemütlich. Man merkte, dass es mit Liebe gepflegt
wurde, und der Phönix spürte die Harmonie und den Frieden, als sie durch die
Eingangstür traten. Die Frau lag im Schlafzimmer, die Augen geschlossen, auf
einem sauberen Laken. Eine andere Frau saß bei ihr. Sie sah sehr besorgt aus.
„Harlef, es ist gut, dass du wieder da bist. Der Arzt war vorher hier und hat
Sorina ihre Medizin gegeben. Er sagte, es sei Zeit, dass du zurückkommst." Der
Mann nickte stumm. Er ging zum Bett seiner Frau und nahm ihre Hand. Da
schlug die Frau für einen kurzen Moment ihre Augen auf und lächelte. „Mein
Liebster, gut, dass du wieder da bist. Ich fühle mich so schwach", hauchte sie
und dann fielen ihre Augen wieder zu. Der Mann blickte hilflos zum Phönix.
Da flog der Vogel auf das Bett der Frau, direkt neben ihr Ohr. Er flüsterte un-
verständliche Worte für den Mann, der nun beobachten konnte, wie seine
Frau ein bisschen mit der rechten Hand zuckte und unmerklich nickte. Der
Phönix schmiegte seinen weichen Kopf an ihre Wangen und es schien fast wie
eine Einheit. Nach einer langen Weile bewegte sich der Vogel wieder und er
gab der Frau mit seinem Schnabel einen Abschiedsstups und deutete dem
Mann an, ihm aus dem Zimmer zu folgen. Sie ließen sich an einem hölzernen
Esstisch nieder. Der Mann stellte dem Phönix ein paar Brotkrumen und fri-
sches Wasser hin und während der Vogel aß und trank, sprach er von seinem
gemeinsamen Leben mit seiner Frau. Sie hatten sich früh kennengelernt, es
war eine lange und glückliche Liebe. Sie hatten versucht, Kinder zu bekom-
men, aber die Frau wurde nicht schwanger. Trotzdem waren sie glücklich und
zufrieden all die Jahre zu zweit. „Sie ist wirklich meine zweite Hälfte. Ich weiß
nicht, wie ich ohne sie leben kann." Da weinte der Mann eine lange Zeit. Der
Phönix wartete, bis er sich beruhigt hatte, und dann sprach er: „Hör, mein
lieber Harlef, deine Frau ist sehr gelassen. Sie weiß, dass sie bald vom Schmerz
erlöst ist, und sie hat keine Angst. Sie ist dabei, loszulassen und einen würdi-
gen Abschied zu nehmen. Sie will nicht, dass du leidest. Sie liebt dich und sie
wird auf dich warten, wohin sie auch geht." Da fing der Mann wieder das Wei-
nen an. „Ich will nicht, dass sie geht!" „Ihre Zeit ist nahe, ich fühle es. Geh an

ihr Bett, nimm ihre Hand und hör ihr zu. Höre, was sie dir sagen wird." Da nickte der Mann und mit leisen Schritten schlich er zurück ins Schlafzimmer. Es wurde Nacht und dann wurde es wieder Tag. Der Phönix saß einfach auf der Eckbank und wartete. Endlich, als die Sonne schon vollständig aufgegangen war, kam der Mann zurück. Er war betrübt, aber er war nicht mehr so niedergedrückt. Er lächelte den Phönix traurig an und nickte. Spät am Abend, als der Pfarrer der Frau die letzte Ölung gegeben hatte und die Kerzen brannten, saßen der Mann und der Phönix gemeinsam an dem Totenbett. „Sie sieht sehr friedlich aus", sagte der Phönix. Der Mann nickte. „Es ist schon komisch. Ich hätte nie gedacht, dass man einen anderen Menschen so lieben kann, aber ich habe sie geliebt. Vom ersten bis zum letzten Tag. Ich liebte ihr Mädchenlachen und ich liebte ihre Haare, die grau geworden waren. Ist das nicht komisch?" „Das ist wunderschön. Nicht viele Menschen haben das Glück, so einen Seelenpartner zu treffen." „Willst du wissen, was ihre letzten Worte waren?" Der Phönix nickte. „Gerne. Auch ich lerne nie aus." „Sie sagte, ich solle jeden Tag schätzen. Jeder Tag kann so besonders sein. Ich soll all das Schöne, was diese Welt zu bieten hat, begrüßen. Und sie wollte, dass ich an den Niefa-Strand, an dem wir uns kennenlernten, zurückfahre." Da schwieg der Mann einen Moment. „Wir wollten immer mal dorthin zurück. Aber irgendwie schien uns die Zeit dazu zu fehlen, wir haben nie auf die Uhr geschaut und es gab soviel Nichtigkeiten, die uns abhielten. Tue es jetzt, bevor es zu spät ist, sagte sie. Aber ich sagte, dass ich mit ihr zusammen fahren wollte. Weißt du, was sie gesagt hat?" Im Kerzenschein sahen die Augen des Phönix' wie geschmolzener Bernstein aus. „Sie sagte, sie wäre doch bei mir. Sie wäre das Rauschen der Wellen in meinen Ohren, die warme Abendsonne in meinem Gesicht. Sie sagte, sie sei das Salz, das ich auf meiner Haut schmecke. Sie sagte, sie sei wie eine seichte Brise und solange ich sie in meinem Herz behalte, würde sie mit mir gehen." Der Phönix nickte. „Ihr werdet wieder vereint sein. Der Körper, der uns trägt, er ist nur eine Hülle, so dass wir gut durch dieses Leben gehen können, aber das, was einen Menschen ausmacht, das lebt für immer. Folge dem Rat deiner Frau. Gehe auf die Reise, genieße sie und schließe Frie-

den." „Danke", sagte der Mann „Ich weiß nicht, ob mir das so gut gelingt, aber ich werde es wenigstens versuchen. Danke, dass du uns begleitet hast." Der Phönix verabschiedete sich und flog hoch in den dunklen Abendhimmel, zurück auf seinen gläsernen Baum.

Eines Tages kam eine Mutter und klagte bitterlich. Sie weinte so sehr, wie es der Phönix selten gehört hatte. Er wusste sofort, was die Frau so grämte. Nichts ist schlimmer als der Schmerz, den eine Mutter fühlt, wenn ihr ihr Kind genommen wird. Der Phönix flog zu ihr hinunter, er sang für sie die schönsten Lieder, er tat alles in seiner Macht stehende, doch er konnte sie kaum trösten, so groß war ihr Schmerz, und doch kam sie Tag um Tag, um sich über ihr Leid auszuweinen. Viele Tage saß sie nur an dem Baum und weinte. Ihre Tränen bildeten schon eine kleine Pfütze und doch kamen jeden Tag neue Tränen hinzu. Eines Tages fand sie die Kraft zu sprechen. Es waren nur ein paar Worte, aber es war ein Anfang. Darüber freute sich der Phönix. „Ach, Phönix, wenn du wüsstest, wie sehr ich mein Kind geliebt habe, und jetzt ist es nicht mehr da." Unzählige Stunden vergingen, bis die Frau wieder bereit war, etwas zu sagen. „Sag mir wieso? Wieso nicht ich? Sag mir, kennst du die Antwort?" Der Phönix blickte sie mitfühlend an, er saß in der Tat jede Minute, die sie an dem Baum verbrachte, bei ihr. „Wie ist dein Name, meine Liebe?" „Ich heiße Indiana. Wie ein Indianer, nur mit a am Schluss." „Indiana, was fühlst du, wenn du an dein Kind denkst?" „Schmerz", stieß die Frau hervor, „so viel Schmerz". Der Phönix wartete „Und was noch? Kannst du irgendetwas anderes finden?" Die Frau schloss ihre Augen und wippte leicht hin und her. Schließlich nickte sie. „Ja, ich fühle Liebe. Liebe und Verlust." Der Phönix sah sie mit seinen honiggoldenen Augen an. „Ja. Die Liebe, die man für sein Kind empfindet, ist sie nicht ein wunderbares Geschenk?" Die Frau nickte still. „Meine Liebe ist groß, aber den Schmerz kann ich kaum aushalten. Es gibt einfach nichts, was mich zu trösten vermag. Das ist ungerecht, Phönix, lieber wäre ich gegangen!" Der Phönix kam näher und mit seinen unendlich weisen, golden Augen blickte er der traurigen Mutter in die Seele. „Schau mich an, meine Liebe. Sieh mir in *diese Augen, die schon so viel mehr gesehen haben. Ich habe viel beobachtet in allen meinen Lebensjahren. Menschen kommen, Menschen gehen. Viele sterben zu jung und manche werden so alt, dass sie wünschten, sie könnten früher gehen. Wer hat das schon in der Hand. Hör mir jetzt genau zu, denn nichts ist wirklich verloren. So wie die Erde den Baum hervorbringt, der in den Himmel wächst, so wie seine Blätter und Früchte auf die Erde fallen und selber wieder Erde werden, die einen neuen Baum hervorbringt, so ändern alle Lebewesen ihre Gestalt. Dein Kind ist nicht verloren, es ist an einem anderen Ort und es will sicher, dass du wieder glücklich werden kannst." Die Mutter hatte aufgehört zu weinen und sah den Phönix traurig an. „Wenn ich das nur schaffen könnte. Wenn ich dir nur glauben würde, dass nichts verloren geht". Und der Phönix sah in ihr gebrochenes Herz hinein. Da baute er sich vor ihr auf und es schien der Frau fast so, als ob er lächelte. „Ihr Menschen, ihr neigt dazu, nur an das zu glauben, was ihr seht. Die Stute, die ihr Fohlen verloren hat, sie trauert auch und doch lebt sie weiter, denn sie weiß, dass sie ein neues Fohlen bekommen wird." Die Mutter blickte betrübt auf und flüsterte: „Ich bin doch schon zu alt für ein neues Baby und einen Mann habe ich auch nicht." Der Phönix rupfte seine schönste Feder aus und gab sie der niedergeschlagenen Frau. „Du wirst vielleicht kein neues Baby mehr bekommen, aber es gibt ein anderes Glück für dich, wenn du es annimmst. Du wirst dein Kind immer bei dir haben, direkt unter deinem Herzen. Nichts und niemand wird es dir je wegnehmen können. Und denk daran, das, aus dem wir alle unter dieser Sonne bestehen, das geht nie verloren, es ändert sich nur." Und mit diesen Worten ging der Phönix in helle Flammen auf. Die Frau sprang erschrocken zurück. „Komme in drei Tagen wieder zu dieser Stelle, um die gleiche Zeit", hörte sie die Stimme des mächtigen Vogels aus den Flammen zu ihr sprechen. Da rannte sie weinend davon, denn es war ihr, als wäre ihr letzter Freund gegangen.*

Nach drei Tagen aber kehrte die Frau zurück und was sie da an der Stelle, an welcher der bunte Phönix verbrannt war, sah, rang ihr das erste Mal seit langer Zeit ein Lächeln ab. Ganz klein und schimmernd blau saß dort ein neuer

Vogel und blitzte sie mit goldenen Augen an. „Glaubst du mir jetzt?", fragte er
die Frau mit seiner hellen Stimme. Die Frau breitete ihre Hand aus und ließ
den jungen Vogel in ihre Handfläche hüpfen. Dann nahm sie ihn vorsichtig
hoch und musterte ihn lächelnd. Da sagte der Vogel: „Du wirst immer eine
Mutter bleiben und irgendwann wirst du wissen, warum alles so ist, wie es
ist. Ich werde dich noch ein Stück auf deiner Reise begleiten, wenn du mich
mitnimmst." Und so geschah es. Die Frau nahm den Phönix vorsichtig mit und
Tag um Tag suchte sie ihm Würmer in ihrem Garten, gab ihm Körner und fri-
sches Wasser. Mit der Zeit verwandelte sich ihr Kummer. Sie war nicht mehr
so wütend und fing wieder an, die Blumen in ihrem Garten zu hegen. Sie ging
wieder raus und traf sich mit anderen Menschen, und sie passte sogar das eine
oder andere Mal auf die Nachbarskinder auf. Der Phönix blieb und redete viel
mit der Frau, und eines Tages nahm sie einen Witwer aus der Nachbarschaft
mit heim. Sie wollte ihm gerne den Vogel zeigen, denn sie mochte den Mann.
Als sie aber zu dem Platz kam, an dem der Phönix sonst schlief, war er nicht
mehr da. Da war die Frau traurig, doch sie dachte sich, er würde schon wieder
kommen, und so war es auch. Er kam noch einmal in ihren Träumen, um ihr
Ade zu sagen. Mit seinen goldenen Augen blitze er sie an und sagte lächelnd:
„Sieh dich um, du wirst dein Glück finden. Danke für die schöne Zeit, danke für
den Platz in deinem Herzen." Und damit war der Phönix verschwunden. Und
die Frau? Sie verliebte sich in den Witwer und er sich in sie. Sie genossen ihr
gemeinsames Leben und freuten sich aneinander. Jeden Tag in tiefer Dank-
barkeit.

Nachwort

„Ohne dich hätt ich im Leben nicht mal halb so viel gelacht und über manche Fragen vielleicht niemals nachgedacht. Ohne dich wären viele Tage einfach so vorbeigerauscht, auch wenn nicht nur die Sonne schien, ich hätte nie getauscht.

Ohne dich wüsste ich noch heute nichts von deiner Zärtlichkeit, wenn's auch Kummer gab, mir tut nicht eine Stunde leid. Ohne dich hätt ich im Leben nie erfahren wie es ist, mit dir zu fühlen, dass du glücklich bist. Mit dir zu fühlen, dass du glücklich bist."
(Rolf Zuckowski)

Tagebucheintrag vom 31.12.2013

„Erstens:
Ich glaube an das Gute in allem.

Zweitens:
Ich glaube, Optimismus ist ein guter Weg und dass es allen dienlich ist, wenn man selber ein klares Bild von den Umständen, so wie man sie sich wünscht, im Kopf hält.

Drittens:
Ich glaube, es ist möglich, sich durch Wiederholung und durch Gedankentraining eine positive Grundeinstellung zu eigen zu machen.

Viertens:
Ich glaube, jeder, der daran interessiert ist, an seinen Lebensumständen zu wachsen und diese zu verbessern, sollte dieser Einstellung zumindest drei Monate eine Chance geben und sehen, was sich verändert.

Sehen Sie selber, ob sich manche Sachen leichter anfühlen. Es gibt viele Perso-
nen, die einen darin unterstützen können, widrige Umstände zu handhaben.

Fünftens:
Nichts ist nur gut oder nur schlecht, es ist einfach wie es ist, und unser Denken
schiebt es in die eine oder andere Richtung."

Wir haben den 28.05.2014, ein schöner Mittwoch, an dem ich dieses Buch zu Ende bringe. Die Transplantation ist jetzt vier Jahre und vier Monate her. Raphael hat alles überlebt. Er führt sogar ein ganz gutes Leben, ohne Schmerzen und ohne Schläuche und meistens auch ohne Komplikationen. Der Weg war bis zu dem Punkt, an dem wir uns jetzt befinden, mühsam, aber er hat sich gelohnt. Die ersten zwei Jahre gab es noch relativ viele Komplikationen, Raphael hatte erst eine Dünndarmsonde, die drei Monate nach der OP durch eine pflegeleichtere Magensonde ersetzt werden konnte. Wir waren froh, als Professor Kraft uns mitteilte, dass die Magenwand deutlich abgeschwollen wäre und Raphaels Magen wieder arbeiten dürfte. Wir haben ihn voller Freude beobachtet, wie er sich ein Leberwurstbrotstückchen nach dem anderen in den Mund stopfte. Die Magensonde haben wir trotzdem für die Flüssigkeit gebraucht, Raphael war kein guter Trinker und ist immer ziemlich schnell ausgetrocknet oder schlapp geworden, wenn wir es mal ohne Sonde probiert haben. Uns ist eine Pflegerin zur Seite gestellt worden, die uns mit Sondennahrung, Verbandsmaterial und praktischen Tipps unterstützte. Als sich herauskristallisierte, dass es wohl noch eine Zeit lang dauern würde, bis Raphael ohne künstliche Nahrung auskommen würde, legten die Ärzte im Klinikum Langwasser eine PEG-Sonde, das ist eine Magensonde, die direkt durch die Bauchdecke in den Magen führt. Das hat den Vorteil, dass das Kind keinen nervigen Schlauch mehr in der Nase hat. Eigentlich wäre die PEG gar nicht schlimm gewesen, nur leider war die Stelle am Bauch, durch die Sonde eingeführt wurde, bei Raphael zwei Jahre chronisch entzündet, das heißt sie ist nie richtig zugeheilt, hat teilweise geeitert und gesuppt und war extrem berührungsempfindlich. Nach zwei Jahren bestand ich darauf, sie ein für alle mal zu entfernen. Am Anfang war es ein harter Kampf, dass Raphael genug aß, trank und vor allem zunahm und wuchs. Das Idealziel ist noch nicht erreicht, Raphael ist immer noch recht klein und zierlich für sein Alter, aber er ist voller Energie und es geht in der Tendenz aufwärts. Er hat über die Jahre sehr viel Förderung bekommen, zuerst alleine zuhause, dann in einer kleinen Gruppe und schließlich im Kindergarten. Ich denke, das war und ist eine sehr gute Unterstützung für ihn, die er noch so lange wie nötig in Anspruch nehmen wird, um einige der Defizite, die er durch seinen langen Krankenhausaufenthalt hat, auszugleichen. Wir haben auch etwa ein Jahr nach der Transplantation zu einem neuen Kinderarzt in unserer Kleinstadt gewechselt, der alte Arzt ist in Rente gegangen. Wir hatten großes Glück. Unser Kinderarzt heute ist ein Segen für uns. Der junge Doktor ist kompetent, zuverlässig, immer erreichbar und arbeitet eng mit dem Krankenhaus zusammen. Zudem hat er ein großes Herz für die Kinder und geht mit Raphael so gut um, dass wir uns es nicht besser wünschen könnten. Er arbeitet über das Erwartete hinaus und gibt uns somit enormen Rückhalt. Raphael fühlt sich wohl in seiner Haut und geht, seit er vier Jahre alt ist, auch in den Kindergarten, wo er sich erstaunlich gut durchsetzen und behaupten kann. Sein großer Bruder David ist immer noch sehr nachdenklich und ernst, er liebt es, wenn die ganze Familie daheim ist und er von einem zum anderen tigern kann oder wenn seine Freunde ihn besuchen dürfen, was sehr oft der Fall ist, denn wir müssen nicht mehr allzu viel Rücksicht auf mögliche Keime nehmen. Raphael hat uns gezeigt, dass er durchaus ein gutes Immunsystem hat und sich nicht so schnell umhauen lässt.

Ich habe ein Jahr und einen Tag nach Raphaels Transplantation meinen dritten Sohn Jon entbunden. Manche denken jetzt vielleicht, das sei verantwortungslos, doch ich hatte meine Gründe, warum ich dieses Kind zur Welt gebracht habe. Ich kann nur sagen, dass Jon für seine beiden Geschwister und für mich ein Segen ist und dass wir froh sind, dass er unsere Familie bereichert. Für mich sind meine Kinder das blühende Leben, immer für eine Überraschung gut, ständig in Bewegung und sich selbst genug. Ich bin froh, dass ich diese Zeit mit ihnen verbringen darf und wir endlich daheim angekommen sind.

Wenn Ihnen meine Gedankengänge in der Geschichte gefallen haben und Sie interessiert an noch mehr guten Gedanken sind, dürfen Sie sich in der E-Mail-Liste für 365 gute Gedanken durch das Jahr eintragen, Sie bekommen dann jeden Tag kostenfrei einen guten Gedanken zugeschickt: Gehen Sie auf www.365gutegedanken.com und lassen sich inspirieren.

Geführte Bilderreise

Bruderliebe

Raphael ist gut empfangen worden. Mit drei Monaten findet er seinen Bruder David Weltklasse. Niemand von uns ahnt etwas von der Krankheit, die sich langsam in seinem Körper ausbreitet.

Bei Uwe auf dem Arm

Wenn sich uns eine gute Sache in den schlimmsten Umständen offenbart, dann meist nur langsam und im Laufe der Zeit. Im akuten Schockzustand sind wir nur auf das Überleben programmiert. Schon in der Steinzeit sind unsere Vorfahren vor dem Säbelzahntiger

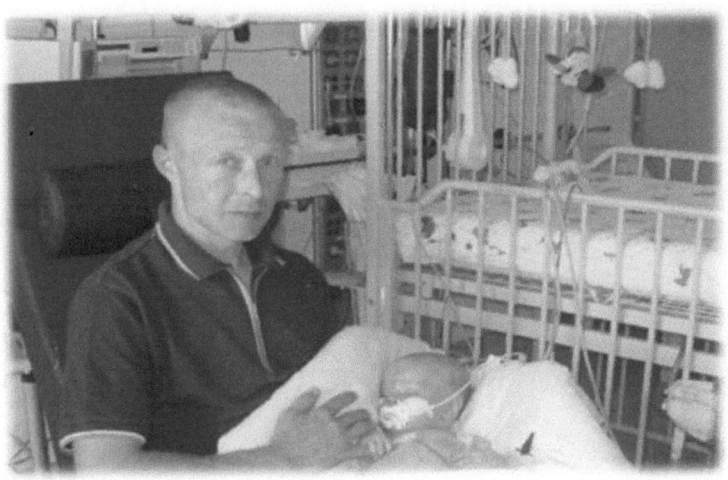

davongelaufen, wenn er vor ihnen stand! Heute lösen solche Schreckensmomente eine ähnliche Reaktion aus, wir fahren alles andere runter und versuchen so gut es geht zu funktionieren. Um das Gute wachsen zu lassen, muss man jedes kleine bisschen Freude hegen und pflegen wie ein zartes Pflänzchen. Man braucht unglaublich viel Geduld mit sich und mit den anderen und vor allem mit den Umständen, in denen man sich befindet. Doch wenn man dem kleinen Pflänzchen Achtsamkeit und Aufmerksamkeit schenkt, wird es stark und kräftig werden.

Juli 2009:

Der erste Aufenthalt in Tübingen. Raphael geht es schlecht, aber er darf zumindest für eine gewisse Zeit auf unserem Arm sein. Das ist ein großer Trost!

Herzkatheter

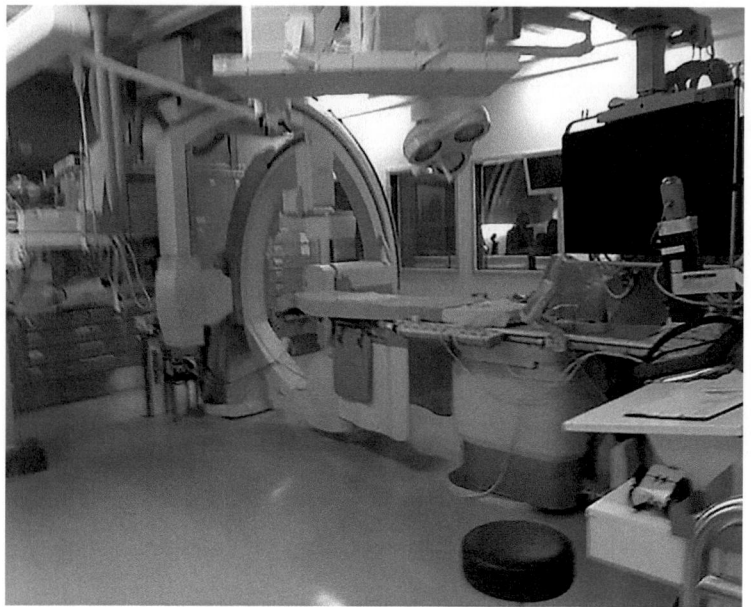

Juli 2009:

Die Maschinen wirken kalt und schwer. So eine große Röhre für so ein kleines Baby. Immer wieder finde ich den Anblick der Gerätschaften furchteinflößend und grotesk. Wie kann man solche Monster erschaffen?

Intensivtür

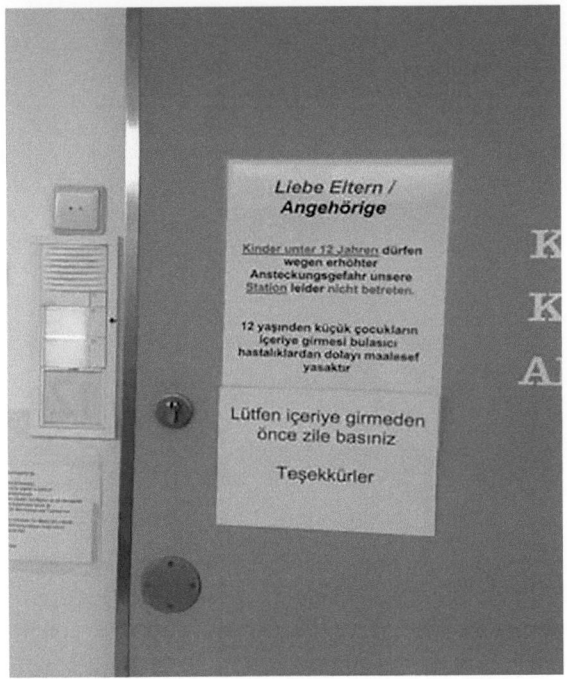

Hier geschehen Wunder, denn hier leisten Menschen Wunderbares. Ich erinnere mich an eine Auszubildende, die das kleine Nachbarbaby von Raphael sanft aus seinem Bettchen nahm und auf ihrem Arm ein bisschen bekuschelte. „Die brauchen das auch, die Kleinen", erklärte sie mir, als ich sie von Raphaels Bett aus nachdenklich beobachtete. Ganz sicher hat sie das nicht zur Schau gemacht, sondern weil es ihr ein Anliegen war, dem kleinem Buben ein bisschen Geborgenheit zu vermitteln, auch wenn er im künstlichen Koma lag. Die Schwester war übrigens Schwester Rebekka, die Raphael in der Nacht vor seiner großen OP gewaschen und gerichtet hatte, und sie war nicht die Einzige, die wirklich rührend mit den Patienten umgegangen ist, da gab es ganz viele Beispiele menschlicher Größe.

Foto von Nati und mir mit Haarnetz

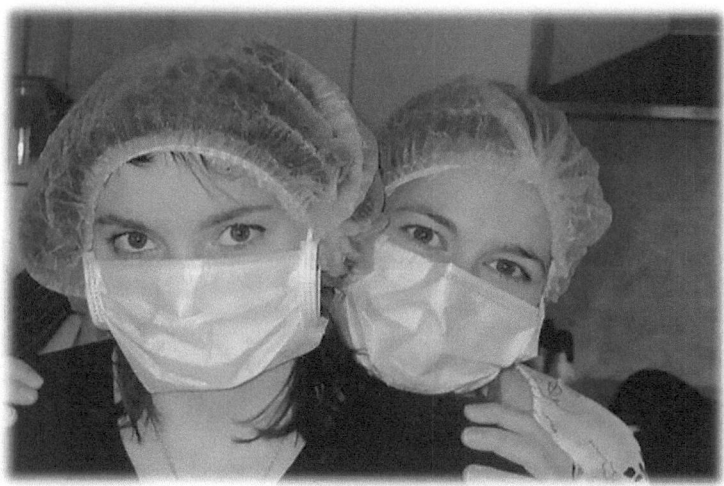

Oktober 2009:

Kein Faschingsgag, leider! Unsere tägliche Verkleidung, um den Beutel mit der künstlichen Nahrung zuzubereiten. Frau Klinglinger macht mir nicht gerade Mut: „Ach, wissen Sie, mir sind schon viele Kinder weggestorben. Etwa 50 Prozent überleben so eine tragische Geschichte nicht." Gut, dass ich mich davon nicht verrückt machen lasse, das würde alles nur noch schlimmer machen.

Eiszeit

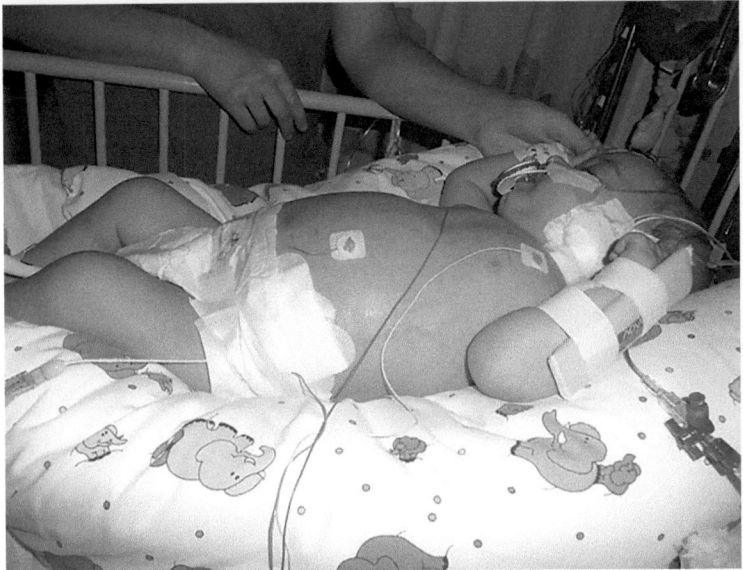

Januar 2010:

Es ist einer der kältesten und längsten Winter, an die ich mich erinnern kann. Vielleicht täusche ich mich aber auch, und die Tage im Krankenhaus ziehen sich ewig hin, während das Leben da draußen teilnahmslos weitergeht. Für uns ist es die Hölle, Raphael so leiden zu sehen. (Das Foto ist von einem Arzt gemacht worden, ich hatte kein Bedürfnis meinen Sohn in so schrecklicher Lage zu fotografieren.)

Der Korridor

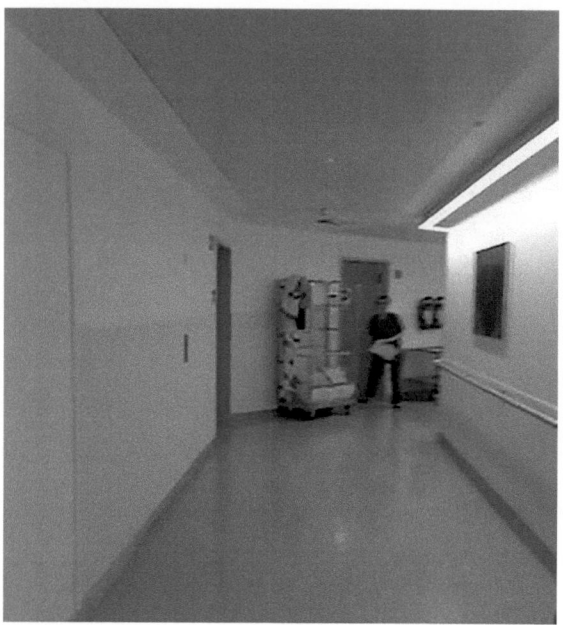

Januar 2010:

Kalt und unwirklich ziehen sich die langen, weißen Korridore durch das Klinikgebäude. Die Intensivstation liegt recht einsam im 8. Stockwerk. Manchmal sind die Gänge gespenstisch leer.

Wie ich David vermisse. Er hat mich so oft entbehren müssen, die letzten Wochen. Wie jeder kleine Mensch hatte er im Winter einen starken Fieberinfekt durchgemacht und natürlich nach seiner Mama geschrien. Für ihn bedeutete die Infektion fast das Ende der Welt, und ich war nicht da, weil ich mich dafür entschieden hatte, bei seinem wirklich todkranken Bruder zu sein. Es hatte mir das Herz gebrochen, genauso wie jetzt, als er mit ernster Miene, eingepackt in seiner braungestrickten Schirmmütze in unser Krankenzimmer marschiert. Ich erkenne ihn fast nicht wieder, er ist so ernst. Mein Herz lacht und weint jedes Mal zugleich, wenn ich ihn endlich wieder in die Arme nehmen kann, meinen Zweijährigen, der mit uns zusammen dieses finstere Tal durchschreiten muss.

Die Leber

Die Leber ist eines unserer wichtigsten Verdauungsorgane. Sie dient dem Giftstoffabbau und der Produktion bestimmter lebenswichtiger Stoffe. Ist die Leber nicht mehr funktionsfähig, stirbt der Mensch, außer es wird zeitnah ein Spender gefunden. Anders als bei der Niere, kann man einen Leberausfall nicht überbrücken.

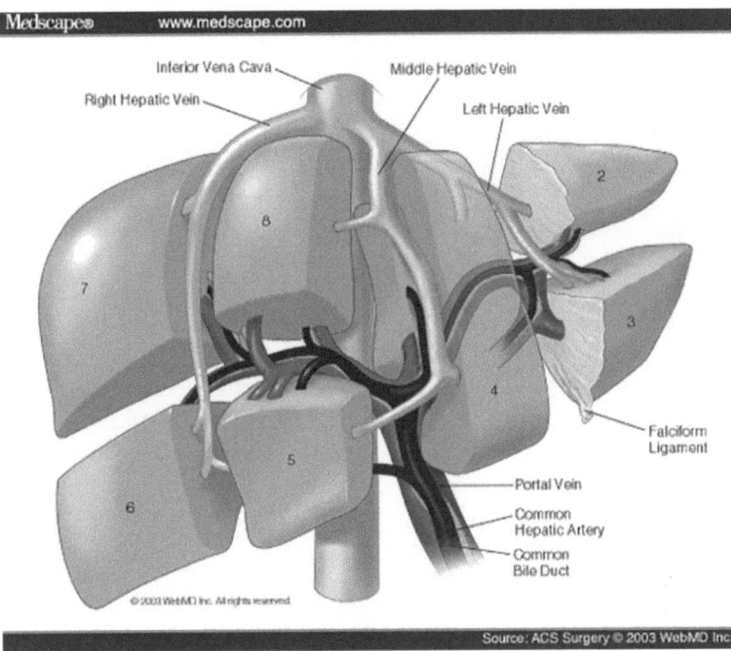

In der Grafik sieht man die einzelnen Lebersegmente. Raphael wurde das Segment 2 und 3 seines Vaters eingesetzt. Die Leber des (Lebend-)Spenders kann sich nach gewisser Zeit erholen. Das Gewebe wächst nach. Auch in Raphaels Körper wächst das fremde Organ mit.

Die Ärzte operieren sehr konzentriert. Die kaputte Leber wird entfernt und die Spenderleber eingesetzt. Die kleinen Gefäßanschlüsse eines Säuglings anzunähen, ist akribische Handwerkskunst.

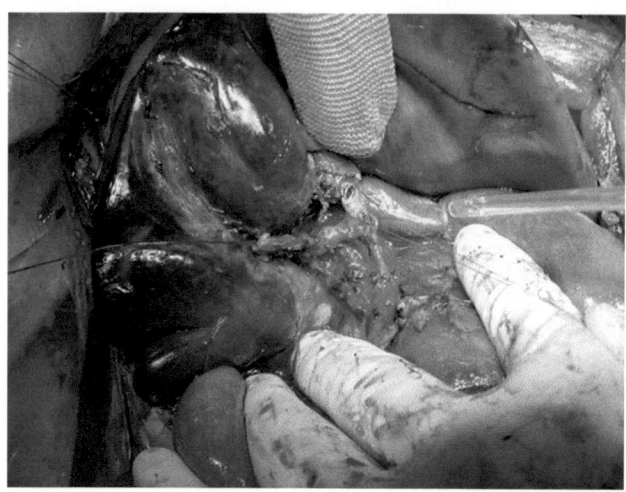

Raphaels Leber ist beschädigt. Sie ist deutlich größer als eine normale Leber, Teile des Gewebes sind verhärtet oder bereits abgestorben. In die Leber wurden eine Menge kleiner Spiralen gesetzt, die die Gefäße innerhalb der Leber verschließen sollten. Letztendlich haben die Spiralen die Leber nicht retten können, aber der Effekt des Eingriffs hat Raphael in einen operablen Zustand gebracht, ohne den er nicht überlebt hätte.

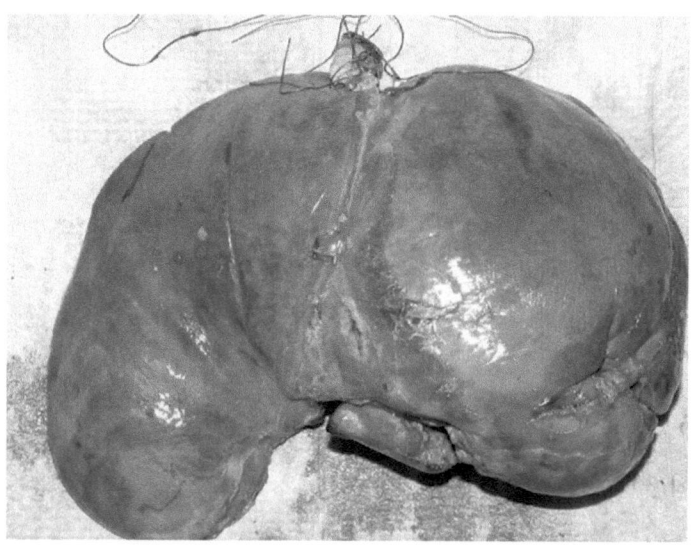

Neue Hoffnung

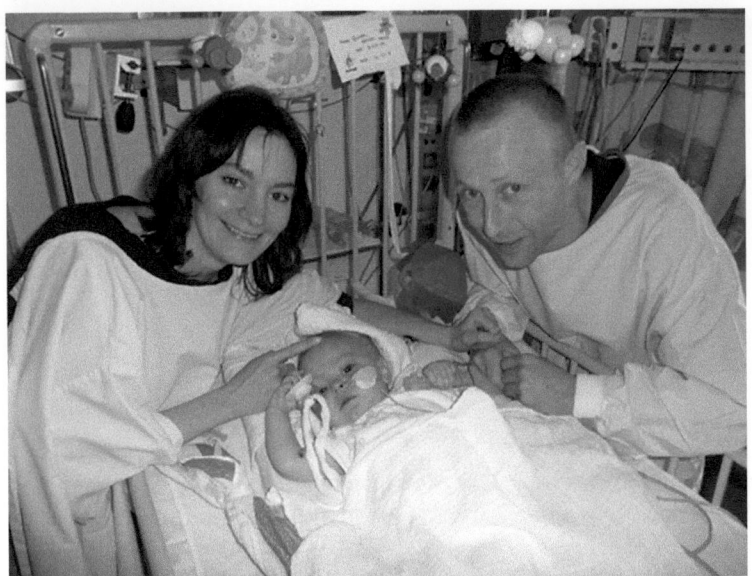

Raphael wurde nach der Transplantation sehr schnell extubiert und konnte auch bald ohne Unterstützung atmen. Das Glück und die Freude, dass alles so gut verlaufen ist, stehen seinen Eltern ins Gesicht geschrieben. Wir sind unendlich stolz auf unseren Kämpfer und unbeschreiblich dankbar.

Nach der Transplantation

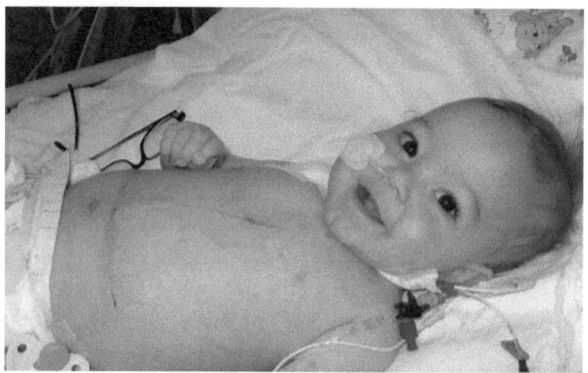

5. Februar 2010:

Eines der ersten Fotos, die wir nach der Transplantation aufgenommen haben. Mein Kind ist wie neugeboren. Manchmal frage ich mich, woher die Transplantations-Chirurgen die relative Gewissheit für einen guten Ausgang der OP nahmen. Ich sehe uns in der Nacht davor hinter dem Chef und seinem ersten Teamkollegen, Dr. S. Aladdin her laufen. Die beiden Ärzte müssen wohl meinen zweifelnden, flehenden Blick bemerkt haben, denn der Professor, ein relativ junger österreichischer Spitzenchirurg und Leiter der Transplantationsabteilung, lächelt mir zu und klopft mir auf die Schultern: „Wir werden das hinbekommen, Raphael wird das schaffen." Sein Blick weicht dem meinen nicht aus, ich habe das Gefühl, dass ich diesem Mann vertrauen kann, und auch Dr. S. Aladdin nickt. Am Ende war es genau diese Überzeugung, die das Leben meines Sohnes gerettet hat. So viele Ärzte haben uns gesagt, dass die Chancen für ein Überleben sehr schlecht seien oder dass eine Operation in diesem Zustand einem Himmelfahrtskommando gleiche. Es gab berechtigte Vermutungen, dass man den Bauch nicht mehr zunähen könne, so geschwollen war er. „...Und dann liegt er da mit einem offenen Bauch und du kannst ihn nicht mal mehr auf den Arm nehmen. Stell dir vor, das entzündet sich dann auch noch, dann ist alles zu spät..." Ich weiß, dass das nicht böse gemeint war, aber das Einzige, das Raphael in dem Moment wirklich geholfen hat, war das Suchen nach einer „machbaren" Lösung von jemandem, der an sich selber und an mein Kind glaubte. Diese zwei wunderbaren Ärzte haben mit ihrer Einstellung sein Leben gerettet.

Der 1. Geburtstag

9. März 2010:

Am Morgen hängt ein großes Geburtstagsplakat an Raphaels Tür. Alle Ärzte, Schwestern, Pfleger und sonstiges Personal haben darauf unterschrieben. Das rührt mich zu Tränen. Jeder hier wünscht Raphael so viel Gutes und jeder nimmt Anteil. An seiner Tür hängen bunte Luftballons, alles ist für Krankenhausverhältnisse superschön gestaltet. Wir besorgen einen großen Kuchen und teilen fleißig aus. Unser Geburtstagskind kann zwar noch keinen Kuchen essen, aber es lacht und freut sich trotzdem mit.

Wir verbringen diesen Tag im Krankenhaus, doch es ist einer der freudigsten und schönsten Geburtstage, die wir erleben dürfen. Wir sind so dankbar, dass wir ihn gemeinsam erleben!

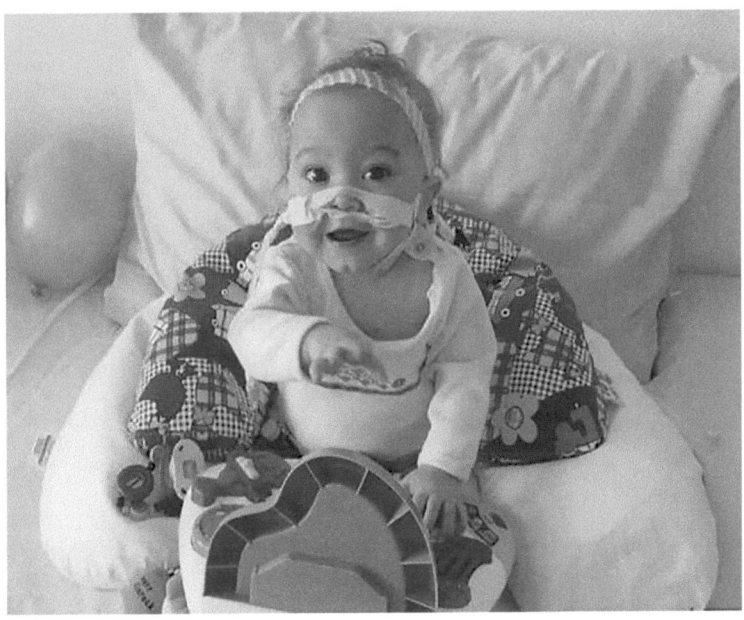

Bergauf

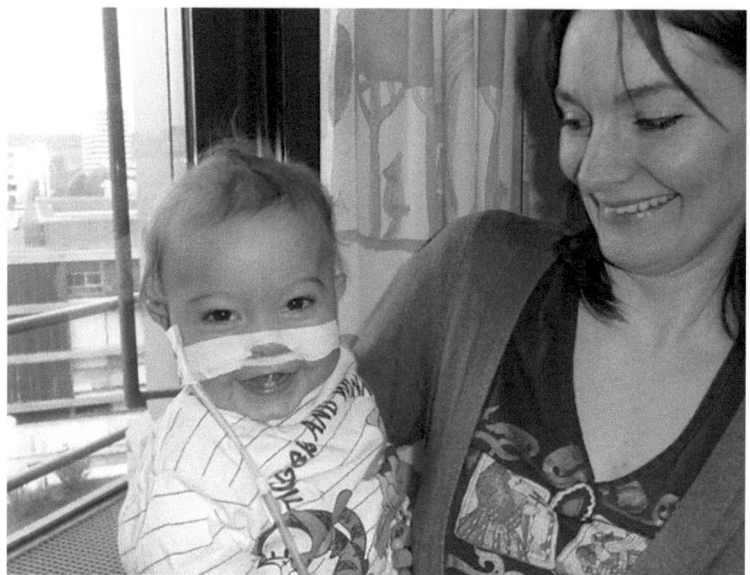

Ich bin unglaublich glücklich über die kleinsten Fortschritte. Es fühlt sich tatsächlich so an, als ob mein Sohn neu geboren wäre.

Die Kapelle

Wunder darf man erwarten, man öffnet ihnen dadurch die Türen, sich zu manifestieren. Du bist ein Wunder, es ist wunderbar, dass du da bist!

19. Januar 2010:

Ich weiß noch, als der gute Professor Herzbeck sich bereit erklärte, bei Raphael trotz des sehr schlechten Zustandes noch einmal eine Herzkatheter-Untersuchung durchzuführen. Er steht auf dem Gang der Intensivstation, rechts neben einem Gerät, das Blutplasma in Bewegung hält, damit es nicht kaputt geht. Er sagt mir sehr eindringlich, dass er nichts versprechen kann und dass wir alle „beten und hoffen" sollen. Das sei das Einzige, was Raphael jetzt noch retten kann. Ich bin geschockt, so etwas von einem Arzt zu hören.

22. Januar2010:

Die Wende für Raphael kam wirklich in seiner dunkelsten Stunde. Wäre er noch einen Millimeter weiter entglitten, er wäre heute nicht mehr hier!

Heute:

Heute bin ich so froh, am Leben zu sein. Jeden Abend kommt Mama, bevor sie ins Bett geht, in mein Zimmer und schaut noch mal nach mir und meinen Brüdern. Sie sagt, wir sind ihr größtes Glück.

Neues Leben

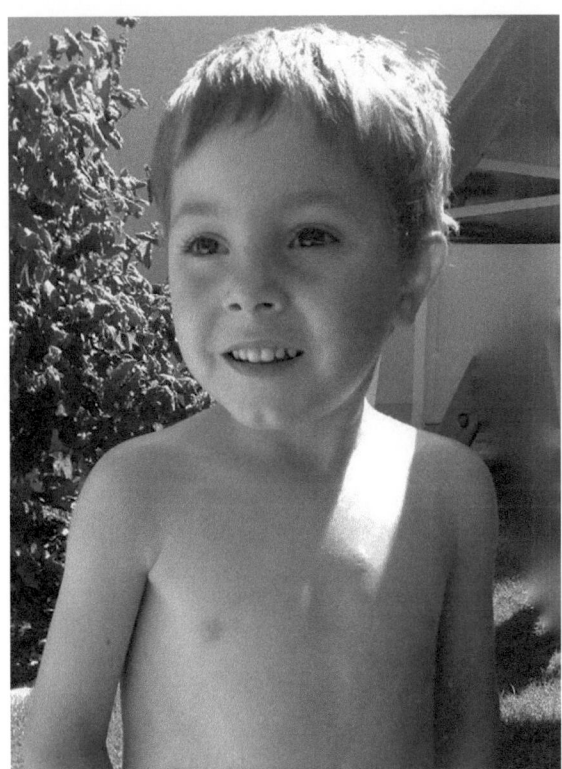

23. Dezember2010:
Weihnachten steht vor der Tür, dieses Mal nach der Transplantation. Mein Bauch ist rund und schwer, Ende Januar werde ich mein drittes Kind zur Welt bringen. David ist überzeugt, dass sein kleiner Bruder Paul heißen wird. Er ist versunken in einem Spiel und plappert munter vor sich hin. Er ist jetzt drei Jahre alt und kommt mir schon unglaublich groß vor. Meine Mutter sitzt auf dem Sofa und beobachtet ihn. „Oma München, weißt du was?", fragt er leise „wenn der Raphael stirbt, sind wir alle ganz traurig..." Er macht eine kurze Pause, dann brabbelt er weiter: „...aber ich nicht. Ich bekomme einen neuen Bruder und der heißt Paul." Faszinierend, wie schnell unsere Kinder die schlimmsten Sachen verarbeiten, vielleicht sind sie mit ihrer Unbedarftheit viel näher an der Natur und am Leben, als wir ältere Kopfmenschen das je hinbekommen werden.

Am 30. Januar2011, ein Jahr und einen Tag nach Raphaels erstem Lebergeburtstag, wird mein dritter Sohn Jon Paul geboren. Wir sind überglücklich. Er ist kerngesund und putzmunter und ein Sonntagskind wie sein ältester Bruder. Selbst für Raphael ist der kleine Jon ein Geschenk. Er wächst in die Rolle des großen Bruders hinein, und jeder der drei bereichert die anderen.

Das bin ich mit meinem Bruder Jon. Ich kann ihm alles zeigen, schließlich bin ich der große Bruder!

Tübingen

Tübingen ist eine wunderschöne Studentenstadt. Wir kennen Tübingen mittlerweile zu jeder Jahreszeit. Im Winter haben wir dort unsere schlimmsten Stunden verbracht, die Stadt war meterhoch eingeschneit – es war ein eiskalter Winter. Im Frühling haben wir neue Hoffnung geschöpft, die Stadt erblühte. Es war Sommer, als wir das erste Mal hier waren, verschiedene Märkte und Veranstaltungen belebten die Stadt. Im Herbst kommen wir zur Jahreskontrolle, es ist noch spätsommerlich warm und ein freudiges Treiben in der Innenstadt lässt Tübingen in seinen Herbstfarben erleuchten. Wir haben diesen Ort ins Herz geschlossen.

Eine Wissenschaft für sich

Juni 2009:

Ich habe keine Ahnung, was mit Raphael nicht stimmt. Ich habe mich noch nie mit der Anatomie des Menschen auseinandergesetzt, bis auf den groben Knochen- und Organaufbau ist mir das alles suspekt. Meine Cousine aus

Israel ruft an und fragt, was denn los sei. Ich reiche den Hörer sofort an meine Schwester weiter, denn wie soll ich etwas auf Englisch erklären, das ich nicht einmal in meiner Muttersprache verstehe?!

Raphaels Fall ist eine große Herausforderung für die Ärzte gewesen. Niemand hatte ein vergleichbares Beispiel gefunden und jede Entscheidung barg erhebliche Risiken. Es ist ein Wunder, dass die Ärzte einen Weg gefunden haben dass Raphael heute ein normales Leben führen kann. Auf der Abbildung unten ist Raphaels Fall zusammengefasst worden, so geht er heute in die Medizingeschichte ein.

I

E.T.

Manchmal weiß man erst, wie schön die Zeit war, wenn man zurückschaut. Wenn man das Leben mit Kindern und Familie und den vielen Alltagsverpflichtungen ein bisschen ruhiger angeht, blickt man dann und wann voll Wehmut zurück auf die Tage, wo man jünger war, ungebunden und unabhängig. Man konnte tun und lassen, zu was man Lust hatte, musste niemandem Rechenschaft ablegen, war nur sich selbst verpflichtet.

Dahingehend hatte Raphaels Krankheit sicher auch etwas Positives. Durch die lange Zeit des Kampfes und diesen dunklen Abschnitt in unserem Leben, gelingt es mir heute viel besser, mich auf den Moment zu fokussieren und weder zu sehr in der Vergangenheit zu wühlen, noch ausschließlich auf die Zukunft zu schauen. Ich kann bewusster im Hier und Jetzt leben und den Moment genießen, was immer er mir bringt. Und das ist für uns alle ein Vorteil, denn das, was wir im Moment fühlen, wird uns die Zukunft herbeibringen, und wenn man immer darauf achtet, dass es einem im Jetzt gut geht, wird auch die Zukunft gut werden, ganz egal was passiert.

Mai 2014:

Raphael ist toll. Er entwickelt zwar in einigen Dingen ein bisschen langsamer, aber für mich ist er ein ganz besonderes Kind mit einem großen Kämpferherz.

Was andere oft nicht verstehen, ist die tiefe Liebe zum eigenen Kind. Es ist egal, wie grausam er oder sie in den Augen anderer aussieht, wie erbärmlich seine oder ihre Lage ist, die Eltern fühlen nur diese Liebe, mit der sie das ihnen gegebene Schicksal bewältigen können.

Der Mensch ist ein Mensch, wir danken Euch!

Ein älterer Mann mit wehenden, leicht gewellten Haaren schwingt sich über die Gänge des Nürnberger Klinikums. Er ist der Erste, der trotz der mickrigen Ausstattung des städtischen Klinikums Raphaels Problem erfasst hat. Er ist ein Radiologe mit langjähriger ERfahrung, ich nenne ihn insgeheim den „Ultraschall-Gott".

Einmal versucht Frau Dr. Bischoff mir Raphaels Gefäßproblem deutlicher zu erklären. Sie bedient sich dabei eines in meinen Augen grotesken Vergleichs: „Stellen Sie sich doch ein Auto vor, bei dem nicht alles funktioniert, da kann man auch gewisse Teile austauschen ..." Ich muss mich sehr am Riemen reißen, um nicht aufzustehen und das Zimmer zu verlassen. Mein Kind ist doch keine Maschine, an der man beliebig herumschrauben kann, bis alles funktioniert.

Wir haben ein Glücksschwein gekauft. Ein Hundespielzeug, das quietscht, wenn man draufdrückt. Es stand bei unserem Edeka-Metzger auf dem Tresen der Wursttheke. Als Raphael noch mit mir einkaufen konnte, hat er immer gelacht, wenn ich das Schwein gedrückt habe. Da habe ich es ihm einfach gekauft und mit auf die Intensivstation an sein Bettchen genommen. Die jungen Ärzte haben ihren Spaß, und wenn es auch sonst nicht viel zu lachen gibt, kommen sie doch ins Zimmer und jeder drückt einmal auf das Glücksschwein. Schwein können wir alle gebrauchen und Raphael am meisten!

Reha

Im Osttiroler Land, nahe der Lienzer Dolomiten, liegt hoch oben ein altes Bauernhaus, der Ederhof. Hier durften wir schon drei Mal eine Familien-Reha mitmachen, die extra auf die Bedürfnisse von transplantierten Kindern und deren Familien abgestimmt ist. Wir haben jedes Mal den Herbst gewählt, der in den Bergen am schönsten ist, und wir haben dort keine Sekunde bereut, ganz im Gegenteil, es war so schön, dass niemand richtig abreisen wollte, trotz der schlichten Unterkunft, einfach weil die Leute so besonders offen und herzlich waren.

Kinderklinik

Die Uniklinik im Sommer. Zu dieser Jahreszeit ist Raphael das erste Mal hierher geflogen worden. Ganz oben auf dem braunen Turm mit der Aufschrift „Crona-Kliniken" ist der Hubschrauberlandeplatz. Dreimal ist Raphael über den Luftweg angereist.

6. August2014:

Die Klinik und das Ärzte-Team in Tübingen haben Wunder vollbracht. Nicht nur bei Raphael, auch bei vielen anderen Kindern. Das, was diese Klinik auszeichnet, ist exzellentes Teamwork, fachübergreifende Strukturen und ein kooperatives Networking. Jeder unterstützt den anderen, das haben wir selber so erlebt und es wurde uns auch von anderen Seiten immer wieder bestätigt.

Es gibt eine Kinderbuch-Serie „Wieso? Weshalb? Warum?", und kurz nach Raphaels erfolgreicher Transplantation, die selber für die routiniertesten Ärzte etwas Besonderes war, ist der Band über das Krankenhaus in Zusammenarbeit mit der Uniklinik Tübingen Berg entstanden. In dem Buch sieht man die Kinderklinik mit ihrer Holzeisenbahn, dem Aquarium, der Information, dem Kiosk, der Cafeteria und der Notaufnahme mit den Krankenwägen, die wahrscheinlich allen kleinen Jungs besonders gut gefallen. Die Klinik in diesem Buch heißt „Rafael-Klinik", und so ist es gewesen – Raphaels Klinik, die ihn wieder auf die Beine gebracht hat.

Was bleibt...

Das Leben ist manchmal bitter. In den meisten Fällen unserer Existenz kommen wir nicht umhin, uns mit sehr schmerzhaften Momenten auseinanderzusetzen. Nicht alle, die mit einer schweren Krankheit kämpfen, überleben diese auch. Mein Cousin hatte eine Art Blutkrebs, er war ein Sonnenscheinkind, das ich nur mit einem strahlenden Lächeln im Gesicht kannte. Er war ein richtiger Naturbursche, der in den Bergen der Toskana aufgewachsen ist. Wir haben früher oft meine Tante und ihre beiden Kinder dort besucht, und immer wenn ich Andreas begegnet bin, auch später noch, hat er mich allein durch seine bloße Ausstrahlung zum Lächeln gebracht. Sein Tod war ein Schock für unsere ganze Familie, und dennoch bin ich froh für meine Tante und meine Cousine, wie sie diesen Schicksalsschlag verarbeiten und mit dem Erlebten Frieden schließen konnten. Hier ein Eindruck von sehr tapferen Hinterbliebenen.

Pezza, 11 Juli 2013

An alle lieben Freunde, von denen wir so viel Liebe und Freundschaft empfangen haben!

Ich möchte euch zunächst von Herzen danken für alles Gute, das ihr uns entgegengebracht habt.
Vor allem möchte ich euch sagen, dass die Zeit seiner Krankheit die glücklichste Zeit im Leben von Andreas war. Ich habe meinen Sohn verloren und habe ihn doch nach vielen Missverständnissen und dem Tod seines Vaters im letzten halben Jahr zurückgewonnen.
Getragen von all der vielen Liebe und Freundschaft, die ihm von euch allen entgegengebracht wurde, war er glücklich, wie nie zuvor in seinem Leben. Jeder Einzelne von euch hat dazu beigetragen, dass Andreas diese letzten Monate so genießen konnte. Ich kann es nicht anders formulieren – er war glücklich!
Er hat nicht ein einziges Mal mit seinem Schicksal gehadert oder gejammert oder sich beklagt – nein – er hat sich so sehr gefreut, dass ihr alle in Gedanken und Tat bei ihm wart und ihn begleitet habt.
Er wurde wirklich getragen und fühlte sich geborgen bis in seinen Tod hinein.

Und ich möchte euch auch von Andreas Sterben erzählen, das mich so ruhig

sein lässt bei all dem Schmerz.
Am Sonntagmorgen, dem 7. Juli, hatte ich seit über zwei Tagen nicht geschla-
fen und war sehr erschöpft. Im Krankenhaus wurde mir ein Bett angeboten,
um ein paar Stunden auszuruhen. Andreas hat mich weggeschickt mit den
Worten „Mama geh dich nur ausruhen, wir sehen uns später!" Nach circa ei-
ner Stunde kam der gefürchtete Anruf. Andreas Zustand hatte sich drama-
tisch verschlimmert. Ich rief Hannah an, die natürlich sofort aufgebrochen
ist, und blieb bei meinem Sohn in den letzten Stunden hier bei uns. Anfangs
ging sein Atem schwer, aber er wirkte entspannt. Er hatte seit Tagen keinerlei
Schmerzen mehr, das wusste ich, so musste er nicht leiden. Als ich ihm den
Schweiß abwischte, schlug er plötzlich die Augen weit auf, sah mich an und
lächelte für einen Moment. Kurze Zeit später kam Hannah. Wir haben dann
darum gebeten alle Schläuche zu entfernen. Trotzdem wurde sein Atem im-
mer leichter. Wir haben mit Andreas geredet und ihm gesagt „Du kannst jetzt
loslassen ..." Daraufhin hat er noch einige ganz sanfte Atemzüge getan und ist
dann mit einem winzigen Lächeln für immer von uns gegangen.

Er musste nicht leiden und natürlich fehlt er uns allen so sehr, aber denkt
daran, wie viel Gutes Andreas in uns allen zum Vorschein gebracht hat und
wie schrecklich ein Weiterleben nach dieser so schlimmen Krankheit gewesen
wäre.

Andreas wird auch so, wenn auch nicht körperlich, immer unter uns sein.
Er war ein besonderer Mensch. Er hat es geschafft, das ganze Tal zu vereinen,
ihm Gutes zu wünschen – es geht ihm jetzt gut – ich fühle kein Dunkel um ihn,
nur Licht ...

Andreas Simoneit

13.02.1993 – 07.07.2013

Familienfoto

Juni 2014:

Das ist unsere Familie heute, fast fünf Jahre nach der Transplantation. Man sieht Raphael die Krankheit nicht mehr an. Man kann nur erahnen, dass er viel mitgemacht hat, wenn man sich länger mit ihm beschäftigt und ihn besser kennt. Er ist in allem, was er tut, hektischer als seine Brüder, immer ein bisschen nervös und schnell gereizt. Wir helfen und unterstützen, so gut wie wir können, und dennoch ist es gut, dass er soviel Förderung von außen bekommt.

Danksagung

Danke an Raphaels Vater, dass er sich ohne Zögern in der äußersten Not dazu entschieden hat, ein Stück von seiner Leber abzugeben. In diesen Stunden warst du ein Held und das wollen wir dir nie vergessen.

Ein großes Dankeschön an meine Familie, die mir doch gezeigt hat, dass sie im entscheidenden Moment hinter mir steht und deren Unterstützung mir die Welt bedeutete. Danke Nati, dass ihr, du und Basti, immer wieder angereist seid und uns mit Rat und Tat und wo immer wir euch gebraucht haben zur Seite standet, für die unglaubliche Unterstützung und Stütze die ihr wart.
Ein ebenso großer Dank geht an meine Schwiegereltern, die David nach ihrem besten Wissen und Gewissen gehütet und geborgen haben, danke für die vielen Besuche mit David, ohne die ich die ganze Sache nicht halb so gut überstanden hätte. Danke, dass ihr immer ein offenes Ohr für unsere Probleme hattet und diese schwierige Zeit mit uns durchgestanden habt. Danke für die Zeit, die ihr an Raphaels Bett oder in der Arbeit verbracht habt, damit Uwe bei seinem Sohn sein konnte und ich bei David.

Ein ganz besonderer Dank geht natürlich an unsere Ärzte, in Tübingen wie in Nürnberg, denn alle haben zu jedem Zeitpunkt ihr Bestes gegeben und jeder hat auf seine Art und Weise zur Rettung meines Sohnes beigetragen. Zum Schutz der Beteiligten habe ich darauf verzichtet, die richtigen Namen zu nennen, dennoch bin ich mir sicher, dass mein Dank bei den richtigen Personen ankommt. Besonders will ich dabei Frau Dr. Bischoff erwähnen, die Raphael gleich das erste und auch nicht das letzte Mal vor dem sicheren Tod bewahrt hat und die so viel Sorge und Sorgfalt in seinen Krankheitsverlauf getragen hat. Danke auch an Professor Kraft, ihren langjährigen Partner in der Gastroambulanz, der mittlerweile in den verdienten Ruhestand gegangen ist, wir wünschen ihm von Herzen alles Gute und wir werden nie vergessen, dass er es war, der den lebensrettenden Kontakt zu unserem „Schutzengel" Professor Herzbeck aus Tübingen herstellte.

Danke an die Tübinger Ärzte, natürlich Professor Herzbeck, der Raphael einen Freund nannte und niemals aufgegeben hat, um sein Leben zu kämpfen, der ihm im entscheidenden Moment OP-tauglich machte und ohne den Raphael nicht überlebt hätte. Selbstverständlich gilt unser Dank auch dem wunderbaren Transplantations-Team von Professor König und Dr. S. Aladdin, die das Unmögliche möglich machten und, ohne mit der Wimper zu zucken, die Verantwortung für die Entscheidung übernahmen, bei meinen Sohn eine Transplantation durchzuführen, trotz vieler anderer Meinungen. Danke an Dr. Wagenmüller und Dr. Baum, den Gastroenterologen in Tübingen, die Raphael auf die HU-Liste setzten und seinen Krankheitsverlauf immer unterstützend begleiteten. Danke an Professor Faber, dem wohl besten Ultraschall-Arzt in Süddeutschland, danke an Dr. Bauer, Dr. Daniels und Dr. Hummel und all die jungen Assistenzärzte, die jederzeit freundlich und motiviert waren und sich immer nach beste Wissen und Gewissen um meinen Sohn kümmerten.

Ein Riesendankeschön an all die lieben Kinderkrankenschwestern, Kinderpfleger und allen anderen Beteiligten, ohne die der Alltag in den Kliniken nicht zu bewältigen wäre. Wenn ein Job einen Sinn macht, dann dieser! Danke für die Betreuung der vielen bedürftigen Kinder und auch deren Eltern, wir durften einzigartige Menschen kennenlernen.
Danke an unseren Kinderarzt Dr. Jung, der Raphael und seine Familie so wunderbar unterstützt, und an sein Team, das jederzeit hilfsbereit ist, wenn es mal brennt. Sie sind ein Segen für unsere Stadt!

Danke an das Team vom Ederhof, die alles für die Unterstützung der betroffenen Familien geben, mit deren Hilfe das normale Leben leichter fällt und die uns und unseren Kindern eine unvergessliche, einzigartige Zeit geschenkt haben. Ihr seid in unserem Herzen und wir werden uns immer mit dem Ederhof und den Lienzer Dolomiten verbunden fühlen.

Danke dem tollen Team der Schlossapotheke in Roth, das unter der Leitung von Frau Lickleder die anspruchsvollsten Kunden zu jeder Zeit freundlich und kompetent versorgt: Sie haben einen tollen Job gemacht.

Danke an meine Lektorin Frau Barbara Lösel, die mir immer beratend zur Seite stand und an die Künstlerin Patricia Allingham Carlson, die mir eine wunderbare Covergestaltung ermöglicht hat.

Schließlich und endlich gilt natürlich mein Dank allen anderen Verwandten, die sich um Raphael und uns gesorgt haben und allen Freunden, die immer ein offenes Ohr für unsere Schwierigkeiten hatten und die doch ein großer Trost in so einer trostlosen Zeit waren. Danke für all eure Gebete und die Anteilnahme, die offenen Arme und das große Verständnis.

Medizinische Begriffe einfach erklärt

A

Ampullen:

Kleine Glasfläschchen a 1, 2, 5 , 10 oder 20 ml mit verschiedenen in Flüssigkeit gelösten Substanzen für die Injektion mit einer Spritze.

Anamnese:

Krankheitsgeschichte des Patienten..

Anämie:

Blutarmut, (Mangel an roten Blutkörperchen), zeigt sich in einem niedrgen HB-Wert. Eine Anämie kann je nach Ausprägungsgrad schwach und müde machen.

Angiographie:

Untersuchung der Blutgefäße mittels einer Katheteruntersuchung, bei der eine kleine Kamera durch die Gefäße geschoben wird.

Antegrades Flussprofil:

Der Blutfluss geht in die Leber rein.

Antibiose:

Antibiotische Behandlung.

Antra Mups:

Medikament für den Schutz der Magenschleimhaut.

Artereoportal Fistula Syndrom:

Vermutetes Krankheitsbild bei Raphael. Gefäßmalformationen, die zu einem gestörten Blutkreislauf führen.

Astrup:

Blutgasanalyse

Aszites:

Wassereinlagerung im Bauchraum.

Arterie:

Blutgefäß, welches das Blut vom Herzen wegführt. Schlagader.

B

Bilirubin-Wert:

Bilirubin ist ein Gallenstoff in der Leber. Ein erhöhter Wert ist ein Anzeichen für mögliche Störungen des Giftabbaus durch die Leber. Patienten mit hohem Bilirubinwert haben häufig einen Gelbstich in der Haut und den Augen.

Blutkultur:

Eine Blutkultur ist eine mikrobiologische Untersuchung des Blutes, bei der versucht wird, Krankheitserreger, die sich im Blut befinden, durch Kultivierung zu vermehren, um sie dadurch nachzuweisen und zu identifizieren.

Bluttransfusion:

Dem Patienten wird gespendetes Blut zugeführt.

Breitbandantibiotikum:

Antibiotika, die ein breites Spektrum an Bakterien vernichten können.

C

Chemotherapie:

Medikamentöse Therapie zur Behandlung bösartiger Erkrankungen...

Coiling:

Verschließen der Gefäße durch kleine Spiralen, die der Arzt mit Hilfe eines dünnen und biegsamen Kunststoffschlauches absetzt.

CRP-Wert:

CRP ist die Abkürzung für C-Reaktives Protein. Dieser Eiweißstoff gehört zu der Gruppe der Akut-Phase-Proteine, die zum Beispiel im Rahmen eines Entzündungsprozesses im Körper in größeren Mengen gebildet werden. In der Medizin gilt das CRP als empfindlicher und frühzeitiger Indikator für entzündliche gewebszerstörende Prozesse.

CTG- Untersuchung:

Erfolgt in der Schwangerschaft in regelmäßigen Abständen und misst die Herztöne des Embryos.

D

Dialyse:

Entgiften des Körpers, wenn die Nieren dazu nicht mehr in der Lage sind. Dazu wird der Patient an ein Dialyse Gerät angeschlossen.

E

E-coli-Bakterien:

Darmbakterien, die bei Raphael auf Grund seines in Mitleidenschaft ge zogen Darmes in die Blutbahn geraten sind und eine Blutvergiftung ausgelöst haben.

Endoskopie:

Magenspiegelung, dabei geht der Arzt mit einem Schlauch, an dem eine sehr kleine Kamera angebracht ist, über die Speiseröhre durch den Magen bis zum Zwölffingerdarm, um die Schleimhaut zu untersuchen.

Enteritis:

Darmentzündung.

Ethikkommission:

Ein Gremium, das im Normalfall der Transplantation (auch einer Lebendspende) zustimmen muss.

Euro-Transplant:

Zusammenschluss verschiedener Länder in der Eurozone, der sich um die Verteilung der Spenderorgane kümmert. (Mitglieder: Belgien, Deutschland, Kroatien, Luxemburg, Niederlande, Österreich, Slowenien)

Extubieren:

Der Patient soll wieder von selbst atmen und bekommt, wenn er dazu bereit ist, den Beatmungsschlauch entfernt.

F

Fundusvarizen:

Krampfadern im Magen.

G

Ganzkörper-CT:

Ganzkörper-Computertomografie - der Patient wird komplett in eine Röhre geschoben und es werden schichtweise Röntgenaufnahmen erstellt.

Gastroenterologie:

Die Gastroenterologie befasst sich mit Diagnostik, Therapie und Prävention von Erkrankungen des Magen-Darm-Trakts sowie der mit diesem Trakt verbundenen Organe Leber, Gallenblase und Bauchspeicheldrüse.

Gefäßmalformationen:

Abnormaler Verlauf der Blutgefäße.

Gendefekt:

Mutation des Erbgutes.

Glukose:

Zucker.

H

Hämodialyse:

Blutwäsche. Mit Hilfe eines Gerätes wird das Blut gesäubert

HB-Wert:

Misst das Hämoglobin, also den Anteil der roten Blutkörperchen im Blut

Hepatologe:

Ein Arzt, dessen Schwerpunkt die Wissenschaft von der Leber und deren Erkrankungen ist

Herzkatheter:

Mittels Angiografie kann der Arzt über die Leiste bis zum Herzen oder in andere Organe vordringen und so minimal invasiv therapieren. Bei Raphael wurden über die Leiste verschiede Gefäße in der Leber mittels Coiling verschlossen.

Hickman:

Ein Schlauch, der in eine zentrale Vene führt und eingenäht wird. Über diesen kann der Patient parenteral ernährt werden.

HU-Liste:

Abkürzung für High- Urgency- Liste, also die Liste, auf der die bedürftigsten Empfänger eines Spenderorgans gelistet werden. Voraussetzung für die Zuteilung eines Organs über Euro-Transplant

Hypoallergene Nahrung:

Spezielle (Baby-)Nahrung, die bei hohem Allergierisiko gegeben wird.

I

Immunsuppressiva:

Medikamente zur Unterdrückung des Immunsystems, die somit eine Abstoßung des fremden Organs verhindern sollen.

Infekt:

Entzündung im Körper, die durch einen bakteriellen oder viralen Erreger ausgelöst wird.

Infektionsherd:

Entstehungspunkt der Entzündung.

Infusion:

Intravenöse Verabreichung von Flüssigkeiten.

Intervention:

Ein (medizinischer) Eingriff.

Intubieren:

Legen eines Beatmungsschlauchs, um das Beatmungsgerät anzuschließen. Starten der künstliche Beatmung.

IV:

Abkürzung für intravenös, also in oder über die Vene gehend.

J

Jejunalsonde:

Eine Sonde, die in den Dünndarm führt

K

Kompresse:

Wundauflage, die, wenn möglich, steril abgepackt ist.

Kuhmilchprotein-Intoleranz:

Unverträglichkeit und allergische Reaktionen gegen das Eiweiß der Kuhmilch

L

Lebendspende:

Manche Organe können von einer lebenden Person gespendet werden, z.B. eine Niere, ein Teil der Leber, Körperzellen.

Leberkapselhämatom:

Hat sich bei Raphael durch das Durchstechen der Leberschleimhaut gebildet. Eine schwere innere Blutung in diesem Bereich war die Folge

Leberteilresektion:

Teilweise Entfernung der Leber, ohne dass eine Transplantation notwendig ist.

Leberwerte:

Blutwerte, die Auskunft über die Funktion der Leber geben.

Leukozyten:

Weiße Blutkörperchen. Hauptzellen der Entzündungsabwehr, „körpereigene Polizei. Raphael hatte überdurchschnittlich viele Leukozyten im Blut, was darauf hinwies, dass sein Körper gegen eine entflammte Entzündung ankämpfte.

Logopädie:

Medizinische Sprachheilkunde.

M

Melatonin:

Körpereigenes Hormon, das die Müdigkeit beeinflusst. Wird bei Sonneneinstrahlung gebildet und ist Ursache für das Bräunen der Haut.

Morbus Osler:

Eine Erbkrankheit, die sich meistens erst ab dem 30. Lebensjahr äußert.

Symptome: Chronisch niedriger HB-Wert, Gefäßquerverbindungen (sog. „Shunts", leichte Sickerblutungen im Magen/Darmbereich, häufiges Nasenbluten und kleine punktförmige Blutungen in die Haut (Blutfleckchen)

Morphine:

Morphiumhaltige Medikamente, die das Schmerzgefühl betäuben.

MRT-Untersuchung:

Die Magnetresonanztomographie (MRT), ist eine diagnostische Technik zur Darstellung der inneren Organe, Gewebe und Gelenke mit Hilfe von Magnetfeldern und Radiowellen.

Mukoviszidose:

Vererbte Stoffwechselerkrankung, bei der unter anderem durch Bildung eines zähen Schleims die Atemwege verkleben.

Mundschutz:

Wird über den Mund gestülpt und soll verhindern, dass Bakterien und Keime durch das Atmen übertragen werden.

N

NaCl:

Kochsalzlösung.

Nasensonde:

Magensonde, die über die Nase gelegt wird.

O

Omega-3-Fettsäuren:

Gesunde ungesättigte Fettsäuren, die über die Nahrung oder über Zusatzpräparate aufgenommen werden.

Omeprazol:

Wirkstoff in Magenschutzmedikamenten.

Opiate:

Opiathaltige Medikamente, die Glückshormone ausschütten und die nach schweren Operationen zur Schmerzbekämpfung verabreicht werden.

P

Pädiatrie:

Kinderheilkunde.

Palliativstation:

Station für unheilbar erkrankte Menschen, die nur noch mit einer kurzen Lebensdauer rechnen können (Sterbestation) Hier wird für ein möglichst schmerzfreies Leben der gesorgt.

Parenterale Ernährung:

Künstliche Nahrung, die über eine Hauptvene zugeführt wird.

PEG-Sonde:

Eine Magensonde, die durch die Bauchwand in den Magen führt.

Perfusorspritzen:

Große Spritzen mit denen z.B. IV-Medikamente zugeführt werden.

PET-CT:

Das PET (Positronen-Emissions-Tomographie)-CT arbeitet mit radioaktiven Stoffen, die in den Körper injiziert werden, um Zellgewebe mit erhöhtem Stoffwechsel (z.B. bei bösartigen Erkrankungen oder Infektionen) sichtbar zu machen. Meistens wird es im Bereich der Onkologie benutzt, in Raphaels Fall diente die PET-CT Untersuchung dazu, den nicht auffindbaren Infektionsherd sichtbar zu machen.

Pfortader:

Eines der drei Hauptgefäße der Leber. Durch die Pfortader wird das Blut, das vom Magen her zur Leber führt, in die Leber gepumpt, bei Raphael wurde das Blut aus der Pfortader umgekehrt aus der Leber raus gedrückt.

Pfortaderthrombose:

Endgültiger Verschluss der Pfortader.

Physiotherapie:

Mobilisieren der Muskeln durch Gymnastik und Massage.

Pleuraerguss:

Abnorme Flüssigkeitsansammlung im Bereich der Lunge.

Pneumonie:

Lungenentzündung.

Punktieren:

Anstechen und Absaugen einer Flüssigkeit im Körper, z.B. Bauchwasser.

Q

Querverbindungen:

Bei Raphael haben sich die Gefäße extrem verästelt. Dadurch sind sie miteinander verwachsen u. haben unerwünschte Querverbindungen erzeugt (Shunts), so dass der normale Blutkreislauf durcheinander gebracht wurde.

R

Radiologie:

Die Radiologie ist das Teilgebiet der Medizin, das sich mit der Anwendung radioaktiver und elektromagnetischer Strahlen und mechanischer Wellen zu diagnostischen, therapeutischen u. wissenschaftlichen Zwecken befasst.

Retrogrades Flussprofil:

Der Blutfluss fließt aus der Leber raus statt hinein.

S

Sab-Tropfen:

Medikament, das gegen Blähungen helfen soll.

Sauerstoffbrille:

Unterstützender Schlauch für die Beatmung im Wachzustand.

Sauerstoffsättigung/Sättigung:

Messwert für den Sauerstoffgehalt im Blut. Dazu bekommt der Patient eine kleine rotleuchtende Elektrode um den Finger geschnallt, die über den Puls den Sauerstoffgehalt misst.

Schockraum:

Krankenhauszimmer, in dem Patienten in besonders kritischen Situationen versorgt werden.

Sedieren:

Medizinischer Fachbegriff für Beruhigen durch Medikamente, u.U. bis fast zur Betäubung.

Sepsis:

Blutvergiftung durch Keime im Blut.

Shunts:

Gefäßquerverbindungen, die eigentlich nicht vorkommen sollten.

Sondennahrung:

Künstlich hergestellte, hochkalorische Kost, die vorzugsweise über eine Nasensonde oder eine PEG-Sonde verabreicht wird.

Sonografie:

Ultraschall.

Steißlage:

Das Baby liegt mit den Füßen nach unten im Bauch.

Stenose:

Engstelle.

Stethoskop:

Abhörgerät des Arztes.

Steril:

Keimfrei.

Symptome:

Anzeichen für etwas.

T

Thrombosestrümpfe:

Enganliegende Kompressionsstrümpfe, die verhindern sollen, dass sich nach einer Operation eine Thrombose bildet.

Teerstuhl:

Bluthaltiger Stuhlgang

Transheptische Angiografie:

Der Kathetereingriff findet durch die Leberwand hindurch statt, das birgt eine erhebliche Blutungsgefahr in sich.

Transplantation:

Einpflanzen eines neuen Organes in den Körper.

Tubus:

Beatmungsschlauch, der zur künstlichen Beatmung dient.

U

Übergabe:

Sowohl bei den Ärzten, wie auch beim Pflegepersonal erfolgt eine tägliche Übergabe, bei der die Schicht gewechselt wird und der Übernehmende vom Übergebendem über den neusten Stand der Dinge aufgeklärt wird.

U-Untersuchung:

Empfohlene Untersuchungen im Kindesalter, um den Gesundheits- und Entwicklungsstand des Kindes zu beurteilen.

Ursofalk:

Ein Medikament, das den Cholesteringehalt der Galle reduziert.

V

Visite:

Ärztlicher Rundgang durch die Zimmer, Besprechen der Patientenfälle.

Z

Zellgewebe:

Gewebe aus gleichartigen Zellen.

Zirrhotisches Gewebe:

Narbengewebe.

Zöliakie:

Eine chronische Erkrankung der Dünndarmschleimhaut auf Grund einer Überempfindlichkeit gegen Bestandteile von Gluten, das in den meisten Getreidesorten vorkommt.

Zugang:

Eine Nadel, die in die Vene gelegt wird, damit verschiedene Stoffe zugeführt werden können.

ZVK:

Abkürzung für einen zentralen Venenkatheter, also einen Zugang, der
Nährstoffe, Infusionen und Medikamente direkt in die Hauptblutbahn
bringt.

Weitere Werke von Anja Lehmann:

Die Abenteuer von Mathilda und Klara

Band 1 der fantastischen Feengeschichten

Die Andorra-Saga, Verrat im Senat

Band 1 der fantastischen Weltraumabenteuer

Das Nordlandmärchen, Das geheimnisvolle Buch

Band 1 der heldenhaften Ritterabenteuer